Rendez-vous à Central Park

SARAH MORGAN

Rendez-vous à Central Park

roman

Traduit de l'anglais (Royaume-Uni) par
JEANNE DESCHAMP

Titre original : SUNSET IN CENTRAL PARK

Ce livre est publié avec l'aimable autorisation de HARLEQUIN BOOKS S.A.

HARPERCOLLINS FRANCE

83-85, boulevard Vincent-Auriol, 75646 PARIS CEDEX 13.
Service Lectrices — Tél. : 01 45 82 47 47

www.harlequin.fr

ISBN 978-2-2803-8968-6

Chers lecteurs,

Petite, j'étais toujours en admiration devant ma mère. Elle était non seulement capable de reconnaître toutes les plantes croisées en chemin, mais souvent aussi de les désigner par leur nom savant en latin. Je la testais tant que je pouvais, dans l'espoir de la prendre enfin en défaut. Repérant quelque obscure feuille ou petite fleur dans un recoin, je la tirais par la manche. « Et ça, c'est quoi, maman ? » Immanquablement, elle avait la bonne réponse. J'avais hâte d'acquérir à mon tour cette expertise et d'en mettre plein la vue en montrant l'étendue de mes connaissances. La triste réalité, c'est que cette belle ambition est restée à l'état de projet (même si je suis assez sûre de moi pour ce qui est de reconnaître... une rose), mais un des aspects formidables de l'écriture, c'est qu'elle permet de créer des personnages qui sont tout ce que nous ne sommes pas.

L'héroïne de cette histoire, Frankie, est une vraie experte, elle. Comme ma mère, elle peut cueillir quelques branches de verdure et les arranger de telle façon que les gens s'arrêtent pour admirer ses compositions. Frankie est une fille forte et indépendante qui excelle dans son métier. Elle est parfaitement au point sur tous les plans, sauf un : sa vie amoureuse. Faire ce saut dans l'inconnu exigerait qu'elle laisse de côté toutes ses croyances négatives au sujet de l'amour. La seule personne qui pourrait l'aider à franchir le pas est Matt, le frère aîné de sa meilleure amie.

Les amis qui finissent par tomber amoureux l'un de l'autre est un thème que j'adore explorer. Je me suis régalée de voir la longue amitié entre Frankie et Matt évoluer vers quelque chose de plus profond. Il m'a plu aussi de voir Frankie apprendre la confiance après des années passées à ériger des barrières entre elle-même et le monde.

Merci à vous d'avoir choisi ce roman ! J'espère que vous aurez plaisir à lire *Rendez-vous à Central Park* et que sa lecture mettra du soleil dans votre journée. N'oubliez pas de guetter la sortie de l'histoire d'Eva, *Noël sur la Cinquième Avenue*, prévue dans quelques mois. Et si vous êtes sur Facebook, j'espère que vous me rejoindrez sur www.facebook.com/authorsarahmorgan.

Affectueusement,

Sarah

Ce livre-ci est pour ma chère amie Dawn,
avec toute mon affection.

« Jamais le cours d'un amour sincère ne fut paisible. »

— William Shakespeare

Chapitre 1

« La Belle au bois dormant n'avait pas besoin d'un prince, mais d'une bonne tasse de café serré. »

— FRANKIE

Frankie s'était préparée mentalement aux cœurs qui palpiteraient d'émotion, aux fleurs et aux sourires. Mais pas aux larmes.

— Crise en cours, les filles. A 2 heures.

Elle tapota son oreillette et entendit la voix d'Eva en réponse :

— Comment ça, une crise à 2 heures ? Il est déjà 15 h 5 !

— Je ne te parle pas de l'heure, mais de la *position.* La crise en question se déroule face à moi, légèrement sur la droite.

Il y eut un temps de silence. Puis, de nouveau, la voix d'Eva :

— A côté du pommier, tu veux dire ?

— Oui, voilà.

— Et ça n'aurait pas été plus simple d'annoncer « à côté du pommier » ?

— Si je dois me balader avec une oreillette de

talkie-walkie pro, et avoir l'air pro, je tiens aussi à m'exprimer comme une pro.

— Ça fait plutôt FBI que designer floral, ton vocabulaire. Et je ne vois pas ce qui pourrait motiver une crise. L'organisation est au point, la météo grandiose, la déco des tables exquise et les gâteaux sont superbes — cela dit en toute modestie. Notre future mariée est rayonnante et les invitées devraient arriver d'un instant à l'autre.

Frankie scruta la jeune femme ratatinée contre le tronc d'arbre.

— Sans vouloir te décevoir, le rayonnement de notre future épousée est au degré zéro. Elle pleure comme une Madeleine, la pauvre. Je suis la personne la moins qualifiée au monde pour m'exprimer sur la psychologie des futures mariées, mais il me semble que ce n'est pas la réaction habituelle pour un enterrement de vie de jeune fille. Normalement, si elle a décidé de se marier, c'est qu'elle considère la vie conjugale comme une perspective heureuse, je me trompe ?

— Ce sont peut-être des larmes de joie ? Au niveau quantité, qu'est-ce que ça donne ? Elle pleure de quoi mouiller un Kleenex ou une boîte de mouchoirs complète ?

— Elle pleure de quoi créer une rupture de stock planétaire. C'est un vrai déluge. Je commence à comprendre pourquoi on appelle ça un « enterrement » de vie de jeune fille.

— Oh non. Son maquillage va être fichu. Qu'est-ce qui a bien pu se passer ?

— Peut-être qu'elle vient de se rendre compte qu'elle aurait dû choisir le gâteau au chocolat au lieu du baba à l'orange ?

— Frankie...

— Autre hypothèse : elle est revenue à la raison in

extremis et elle s'est juré de tout arrêter pendant qu'il en est encore temps. Je peux la comprendre. Si j'étais sur le point de me marier, je verserais un torrent de larmes et on m'entendrait me lamenter jusqu'à l'autre bout de Manhattan.

Un soupir lui vibra à l'oreille.

— Tu avais promis de laisser ta phobie du mariage au vestiaire et de fermer la porte à double tour.

— Ma phobie a dû se faufiler par le trou de la serrure.

— Pour cet événement, on reste dans le *mood*, tu te souviens ? Sourire et optimisme de rigueur.

Frankie reporta son attention sur la future mariée, qui sanglotait de plus belle.

— Ce que j'ai sous les yeux n'est pas vraiment adapté au « *mood* », alors. Cela dit, nous avons eu un été sec. Le pommier doit apprécier l'arrosage.

— *Frankie !* Arrête avec ton cynisme ! Dépêche-toi d'aller la réconforter, plutôt. Glisse-lui un bras autour des épaules et dis-lui que tout va bien se passer.

— Tu plaisantes ? Cette pauvre fille est sur le point de se marier. Comment veux-tu que j'aille lui dire que « tout va bien se passer » ?

Frankie en avait des sueurs froides. S'il y avait bien une chose qu'elle détestait encore plus que les enterrements de vie de jeune fille, c'était les mariages.

— Tu sais que j'ai le mensonge en horreur, Eva.

— Mais ce n'est pas un mensonge ! Il y a des milliers... que dis-je ? des *millions* de gens de par le vaste monde qui se marient, qui font des enfants, et qui vivent parfaitement heureux !

— Dans les contes de fées, oui. Dans la vraie vie, ils se volent dans les plumes, couchent à droite et à gauche, puis finissent par divorcer. Invariablement dans cet ordre.

Frankie fit un effort draconien pour laisser ses idées négatives de côté et passer en mode constructif.

— Vas-y, toi, Eva. L'amour fait partie de ton champ d'expertise. Tu sais que le sentimentalo-tactile, c'est pas pour moi.

— Pas de panique. Je m'en charge, les filles.

Cette fois, c'était la voix de Paige qui s'élevait dans l'oreillette. Quelques secondes plus tard, Frankie vit son amie se hâter dans sa direction, foulant d'un pas décidé la pelouse entretenue avec une précision millimétrique. Paige avait l'air fraîche comme une rose malgré l'humidité et la chaleur new-yorkaise.

— Que faisait la future mariée juste avant de fondre en larmes ?

— Elle a reçu un appel.

— Tu as pu entendre ce qu'elle disait ?

— Je n'espionne pas les conversations téléphoniques. Peut-être qu'il y a eu un effondrement boursier ou un truc comme ça. Cela dit, vu les dimensions de la maison de papa-maman, il faudrait un gros krach pour mettre la famille sur la paille.

Frankie repoussa les cheveux qui tombaient sur son front moite.

— On ne pourrait pas se spécialiser dans les événements en intérieur, plutôt ? Je meurs de chaud.

C'était le genre de journée estivale humide qui vous collait les vêtements à la peau et vous faisait rêver de boissons glacées et d'une clim réglée à fond.

Frankie eut une pensée nostalgique pour son petit appartement de Brooklyn. Si elle avait été à la maison, elle aurait repiqué ses boutures et soigné les plantes aromatiques qui colonisaient ses rebords de fenêtre, tout en regardant les abeilles flirter avec les floraisons de son petit bout de jardin. Puis, vers le soir, elle serait montée sur leur toit en terrasse avec ses amies pour partager une bouteille de vin blanc tout en regardant le soleil se coucher derrière la *skyline* de Manhattan.

Et elle aurait pensé à tout sauf aux sombres aléas du mariage.

Une main réconfortante vint se poser sur son bras et elle tourna la tête vers Paige.

— Quoi ?

— Tu es tendue. Tu détestes les mariages et tout ce qui touche à ce domaine de près ou de loin. J'aurais préféré pouvoir t'épargner ça, mais pour le moment...

— ... notre agence en est encore au stade naissant et nous ne pouvons pas nous permettre de refuser ce genre d'événements. Je sais. Et je n'ai aucun problème avec ça.

Enfin... Peut-être un ou deux quand même. Mais en tout cas, elle était là, à son poste.

Et elle savait bien qu'il ne leur était pas possible de faire la fine bouche sur le choix de leurs clients. Paige, Eva et elle avaient monté leur propre agence, Urban Génie, quelques mois plus tôt, directement après avoir été licenciées par une grosse boîte d'événementiel établie à Manhattan.

Frankie esquissa un sourire au souvenir du mélange vertigineux d'excitation et d'angoisse dans lequel elles avaient vécu au moment de la création de leur boîte. Mais, même si la décision avait été terrifiante à prendre, elles l'avaient vécue aussi comme une délivrance.

Les manettes, c'était elles qui les tenaient désormais.

Urban Génie avait été avant tout le bébé de Paige. Frankie était consciente que, sans son amie, elle serait probablement restée sans emploi. Autrement dit, sans argent pour payer son loyer. Donc contrainte de quitter son cher appartement.

Un frisson de malaise la parcourut, comme si

quelqu'un avait jeté un caillou dans l'eau calme qu'était sa vie, créant des perturbations en surface.

Son indépendance était tout pour elle.

Voilà pourquoi elle serrait les dents et assurait cet événement. Même si elle le faisait aussi par loyauté envers Paige et Eva, bien sûr.

Du bout du doigt, elle releva ses lunettes qui lui glissaient sur le nez.

— Si on nous confie une organisation de mariage, je ne me débinerai pas. Ne t'inquiète pas.

Frankie désigna d'un signe de tête la jeune femme qui pleurait toujours sous son pommier.

— Occupe-toi d'elle plutôt. Elle a plus besoin de ton aide que moi.

— OK. Je vais aller lui parler. Si les invitées arrivent, arrange-toi pour les faire patienter un moment.

Paige ajusta son oreillette.

— Eva ? Ne sors pas encore les gâteaux, OK ? Je vais d'abord aller voir ce qui se passe.

Ses cheveux bruns au vent, Paige se dirigea d'un pas ferme vers la future mariée.

Frankie ne se faisait pas de souci. Son amie trouverait une façon élégante de résoudre le problème. Elle n'était pas seulement une organisatrice-née, elle avait aussi un vrai talent pour dire la bonne chose au bon moment. Autre atout supplémentaire, crucial pour assurer le succès d'événements tels que celui-ci : Paige croyait dur comme fer aux happy ends.

Aux yeux de Frankie, ce genre de conviction relevait de l'illusion, voire du délire. Elle avait quatorze ans lorsque ses parents s'étaient séparés — son père, alors directeur des ventes d'une grosse entreprise, leur avait annoncé qu'il quittait la maison pour refaire sa vie avec une de ses jeunes collègues qui avait la moitié de son âge.

Et cela n'avait été que le début d'une longue série de désastres dans sa famille.

Le regard perdu dans le vague, elle fixa d'un œil distrait les joyeux rubans de couleur soulevés par la brise.

Comment faisaient-ils donc tous ? Quelles mystérieuses stratégies d'évitement employaient-ils pour ignorer les faits criants, nier les données statistiques accablantes, et se convaincre qu'*amour* rimait encore avec *toujours* ?

Toujours n'était qu'un leurre, un mensonge, un conte pour enfants en bas âge.

Soudain nerveuse, Frankie se passa la main dans le cou. Paige avait raison. Il n'y avait rien au monde qu'elle détestait autant que les mariages. Tout ce qui avait trait au nuptial l'oppressait, la remplissait de funestes pressentiments. Un peu comme lorsqu'on voyait une voiture foncer à vive allure sur l'autoroute en direction d'un gros carambolage. Le phénomène avait quelque chose d'inéluctable, à un point que ç'en était presque hideux. A chaque fois, cela lui donnait envie de fermer les yeux, de se boucher les oreilles et de hurler de manière stridente face à la catastrophe imminente.

Ce qu'elle ne voulait surtout pas, c'était assister au crash.

En voyant Paige prendre la future mariée en pleurs dans ses bras, elle détourna la tête. Par discrétion, se dit-elle, pour ne pas les gêner. En vérité, elle ne supportait tout simplement pas d'observer le drame de trop près. Le spectacle était trop cru. Trop réel. Voir cette femme effondrée lui rappelait des souvenirs qu'elle souhaitait oublier. Par chance, son job à elle ne consistait pas à gérer les débordements émotionnels de leurs clients. Elle était chargée des compositions florales. Si possible en respectant le ton et l'ambiance de chaque événement.

Aujourd'hui, le futur bonheur conjugal étant à l'ordre du jour, elle avait choisi des teintes crème et pastel en harmonie avec le très beau linge de table. Des célosies et des pois de senteur se mêlaient aux hortensias et aux roses dans des pichets en verre choisis pour répondre à « l'envie de simplicité » de la fiancée, pour reprendre ses termes.

La simplicité, bien sûr, était une notion toute relative. Le regard de Frankie glissa sur les deux longues tables qu'elles avaient dressées. La simplicité, pour elle, aurait consisté à distribuer quelques paniers de pique-nique aux convives gaiement éparpillés dans l'herbe. Mais les tables, en l'occurrence, étincelaient sous leur charge d'argenterie lourde et de cristal. Charles William Templeton était un avocat de renom recherché par la clientèle people. Comme il mariait sa fille unique, Robyn Rose, il ne se montrait pas regardant sur le budget. Le mariage était déjà programmé au Plaza Hotel. Au grand soulagement de Frankie, Urban Génie n'avait pas été sollicitée pour organiser l'événement.

Le brief défini avec la cliente pour son enterrement de vie de célibataire avait été le suivant : « *Garden-party* élégante avec une touche romantique ». Lorsque Robyn Rose avait mentionné les « fées des fleurs » et évoqué *Le Songe d'une nuit d'été,* Frankie avait manqué suffoquer. Mais grâce à Eva qui ne demandait pas mieux que de transformer un rêve romantique en réalité, elles avaient largement répondu à la demande.

Des chaises de location avaient été customisées avec des rubans assortis aux décorations de table. Pour tisser une atmosphère onirique, Eva avait réparti dans les arbres du jardin de délicats papillons en soie fabriqués main, et des kilomètres de dentelle ajoutaient une note de type « monde enchanté ». On aurait presque pu se croire pour de bon dans un conte de fées.

L'ombre d'un sourire glissa sur les lèvres de Frankie.

Il n'y avait qu'Eva pour être capable de concevoir un décor pareil.

Restait un unique élément de simplicité dans ce contexte : le pommier plus tout jeune qui abritait à présent la future mariée effondrée.

Frankie serrait déjà les fesses à la perspective d'avoir à parler aux invitées, lorsque Eva apparut à son côté, les joues rosies par le soleil.

— On sait ce qui s'est passé, alors ?

— Pas encore, non. Mais je peux te garantir que l'humeur n'est pas à la fête. Paige va devoir faire des miracles.

Eva regarda autour d'elle d'un air dépité.

— Ah zut, c'était si joli, pourtant. On a vraiment bossé dur pour parvenir à ce résultat. Normalement, j'adore ces enterrements de vie de jeune fille nouvelle génération où la future mariée réunit ses amies chez elle. C'est un peu comme une transition entre la vie d'avant et la vie d'après — la dernière étape avant que les jeunes mariés partent vers leur destinée commune, main dans la main sur fond de soleil couchant.

— Le coucher de soleil, c'est ce qui précède immédiatement l'obscurité des ténèbres, Ev.

— Tu ne pourrais pas au moins essayer de faire *semblant* de croire au travail que nous faisons ?

— Mais j'y crois fermement, je te jure ! Nous sommes une structure d'événementiel et nous excellons dans notre spécialité. Mais pour moi c'est un gagne-pain, rien d'autre.

— Tu vois les choses sous un angle tellement clinique ! Mais il y a aussi une part de magie dans notre métier, affirma Eva en effleurant d'un air rêveur une aile de papillon. Parfois nous sommes comme des fées qui aident certains souhaits à devenir réalité.

— Mon souhait à moi, c'était de monter avec mes deux meilleures amies une agence d'événementiel qui marche, donc effectivement je peux te donner raison sur ce point. Mais il n'y a aucune magie là-dedans, à part peut-être le fait qu'on soit encore capables de tenir debout après une journée de boulot de dix-huit heures. La fée caféine, oui, elle est magique, je te l'accorde. Et par chance, je suis capable de faire une bonne déco florale même si je ne crois pas aux happy ends. Ma responsabilité ne concerne que l'élément végétal.

Et elle adorait ça. Son histoire d'amour avec les plantes avait commencé très tôt, lorsqu'elle avait appris à se réfugier dans le jardin pour échapper aux tensions de la sphère domestique. Les plantes pouvaient être un art comme elles pouvaient être une science. Et elle les avait étudiées à fond, consciente que chacune avait des besoins particuliers. Certaines espèces trouvaient leur bonheur à l'ombre, comme les fougères, les gingembres et l'arisème. D'autres étaient des adoratrices du soleil, comme les céanothes et les coréopsis. Chaque plant requérait un environnement optimal. Placé au mauvais endroit, un sujet même robuste pouvait dépérir et mourir. Il fallait à chacun un habitat adapté pour s'épanouir.

Ce en quoi les plantes ne se distinguaient pas tant que cela des humains.

Elle adorait choisir la bonne fleur pour le bon événement, prenait plaisir à concevoir des arrangements mais, plus que tout, elle aimait planter, jardiner et observer le passage des saisons. De la fragile écume des floraisons printanières aux élégantes harmonies ocre et fauves des feuillages et baies de l'automne, chaque période de l'année multipliait ses dons.

— Elles sont belles, tes fleurs, d'ailleurs, reprit Eva en examinant l'un des bouquets que Frankie avait arrangés dans des pichets. Qu'est-ce que c'est ?

— Tu n'arrives même pas à reconnaître une rose ?

— Je ne te parle pas de la rose ! Celle qui est un peu argentée, là.

— *Cineraria maritima.*

Eva lui jeta un regard patient.

— Et, les gens normaux, ils l'appellent comment ?

— Séneçon cinéraire.

— Hum... Ça rend bien, ce gris argenté, en tout cas. Et tu les as entrelacées avec des pois de senteur.

D'un doigt songeur, Eva effleura une des fleurs-papillons d'un délicat teint pastel.

— C'était la fleur préférée de ma grand-mère, dit-elle. Je lui en mettais toujours dans un vase à côté de son lit. Les pois de senteur lui rappelaient son bouquet de mariée. J'adore la façon dont tu maries les fleurs. Tu as tellement de talent...

Le vacillement dans sa voix n'échappa pas à Frankie. Eva avait été très proche de sa grand-mère, et son décès l'année précédente l'avait fragilisée. Frankie voyait son amie batailler depuis des mois pour essayer de se relever de cette perte qui avait entamé sa joie de vivre.

Mais elle savait aussi qu'Eva ne voulait surtout pas s'effondrer alors qu'elles étaient censées assurer un événement.

— Tu sais que le pois de senteur, le *Lathyrus odoratus*, a été découvert il y a trois siècles par un moine sicilien ?

Eva déglutit avec peine.

— Non. Tu sais tellement de choses sur les fleurs...

— C'est mon métier. Que penses-tu de celle-ci ? C'est une rose Dentelle de Bruges. Très nuptiale, non ? Une fleur parfaite pour toi.

Se ressaisissant, Eva hocha la tête.

— Quand je me marierai, j'en voudrais des comme ça dans mon bouquet. Tu le confectionneras pour moi ?

— Sans une hésitation. Je ferai le plus beau bouquet qu'une mariée ait jamais connu, mais s'il te plaît ne pleure pas. C'est jamais bon, quand tu pleures. J'ai toujours peur que tu finisses liquéfiée — rien qu'une petite flaque triste sur le sol.

Eva se frotta le visage avec les mains.

— Tu serais heureuse pour moi si je me mariais, alors ? Même si tu ne crois pas à l'amour ?

— S'il y a une personne au monde qui peut me prouver que je me trompe, ce sera toi. Tu mérites le bonheur. J'espère que ton Homme Idéal passera au grand galop sur son blanc destrier et t'emportera sur sa selle pour la grande course vers le bonheur conjugal.

Eva se moucha.

— La scène ferait un peu désordre en plein milieu de la Cinquième Avenue. Et je suis allergique aux chevaux.

Frankie fit un effort pour ne pas sourire.

— Avec toi, il y a toujours quelque chose.

— Merci, Frankie.

— De quoi ?

— D'avoir réussi à me faire rire. Tu es la meilleure.

— C'est sûr. Et, si tu as envie de me faire une faveur à ton tour, c'est tout de suite. Quand les invitées vont débarquer, tu pourras les accueillir à ma place ?

Frankie vit Paige tendre un énième Kleenex à Robyn Rose.

— Je suis sûre que son fiancé l'a plaquée.

— Pas forcément. Il peut y avoir tout un tas d'autres

raisons. Peut-être que ce n'est rien et qu'elle a juste une poussière dans l'œil.

Frankie lui jeta un regard incrédule.

— Oui, bien sûr... Et tu crois aussi au Père Noël et à la petite souris, c'est ça ?

— Absolument. Et au lapin de Pâques.

Eva sortit prestement un minuscule miroir de son sac et vérifia la tenue de son maquillage.

— Sans parler des cloches qui t'apportent du chocolat.

— Ça ressemble à quoi, la vie sur la planète Eva ?

— C'est très beau, très doux. Et je t'interdis de contaminer mon petit univers enchanté avec tes vues cyniques sur l'existence. Il y a deux minutes, tu me parlais de l'Homme Idéal.

— C'était juste une basse manœuvre pour t'empêcher de pleurer. Je ne comprends pas que les gens s'exposent à l'épreuve fatale de l'amour alors que ce serait tellement plus simple pour eux de se poignarder la carotide et d'en finir tout de suite.

Eva frissonna.

— Tu as lu trop de romans noirs. Pourquoi ne pas essayer une romance contemporaine, pour changer ?

— Plutôt m'achever à coups de couteau de cuisine dans la poitrine.

Couteau ou pas couteau, son cœur était en charpie. Elle avait Robyn Rose sous les yeux, mais c'était sa propre mère qu'elle revoyait, pitoyable tas de chagrin affalé sur le carrelage de la cuisine. Son père, le visage livide, enjambait son corps secoué de sanglots et passait la porte, laissant le soin à sa fille de quatorze ans de se débrouiller avec les pots cassés.

Eva glissa son bras sous le sien alors qu'elle fixait sans le voir le pommier devant elle.

— Un jour, probablement au moment où tu t'y attendras le moins, tu tomberas amoureuse, Frankie.

C'était de l'Eva tout craché de sortir des pronostics pareils.

— Jamais, non.

Consciente que son amie était dans un état vulnérable, elle s'efforça de formuler son opinion en douceur :

— L'amour a le même effet sur moi que l'ail sur les vampires. Et puis j'adore être célibataire. Ne me regarde pas de cet air compatissant. C'est un choix pour moi, pas une sentence. Ni un état temporaire que je subis en attendant mieux. Il ne faut pas avoir de la peine pour moi. J'adore la vie que je mène.

— Tu dis toujours ça, mais imagine un corps chaud contre lequel te blottir la nuit...

— Avec la température qu'il fait en ce moment ? Et tu voudrais que je renonce à dormir en diagonale dans le lit ? Que je me prive de lire des polars jusqu'à 4 heures du mat' ? *Jamais.*

— Un livre ne peut pas remplacer un homme !

— Je ne suis pas d'accord. Un livre apporte quasiment l'équivalent d'une relation amoureuse. Un bouquin peut te faire rire, te faire pleurer, te faire oublier qui tu es. Il te transporte dans des mondes différents et t'apprend des milliers de choses. Tu peux même aller dîner avec lui quelque part. Et si tu te lasses de sa compagnie rien ne t'empêche de zapper et de passer au suivant. C'est plus ou moins ainsi que ça se passe avec un partenaire amoureux, non ?

A la différence de son père, sa mère, elle, ne s'était jamais remariée. Plutôt que de prendre une nouvelle fois le risque de jeter son dévolu sur un seul homme, elle avait choisi de faire dans le quantitatif et consommait désormais du mâle avec une ardeur boulimique que rien ne semblait plus devoir freiner.

Eva l'écoutait d'un air désolé.

— Tu vas recommencer à me faire pleurer. Et

l'intimité dans tout ça ? Tu peux connaître un livre, mais le livre, lui, ne te connaît pas.

— Je peux me passer d'être connue.

Oh ! surtout pas ça ! Si elle avait quitté la petite île où elle avait grandi, c'était précisément pour cette raison : les gens en savaient trop à son sujet. Chaque détail intime — et embarrassant au plus haut point — de sa vie privée avait été de notoriété publique.

Paige vint les rejoindre à grands pas.

— Bon. L'appel téléphonique, c'était le fiancé, annonça-t-elle d'un ton professionnel et décidé. Il laisse tomber le mariage.

Eva émit un son étranglé.

— Oh non ! C'est horrible pour elle.

Le ventre de Frankie se noua, même si elle avait déjà deviné de quoi il retournait.

— Peut-être que ce n'est pas si horrible que ça. Et que ça la sauve, au contraire.

— Comment peux-tu dire cela, Frankie ?

— Parce que ce mec ne sait pas ce qu'il veut, de toute évidence. Il l'aurait trompée tôt ou tard et elle se serait effondrée. Il vaut peut-être mieux que tout s'arrête maintenant avant qu'il lui ait fait trois enfants et qu'ils aient adopté cent un chiots dalmatiens. Ça limite les dommages collatéraux.

Et comme elle refusait d'admettre à quel point elle se sentait amère de voir ses pronostics pessimistes confirmés, elle se pencha pour retirer les roses Dentelle de Bruges des pichets.

— Dalmatiens ou pas dalmatiens, cent un chiots, c'est épuisant pour n'importe quel couple, lâcha Eva d'un ton qui se voulait léger.

— Et tous les hommes ne trompent pas leur femme.

Paige regarda l'heure sur son téléphone et l'espace

d'un instant le diamant à son doigt capta le soleil et brilla de mille feux.

Frankie eut un sursaut de culpabilité à sa vue.

Elle aurait dû garder pour elle ses sombres considérations sur le mariage. Eva était une romantique finie et Paige venait de se fiancer.

— Ce sera différent pour toi et Jake, marmonna-t-elle. Vous faites partie de ces rares couples qui sont réellement faits pour durer. Ne faites pas attention à mes élucubrations, toutes les deux. Je suis désolée.

— Tu n'as pas à être désolée.

Paige agita la main et le diamant scintilla de nouveau.

— Toi et moi, nous n'avons pas les mêmes attentes dans la vie. Et c'est très bien comme ça.

— Je ne suis pas toujours très marrante.

— Tu es fille de parents divorcés. Et cela n'a pas été un divorce facile. Nos expériences passées conditionnent en partie notre façon d'être aujourd'hui.

— Des fois, je me dis que j'en fais quand même un peu trop, à jouer les rabat-joie à plein temps. Ce n'est pas moi qui ai divorcé, après tout, ce sont mes parents.

Paige haussa les épaules.

— Mais tu as vécu les répercussions de très près et ça t'a marquée. C'est comme lorsqu'on lave une chaussette rouge avec un chemisier blanc. L'une déteint sur l'autre.

Frankie faillit sourire.

— Je suis quoi, dans ton histoire ? Le chemisier blanc ? Je ne suis pas sûre que ce soit vraiment mon style.

Eva l'examina d'un œil connaisseur.

— Je suis d'accord. Tu serais plus du style kimono de karaté.

— Robyn Rose est montée se remaquiller, annonça Paige, revenant aux considérations professionnelles du moment. Ses invitées vont arriver d'une minute à l'autre. Je vais aller leur expliquer la situation.

— On annule tout, je suppose ?

— Absolument pas, non. On maintient, mais ce n'est plus un enterrement de vie de jeune fille, c'est une réunion festive entre amies. Une célébration de l'amitié.

Frankie se détendit légèrement. Avec l'amitié, elle n'avait aucun problème. C'était un sentiment qu'elle avait toujours porté aux nues.

— C'est joli, comme idée. Comment tu t'es arrangée pour retourner la situation, Paige ?

— Je lui ai fait remarquer que les amis étaient là pour partager les bons et les mauvais moments. Même si elles ont été invitées pour les bons, si ce sont de vraies amies, elles resteront pour la soutenir.

— Et il n'y a rien de tel pour le moral que le champagne, les fraises et le soleil, approuva Eva. Tiens, la voilà qui revient.

Frankie se dirigea vers le pichet de fleurs sur la seconde table. Paige tendit la main pour l'arrêter.

— Elles sont superbes. Pourquoi veux-tu les enlever ?

— Les fleurs sont censées être dans la tonalité de l'événement. Et ces petites roses sont beaucoup trop nuptiales pour une fête de l'amitié.

Sans attendre que Paige lui donne sa bénédiction, Frankie les retira de chaque bouquet et les jeta dans la bordure. Les délicats pétales chutèrent à terre.

Et elle s'efforça de ne rien voir de symbolique dans son geste.

Frankie et ses amies regagnèrent leur *brownstone* à Brooklyn une heure à peine avant le coucher du soleil.

En nage, irritable et le moral plus sombre que jamais

après les événements de la journée, Frankie fouilla dans son sac pour en extirper ses clés.

— Si je ne rentre pas chez moi dans les cinq secondes, je meurs fondue sur place.

Paige s'immobilisa devant la porte d'entrée.

— L'un dans l'autre, on peut dire que ça ne s'est pas mal passé.

— Moi je trouve que c'est quand même rude, la façon dont il a plaqué Robyn Rose ! protesta Eva, indignée.

Paige fronça les sourcils.

— Je parlais de l'événement. Qui lui s'est déroulé à la perfection. Ça s'arrose, non ? Jake doit passer. On se retrouve sur le toit pour boire un coup ?

Frankie n'était certainement pas d'humeur à arroser quoi que ce soit.

— Pas ce soir, non. J'ai rendez-vous avec un bon bouquin.

Elle ne s'attarderait pas sur le destin trahi de Robyn Rose. Ne s'interrogerait pas sur la capacité de cette fille à se relever de cette épreuve. Ne se demanderait pas si celle-ci aurait le courage d'aimer de nouveau après une claque pareille. Ce n'était pas son problème.

Au moment où elle allait ouvrir, sa clé lui échappa des mains et elle vit Eva échanger un regard avec Paige.

— Ça va aller, Frankie ?

— Oui, oui, ça va. J'ai juste pris un coup de chaud.

Et le ciel n'était pas seul en cause dans l'affaire. Elle s'était aussi trouvée exposée à une marmite émotionnelle en pleine ébullition. Frankie ramassa la clé et s'essuya le front.

Eva secoua la tête.

— Tu devrais te mettre en jupe. On est tellement mieux par ce genre de températures.

— Tu sais bien que je n'en porte pas.

— C'est un tort quand on a des jambes canon comme les tiennes.

Frankie tenta d'enfoncer sa clé à l'aveuglette, mais sans succès.

— Bonne soirée et à demain, les filles.

— Attends juste une seconde.

Paige plongea la main dans son gros fourre-tout où elle stockait un attirail complet allant du détachant au rouleau de scotch, en passant par le coupe-ongles.

— On a pensé que tu aurais besoin de te changer les idées après cet enterrement de vie de jeune fille. Alors on a eu envie de te faire un petit cadeau.

Touchée par le geste, Frankie prit le paquet que son amie lui tendait.

— Vous m'avez acheté un livre ?

Elle l'ouvrit et écarquilla les yeux. Son humeur morose s'était évaporée d'un coup.

— Hé ! Mais c'est le nouveau Lucas Blade ! Il ne sort que dans un mois ! Comment avez-vous réussi cet exploit ?

Elle plaqua le roman contre sa poitrine. Elle en salivait presque. Rien de tel que de se laisser tomber dans le premier fauteuil venu pour se plonger dans la lecture.

— Eva a le bras long.

Deux fossettes creusèrent les joues de leur amie à la crinière blonde.

— J'avais dit à Mitzy que tu étais fan des bouquins de Blade et elle a exercé son autorité de grand-mère pour le forcer à te dédicacer un exemplaire. Cela dit, je me demande comment tu peux trépigner d'impatience à l'idée de te plonger dans un truc intitulé *La mort fait son come-back.* Moi je resterais debout toute la nuit à hurler de terreur. La seule chose que j'aime dans ce livre, c'est la photo de l'auteur en quatrième de couverture. Il est top canon, ce Lucas. Mitzy veut me le présenter, mais je ne suis pas sûre d'avoir envie de rencontrer un homme dont le meurtre est l'unique gagne-pain. Je crains qu'on n'ait pas grand-chose en commun, Lucas Blade et moi.

— Le livre est dédicacé ?

Frankie ouvrit son exemplaire et vit son nom tracé à l'encre noire, d'une écriture ample et pleine d'assurance.

— C'est vraiment cool. Merci, merci à toutes les deux. J'avais envie de le réserver en ligne, mais le prix m'avait fait reculer. Blade a tellement de succès que ses livres sont de plus en plus chers. Je n'en reviens pas que vous ayez fait ça pour moi.

Eva lui décocha un clin d'œil.

— Si on te demandait ta définition du cauchemar, tu répondrais quoi ? Le mariage et les enterrements de vie de jeune fille, non ? Et ça ne t'a pas empêchée de faire un super boulot quand même. Alors on a eu envie de te faire plaisir ce soir. C'est notre façon de te témoigner notre gratitude. Si l'histoire te terrifie et que tu as besoin de compagnie, n'hésite pas à cogner à notre porte.

La gorge de Frankie se noua. C'était ça, l'amitié. Comprendre quelqu'un.

— Mais j'espère bien que ça va me terrifier ! C'est le but.

Eva secoua la tête d'un air dérouté.

— Je t'adore, Frankie, mais je crois que je resterai à jamais incapable de te comprendre.

Frankie sourit. « Comprendre quelqu'un » n'était peut-être pas la bonne définition, tout compte fait. Aimer d'amitié, c'était accepter l'autre sans partager pour autant sa façon d'être ni ses convictions.

— Je suis ravie, en tout cas. Vous êtes les meilleures, les filles.

La clé finit par se glisser dans la serrure et Frankie se retrouva entre les quatre murs de son appartement-refuge. Retirer ses lunettes fut son premier réflexe sitôt la porte refermée derrière elle. Les montures étaient lourdes et elle se massa la racine du nez du bout des doigts tout en couvant des yeux son cher espace de vie. Son rez-de-chaussée n'était pas grand, mais elle l'avait arrangé à son goût, avec quelques beaux meubles dégottés sur des sites de revente en ligne. Le canapé confortablement rembourré, sauvé de justesse de la déchetterie, avait été recouvert de plaids par ses soins. Mais ce qu'elle aimait le plus, dans son appartement, c'était ses plantes. Elles colonisaient hardiment toutes les surfaces disponibles, affichant toutes les nuances de vert possibles, avec de joyeuses envolées de couleur ici et là qui formaient comme un prélude au petit jardin vers lequel elles orientaient le regard.

Frankie avait transformé sa minuscule cour entourée de murs en une vraie tanière de feuillage et de verdure : chèvrefeuille aux odorantes floraisons roses et jaunes, clématites des montagnes et ipomées, toutes palissées sur des treillages. Partout, pots et suspensions débordaient de plantes retombantes. Pervenches, euphorbes et bacopas s'entremêlaient sur le revêtement en bois de cèdre qui avait droit à ses quelques heures de soleil chaque jour. Une lampe marocaine sur un petit guéridon servait pour les soirées qu'elle décidait de passer seule dans son domaine plutôt qu'avec ses amis sur le toit.

Le calme et la paix l'enveloppaient dans son mini jardin enchanté en pleine ville. Et la perspective de se plonger dans un livre dont elle guettait la sortie depuis des mois améliorait son humeur de façon significative.

C'était la vie qu'elle avait choisie. La vie qu'elle aimait.

Très peu pour elle, les sentiments et leurs montagnes russes de folie qui vous mettaient l'estomac en vrac. Non seulement elle n'en ressentait pas le besoin, mais elle ne voyait vraiment pas ce que l'amour pouvait avoir d'attractif. Elle, passer une soirée entière l'œil rivé sur son téléphone, à se désespérer de ne pas voir tomber le message tant attendu ? Jamais de la vie ! Quant à gaspiller un seul mouchoir pour ces idioties, c'était hors de question. Alors une boîte de Kleenex entière...

Fascinée, elle ouvrit son nouveau polar à la première page. Mais, si elle commençait à le lire maintenant, elle ne sortirait plus le nez du roman. Elle referma le livre. Priorité numéro un : filer sous la douche et enfiler une tenue propre.

Comme le lendemain était un dimanche et que son boulot était à jour, elle pourrait lire la nuit entière si l'envie lui en prenait et dormir jusqu'à midi sans déranger personne.

Un des nombreux avantages du célibat...

Elle reposa le thriller. Non vraiment, pourquoi donc l'écrasante majorité de ses contemporains était-elle si pressée de troquer ce statut en or contre les contraintes de la vie à deux ?

Même si elle adorait ses amies, elle était contente d'habiter seule. Paige et Eva partageaient depuis des années l'appartement au-dessus du sien. Et, même si Paige passait désormais beaucoup de temps chez Jake, elle continuait de dormir dans son ancienne chambre une partie de la semaine. Probablement plus par scrupule à l'idée de laisser Eva seule que par désir réel de se garder un lieu à elle.

Les rêves romantiques d'Eva, qui tournaient autour de la famille, Frankie pouvait les comprendre, même si elle ne les partageait pas. Il y avait famille et famille ;

même elle était assez lucide pour le reconnaître. Mais la sienne avait été compliquée, exaspérante, embarrassante, égoïste et, bien trop souvent, blessante.

Le problème avec les blessures infligées par ses proches, c'était qu'elles étaient aussi tenaces qu'insidieuses. Et qu'elles refusaient de se refermer, surtout. Sans doute parce qu'elles avaient été infligées à un âge où elle était encore dépendante de ses parents.

La façon dont elle avait vécu ses années d'adolescence avait eu une influence déterminante sur la femme qu'elle était aujourd'hui.

Son passé était la raison pour laquelle elle ne pouvait pas assister à un mariage sans être tentée d'interrompre la cérémonie pour supplier le futur couple de réfléchir à deux fois avant de prendre cet engagement catastrophique.

C'était pour les mêmes raisons qu'elle ne portait jamais de rouge, détestait les jupes et était inapte à vivre une relation ne serait-ce que vaguement durable avec un homme.

Cela expliquait aussi pourquoi elle se sentait incapable au plus profond d'elle-même de retourner sur l'île où elle avait grandi.

Puffin Island était un paradis pour les amoureux de la nature comme elle, pourtant. Mais trop de souvenirs étaient associés à ce lieu. Sans compter que les habitants de l'île avaient tendance à faire la grimace lorsqu'on évoquait le nom des Cole.

Une hostilité qu'elle ne comprenait que trop bien.

Elle avait grandi avec une réputation que les frasques de sa mère avaient entachée d'avance. Et la triste renommée de sa famille faisait partie des raisons qui l'avaient poussée à déménager à New York. Ici au moins, lorsqu'elle entrait dans un magasin, les gens parlaient d'autre chose que des amants de Gina Cole.

Ici, les gens ignoraient que son père avait tout plaqué pour une gamine qui aurait pu être sa fille, et que sa mère se consolait en enchaînant des « plans Q » à répétition. Et, même si les gens d'ici l'avaient su, ils s'en seraient fichés comme de leur première trottinette.

Elle avait laissé son passé et sa famille derrière elle avec un sentiment de délivrance. Jusqu'au moment où sa mère, six mois plus tôt, avait cessé de sillonner le pays pour courir de job en job et d'homme en homme, et était venue à son tour poser ses valises à New York.

Après des années de contacts sporadiques, cette dernière affichait une soudaine détermination à resserrer les liens mère/fille. Frankie vivait chacune de leurs rencontres comme une vraie torture. A la colère et à la honte que suscitait en elle la sexualité débridée qu'affichait sa mère venait se mêler un sentiment permanent de culpabilité. Pourquoi manquait-elle à ce point de générosité envers la femme qui lui avait donné la vie ? Cette dernière, après tout, avait été la principale victime de l'infidélité de son père. Alors pourquoi avait-elle tant de mal à faire preuve d'indulgence ?

Elle se disait que cela venait de leur trop grande différence, du gouffre qui séparait leurs deux personnalités.

Mais avaient-elles toujours été ainsi, mère et fille, et pourtant aux antipodes l'une de l'autre ? Ou avait-elle créé ce décalage de toutes pièces en faisant tout ce qui était humainement possible pour devenir l'anti-Gina Cole par excellence ? Le souvenir le plus net qu'elle conservait de ses années d'adolescence, c'était sa farouche détermination à se démarquer de sa mère par tous les moyens possibles.

Rejetant ces pensées déstabilisantes, Frankie se débarrassa de ses vêtements et alla se servir un verre de vin à la cuisine. Là-haut, Paige et Eva devaient être en pleine réunion informelle de débriefing. Elle fit la grimace, soulagée d'avoir échappé à la discussion post-événementielle. Le drame de l'après-midi l'avait déjà assez secouée comme ça. Elle n'avait aucune envie de ressasser les détails. Pas besoin de se lancer dans un examen approfondi de la scène de crime pour déterminer ce qui n'avait pas fonctionné : le futur marié avait largué la femme qu'il s'était engagé à épouser. Du point de vue de Frankie, l'autopsie était inutile et l'enquête déjà close puisque le trou laissé par la balle qui avait traversé le cœur de la victime se voyait comme le nez au milieu de la figure. Son urgence du moment, c'était de chasser ces histoires de mariage avorté de ses pensées.

Ouvrant les robinets de la douche, elle lava à grande eau la fatigue et le stress de la journée.

L'événement aurait pu tourner au désastre mais, avec son tact et sa finesse habituels, Paige avait su limiter les dégâts.

Et les amies de Robyn Rose avaient été à la hauteur, elles aussi. Leur réaction avait été chaleureuse et elles avaient témoigné leur soutien en trouvant les mots appropriés. Il y avait même eu des rires et de la bonne humeur lorsqu'elles avaient partagé le champagne ainsi que les gâteaux d'Eva. Faisant corps ensemble en un petit groupe soudé, elles avaient célébré leur amitié.

Ah, l'amitié...

Revigorée par sa douche, Frankie s'enroula dans un drap de bain. L'amitié était une des rares valeurs sur lesquelles elle savait pouvoir compter. Où serait-elle sans ses amies ?

Même si elle n'était pas d'humeur à prendre l'apéro et à discuter sur leur *rooftop* préféré, elle trouvait réconfortant de les savoir tout près pendant qu'elle s'installerait dans un fauteuil avec son bouquin et qu'elle se plongerait dans sa lecture.

Elle enfila des leggings noirs et un T-shirt, disposa de fines tranches de fromage sur une assiette et ouvrit son thriller. Très vite immergée dans l'ambiance glauque du roman, elle faillit hurler lorsqu'un grand bruit s'éleva de la cuisine.

— Oh nom d'un chien !

Prise dans l'atmosphère noire du crime, il lui fallut une seconde pour reprendre ses esprits et comprendre qu'un de ses pots d'herbes aromatiques posé en équilibre précaire sur le rebord de la fenêtre venait de se briser sur le carrelage.

Elle n'avait pas besoin de mener l'enquête pour identifier le responsable du forfait — elle connaissait déjà le coupable.

Pas un tueur en série, mais un chat de gouttière du genre frondeur.

— Miss Tigresse ? C'est toi ?

Son livre à la main, elle passa dans la cuisine, vit le terreau et les éclats de pot cassé qui jonchaient le sol ainsi qu'un félin terrifié à la robe abricot.

— Oups ! Fais attention où tu mets les pattes, toi.

Les poils dressés presque à la verticale, la chatte fila sous la table de la cuisine et la dévisagea à distance prudente.

— Tu t'es fait peur, on dirait ? Et tu as failli me valoir une crise cardiaque, au cas où tu te poserais la question.

Très calme, Frankie posa son livre sur la table et s'accroupit pour nettoyer le bazar. La chatte se recroquevilla encore un peu plus dans sa cachette.

— Qu'est-ce que tu fais ici, d'ailleurs ? Où est Matt ? Il n'est pas encore rentré du travail ?

Matt — le frère aîné de Paige et le propriétaire des

lieux — occupait les deux étages du haut. Il était architecte paysager établi à son compte et avait déniché la vieille *brownstone* à l'abandon des années plus tôt, la retapant avec amour pour la diviser en trois appartements. Les quatre occupants de l'immeuble vivaient en harmonie presque parfaite. Les *cinq* occupants, plutôt, si on comptait la chatte traumatisée que Matt avait adoptée.

Attentive à ne faire aucun mouvement brusque, Frankie nettoya les dégâts à l'aide d'une pelle et d'une balayette. Puis elle prit une boîte pour chat, sur une étagère tout en continuant de parler à Miss Tigresse d'une voix rassurante :

— Tu as faim, je parie ?

Comme la chatte persistait à attendre sans broncher, Frankie ouvrit la boîte et en versa le contenu dans une gamelle en inox qu'elle avait achetée après la première visite de Miss Tigresse chez elle.

— Voilà. Je te pose ça là et je te laisse tranquille.

Elle s'éloigna de quelques pas et vit la chatte se diriger vers sa pâtée avec prudence. Miss Tigresse faisait toujours preuve de la plus grande circonspection envers les humains.

Ayant elle-même une attitude similaire envers les individus de sa propre espèce, Frankie n'avait aucun mal à s'identifier à elle.

— Je ne sais pas comment tu as fait pour descendre de l'appartement de Matt, mais j'espère que tu as été prudente. Il ne faudrait pas que tu te fasses mal en sautant.

La pauvre Miss Tigresse avait déjà pris suffisamment de coups comme cela, dans sa courte existence. Avant que Matt l'adopte, la chatte avait subi de telles maltraitances qu'elle ne faisait confiance à personne sauf à son maître. Et même lui récoltait régulièrement des coups de griffes s'il avait le malheur de faire un geste un peu trop brusque.

Miss Tigresse renifla sa gamelle avec précaution et Frankie recula d'un pas supplémentaire pour lui laisser plus d'espace.

Faisant mine de se désintéresser de la chatte, elle se versa un doigt de vin supplémentaire pour remplir son verre, se recoupa du fromage et prit place à la table de cuisine qu'elle avait reçue de ses amis en cadeau de crémaillère. C'était son endroit préféré où s'asseoir, surtout tôt le matin. Elle aimait ouvrir ses fenêtres et regarder le soleil inonder le jardin, emmagasinant chaleur et lumière.

— Et si on arrosait ta visite, Miss Tigresse ?

Elle leva son verre dans un geste solennel.

— Buvons au célibat ! Je peux aller où je veux, faire ce que je veux et je ne dépends de personne. Je mène ma barque dans les eaux où je choisis de naviguer. La vie est belle.

Miss Tigresse renifla de nouveau la pâtée, son œil méfiant toujours vissé sur Frankie. Puis, d'un coup, la chatte se détendit et se mit à manger. La bouffée de joie qui envahit Frankie devant cette preuve de confiance la prit par surprise. Tiens, et si elle adoptait un chaton, elle aussi ?

A la différence de nombreux humains, le chat cultivait l'indépendance et savait faire respecter son espace personnel.

Apaisée à cette idée, elle reprit son livre et se replongea dans sa lecture avec voracité. A mi-chemin du troisième chapitre, elle entendit frapper à la porte. Miss Tigresse se pétrifia, les poils dressés.

Réprimant une exclamation de contrariété, Frankie attrapa un bout de papier en guise de marque-page.

— Calme-toi, Miss Tigresse. C'est juste Paige ou

Eva, donc tu n'as pas besoin d'avoir peur. Je parie qu'elles sont à court de vin. Essaie de ne pas casser un de mes pots pendant que je vais ouvrir.

Elle tira le battant à elle.

— Vous avez déjà bu comme des brutes, bandes de poivrotes, et vous n'êtes même plus capables de... Oh...

C'était Matt qui se découpait dans l'encadrement de la porte, même si « se découper » ne semblait pas être le terme approprié, tellement il semblait remplir tout l'espace. Non seulement il était grand, mais il avait pris un torse de bûcheron à force d'enchaîner de longues journées de travail physique sur ses chantiers. Il aurait pu être intimidant, mais un sourire lui relevait les coins de la bouche et adoucissait le côté « masculinité brute » de son allure. Matt Walker était le genre d'homme sur lequel les femmes se retournaient dans la rue. Mais, son principal atout, c'était ce petit sourire subjuguant à vous couper le souffle. Aucun risque pour lui de se trouver un jour à court d'admiration féminine.

— Non seulement je n'ai pas bu comme une brute mais, jusqu'à maintenant, je n'ai pas encore ingurgité une seule goutte d'alcool. Cela dit, j'espère remédier à cette situation au plus vite.

Il fronça les sourcils en regardant le battant de la porte.

— Tu devrais utiliser la chaîne de sécurité que je t'ai installée.

— Normalement, je la mets. Mais je croyais que c'était Paige.

Matt sentait bon. Comme la brise en bord de mer lorsqu'elle se mêle à la pluie d'été. Son odeur donnait envie à Frankie d'enfouir le visage dans son cou et de se remplir de lui à pleins poumons.

Grande question : lequel des deux serait le plus gêné si elle cédait à cette impulsion quelque peu incongrue ?

Elle, sans l'ombre d'un doute. Il en fallait beaucoup pour embarrasser Matt Walker.

— Je te dérange ? Tu sors de la douche ?

Le regard de Matt glissa sur ses cheveux humides et, soudain nerveuse, elle y porta la main. Lorsqu'ils étaient mouillés, ils prenaient une couleur assez moche. « On dirait qu'ils sont rouillés, tes tifs », avait commenté un garçon de son lycée, un jour où ils avaient été surpris par une grosse pluie d'orage. Et lorsqu'elle rougissait — comme c'était le cas maintenant à cause des drôles de fantasmes qui lui passaient par la tête en présence de Matt — la couleur de sa peau jurait horriblement avec le roux calamiteux de son insupportable chevelure.

— Tu ne me déranges pas, mais si tu cherches Paige et Eva elles sont sur le toit.

— Ce n'est pas elles que je cherche. J'ai perdu Miss Tigresse et je me demandais si tu l'avais vue récemment ?

— Elle est ici. Entre. Je viens d'ouvrir une bouteille de vin.

Si elle lui proposait spontanément de prendre un verre, c'était juste parce que c'était Matt, bien sûr. Matt qu'elle connaissait depuis toujours et à qui elle vouait une confiance totale.

— Tu m'invites à boire un coup ?

Son regard pétilla d'humour.

— Je suis honoré, dit-il. On est samedi soir et je sais que tu aimes qu'on te fiche une paix royale quand tu décides de te boucler chez toi après le boulot.

Le fait qu'il la connaissait si bien rendait leurs rapports simples et spontanés. Ils étaient à l'aise l'un avec l'autre.

— Exact. Mais en tant que proprio tu bénéficies de privilèges particuliers.

— Ah oui ? J'ignorais que j'avais certains droits spéciaux sur toi. A quels autres avantages puis-je prétendre que je n'aurais pas encore exigés jusqu'ici ?

— Un verre de vin occasionnel figure sur la liste.

Elle ouvrit la porte en grand et il passa devant elle pour s'avancer dans l'appartement.

Le regard de Frankie s'attarda sur ses épaules. Elle avait beau aimer le célibat, elle n'en restait pas moins humaine. Et les épaules de Matt méritaient vraiment le coup d'œil. Rien qu'à les regarder, elles donnaient envie de se blottir tout contre. A condition d'être du genre à aimer se faire protéger, bien sûr. Ce qui n'était pas son cas. Mais, même ainsi, on ne pouvait nier qu'il était sexy sous tous les angles, recto verso. Il allait sans dire que le trouble sensuel que Matt produisait chez elle restait un secret bien gardé. Un secret dont elle ne parlerait jamais, même à ses amies les plus proches.

Ce n'était rien du tout, en somme. Juste une petite parenthèse fantasmatique cachée. Avec Matt, elle pouvait se laisser aller à quelques rêveries colorées d'érotisme, sachant que personne ne le saurait jamais.

Frankie referma la porte derrière lui.

— Comment as-tu perdu ton chat, alors ?

— J'ai laissé la fenêtre ouverte mais, jusqu'ici, elle ne s'était encore jamais risquée à l'escalader. Je ne sais pas si je dois être fier qu'elle ait enfin trouvé le courage de pousser son champ d'exploration plus loin ou si je dois trouver préoccupant qu'elle ait éprouvé le besoin de me fuir.

— Hum... tout dépend. S'agit-il d'un phénomène récurrent ? Cela se reproduit-il à intervalles réguliers ? Vois-tu souvent la gent féminine, toutes espèces confondues, courir aux abris à ton approche ?

Non, bien sûr. Au contraire, même.

— Oui ! Les femmes me fuient tout le temps. C'est horriblement dur pour mon ego.

Matt était cool, décontracté, et elle aimait son humour. Le cœur de Frankie se mit à palpiter, comme chaque fois qu'elle était seule en sa présence.

Et, comme toutes les autres fois avant, elle fit comme si de rien n'était.

A la différence de sa mère, elle ne considérait pas qu'une attirance sexuelle était forcément appelée à se traduire par un passage à l'acte immédiat. Entre l'amitié à long terme et le sexe sans lendemain, elle choisissait la première option sans hésiter. A ses yeux, il y avait des milliers de choses plus intéressantes au monde que d'avoir une quelconque activité sexuelle — qui n'entraînait jamais que des complications, des attentes irréalistes et des pressions en tous genres.

« Si les prestations au lit étaient notées, je ne t'accorderais même pas la moyenne, avec en prime l'appréciation « Peut mieux faire ». »

Elle fronça les sourcils, étonnée que ce souvenir lui remonte à l'esprit maintenant. Ce type avait été infect. Un connard fini avec un ego tellement démesuré qu'il aurait eu besoin qu'on lui attribue un code postal pour lui tout seul.

Alors que Matt, lui, était un ami depuis toujours. Elle le voyait régulièrement, chez les uns et chez les autres. Et aussi sur leur *rooftop*, lorsqu'ils se retrouvaient pour boire un verre ou pour une de leurs nuits du cinéma. Les vendredis soir, c'était soirée pizza au Romano's, le resto local italien tenu par la mère adoptive de Jake.

Elle considérait son amitié avec Matt comme un

des liens affectifs majeurs qui donnaient du prix à son existence.

C'était d'ailleurs une des raisons pour lesquelles elle tolérait sa folle furieuse de chatte.

— Je pense que tu devrais être content que Miss Tigresse ait trouvé le chemin de mon appartement. Ça montre qu'elle gagne en assurance. Avec un peu de chance, elle s'arrêtera bientôt de tous nous griffer jusqu'à l'os. Viens voir, elle est dans la cuisine.

Matt lui emboîta le pas et son regard tomba sur les rebords de fenêtre encombrés de pots.

— Tu fais pousser des aromatiques, maintenant ?

— Quelques-unes. Thym, basilic, persil italien, coriandre. Je les cultive pour Eva.

— Le persil italien ? Ça existe, ça ? J'ai pourtant voyagé en Italie, quand j'étais à la fac, mais j'étais passé à côté de cette particularité locale.

Il se dirigea vers la fenêtre et contempla le jardin.

— Tu en as fait un endroit vraiment à part. Un vrai îlot enchanté au cœur de la ville. J'ai de la chance de t'avoir comme locataire, tu sais.

Dans leurs discussions, ils avaient l'habitude d'aborder les sujets les plus variés, mais il était rare que Matt émette un commentaire aussi personnel.

Elle en était troublée — et fâchée de devoir l'admettre.

— C'est moi qui ai de la chance. Si tu n'avais pas été là, je vivrais dans un studio grand comme un mouchoir de poche et je serais obligée de stocker mes petites culottes dans le four, faute de place. Tu sais comment c'est, à New York.

Gênée, elle s'accroupit pour caresser le chat, ce qui eut pour effet immédiat de faire détaler Miss Tigresse sous la table.

— Oups. Approche un peu trop directe. Je l'ai stressée, la pauvre.

Matt se retourna.

— Elle va quand même bien mieux. Il y a quelques mois, elle ne serait jamais descendue te rendre visite.

Il s'assit sur une chaise de cuisine et Miss Tigresse rampa aussitôt hors de sa cachette pour bondir sur ses genoux.

— Merci de l'avoir nourrie, au fait.

— De rien.

Frankie regarda la chatte s'étirer... puis perdre l'équilibre et sortir ses griffes pour se raccrocher. Matt la rattrapa en la retenant par la peau du dos et la maintint en sécurité contre les muscles durs de ses cuisses.

Les yeux rivés sur la main de ce dernier, Frankie suivait le mouvement régulier de ses doigts caressants. Des ondes de chaleur couraient en elle et l'envahissaient petit à petit.

— Ça va, Frankie ?

— Pardon ?

Elle détacha les yeux du va-et-vient hypnotique de ses doigts et vit la lueur dans les yeux de Matt.

— Tu as une façon étrange de fixer ce chat.

Le chat ? Euh... comment dire ?

— Je... euh...

Il y avait un moment qu'elle avait cessé de regarder Miss Tigresse...

— Je me disais qu'elle était encore un peu maigrichonne.

— Le véto m'a expliqué que cela prendrait du temps avant qu'elle reprenne tout le poids perdu pendant qu'elle était enfermée dans cette espèce de cave sordide.

Le pli sévère de la bouche de Matt rappela à Frankie que même l'infinie tolérance de ce dernier avait ses limites.

Mais, d'un seul coup, il retrouva le sourire.

— Je t'ai déjà vue avec ce T-shirt ? Il te va bien, je trouve.

— Quoi ?

Désarçonnée à la fois par le sourire et par la remarque, elle étudia le visage de Matt d'un œil perplexe.

Tel qu'elle le connaissait, il semblait exclu qu'il se paye sa tête. Donc cela ne pouvait signifier qu'une chose...

— Tu as un service à me demander, n'est-ce pas ?

Elle le regarda droit dans les yeux.

— Si c'est le cas, tu peux le faire directement, sans passer par la case « Comme tu es jolie avec ce T-shirt » ! Grâce à toi, je vis dans le meilleur appart de Brooklyn et en plus tu es un ami de longue date, donc tu peux me demander plus ou moins n'importe quoi et je le ferai très volontiers.

— Ça aussi, ça fait partie de mes privilèges de proprio ?

Il souleva la chatte en douceur et la posa sur le sol.

— Tu n'aurais peut-être pas dû me parler de ça. Je pourrais être tenté de faire valoir mes droits.

Serait-il en train de flirter avec elle ?

Une étrange confusion brouillait soudain les repères de Frankie. Avec Matt, elle savait toujours où elle en était, d'habitude. Alors pourquoi se sentait-elle soudain en territoire inconnu ?

Evidemment qu'il ne flirtait pas avec elle ! Ce n'était pas du tout leur style. Elle ne savait pas comment s'y prendre, pour commencer. Les compétences qu'elle avait mis une décennie à développer lui servaient à repousser les hommes. Pas à les attirer dans ses filets.

De toute façon, Matt ne s'intéresserait jamais à une fille comme elle. Il lui manquait tous les ingrédients de base pour lui plaire : la classe, l'expérience, le talent pour les choses de l'amour.

C'était le moment de sortir un truc léger et drôle pour détendre l'atmosphère. Mais, manque de bol, son sens de la repartie était en panne.

Matt soutenait calmement son regard.

— Je t'ai fait un compliment, Frankie. Tu n'es pas obligée de l'examiner sous toutes les coutures pour essayer de détecter les défauts de fabrication et d'éventuels micros espions cachés. Il suffit de dire merci et de passer à autre chose.

Un compliment ?

Mais pourquoi ? Il ne lui en faisait jamais.

— Ça fait cinq ans que j'ai ce T-shirt, Matt. Et on ne peut pas dire qu'il « casserait trois pattes à un canard », comme disait ma grand-mère.

— Je n'ai pas dit que j'aimais ton T-shirt. Je t'ai dit qu'il t'allait bien. C'est différent. Je te complimentais *toi,* pas ton vêtement. Tu m'avais proposé un verre de vin, je crois ?

Il était passé en douceur d'un sujet à un autre. Irritée contre elle-même, Frankie prit la bouteille et un verre.

Pourquoi fallait-il toujours qu'elle réagisse de façon aussi défensive, rigide et compliquée ? Etait-ce si difficile que cela de flirter sans arrière-pensée avec un bon copain ? Eva faisait ça à merveille. Et Paige se débrouillait tout aussi bien.

Elle était la seule à ne pas savoir jouer à ce jeu de séduction innocent qui n'engageait à rien. Il était temps de faire l'achat d'un manuel approprié. « Le Flirt pour les Nuls », ça devait bien exister. Ou « Comment éviter de se ridiculiser en compagnie d'un homme. Avec leçons et exercices pratiques à l'appui ».

— C'est du montepulciano. Ou tu préfères une bière ?

— Une bière m'irait bien.

Elle se baissa pour en sortir une du réfrigérateur et se força à se détendre. Plus tard, quand Matt serait parti, elle taperait « techniques soft pour flirter » dans un moteur de recherche. Et, pour éviter que des scènes comme celles-ci ne se reproduisent, elle mémoriserait quelques répliques de base. S'il arrivait encore qu'un mec lui fasse un compliment, elle aurait une repartie toute prête à dégainer. Ce serait nettement plus relax que de traiter le moindre commentaire sur sa personne comme si elle avait affaire à un virus informatique contagieux.

— Tu as passé une bonne journée, Matt ?

— J'en ai connu des meilleures.

Il décapsula sa bière.

— C'est le duo infernal classique : trop de boulot, pas assez de temps. Tu te souviens du contrat que j'ai décroché il y a quelques mois ?

— Tu en décroches tout le temps, des contrats.

— Un toit-terrasse dans l'Upper East Side.

— Ah oui, ça me revient.

Cette conversation-ci lui allait mieux. Tout redevenait simple, normal et rassurant.

— C'était une super opportunité, je m'en souviens. Tu as un problème de planification ?

— Pas de planification, non. De ce côté-là, ça va. Mon gros souci, c'est que Victoria nous a quittés hier.

Frankie connaissait bien Victoria, avec qui elle avait étudié l'horticulture au Brooklyn Botanic Garden. C'était d'ailleurs elle qui l'avait recommandée à Matt.

— Elle est partie comme ça ? Elle n'avait pas de préavis à donner ?

— Techniquement si. Mais sa mère est gravement malade. Je lui ai dit de laisser tomber et de retourner là-bas pour faire ce qu'elle avait à faire.

Cela ne l'étonnait pas de la part de Matt. C'était

quelqu'un qui donnerait toujours la priorité à une urgence familiale. Probablement parce que les Walker formaient un clan soudé. Rien à voir avec sa désastreuse famille à elle.

— Et tu ne crois pas qu'elle va revenir ?

— Non. Elle retourne vivre dans le Connecticut pour se rapprocher de sa mère.

— Du coup, tu te retrouves privé de ton horticultrice au moment où tu aurais le plus besoin d'elle.

Les toits-terrasses étaient la spécialité de Matt. Ses chantiers étaient très variés, allant de la maison de particulier aux immeubles commerciaux.

— Et le reste de ton équipe ?

— La spécialité de James, c'est l'aménagement paysager. Et Roxy est bosseuse et motivée, mais elle n'a aucune formation. Victoria avait commencé à lui enseigner les bases du métier, mais elle n'a pas encore les compétences nécessaires pour concevoir, dessiner et planter un jardin toute seule.

Il posa sa bière sur la table.

— Il va falloir que je recrute de toute urgence. En espérant que je tomberai directement sur l'oiseau rare. Sinon, je ne sais pas ce que je vais faire.

Matt reprit une gorgée de bière, et le regard de Frankie fut attiré par le mouvement de sa glotte. Il avait un cou puissant, et on voyait sur ses joues l'ombre rugueuse d'un début de barbe. Il était beau à tomber, avec un corps ferme et musclé, sculpté par des journées de travail passées les manches relevées, à remuer la terre et à trimballer des matériaux lourds. Même dans ses jeans de chantier, il gardait une forme d'élégance. C'était d'ailleurs son goût sûr, sa créativité et son sens du design qui avaient fait le succès de sa boîte.

Si elle avait été à recherche d'un homme, Matt aurait été un candidat de choix.

Mais elle n'était pas demandeuse.

Ne conseillait-on pas toujours de jouer en misant sur ses atouts majeurs ? Or, elle était nulle et archinulle en amour.

Matt reposa sa bière et, pendant un bref instant, son regard retint le sien. Il y avait une intimité dans ce regard qui lui fit battre le cœur plus vite, et sa respiration s'accéléra.

Stop. Tu te racontes des histoires, Frankie.

Elle avait une imagination beaucoup trop riche, passablement suractivée par une vie sexuelle trop pauvre.

Frankie détourna les yeux.

— Je connais pas mal de monde. Je passerai quelques coups de fil. Végétaliser un toit-terrasse requiert des compétences spécialisées. Il ne suffit pas de planter de jolies petites fleurs. Il faut créer un écosystème avec des arbres et des buissons, et les disposer de façon à avoir de la couleur toute l'année.

— Oui, je sais. Il me faut quelqu'un d'expérimenté, rompu aux complexités de ce genre de projet. Il faudra à la fois que la personne soit compétente et sache s'adapter, tout en restant cool. Je bosse au sein d'une toute petite équipe. Chez nous, il n'y a de place ni pour les divas ni pour les ego trop développés.

— Je comprends, oui.

C'était stupide de sa part de se sentir aussi troublée alors que Matt l'avait plus ou moins connue au berceau. Le fait que l'adolescent longiligne soit devenu un homme totalement irrésistible n'aurait pas dû avoir un tel impact sur ses hormones.

Matt était le frère aîné de sa meilleure amie et il avait grandi sur la même île qu'elle, au large des côtes du Maine. Il avait connu, lui aussi, les aspects étouffants des petites communautés insulaires où les gens vivent en permanence les uns sur les autres. Même si sa vie sur Puffin Island avait été sans rapport avec la sienne, évidemment... Un quotidien comme le sien, elle ne connaissait pas grand monde qui aurait pu s'en targuer.

Lorsque la liaison de son père avait été connue de tous et qu'il les avait quittées pour une femme qui avait l'âge d'être sa fille, sa mère avait réagi en se lançant dans une quête sexuelle débridée. Elle avait proclamé haut et fort qu'elle s'était mariée trop jeune et qu'elle avait une jeunesse perdue à rattraper. Décidée à se « retrouver », elle s'était ensuite coupé les cheveux, avait perdu dix bons kilos — et avait commencé à emprunter les jupes de sa fille encore adolescente. Après cela, il n'y avait pas eu un seul homme jugé trop jeune ou trop vieux ou trop marié pour échapper aux manœuvres de séduction de Gina Cole.

Frankie avait appris ainsi à ses dépens qu'on n'écopait pas forcément d'une réputation à cause de son propre comportement ou de sa propre attitude. Elle pouvait aussi vous tomber dessus sous la forme d'un héritage imposé.

Elle avait eu beau faire : pour les gens de Puffin Island, elle n'avait jamais été autre chose que « la fille de la traînée ».

C'était comme si son identité avait fusionné avec celle de sa mère. Quelques garçons de sa classe avaient vu en elle la voie directe vers le sexe facile. L'un d'eux en particulier lui avait mené la vie dure.

Frankie repoussa ces souvenirs mortifiants, refusant de les laisser coloniser ses pensées.

— Tu veux peut-être manger quelque chose ? Je n'ai pas les talents d'Eva pour la cuisine, mais j'ai des œufs et des herbes aromatiques. Je peux te faire une omelette, si tu veux ?

— Tu ferais ça pour moi, Frankie ? Génial. Tu pourras me parler à ton tour de ta journée noire. Paige m'a dit que vous étiez sur un enterrement de vie de jeune fille, cet après-midi. J'imagine que ce n'est pas ce que tu préfères.

Elle ne prit pas la peine de nier. Matt connaissait tous ses travers par cœur, de toute façon.

— Ce n'est pas ma tasse de thé, non.

— Ça s'est passé comment, alors ?

Elle haussa les épaules.

— Bof. Rien que du très habituel. Le futur marié s'est dégonflé, la belle abandonnée s'est effondrée en larmes sous un arbre, et tralala et tralala.

D'un coup sec, elle cassa un œuf sur le bord du saladier. Elle racontait l'histoire sur un ton léger, jouant l'indifférence alors qu'elle avait l'impression d'avoir passé l'après-midi dans un shaker à cocktails. Ses émotions sous pression avaient ouvert la vanne aux souvenirs. Elle avait beau essayer de faire barrage, les images du passé se bousculaient dans sa tête : sa mère mettant le feu à son album de photos de mariage puis découpant sa longue robe blanche avec des ciseaux de cuisine. La sinistre fête de famille organisée pour les quatre-vingts ans de sa grand-mère où son père était venu s'afficher avec sa nouvelle copine et avait passé toute la soirée la main fourrée sous sa jupe.

— Mais tu connais ta sœur. Paige a encore opéré un de ses sauvetages miracle, poursuivit-elle gaiement. Elle serait capable de ramener un océan déchaîné au calme et de le transformer en mer d'huile. Les gâteaux d'Eva étaient divins, comme d'hab, la déco un peu trop « cui-cui les petits oiseaux » à mon goût, mais réussie. Et les parents de l'ex-future ont accepté de régler la facture quand même, donc on a eu notre happy end, malgré tout. Enfin... ce que la vraie vie offre de plus proche d'un dénouement heureux.

Elle sortit une fourchette d'un tiroir et battit les œufs, comme Eva lui avait appris à le faire, jusqu'à ce qu'ils soient légers et mousseux.

— Ça n'a pas vraiment dû te faire rire, je suppose, dit Matt.

— Pas franchement. Et on va en avoir des comme ça pendant tout le mois d'août. Ce sera fête prénuptiale sur fête prénuptiale. Si on ne venait pas de monter l'agence, j'aurais pris des vacances prolongées.

A l'aide de ciseaux, elle préleva un assortiment d'herbes sur son rebord de fenêtre. En plus du persil et du basilic, l'estragon, l'aneth et la ciboulette poussaient en une profusion odorante et enchevêtrée qui donnait des allures de jardin à sa cuisine. Elle cisela ses herbes et les incorpora aux œufs.

— Du coup, ça m'a replongée dans des trucs auxquels je ne pensais plus depuis des années. Pourquoi faut-il que ces choses-là arrivent ? Ça me rend dingue.

Il y avait de la chaleur dans le regard de Matt posé sur elle. De l'empathie.

— Les souvenirs, ça fait toujours cet effet. Ils remontent lorsqu'on s'y attend le moins, dit-il. C'est déconcertant, parfois.

— Et désagréable, surtout.

Elle mit une noix de beurre dans la poêle, attendit qu'il grésille avant de verser ses œufs.

— Je ne suis pas douée pour les mariages. Je ne devrais même pas y assister. Je pourris l'ambiance.

— Je n'avais encore jamais vu les choses sous cet angle : être doué ou non en tant qu'invité à un mariage. Il me semble qu'il suffit de choisir un cadeau, de se pointer, et d'afficher un sourire réjoui.

— Les deux premiers, ça reste jouable. C'est la phase trois qui coince chez moi.

Elle inclina la poêle pour bien répartir son mélange.

— Le sourire réjoui, tu veux dire ?

— Voilà. Quand tu assistes à un mariage, on attend de toi que tu te comportes comme un croisement réussi entre la groupie et la pom-pom girl. Et il s'agit d'assumer toute la soirée cet état d'hybridation survoltée. Il faudrait se montrer à la fois excité, heureux et optimiste alors que j'ai juste envie de hurler au loup et de provoquer un sauve-qui-peut général. J'espère qu'Urban Aladine va se faire une grosse clientèle et qu'on pourra bientôt se contenter de faire de l'événementiel d'entreprise. Je crois que je suis allergique au mariage comme d'autres le sont aux piqûres de guêpe. Gare au choc anaphylactique.

Pendant que les œufs cuisaient, elle prépara rapidement un mesclun qu'elle assaisonna avec de l'huile d'olive et du vinaigre balsamique avant de poser le saladier sur la table.

— Donc, si j'ai bien suivi, la seule façon de te faire dire « Oui, je t'accepte pour époux » serait de t'injecter une dose d'adrénaline ? C'est un bon remède pour les allergies aiguës.

Elle perçut l'humour dans la voix de Matt et sourit tout en décollant les bords de l'omelette pour la plier en deux. La surface était dorée et appétissante, comme elle le constata avec satisfaction.

— Il me faudrait bien plus qu'une dose d'adrénaline. J'aimerais autant faire le tour de Times Square toute nue en marchant sur la tête que de me lancer dans la tragique aventure du mariage.

Elle récupéra son verre et savoura une gorgée de vin.

— Franchement, de quoi on a l'air, tous les deux ? C'est samedi et tu passes ta soirée au fond d'une cuisine, en compagnie d'un chat caractériel et d'une vieille copine. Il faut que tu sortes de chez toi, Matt. Ce n'est pas une vie, que tu mènes.

Il reposa sa bière.

— Je l'aime bien, moi, ma vie.

— Tu es jeune, dans la fleur de l'âge. Tu devrais être quelque part à te déhancher en boîte avec quatre Suédoises blondes accrochées à ton cou.

— Quatre ? C'est sportif. Et c'est le genre de conseil que j'aurais attendu d'Eva. Pas de toi.

Elle hocha les épaules.

— De temps en temps, j'essaie de me comporter comme les gens normaux. Quand on vit sur une planète inconnue, c'est important d'essayer de se mêler à la population pour éviter de trop se faire remarquer.

— Tu n'es pas parmi les aliens, ici, Frankie. Et tu n'as pas à essayer d'être quelqu'un d'autre que toi-même. Certainement pas avec moi, en tout cas.

— Toi, de toute façon, tu connais déjà tous mes secrets, y compris le fait que je porte un T-shirt vieux comme Hérode.

Elle fit glisser sur une assiette l'omelette réussie à la perfection, ajouta un morceau de pain croustillant et tendit l'ensemble à Matt.

— Et ne fais pas trop attention à ce que je raconte. Je suis dans un état bizarre, ce soir. C'est l'effet nuptial. Ça me déstabilise de voir des gens en proie à l'illusion amoureuse se prendre une claque monumentale sans rien avoir vu venir.

Quant à la présence de Matt chez elle, elle la déstabilisait tout autant. Sa proximité l'excitait, elle éveillait un afflux de sensations qui lui couraient sur la peau — et descendaient bien plus bas que le ventre. Le désir sexuel, elle l'identifiait sans difficulté. Son gros problème, c'était qu'elle ne savait pas quoi en faire.

Son téléphone fit entendre sa discrète musique d'appel. Elle vit le nom affiché à l'écran et décida de laisser sonner.

Le timing était parfait, en tout cas. Le moment n'aurait pas pu être mieux choisi pour l'arracher à un début de fantasme sexuel.

Matt lui jeta un coup d'œil.

— Tu ne réponds pas ?

— Non.

Il parut un instant intrigué puis la lumière se fit et il hocha la tête.

— C'est ta mère ?

— *Oui.* Elle essaie de se rapprocher de moi, en ce moment. Autrement dit, si je décroche, j'ai droit à des confidences détaillées sur le dernier de ses amants en date, à peine pubère, avec récit complet de leurs performances sur l'oreiller. Ce soir, je ne suis pas d'humeur à l'écouter. C'est samedi. J'ai le droit de me laisser aller et de défendre mon espace personnel.

— Je l'envahis bien, moi, ton espace personnel.

Le cœur de Frankie se mit à battre plus vite.

— Toi, c'est différent. Les lieux t'appartiennent.

— On revient aux droits inaliénables du proprio ?

Matt lui jeta un regard prolongé puis prit ses couverts et commença à manger.

— Ta mère sait que tu as perdu ton emploi et que vous avez monté Urban Génie ?

— Non.

— Tu as peur qu'elle se fasse un sang d'encre pour toi ? Paige te confirmera que notre mère nous serine tout le temps que les parents continuent de s'angoisser pour leurs enfants toute leur vie, quel que soit leur âge.

Frankie ressentit un pincement au cœur.

— Ma mère ? Se faire un sang d'encre pour moi ? Tu veux rire ! Elle ne s'intéresse pas à ce que je fais.

On n'est pas vraiment les meilleures amies du monde, elle et moi.

— Tu aurais aimé être plus proche d'elle ?

Elle jeta les coquilles d'œufs à la poubelle.

— Non. Enfin... Je ne sais pas. Peut-être. Cela fait des années qu'on n'a pas eu une vraie conversation, toutes les deux. D'ailleurs, je me demande si on a eu un jour une relation mère/fille digne de ce nom. Les quelques échanges qu'on avait, c'était toujours du genre « Lave-toi les dents » et « Ne te mets pas en retard pour l'école ». On n'avait pas grand-chose à se dire, à part ça.

Cela expliquait peut-être pourquoi elle avait tant de mal à communiquer aujourd'hui. A moins qu'elle ne soit tout simplement née mutique et réservée ?

— Parlons d'autre chose, OK ?

Matt examina les lieux.

— La plupart des gens ont des pots et des casseroles dans leurs cuisines. Toi, tu as des kilomètres de livres sur tes étagères.

— Je n'arrive pas à les caser tous dans le séjour. Et puis, j'aime trop les livres. Il y a des gens qui s'entourent de tableaux. Moi, mon bonheur, c'est d'avoir un alignement de bouquins dans mon champ de vision. Tu lis quoi, toi, en ce moment ?

Elle se sentait déjà nettement plus détendue. Matt et elle parlaient souvent bouquins, tous les deux. C'était un sujet de conversation sûr, plaisant, et qui ne mettait pas mal à l'aise.

— Ça fait un mois que je suis frustré de lecture. Le boulot me tombe dessus de tous les côtés. Le soir, quand je me couche, je m'endors avant même d'avoir fermé les yeux.

Il reprit un peu d'omelette et son regard glissa sur les rayonnages chargés de polars et de romans d'horreur.

— C'est quoi le bouquin avec la tranche marron, là, tout au bout ? Je n'arrive pas à déchiffrer le titre.

Une question anodine. Matt était détendu. Souriant. Elle suivit des yeux la direction de son regard.

— La couverture brune ? C'est un Stephen King. *Le Fléau.* Pourquoi ? Tu veux que je te le passe ?

— Je l'ai déjà lu, non merci.

Il lui jeta un regard pensif et reporta son attention sur la nourriture.

Frankie eut le sentiment qu'elle venait de passer à côté de quelque chose, mais quoi ?

— Tout est OK pour toi, Matt ?

— Ça va très bien, oui. L'omelette est remarquable. Je ne m'étais pas rendu compte que tu étais une cuisinière aussi raffinée.

— C'est juste que je trouve qu'un repas est toujours tellement meilleur quand on ne l'a pas cuisiné soi-même.

— Tu ne manges pas ?

— J'ai grignoté du fromage tout à l'heure quand j'ai entamé un nouveau bouquin. C'est de la bouffe-lecture.

Matt se servit en salade.

— De la bouffe-lecture ?

— Quelque chose que tu peux manger en lisant sans t'en mettre partout. Tu prends tes tranches de fromage d'une main, tu tournes tes pages de l'autre. Tu n'as jamais entendu parler de la bouffe-lecture ?

— C'est une grave lacune dans mon éducation.

Un petit sourire flottait sur ses lèvres.

— Qu'est-ce qu'il y a d'autre, comme aliments, qui se prête à la lecture-en-mangeant ?

Elle s'assit et souffla sur ses cheveux pour les chasser de ses yeux.

— Le pop-corn : c'est une évidence. Le chocolat, à condition de détacher les carrés avant de commencer à lire. Les chips. Les biscuits. Et même les sandwichs, si tu les découpes au préalable.

Il retourna le roman qu'elle avait laissé sur la table.

— Le dernier Lucas Blade ? Je croyais qu'il ne sortait que dans un mois.

— C'est un exemplaire d'auteur. La grande nouvelle, c'est que la grand-mère de Blade se trouve être la cliente préférée d'Eva. Et c'est moi qui récolte les bénéfices de cette amitié providentielle. Pas mal, non ?

— OK. Là, je comprends pourquoi tu ne veux pas perdre de temps à manger avant de lire. Je te l'emprunterai quand tu l'auras terminé. J'adore l'atmosphère atroce de ses bouquins. C'est ce que tu faisais quand je suis arrivé ? Tu étais assise ici à lire ?

Frankie hocha la tête.

— Je suis à la moitié du troisième chapitre. Et c'est déjà haletant. Ce type est un maître dans son genre.

Matt reposa lentement le livre sur la table.

— Je peux te poser une question ?

— Bien sûr. Mais je ne peux pas encore te dire grand-chose sur l'intrigue, à ce stade. Si c'est ça que tu veux savoir, du moins.

— Ce n'est pas un *spoiler* que je veux, non.

Il termina la salade et reposa ses couverts. Il y eut un temps de silence et le cœur de Frankie repartit en accéléré.

L'expression de Matt était grave, tout à coup. Il y aurait donc un problème ? Mais, s'il s'était passé quelque chose de sérieux, il l'aurait dit d'entrée de jeu, non ?

— C'est quoi, alors, ta question ?

Il écarta son assiette et planta son regard dans le sien.

— Depuis combien de temps portes-tu des lunettes dont tu n'as strictement aucun besoin ?

Oh non.

Avait-il réellement prononcé les mots qu'elle avait cru entendre ?

Comment lui répondre ? Elle le regarda d'un air stupide.

— Je ne comprends pas.

— Lorsque j'ai frappé chez toi, tu étais en train de lire. Mais j'ai vu tes lunettes sur la console de l'entrée, donc tu n'es clairement pas hypermétrope. On pourrait en conclure que tu es myope, mais tu viens de lire sans problème le titre d'un livre à distance. J'en déduis que tu n'as aucun problème de vue, énonça-t-il d'une voix neutre. Tu n'as pas besoin de ces lunettes, n'est-ce pas ?

Saisie par la nervosité, elle porta les mains à son visage.

Ses lunettes. Elle avait oublié de les mettre avant d'ouvrir à Matt.

Elle se souvint de les avoir retirées sitôt la porte d'entrée franchie. Et, comme elle avait prévu de rester seule à la maison, elle n'avait pas jugé utile de les renfiler.

— Si... Si, j'ai besoin de lunettes.

Que pouvait-elle bien inventer ? Plisser les yeux comme une myope ? Trébucher sur un pied de chaise ? Il était un peu tard pour se lancer dans ce genre d'impros, maintenant.

— C'est... c'est compliqué.

Pitoyable, comme explication, Frankie. Vraiment pitoyable.

— Je veux bien le croire, oui. Mais la raison pour laquelle tu les portes n'a rien à voir avec ta vision, n'est-ce pas ? demanda-t-il gentiment.

Il savait.

Un sentiment d'horreur l'envahit. C'était comme

arriver à son bureau le matin et se rendre compte qu'on était encore en pyjama.

— Si tu as fini de manger, tu devrais peut-être remonter chez toi, Matt.

Les joues brûlantes, elle lui retira son assiette d'un geste brusque.

— Ton chat hystérique se fait les griffes sur mon canapé. Et Lucas Blade m'attend. Il me tarde de reprendre ma lecture.

Sa lecture sans lunettes.

Matt ne la laissa pas se défiler si facilement.

— On pourrait peut-être prendre un moment pour en parler, non ?

— Il n'y a rien à en dire. Bonne nuit, Matt.

Elle avait tellement hâte de le voir partir qu'elle se prit un pied de chaise dans le tibia en se dirigeant vers la porte. L'ironie de l'affaire faillit lui arracher un sourire. Si elle avait eu la bonne idée de se cogner aux meubles plus tôt, il n'aurait peut-être rien deviné.

— Je te souhaite de passer une très bonne soirée.

Il se leva lentement et lui emboîta le pas.

— Frankie...

La douceur dans sa voix, pour une raison mal définie, accentua encore son sentiment d'humiliation.

— Bonne nuit.

Elle le poussa presque hors de l'appartement et Miss Tigresse se faufila à sa suite, clairement déçue par le peu d'hospitalité offert.

Frankie claqua la porte, manquant de peu la main de Matt.

Puis elle s'adossa contre le battant et ferma les yeux.

Merde, merde et *merde*.

Elle était démasquée.

*
* *

Matt retourna chez lui, deux étages plus haut, et jeta ses clés sur la table.

Frankie avait six ans lorsqu'il l'avait connue et, pendant les dix années qui avaient suivi son installation à New York, elle avait été une constante dans sa vie. Non seulement ils étaient des amis de longue date, mais il savait des quantités de choses sur elle. Qu'elle prenait facilement des coups de soleil et se tartinait tous les jours de crème solaire. Qu'elle détestait les tomates, les comédies romantiques et les transports souterrains. Qu'elle était ceinture noire de karaté et pouvait passer des nuits entières à lire. Et, ça, c'était juste les détails tangibles. Il connaissait aussi d'elle des aspects moins visibles. Comme le fait qu'elle avait une relation compliquée avec sa mère, que le divorce de ses parents l'avait salement marquée et qu'elle avait le mariage en horreur.

Il croyait vraiment bien la connaître, en somme. Mais, jusqu'à ce soir, il n'avait jamais remarqué qu'elle avait une vue parfaite et aucun besoin des lunettes qu'elle se collait à longueur de temps sur le nez.

Il se passa la main sur le visage. Comment avait-il pu passer à côté de quelque chose d'aussi énorme ?

Pour autant qu'il se souvenait, il l'avait toujours vue avec ses besicles, et la pensée qu'elle pourrait les porter pour rien ne lui avait jamais traversé l'esprit. Il avait noté sa tendance à les tripoter lorsqu'une situation la mettait mal à l'aise, comme si cela la rassurait de les sentir sous ses doigts. Et il s'était toujours demandé en quoi ses lunettes pouvaient lui apporter du réconfort.

Elles étaient moches, en plus. Epaisses, lourdes, d'une nuance de marron dissuasive, comme si elles avaient été piétinées dans la poussière. Pas le genre de modèles à mettre un visage en valeur. Connaissant

Frankie, Matt était certain qu'elle les avait choisies laides à dessein. Ses lunettes lui servaient d'armure — de fil de fer barbelé pour tenir les envahisseurs à distance.

La relation à l'autre... Qu'y avait-il de plus compliqué dans la vie ?

Miss Tigresse vint se frotter à ses chevilles et il se pencha pour la caresser.

— Qu'est-ce que tu en dis, le chat ? Qui va se charger de lui annoncer la mauvaise nouvelle, à Frankie ? Elle ne sait même pas qu'elle est super jolie, avec ou sans ses gros carreaux de fausse myope.

Le fait qu'elle n'en avait pas conscience augmentait encore son niveau de « sexytude ». Il y avait tant de choses que Frankie ignorait à son propre sujet.

Pour toute réponse, la chatte sauta sur le canapé et y planta les griffes. Matt émit un rire teinté d'humour.

— Oui, c'est probablement la façon dont elle réagirait si je lui disais ça. Elle m'enfoncerait les ongles dans la peau. Juste avant d'aller se cacher sous la table de cuisine. Vous avez certains points communs, elle et toi.

Attrapant une bière dans le réfrigérateur, il gravit l'escalier qui menait à la terrasse sur le toit. Le soleil couchant dardait ses pointes de lumière chaude sur la *skyline* de Manhattan.

New York était une ville de quartiers, d'immeubles vertigineux qui étiraient leurs silhouettes de géants vers le ciel ; une ville de taxis qui klaxonnaient à toute heure, avec le fracas permanent des chantiers de construction toujours renouvelés. C'était la ville des grands monuments modernes emblématiques : l'Empire State Building, le Chrysler et le Flatiron. La destination touristique suprême pour bien des gens, ce que Matt pouvait comprendre. Dès que les touristes arrivaient, ils avaient immédiatement l'impression d'avoir été promus au rôle de figurants sur un plateau de cinéma géant. On les voyait presque tous déambuler le doigt pointé : « Oh ! regarde ! C'est là qu'ils ont tourné *Spiderman* ! » Ou : « Tiens, c'est là que Harry a rencontré Sally. »

New York était aussi la ville des individualités. Les riches, les pauvres, les solitaires, les ambitieux. Familles et célibataires, locaux et touristes — tout ce monde grouillait sur ce coin de terre vibrant entre ciel et eau.

— Alors, Matt ? Tu vas rester là toute la nuit, à me tourner le dos, pour admirer ton royaume ? Ou tu daignes t'asseoir un moment pour boire un coup avec moi ?

Il se retourna d'un mouvement brusque. Jake était affalé sur une des chaises longues, une bouteille de bière à la main. Matt jura avec force.

— Tu as failli me faire peur, espèce de con.

Jake eut un sourire hilare.

— Un grand gars costaud comme toi ? Je rêve.

— Qu'est-ce que tu fous ici, d'abord ?

En temps normal, il aurait été heureux de voir son meilleur ami, mais ce soir il lui fallait un peu de silence et d'espace pour digérer sa récente découverte au sujet de Frankie. Qu'y avait-il d'autre encore à savoir qu'il ignorait ? Quels étaient les secrets de Frankie Cole ?

Jake leva sa bouteille à sa santé.

— Je me siffle une de tes bières et je me délecte de ta vue. La meilleure de tout Brooklyn.

— Tu as ton propre *rooftop*, je te rappelle. Et ne me dis pas qu'il ne te plaît pas, c'est moi qui te l'ai installé. Quant à la bière, elle ne manque pas non plus chez toi.

— Je sais, mais à ma terrasse et à ma bière il manque ta brillante compagnie.

— Aux dernières nouvelles, c'était plutôt la brillante compagnie de ma sœur qui accaparait ton temps et ton attention.

Jake ouvrit la bouche pour répondre, mais Matt s'empressa de le devancer :

— Stop. Silence. Je ne veux surtout pas savoir ce qui te fait saliver chez Paige ni comment vous occupez votre temps ensemble. De grâce, pas de détails. M'habituer à l'idée de vous savoir ensemble, elle et toi, est un processus encore en cours.

— Tu vas être mon beau-frère. C'est officiel. Il y aura une cérémonie et tout le tintouin. D'une certaine façon, c'est un peu comme si tu m'épousais aussi.

Matt faillit sourire, mais l'humeur n'y était pas.

— Je demande le divorce.

— Pour quels motifs ?

— Comportement déraisonnable du défendeur. Entrée par effraction.

Son regard tomba sur la bière.

— Et vol avec détournement de biens.

— J'ai toujours dit que tu aurais fait un excellent avocat.

Jake se renversa contre son dossier et ferma les yeux.

— Tu as passé une sale journée, on dirait ?

Sa journée ? Il avait eu quelques complications à affronter, oui. Mais c'était surtout sa soirée qui le turlupinait.

Il s'affala sur un transat à côté de Jake.

— Cela t'est déjà arrivé de penser connaître quelqu'un et de découvrir qu'en fait tu te trompais complètement ?

— Tous les jours, oui. Comment elle s'appelle ?

— Qu'est-ce qui te fait penser qu'il s'agit d'une femme ?

— Si tu penses connaître quelqu'un et que tu

t'aperçois que tu te plantes, c'est que ce quelqu'un est de sexe féminin. Mystère, ton nom est Femme. Mais c'est ton jour de chance, mon petit Matt, car ce soir papa Jake est là pour te faire bénéficier de ses conseils.

— Peut-être que papa Jake pourrait se contenter de boire sa bière, de contempler la vue et de se la fermer ?

— Ce serait aussi une possibilité. Mais, comme je suis ton ami, je te ferai profiter de ma science approfondie du beau sexe. Ne t'attends pas à comprendre une femme. Ce n'est pas nécessaire. C'est un peu comme voyager dans un pays dont tu ignores la langue. Tu te débrouilles avec un minimum de vocabulaire et en employant beaucoup de gestes. Mais ne répète surtout pas à Paige que je t'ai dit ça, sinon elle balancera sa bague de fiançailles au fond de l'East River.

— En parlant de Paige, qu'est-ce que tu fais ici avec moi au lieu d'être en bas avec elle ?

— Ta sœur est au téléphone. Elle construit son empire.

— Tu ne pouvais pas attendre tranquillement qu'elle ait fini ? Et Eva ? Elle n'est pas dans le secteur ?

— Eva est scotchée, la larme à l'œil, devant le genre de films où tout le monde s'embrasse et où ça pleure à tour de bras. J'ai donc pensé que je serais mieux ici à regarder le soleil se coucher et à converser avec un vieil ami.

Il examina sa bière et sourit.

— Et puis je t'ai vu débarquer. Alors, dis-moi, qu'est-ce qui s'est passé avec Frankie ? Qu'as-tu appris à son sujet que tu ignorais jusqu'ici ?

Matt tiqua.

— D'où tiens-tu l'idée qu'il s'agirait de Frankie ?

Jake prit une gorgée de bière.

— Parce que ça fait des années que je te connais. Et je t'ai toujours vu attiré par Frankie.

— Et comment tu sais ça, toi ?

Mal à l'aise, il changea de position sur son transat.

— Je suis transparent à ce point ?

— Transparent, non. Mais tu es protecteur avec les gens que tu aimes. Et, avec Frankie, tu l'es dix fois plus qu'avec tous les autres réunis. Je ne suis pas un expert en relations humaines, mais ça saute aux yeux qu'elle est importante pour toi. D'après ce que j'ai perçu, en ce qui te concerne, ça a toujours été Frankie et rien que Frankie.

— Pas toujours, non. Rappelle-toi quand même que j'avais le projet de me marier avec Caroline.

— Une aberration temporaire que tu as corrigée assez vite, par chance pour notre amitié.

— Tu n'aimais pas Caroline ?

— Je voyais en elle l'équivalent humain d'une grenade dégoupillée. Un petit objet tout rond et tranquille d'aspect, mais destiné à faire un maximum de casse.

Jake marqua un temps de silence.

— Je reconnais qu'elle cachait bien son jeu, cela dit. Au début, je m'y suis laissé prendre. Frankie n'a rien à voir avec Caroline.

Matt ne chercha pas à le contredire en ce qui concernait Caroline. Elle et lui s'étaient connus à l'université. Et leur relation avait agi sur lui plus comme un coup de pied dans les parties que comme un coup de cœur. Les douze mois qu'avait duré leur histoire avaient été intenses. Et il en était ressorti avec des idées claires et bien arrêtées sur ce qu'il attendait d'une femme. Et pas seulement sur ce qu'il attendait, sur ce dont il avait *besoin* dans une relation amoureuse : la confiance, la sincérité, la franchise.

— Frankie nous cache beaucoup de choses.

— Peut-être. Mais, la différence, c'est que Frankie ne se cache pas par goût de la manipulation ou de l'intrigue. Elle se cache par angoisse. Parce qu'elle doute terriblement d'elle-même. Je plaisante toujours sur le fait que les femmes sont indéchiffrables mais, Paige, je la lis à livre ouvert. Quand à Eva, c'est plus qu'un livre ouvert, c'est un livre *audio* ouvert. Tout ce qu'elle sent, pense, éprouve lui sort aussitôt par la bouche, sans filtre ni censure. Ce qui rend les choses très simples pour un type comme moi. Mais Frankie...

Jake réfléchit un instant.

— Frankie est différente. Elle se protège.

— Je sais. Mais quand même...

Qu'elle soit réservée et même secrète ne le dérangeait pas en soi. Ce qui l'ennuyait, c'est qu'elle le soit *avec lui*. Pourquoi éprouvait-elle le besoin de se promener avec ses fausses lunettes en sa présence ? N'avait-elle pas confiance en lui ?

— Tu voudrais qu'elle se montre à toi telle qu'elle est ? Qu'elle se livre entièrement et sans retenue ?

Jake secoua la tête.

— Tu en demandes trop, Matt.

— Je lui demande juste de me faire confiance. Tu trouves ça excessif ?

Jake eut un mouvement d'épaules.

— C'est énorme, comme exigence. La confiance, ce n'est pas rien. C'est beaucoup plus sérieux que le sexe. Penses-y. Accorder sa confiance à quelqu'un, c'est lui donner un pouvoir sur toi. Se rendre vulnérable.

Il termina sa bière.

— C'est hyper angoissant, non ? C'est comme dire : tiens, voici un couteau très affûté, prends-le, et voici ma poitrine. Si tu veux frapper, frappe.

— N'importe quoi. Je ne ferais jamais aucun mal à Frankie.

— Ce n'est pas la question.

— C'est quoi alors, la question ?

— Elle a eu une enfance de merde. Sa mère est flippante dans son genre. Tu te souviens de la première fois où on l'a croisée chez Frankie ? Elle m'a carrément plaqué contre le mur. J'ai failli perdre ma virginité sur place, au beau milieu de la cuisine. Ce n'est pas étonnant que Frankie soit réservée.

Matt se souvint que Paige lui avait dit que les garçons faisaient des avances très directes à Frankie, au lycée, convaincus qu'elle était à l'image de sa mère et qu'il y aurait forcément du sexe à la clé.

Telle mère, telle fille.

— Je ne sais pas comment m'y prendre avec elle, admit-il avec un soupir.

— Tu trouveras un moyen. Amener de pauvres créatures blessées à te faire confiance, c'est un peu ta spécialité. Regarde la bestiole détraquée qui te tient lieu d'animal de compagnie.

Matt secoua la tête.

— Tu n'as pas peur de comparer Frankie à un chat de gouttière ? Que tu aies pu attirer des femmes reste pour moi un mystère. Et je comprends encore moins, pour ma sœur.

— Il suffit que je fasse appel au charme naturel dont je suis si amplement pourvu.

Jake bâilla.

— Et, pour le boulot, tu en es où ? reprit-il. Tu ne me rappelles jamais quand je te laisse un message. On est en phase de rupture, toi et moi ? Tu ne m'aimes plus ?

Matt était trop préoccupé pour sourire.

— Sur le plan pro, c'est un peu la merde. Je suis sur un gros projet et je viens de perdre un acteur clé de mon dispositif.

Ses compétences à lui se situaient du côté du design et de l'aménagement paysager, et le plus gros était fait de ce côté-là. Il leur restait à mettre en place l'éclairage et le mobilier d'extérieur. Trois sièges en rondins étaient prévus et il en avait déjà réalisé un. Son gros problème, c'était du côté de l'aménagement vert, et il ne parviendrait à le résoudre que s'il trouvait quelqu'un pour remplacer Victoria au pied levé.

— Il faut que je recrute une personne avec des compétences équivalentes à celles de Frankie.

Jake hocha les épaules.

— Eh bien, recrute Frankie alors.

— Qu'est-ce que tu racontes ?

— Pourquoi te casser la tête à trouver quelqu'un *comme* Frankie, alors que tu peux avoir Frankie en personne ? Si elle a les compétences requises, confie-lui le job.

— Elle est déjà super occupée avec Urban Génie.

— Alors sois créatif. Trouve une solution.

Jake s'abîma dans un court silence pensif.

— La meilleure façon d'amener quelqu'un à te faire confiance, c'est de passer le plus de temps possible avec cette personne. Et tu as l'excuse idéale, en plus.

Matt regarda Jake fixement. Mais pourquoi cette solution ne lui avait-elle pas traversé l'esprit plus tôt !

— Il t'arrive, Jake Romano, de ne pas être le pire des amis.

— Je suis le meilleur ami de la planète, tu veux dire. Tu m'aimes. C'est pour ça qu'on va se marier. Et que nous vivrons heureux ensemble pour toujours.

— Jusqu'à ce que je demande le divorce.

— Tu ne peux pas te permettre de me quitter. On n'a pas signé de contrat de mariage.

Chapitre 2

« Si c'est de l'amour inconditionnel que tu veux, adopte un chien. »

— *Frankie*

— Je viens d'avoir un appel de Mega Print. Tu te souviens d'eux ? On a organisé une soirée d'entreprise pour eux le mois dernier.

Paige consulta la liste des demandes tombées dans sa boîte mail depuis la veille.

— Le directeur des ventes veut quelqu'un pour assurer les promenades quotidiennes de son chien. On peut gérer ça ?

— OK. Je prends. Tout ce qui est canin, c'est mon truc.

Eva se laissa tomber sur sa chaise et se débarrassa de ses *sneakers* d'un habile coup d'orteil.

— Matt a recommandé une super société de services spécialisée dans la toutou-promenade. Ça s'appelle Les Woof Rangers et elles sont dans l'Upper East Side. Jusqu'à maintenant, nos clients sont emballés. Ce sont des jumelles qui ont monté ça. Mon nouveau jeu préféré, c'est d'essayer de les distinguer. Elles s'appellent Fliss et Harry.

— Harry ? Pour une fille ?

— C'est le diminutif de Harriet. Je vais les appeler.

Paige fronça les sourcils.

— Et c'est Matt qui t'a parlé d'elles ? Mon frère a un chat. Depuis quand a-t-il besoin de promeneuses de chiens ?

— Le frère des jumelles est un de ses clients. Je crois qu'il leur arrive de se retrouver pour un poker. Daniel Knight, ça te dit quelque chose ?

— L'avocat ? Je l'ai rencontré, oui. Il est brillant, de l'avis général. Et, accessoirement, il a tout du charmeur.

— Célibataire ?

Paige se mit à rire.

— Très. Mais de l'espèce redoutable. Et une chose est sûre : à la différence des cygnes, il n'est pas du genre à se mettre en couple pour la vie.

Eva soupira.

— Pas mon type, alors. Il faut que je poursuive mes recherches ailleurs.

Elle reprit du poil de la bête en regardant son agenda.

— Avant j'avais horreur des lundis, quand on bossait pour Star Events. Et maintenant je les adore.

Derrière la grande baie vitrée, Manhattan baignait dans une flaque éclatante de lumière. Urban Génie avait ses bureaux dans l'immeuble ultra-moderne qui abritait également la société de Jake, spécialisée dans le marketing numérique. Il leur avait généreusement proposé d'utiliser une de ses salles de conférences pour qu'elles puissent fonctionner à moindres frais, le temps que leur agence décolle.

— J'adore être mon propre patron. Avec ça, mon nombre de *followers* a triplé sur mon blog du jour au lendemain, alors côté boulot c'est le pied. Ce qui veut dire que ma vie amoureuse, elle, bat tristement de l'aile, car tout le monde sait qu'on ne peut pas avoir de la chance sur les deux fronts.

— Il faut que tu m'apprennes à flirter.

Les mots étaient sortis tout seuls de la bouche de Frankie avant qu'elle ait pu les arrêter. Eva ouvrit des yeux ronds.

— Pardon ?

— Le flirt. Tu sais bien. Le genre de trucs que tu fais avec les hommes sans même y penser.

— Euh... C'est vrai que, en temps normal, je suis un peu flirteuse, mais il y a tellement longtemps que je n'ai plus eu l'occasion de pratiquer que je crains d'avoir tout oublié, même les bases élémentaires.

Eva se tassa piteusement sur sa chaise.

— Manhattan regorge d'hommes. J'en vois partout, tout le temps. Des grands, des petits, des beaux, des laids. Des jeunes et des moins jeunes. Et je n'en rencontre jamais *un seul.* Ma vie est un désert aride sans amour et sans sexe. Et le préser...

— ... vatif dans ton sac à main a passé sa date de péremption, récita Paige en levant les yeux au ciel. C'est devenu ton grand leitmotiv. Ça devient un peu répétitif, Ev.

— C'est répétitif, comme tout lamento tragique. Et, la tragédie, je suis en plein dedans. Je suis là, 100 % femme, 100 % dispo, 100 % charnelle, et personne ne veut de moi. Quant à toi, Paige, tu es interdite de critique car tu te gorges de sexe nuit et jour.

— Je vais t'acheter un joli préservatif tout neuf.

Eva secoua la tête d'un air sombre.

— Inutile de te fatiguer. Il finira par se périmer, lui aussi, et je me sentirai coupable qu'il ait eu une vie gâchée. Enfin, bon, revenons au flirt. Je peux essayer de me creuser la mémoire et de retrouver quelques techniques, si ça peut t'aider. Avec qui prévois-tu de flirter ?

Frankie sentit la chaleur lui monter aux joues.

— Personne en particulier. Je voudrais juste un entraînement préventif, au cas où. C'est comme l'autodéfense ou les bases culinaires.

— Le flirt en cours pour débutants, donc. Pas de problème. Je t'inscris pour une séance de une heure en tête à tête.

Eva prit son téléphone pour ouvrir son agenda.

— Tu veux commencer quand ?

— Pas tout de suite. Il faut que je sois d'humeur.

— On prévoira une bouteille de vin en accompagnement. Ça t'aidera à te détendre.

— Tu trouves que je suis tendue ?

— On va dire les choses comme ça. Ton stade de départ dans ta façon d'entrer en relation avec les hommes consiste à les dévisager d'un œil meurtrier comme si tu envisageais de leur planter une lame entre les omoplates. Donc on a un certain chemin à parcourir, toutes les deux.

— Je suis si féroce que ça ?

Eva échangea un regard avec Paige, qui secoua la tête.

— Tu es tout à fait mignonne telle que tu es. Pourquoi veux-tu flirter ?

— J'en ai marre de rester bouche cousue quand les mecs me charrient ou veulent échanger quelques paroles sympas. L'idée, c'est d'acquérir quelques automatismes en matière de répliques brèves et humoristiques.

Elle examina Eva qui glissait de nouveau son téléphone dans son sac.

— Comment expliques-tu que tes *followers* aient triplé d'un coup, au fait ?

— Je ne suis pas sûre. Il se pourrait que ce soit à cause de la photo que j'ai publiée sur Instagram.

Eva ouvrit un tiroir de son bureau et choisit des escarpins avec des vrais talons de tueuse.

— J'ai photographié un cupcake vraiment irrésistible.

— Mais tu figurais aussi sur la photo ?

— Ben oui. C'était un selfie.

Eva glissa les pieds dans ses chaussures avec tout le ravissement de Cendrillon enfilant sa pantoufle de vair.

— Tu étais habillée quand tu l'as prise ? Sinon je crois que tu tiens ta réponse.

— Evidemment que j'étais habillée !

Paige rédigeait une réponse au directeur des ventes de Mega Print.

— Réjouis-toi : Ev n'était pas en train de manger une banane lorsqu'elle a pris le selfie. Parce que là ça aurait pu entrer dans la catégorie : « Le moment le plus embarrassant de ma vie ».

Frankie s'abstint de tout commentaire.

Question embarras, pour le moment, elle remportait la palme.

Elle avait passé tout son dimanche à ressasser les quelques instants qui avaient suivi la découverte faite par Matt — ses lunettes étaient bidon. Soudain aussi nue et vulnérable qu'un escargot arraché à la protection de sa coquille, elle l'avait quasiment jeté dehors.

Lui avait-elle dit au revoir, au moins ?

Impossible de s'en souvenir. Tout ce qu'elle gardait en mémoire, c'était le moment où elle lui avait plaqué la main sur le torse — un torse large et très, très musclé, soit dit en passant — et où elle avait appliqué une poussée énergique. Matt était taillé comme un rugbyman, il aurait pu résister sans difficulté. Mais il s'était laissé faire. Ce qui pouvait signifier deux choses : soit il était aussi pressé de quitter son appartement qu'elle de le pousser dehors, soit il était vraiment choqué d'apprendre qu'elle portait des lunettes sans raison.

Ce moment-là avait été pire qu'embarrassant.

Frankie s'en tortilla de honte sur sa chaise.

Que devait-il penser d'elle à présent ?

Elle aurait voulu ramper sous la table et ne plus jamais en ressortir. Ce qui n'aurait pas été beaucoup plus immature que sa réaction sur le coup.

Si seulement il y avait eu moyen de remonter le temps et de reprendre la scène à zéro.

Il y aurait eu tant de façons plus élégantes d'aborder cette situation. Avec une repartie légère, humoristique et une pointe de séduction, ce serait passé comme une lettre à la poste.

— Vous avez vu Matt, hier ? demanda-t-elle d'un ton qui se voulait détaché.

Paige leva les yeux de son écran.

— En coup de vent, oui. Pourquoi ?

— Comme ça. Je me demandais s'il avait mentionné quelque chose.

Comme le fait que sa locataire du rez-de-chaussée souffrait de graves perturbations mentales, par exemple, ou version alternative : qu'il logeait une frappadingue douée d'une excellente vision.

— Il m'a juste dit qu'il était blindé de boulot. Comme il rentre tard, je lui ai promis d'aller nourrir son horrible chat ce soir. J'aime autant vous dire qu'il va m'être redevable sur ce coup-là. En attendant, il faudra probablement que je m'adjoigne un garde du corps.

Eva se leva.

— D'habitude, je passe pour la fille qui veut toujours faire plaisir à tout le monde. Donc le fait que je ne me porte pas volontaire pour nourrir Miss Tigresse à ta place vous donne une idée de ce que je pense de ce chat. A la rigueur, je veux bien appeler le zoo du Bronx et leur demander s'ils ont des tuyaux sur l'approche à privilégier avec les prédateurs féroces. On pourrait peut-être juste ouvrir la fenêtre et introduire un bout de viande accroché à une perche ?

— C'est bon. J'irai la nourrir.

Frankie haussa les épaules face aux deux regards sidérés braqués sur elle.

— Quoi ? C'est juste un chat.

Et ce serait l'occasion de laisser un petit mot dans l'appartement de Matt. Elle lui présenterait ses excuses pour son attitude aussi inqualifiable que grotesque. Ce serait plus facile par écrit que face à face.

Elle en serait quitte pour devoir ajouter la lâcheté à la longue liste de ses défauts, mais tant pis.

Se concentrant de nouveau sur son travail, elle répondit au mail d'un client qui souhaitait envoyer des fleurs à sa femme tous les mois.

— Miss Tigresse n'est pas « juste un chat », rétorqua Eva. C'est une chatte *psychotique*. La semaine dernière, elle m'a griffée avec une telle violence que j'ai cru que j'allais y laisser un os.

Paige frissonna.

— Arrête. C'est immonde.

— C'est bien le mot ! Lucas Blade pourrait se servir de cet animal dans son prochain livre et en faire son arme du crime.

— Qu'est-ce que tu lui as fait, à cette pauvre chatte ?

— Mais rien du tout ! J'essayais juste de la prendre dans mes bras ! Elle a été abandonnée et maltraitée. Je voulais lui montrer que les humains n'étaient pas tous des monstres acharnés à nuire.

— Il faut lui laisser le temps de faire ce constat par

elle-même, Ev. Tu ne peux pas imposer ton affection à quelqu'un qui n'en veut pas.

— Mais *tout le monde* veut de l'amour ! Ceux qui pensent le contraire sont juste aveuglés par leurs propres peurs.

Frankie cliqua sur la touche « Envoi » et expédia son mail.

— Aveuglés par leurs propres peurs, ou simplement lucides ? Ils savent que, l'amour, c'est un maximum d'emmerdements et peu de réconfort.

— Tssst... Leur opinion négative de l'amour, c'est encore et toujours de la peur. Une peur qui se cache sous des arguments prétendument rationnels. Et pour ce qui est de Miss Tigresse pas d'inquiétude, j'ai compris la leçon. Je lui enverrai désormais des ondes positives... à distance.

Le téléphone d'Eva sonna, l'interrompant à mi-tirade. Elle prit l'appel et quitta la pièce. Le bas de sa minuscule jupe écarlate glissait avec sensualité sur le haut de ses longues cuisses hâlées.

Frankie la suivit des yeux en essayant de se mettre un instant dans la peau de son amie. Quel effet cela pouvait-il faire d'avoir une telle assurance sexuelle ?

— Elle a oublié de s'habiller, ce matin ? Si elle sort dans la rue avec ce mouchoir de poche sur les fesses, il va y avoir une émeute.

Paige se pencha pour brancher le chargeur de son téléphone.

— Elle est magnifique comme ça, non ? On s'est fait une virée shopping hier, pendant que tu étais plongée dans ton roman d'épouvante. Ton antidote au stress, c'est la lecture. Pour nous, c'est les boutiques. Qu'est-ce qu'il donne, ton Lucas Blade, au fait ?

— Je ne suis pas allée au-delà du troisième chapitre.

— Ah ? Ça ne te ressemble pas. Qu'est-ce qui t'a coupée dans ta lecture ?

— Matt.

Elle rabattit l'écran de son ordinateur portable.

— Il a découvert que je n'ai pas besoin de lunettes.

— Il a ... Oh ! mon Dieu.

Paige poussa un soupir.

— Comment ? Quand ?

— Samedi soir. Il est passé chez moi parce qu'il avait perdu Miss Tigresse. Comme j'étais seule et que je n'attendais personne, j'avais retiré mes lorgnons. Quand il a frappé, j'étais à fond dans ma lecture après une grosse journée bien lourde et... et je n'ai pas fait attention.

Elle ferma les yeux un instant.

— Je ne comprends pas comment j'ai pu oublier. Ça me tue.

— C'est si grave que ça, tu crois ?

— C'est plus que grave. *Horrible.*

— Bon... Pourquoi en faire toute une histoire ?

Paige se renversa contre le dossier de sa chaise.

— C'est juste Matt, Frankie. Il te connaît depuis le CP. Il sait plus ou moins tout ce qu'il y a à savoir à ton sujet.

— Pas tout, non. Il ignorait que je portais des lunettes avec dix sur dix de vision à chaque œil.

— Et comment il a réagi ?

— Je ne sais pas. Je l'ai éjecté de chez moi comme une folle furieuse avant de lui laisser le temps de me donner son avis.

Le souvenir de la scène lui donnait envie de se recroqueviller dans un coin sombre et de ne plus en bouger.

— C'est débile, non, comme attitude ? J'aurais pu sourire et lui répondre que je me débrouille très bien sans lunettes chez moi, mais pas dans la rue. Mais non. Il a fallu que je le pousse dehors de toutes mes forces. Genre hystérique. Si Matt n'était pas bâti comme une armoire à glace, j'aurais même pu lui faire mal.

Paige parut contrariée.

— S'il a manqué de tact avec toi, je le tue. Il t'a fait une remarque ?

— Je te dis que je ne lui ai même pas laissé le temps de placer un mot. Ce n'était pas sa faute. Ça vient uniquement de moi.

Elle s'enfouit la tête dans les mains.

— Qu'est-ce qui déconne chez moi, Paige ? Je ne suis quand même pas un cas désespéré, si ? J'ai une santé de fer, je suis financièrement indépendante, je fais bien mon boulot...

— Tu es *excellente* dans ton boulot.

— Oui, c'est vrai. Et je sais que je ne suis pas le genre de fille dont aurait rêvé ma mère, mais qu'en tant qu'amie je suis assez valable dans l'ensemble, même si Eva ne me trouve pas assez tactile à son goût.

Elle releva la tête et gratifia Paige d'un faible sourire.

— Tout ce que j'essaie de te dire, c'est que je suis quelqu'un d'assez normal qui fonctionne plutôt bien dans la plupart des domaines. Alors pourquoi ai-je un comportement pathologique avec les mecs ?

— Est-il vraiment utile que je réponde à ta question ?

— Oui, OK, je sais... Mais, depuis le temps, je devrais avoir l'intelligence émotionnelle nécessaire pour faire la part des choses. Ma mère, c'est ma mère. Moi, c'est moi. Pourquoi continuer à me sentir salie par les escapades sexuelles de ma mère ? Matt m'a dit que mon T-shirt m'allait bien — il m'a fait un compliment. Et j'ai réagi comme s'il m'avait balancé de l'anthrax à la figure.

— C'est pour ça que tu veux apprendre à flirter ?

— Je veux juste apprendre à être *normale.*

Elle jeta un regard désespéré à son amie.

— Qu'est-ce que je dois faire, Paige ?

— Par rapport à tes lunettes, par rapport à Matt, ou par rapport aux hommes en général ?

— Les trois ! Maintenant qu'il sait, de quoi aurai-je l'air lorsque je me baladerai devant lui avec mes gros carreaux ? Je vais me sentir stupide. Et qu'est-ce que je lui dis la prochaine fois que je le vois ?

— Pour le port de lunettes, c'est à toi de choisir ce qui te paraît le plus simple à gérer. Si tu te sens mieux avec, garde-les. Quant à ce qui s'est passé samedi...

Paige réfléchit un instant.

— ... je pense que tu devrais en parler avec lui.

— Je penchais plutôt pour la solution de lâcheté : faire comme si rien ne s'était passé.

Si tout pouvait continuer comme avant, ce serait un moindre mal.

— Je pourrais lui laisser un petit mot en lui disant que je suis désolée d'avoir eu ce comportement agressif.

— Tu n'es pas obligée de t'excuser, Frankie. Matt te connaît.

— Dis plutôt qu'il sait que je suis bizarre.

Paige secoua la tête.

— Je veux dire qu'il sait dans quelles conditions familiales tu as grandi. Je ne comprends pas que cet incident t'affecte autant. Avec quelqu'un d'autre, je ne dis pas. Mais c'est juste Matt !

Juste Matt ? C'était précisément parce qu'il s'agissait de Matt qu'elle se sentait mortifiée à ce point. Révéler l'étendue de ses complexes à un homme qu'elle connaissait de longue date et qu'elle trouvait attirant était humiliant au dernier degré.

Elle était assez indifférente, au fond, à ce que les

autres hommes pensaient d'elle. Mais l'opinion de Matt, elle, était importante.

— Tu as raison. Il faudrait que j'aie une conversation adulte avec lui. Mais ça ne va pas être coton de trouver une justification mature et rationnelle au fait que je me promène avec des besicles sur le nez sans en avoir besoin.

Eva revint dans la pièce, affichant un de ses sourires solaires.

— C'était Mitzy. Elle veut devenir une de nos clientes officielles. Et avant que l'une ou l'autre dise quoi que ce soit : je sais que ce n'est pas elle qui fera exploser notre chiffre d'affaires, mais je l'adore… Hé, mais qu'est-ce que vous avez, toutes les deux ?

Eva fronça les sourcils.

— Frankie, tu nous fais une tête d'enterrement et Paige arbore son air « résolveur de problème ». Qu'est-ce qui se passe ?

— Tu trouves que j'ai une tête d'enterrement ?

Juste l'espace d'un instant, Frankie envia à Eva sa confiance en elle-même et en l'humanité. Jamais elle ne serait capable de se montrer en public avec une jupe aussi courte.

— Tu as la tête que tu fais quand ça ne va pas.

Paige se leva et sortit des documents de l'imprimante.

— Matt a découvert qu'elle porte des lunettes pour rien.

— Ah bon ?

Les sourcils d'Eva se défroncèrent.

— C'est tout ? Je croyais qu'il était arrivé un truc affreux.

— Mais *c'est* affreux.

— Pourquoi ? Ces lunettes font partie de toi. Elles sont devenues un élément de ta personnalité.

— Un élément de ma névrose, oui.

Eva haussa les épaules.

— Nos complexes et nos bizarreries font partie de nous aussi. L'important, c'est de ne pas avoir peur de nous montrer tels que nous sommes. C'est ça, l'intimité.

— Mais je n'en veux pas, de l'intimité ! C'est pour ça que je porte des lunettes, justement. Pour éviter l'intime.

— Oui, mais...

Eva capta le regard de Paige.

— ... OK, je défends le droit de chacun de porter ce qu'il veut, donc je ne dis plus rien. C'est pour ça que tu veux apprendre à flirter ? Pour que, la prochaine fois que Matt te parle de tes lunettes, tu puisses passer en mode séduction ?

— Si je porte ces lunettes, c'est bien pour être certaine de ne *jamais* en arriver à ce stade.

Eva parut déconcertée.

— Je t'aime, Frankie, mais tu es tellement compliquée.

— Ça marche dans les deux sens. Si tu évites de critiquer mes lunettes, je m'abstiendrai de prononcer un mot sur le bout de tissu qui te sert de jupe.

— Hé, regarde comme elle se balance joliment quand je marche !

Deux fossettes creusèrent les joues d'Eva alors qu'elle roulait des hanches d'un mouvement sensuel qui aurait provoqué un vrai carambolage en chaîne si elles avaient été sur la voie publique.

— Tu ne la trouves pas jolie ?

— J'ai vu des rubans à cheveux plus larges que ça. Mais c'est vrai qu'elle est top. Parle-nous de Mitzy, plutôt.

Il devenait urgent d'arrêter de penser à Matt et de se concentrer sur leur travail.

— Quels services attend-elle de nous ? Si elle continue de me procurer des exemplaires d'auteur de la prose de Lucas Blade, je suis prête à me démener pour elle sans compter.

— Elle veut que je lui fasse un gâteau d'anniversaire.

Paige agrafa le contrat qu'elle venait d'imprimer.

— C'est vraiment un gâteau qu'elle veut ? Ou une excuse pour passer l'après-midi à papoter avec toi ?

— Et, si c'était le cas, ce serait vraiment si grave ? Elle est tellement chouette, Mitzy. C'est une vieille dame pleine de sagesse.

La voix d'Eva vacilla.

— Elle me fait penser à grand-ma. Et quand elle me parle j'ai l'impression de faire partie de sa famille.

Eva avait une vision tellement idéalisée de la famille que Frankie en arrivait presque à se sentir coupable d'être si mal disposée envers la sienne. Qui, à défaut de mieux, avait au moins le mérite d'être en vie.

— Va la voir, Ev. Je te ferai un joli bouquet pour elle. Et ne lui facture pas le gâteau.

— Je ne pense pas que ce soit un problème pour elle de payer. Ce n'est pas l'argent qui lui manque, mais la solitude qui lui pèse.

La solitude ne pesait pas qu'à Mitzy, comprit soudain Frankie. Eva était très seule, elle aussi. Elle prit note mentalement de passer plus de temps avec son amie à l'avenir, plutôt que de se replier d'office dans son appartement avec ses livres et ses plantes. Maintenant que Paige passait une grande partie de son temps chez Jake, Eva restait souvent livrée à elle-même.

— Ses petits-fils ne viennent pas la voir ?

— Il y en a un qui ne quitte que rarement Wall Street. Et Lucas — celui qui écrit les bouquins terrifiants que tu adores — ne sort quasiment pas de son appartement, sauf quand il est en tournée de promo pour ses livres. Apparemment, la date butoir pour son prochain roman approche. Et ce garçon n'est pas la joie de vivre incarnée. Mitzy voudrait aussi que j'aille lui remplir son congélateur avec de la nourriture saine pour qu'il ne meure pas d'inanition. Ou ne se transforme pas en pur réceptacle à malbouffe.

Frankie pensa à ce qui était arrivé au personnage principal dans le premier chapitre du nouveau roman d'horreur de Lucas Blade... Puis elle regarda Eva, une fille qui était pure douceur et qu'on pourrait renverser au sol rien qu'en soufflant dessus.

— Je ne crois pas que tu devrais aller toute seule dans l'appartement d'un type à l'évidence dangereux qui vit en reclus total.

— Qui a dit qu'il était dangereux ? Certainement pas moi, en tout cas.

— Tu as dit qu'il n'était pas la joie de vivre incarnée.

— Il a perdu sa femme, objecta posément Eva. Il a le droit d'avoir l'humeur plombée.

— Ses bouquins sont plus noirs que noirs, Eva. J'allume toutes les lumières chez moi quand je les lis. Ce qui se passe dans les replis du cerveau de cet homme, même moi, ça me fait peur. Il a l'imagination la plus macabre que je connaisse.

— Je choisis de te croire sur parole, car je préférerais encore perdre toute ma collection de chaussures plutôt que d'avoir à lire une de ses histoires. Mais tu peux dormir sur tes deux oreilles. Il est juste prévu que je porte la nourriture chez Mitzy. Elle ira ensuite chez lui avec Cacahuète.

— Cacahuète ?

— C'est le chien. Il est mignon. Je l'ai promené la dernière fois que j'étais là-bas. Il est bien plus sympa que Miss Tigresse. Et tellement poids plume qu'il tient dans un sac à main. C'est Lucas qui l'a acheté pour Mitzy, donc il ne peut pas être si mauvais que ça, si ? Mais merci de t'inquiéter pour moi.

— Sois prudente, en tout cas.

Frankie regarda son agenda.

— Il faut que j'aille au marché aux fleurs demain matin. Derniers préparatifs pour la fête d'anniversaire de Myers-Topper vendredi.

Paige leva les yeux de son écran.

— Comment ça se passe, niveau planning ?

— C'est tout bon. On a prévu une haie artificielle, des arbres en location et des fleurs fraîches. Quelqu'un a envie de venir avec moi ?

— Le marché aux fleurs à 5 heures du matin ?

Eva frissonna.

— C'est au-dessus de mes forces. Je préférerais encore m'épiler les cils un à un. Ce qui d'ailleurs serait probablement le seul moyen pour moi de rester éveillée si je devais m'arracher du lit à une heure pareille.

Paige tourna la tête.

— OK. C'est moi qui t'accompagne, alors. J'adore ce quartier et il y a un petit bistro là-bas où ils servent un excellent café.

Paige envoya un nouveau document à l'impression puis se leva et s'étira.

— Je file, les filles. J'ai rendez-vous avec un client. Tu es sûre que ça ne te dérange pas de nourrir Miss Tigresse, Frankie ? Si tu t'en charges, je ne serai pas obligée de rentrer à la bourre.

— Je t'ai dit que je la nourrirais.

Elle laisserait un petit mot à Matt et l'histoire s'arrêterait là.

Il comprendrait qu'elle n'avait pas envie de parler de cette affaire de lunettes. Et, comme c'était un mec, il choisirait probablement la voie de la facilité et laisserait, lui aussi, le sujet de côté. Avec un peu de chance, tout finirait par retomber dans l'oubli.

— Il faut que je te passe les clés de l'appart de Matt, au fait.

Paige farfouilla dans son sac et en sortit un trousseau.

— Et voilà. Cadeau. Bonne chance.

Frankie laissa tomber les clés dans son sac à dos.

— Je ne rentre pas dans la cage aux fauves, je vais juste nourrir un chat. Plus que de chance, j'aurai besoin de pâtée et de croquettes.

Eva ouvrit la bouche pour intervenir, puis se tut en voyant l'expression de Paige.

Celle-ci poussa un soupir.

— OK, OK, je ne dis plus rien. Mais si j'étais toi je m'équiperais quand même d'un gourdin. Et n'oublie pas de mettre une armure.

— C'est ce que je fais tous les jours.

Même si elle avait désormais perdu un élément non négligeable de sa carapace : ses lunettes.

Fatigué et pressé de prendre une douche après une grosse journée de boulot en plein soleil par une chaleur suffocante, Matt poussa la porte de son appartement. Et s'immobilisa net en entendant des voix.

Il vivait pourtant seul, aux dernières nouvelles ?

Et n'attendait en principe personne.

Se dirigeant au bruit, il s'arrêta dans la cuisine. Son intrus était une intruse et se tenait à quatre pattes sous la table. Il ne voyait d'elle que son postérieur moulé dans un jean. Pas un postérieur inconnu, au demeurant. Ces très jolies fesses-là, il les aurait reconnues entre mille.

Il les admira un instant, mais décida que cette fois il garderait son compliment pour lui.

Il se contenta de toussoter discrètement.

Frankie se cogna la tête contre le plateau de la

table et lâcha une bordée de jurons. Elle émergea avec précaution, les lunettes de travers sur le nez, tout en se frottant le crâne avec les doigts.

— Qu'est-ce que tu fous là, Matt ?

Elle remonta ses lunettes sur son nez, comme pour le mettre au défi de faire la moindre remarque.

Il ne dit rien, mais ressentit une pointe de déception à l'idée qu'elle persiste à les porter en sa présence.

— Eh bien... je rentre chez moi.

— Ça fait longtemps que tu es planté là ?

— Un certain temps.

Peut-être qu'il allait le faire quand même, ce compliment, au fond. Ce n'était jamais bon de garder les choses pour soi.

— Assez longtemps pour avoir eu le temps d'admirer tes fesses.

Le regard de Frankie se voila de confusion.

— Au lieu de t'intéresser à mon arrière-train, tu ferais mieux de t'occuper de ta bestiole. Elle a de gros problèmes psychologiques.

Exact. A part que Miss Tigresse n'était pas la seule dans cette maison à souffrir de traumatismes psychiques.

— Je crois que nous sommes tous d'accord pour affirmer que le profil psychologique de Miss Tigresse présente quelques failles traumatiques.

— Samedi soir, elle s'est laissé nourrir chez moi sans faire trop de chichis. Mais apparemment mademoiselle tient à décider elle-même où elle mange. Ça n'a pas eu l'air de lui plaire que je vienne remplir sa gamelle ici.

— Elle t'a fait des horreurs ?

— Oh ! je survivrai, ne t'inquiète pas. J'imagine qu'avec quelques années de thérapie intensive ça devrait se tasser petit à petit.

Elle rejeta en arrière les folles mèches rousses qui lui tombaient sur le visage. Il se plaça devant elle et lui retira ses lunettes d'autorité.

— Tu n'as pas besoin de les porter quand tu es avec moi.

— Matt !

Elle bondit pour essayer de les lui arracher, mais il les replia et les glissa dans sa poche.

— Quel résultat espères-tu obtenir en portant ces machins, Frankie ? Tu crois pouvoir dissimuler le fait que tu as de jolis yeux ?

Le beau vert tendre de ses iris lui rappelait les couleurs des collines d'Ecosse. Ou d'un jardin anglais après la pluie. Et elle avait l'air tellement déconcertée par ce qu'il venait de lui dire qu'il eut envie de la serrer dans ses bras pour la consoler.

— Il faut que tu arrêtes de te cacher.

— Je ne me cache pas.

— Si, tu te caches. Mais avec moi tu n'es pas obligée.

Conscient qu'il l'avait déjà poussée assez loin dans ses retranchements, il se détourna et posa son ordinateur sur la table.

— Merci d'avoir nourri Miss Tigresse. Ça fait déjà la deuxième fois en moins d'une semaine. Je te revaudrai ça, Frankie. En incluant la prime de risque.

— Tu ne me dois rien.

Elle se tenait sur le qui-vive, à l'évidence prête à fuir. Il décida donc que, s'il voulait qu'elle se détende, il ne lui restait qu'une chose à faire : lui parler boulot.

— J'ai passé la matinée à essayer de chercher un horticulteur spécialisé pour remplacer Victoria. Tu as cinq minutes pour regarder les planches graphiques ? J'aimerais bien avoir ton avis.

Il tablait sur la passion de Frankie pour son métier,

convaincu qu'elle serait curieuse d'en savoir plus sur le projet qui l'occupait quasiment jour et nuit.

Et il ne s'était pas trompé.

— Oui, bien sûr, j'ai cinq minutes. Tu peux m'en dire plus sur l'esprit du projet ? C'était quoi, le brief ?

— Style architectural et durabilité. C'est un espace multifonctionnel : loisirs, vie de famille, un peu de divertissement d'entreprise. Ils se soucient du côté social et environnemental. Les toits verts réduisent les coûts de chauffage, mais aussi de clim. Ils diminuent l'empreinte carbone. Tout le monde y gagne, y compris ma pomme.

— Tu n'y gagneras pas grand-chose si tu finis avec un burn-out. Victoria n'aurait pas pu rester quelques semaines de plus pour te laisser le temps de te retourner ?

— Sa mère va très mal et elle a besoin de Victoria auprès d'elle. Je peux comprendre que ce soit sa priorité. Peut-être que je suis plus particulièrement sensible à ces questions à cause de Paige.

Il n'entra pas dans les détails. Avec Frankie ce n'était pas nécessaire. Elle n'ignorait rien des problèmes de santé qui avaient longtemps menacé la vie de sa sœur.

— Je trouverai bien une solution.

Très jeune, il avait été amené à faire le tri entre les priorités vitales et le reste. Depuis, il avait appris à faire au mieux en laissant son ultraperfectionnisme au placard

Frankie hocha la tête.

— J'ai passé pas mal de coups de fil aujourd'hui. J'ai contacté quelques collègues dont je sais qu'ils ont les compétences requises. Mais ils sont déjà tous en activité. J'en ai juste trouvé un — mais qui sera libre en octobre.

Matt savait que les journées de travail étaient

intenses chez Urban Génie. Et il fut touché qu'elle ait quand même pensé à lui.

— Tu as fait ça pour moi ?

— C'est normal, non ?

Elle eut un geste désinvolte de la main, comme pour dire que ce n'était pas grand-chose. Mais, les emplois du temps surchargés, il savait ce que c'était. Et il n'y avait pas plus chronophage que ce genre de démarches téléphoniques.

— Merci. J'apprécie, vraiment.

— Tu aurais agi de même pour nous.

Il nota l'usage du « nous », nettement plus impersonnel que le « moi ».

Frankie — comme il était en train de s'en apercevoir — avait un gros problème avec les relations interpersonnelles. Un bien plus gros problème que ce qu'il avait toujours cru.

— L'ennui, reprit-il, c'est qu'en octobre il sera trop tard pour ce projet. Il me faut quelqu'un qui soit prêt à démarrer sur les chapeaux de roues et qui soit tout de suite opérationnel. Autrement dit, quelqu'un qui connaît ma façon de travailler et dont la créativité est en phase avec la mienne.

— Et quand espères-tu trouver cette perle rare ?

— Je l'ai en ce moment même devant moi.

Ses yeux d'un vert si particulier s'arrondirent.

— Moi, tu veux dire ?

— J'ai vu ton expression lorsque je t'ai décrit le projet. Avoue que ça t'intéresserait de bosser dessus.

— C'est vrai que les toits-terrasses représentent un joli challenge, mais je suis engagée ailleurs. Urban Génie en est à ses tout débuts et...

— Et tu m'as déjà expliqué que tu avais un peu trop d'événements axés sur le mariage cet été. Tu les détestes. Délègue les arrangements floraux à quelqu'un d'autre et viens bosser avec moi sur ce projet.

Il lui tendit les plans et vit la panique et l'indécision dans son regard.

— C'est impossible, Matt. Je ne peux pas laisser tomber Urban Génie.

— Je ne te demande pas de laisser tomber ton agence. Jette un coup d'œil à ce dossier, pour commencer. Et parles-en à Paige et à Eva. Ce n'est pas comme s'il s'agissait de te délocaliser au fin fond de l'Alaska. Tu pourras garder un pied chez Urban Génie. Il suffira que tu réduises ton action sur le terrain pour le moment. C'est quoi déjà, le nom du prestataire avec lequel tu bosses ?

— Buds and Blooms.

— Pour eux, ce serait l'occasion de développer leur activité. Moi, tu me rendrais un énorme service et, toi, cela t'offrirait la possibilité de faire quelque chose qui te passionne. Laisse à quelqu'un d'autre le soin de s'occuper de tous ces projets nuptiaux et prénuptiaux, et dessine-moi un jardin de toit. Donne-toi au moins le temps de la réflexion. C'est juste pour l'été. Un seul projet.

Le regard de Matt tomba sur le bout de papier posé sur la table.

— Ah tiens, c'est quoi ? Tu étais en train de m'écrire un mot ?

Elle émit un son étranglé et attrapa la feuille en vitesse.

— Je ne veux pas que tu lises ça !

— Tu m'écris un mot et tu ne veux pas que je le lise ?

— Je pensais que je serais déjà partie lorsque tu reviendrais.

Les joues écarlates, elle serra le bout de papier dans sa main.

— Dis-moi au moins en gros de quoi il était question.

— Je te présentais mes excuses pour samedi, c'est tout.

Elle était si gênée que c'en était adorable, et Matt résista à la tentation de lui arracher ce papier des doigts.

— Pourquoi t'excuser ?

— Oh ! pour rien. Quoi de plus normal si j'ai failli te broyer la main dans la porte deux secondes après t'avoir éjecté manu militari de l'appartement dont tu es le propriétaire.

Elle fourra le petit mot dans la poche de son jean et fila vers la porte.

— C'est ton appart, Frankie. Pas le mien.

Cette fois, il était déterminé à ne pas la laisser partir avant d'avoir terminé la conversation.

— Tu payes ton loyer, tu as le droit de me mettre dehors si ça te chante.

— Tu es quand même le propriétaire des lieux !

— Je t'avais mise mal à l'aise.

— Tu n'as rien fait, Matt. Le problème vient de moi. Tout est ma faute.

Ils atteignirent la porte en même temps.

— Stop.

Plaquant la main sur le battant, il lui barra toute possibilité de fuite. Et la vit se figer.

— Matt ! Qu'est-ce que tu fais ?

— Je veux te dire quelque chose. Et j'aimerais pouvoir m'exprimer sans courir le risque de voir cette porte me claquer violemment au nez.

Il aurait pu reculer d'un pas, mais il ne le fit pas. S'il devait la forcer à sortir de sa zone de confort pour l'amener à lui parler plus ouvertement, il était prêt à se montrer envahissant.

Mais il s'efforcerait d'envahir avec le maximum de délicatesse possible.

— Ecoute, je sais que tu penses que c'est absurde de porter des lunettes dont je n'ai pas besoin, mais...

— Tu n'es pas obligée de m'expliquer.

— Si, j'y tiens. Tu te demandes comment il est possible que l'on puisse se comporter de façon aussi tordue.

Elle se tenait là, tête basse, et tout ce qu'il voyait d'elle c'était la courbe de ses cils et les minuscules taches de rousseur qui formaient comme une poussière de pollen sur le bout de son nez.

— Je ne me pose pas la question pour la bonne raison que, la réponse, je la connais déjà.

— Tu connais déjà la réponse ? répéta-t-elle dans un souffle.

La tentation de la toucher était presque irrépressible.

— Tu mets ces lunettes pour qu'elles créent une barrière de protection entre toi et le monde. Ou, plus exactement, entre toi et les hommes. Ça, je peux le comprendre. Ce qui me dépasse, par contre, c'est que cela t'affecte à ce point que je sois au courant.

— Parce que c'est quelque chose de profondément personnel, Matt !

— Mais c'est ça être en relation avec quelqu'un, non ? Partager les choses profondément personnelles que les autres ne voient pas. Nous nous connaissons depuis longtemps, toi et moi.

— Oui. Mais, en savoir trop sur quelqu'un, ce n'est jamais bon.

Elle allait finir par laisser l'empreinte de son corps sur la porte si elle continuait à s'aplatir ainsi contre le battant.

— C'est ce qu'on appelle « l'intimité », Frankie : ce qui se passe entre deux personnes qui ont un long passé commun. Et, entre parenthèses, je ne trouve pas que ce soit tordu que tu te sentes plus à l'aise avec des lunettes sur le nez que sans.

Elle se décida enfin à lever les yeux vers lui.

— Sérieux ? Tu ne trouves pas ça tordu ?

— Non. Mais puisque nous en sommes à parler franchement, toi et moi, je vais être cash et te dire que tu perds ton temps.

— Pardon ?

— Tu as de très beaux yeux et ils restent magnifiques, avec ou sans tes vilains carreaux. Et, pour t'éviter de perdre plus de temps encore à analyser ce commentaire sous tous les angles, je peux te dire que, oui, il s'agit bien d'un compliment.

Il ôta son bras, ouvrit la porte et la poussa dehors en douceur.

— Réfléchis à ma proposition de travail et merci encore d'avoir nourri mon chat.

Refrénant un élan protecteur, il referma vite la porte avant d'avoir le temps de faire un geste déplacé. Comme la prendre dans ses bras, par exemple.

Il aurait tout le temps pour ça plus tard. Ils n'en étaient encore qu'aux toutes premières étapes.

Les occasions de se revoir ne manqueraient pas.

Déjà, dans un premier temps, lorsque Frankie s'apercevrait qu'il ne lui avait pas rendu ses lunettes...

Chapitre 3

« Un compliment est un cadeau. Accepte-le avec gratitude. »

— *Eva*

De très beaux yeux ?

C'était bien ce qu'il avait dit ?

Frankie avait l'impression de flotter tandis qu'elle déambulait dans le marché aux fleurs de Manhattan. Et son état second n'était dû ni à l'heure matinale ni au fait qu'elle avait à peine fermé l'œil de la nuit.

Paige glissa son bras sous le sien.

— J'adore venir ici. C'est apaisant comme endroit, non ?

— Euh... pardon ? Je n'ai pas compris ta question.

Frankie n'était pas concentrée du tout. Ses pensées tournaient en boucle autour du moment où elle s'était trouvée prise en sandwich entre la porte et Matt. Concrètement, il l'avait à peine effleurée. Mais elle était aussi troublée que s'il y avait eu contact physique réel. Elle avait réagi à sa proximité de façon si intense qu'elle avait eu du mal à respirer. La brusque flambée de désir qui l'avait submergée l'avait laissée comme étourdie.

En un mot : sidérée.

Il fallait dire que le sexe avait toujours occupé une place plus que réduite dans son quotidien. Elle y pensait rarement, en fait. Et le pratiquait encore moins. Sa sexualité morne, elle avait appris à vivre avec sans trop se poser de questions. Et, même si elle était assez intelligente pour comprendre que son histoire familiale n'était pas étrangère au phénomène, elle n'avait jamais imaginé pour autant que les choses pouvaient changer.

Or c'était bel et bien ce qui était en train de se produire.

Et Matt en était la seule et unique cause. Il ne l'avait pas touchée, donc ; mais elle s'était surprise à désirer qu'il le fasse. Elle avait même été tentée de l'attraper par son T-shirt et de l'embrasser d'autorité. Inutile de préciser que cet élan aussi inattendu que compulsif l'avait sérieusement perturbée. Par chance, elle avait réussi à le refréner, mais sans parvenir à supprimer pour autant l'étrange flux de sensations qui bouillonnait en elle depuis. Des sensations qu'elle associait à ce qu'on éprouve, enfant, à l'approche de Noël ou du dernier jour de classe avant les vacances. Se retrouver si près de Matt semblait avoir actionné un interrupteur dans une partie de sa personne à laquelle elle n'avait encore jamais eu accès. Depuis, elle en oubliait régulièrement de respirer — alors qu'elle n'avait jamais eu de problèmes avec cette fonction vitale jusque-là.

Paige lui donna un coup de coude.

— Tu dors debout, ma grande. Ce qu'il te faut, c'est un café bien serré.

Elle la tira de force dans son bistro préféré et commanda d'office deux expressos.

— Tu vas voir. Ça va te réveiller direct.

Frankie ne précisa pas que son problème n'était pas de ceux que le café pouvait régler.

Elle n'était pas certaine de savoir ce qui pourrait le résoudre, d'ailleurs. Les deux douches froides, en tout cas, étaient restées sans effet.

Pendant qu'elles sirotaient leur café, Paige parla clients, événements et nouveaux contrats, pendant que Frankie luttait de manière stoïque pour oublier la sensation du corps musclé de Matt effleurant (presque) le sien.

Boostées par la caféine, elles ressortirent pour se lancer dans leurs achats. Niché entre Broadway et la Septième Avenue, le district des fleurs était une jungle cachée, blottie entre des tours vertigineuses. A 5 heures du matin, le jour pointait à peine, mais une grande animation régnait déjà autour des stands.

Elles entrèrent dans une des nombreuses boutiques de fleuriste. Frankie procéda à ses repérages et se pencha pour plonger le nez dans un bac rempli d'hortensias.

— Ils sont magnifiques, non ?

Après en avoir mis une quantité de côté sur une étagère en métal, elle examina les cosmos. Paige hocha la tête.

— Vraiment sympa, comme couleur. Tu as parlé à Matt, au fait ?

Frankie faillit en laisser tomber ses fleurs. Suffirait-il désormais qu'elle entende prononcer son nom pour réagir ainsi au quart de tour ? Elle se comportait comme une gamine dans les transes d'une première passion adolescente. A part qu'elle n'avait jamais eu le moindre *crush* sur qui que ce soit dans sa phase *teenager*.

— Je lui ai écrit un petit mot pour m'excuser, mais il a débarqué juste au moment où je donnais à manger à Miss Tigresse. J'ai lâchement froissé le bout de papier pour le fourrer dans ma poche.

— Il n'a pas fait de commentaires ?

— Il a dit deux ou trois trucs, si.

Des trucs déstabilisants. Des choses qui continuaient de danser une sarabande dans son cerveau et l'avaient tenue éveillée aux heures où elle aurait dû être endormie depuis longtemps.

« Tu as de très beaux yeux. »

Elle avait été tellement prise au dépourvu par le compliment qu'elle n'avait rien su dire. Eva aurait trouvé une repartie légère en réponse. Et Paige aussi, probablement.

Elle, elle était restée muette.

Et, ce matin, elle avait trouvé ses lunettes dans sa boîte aux lettres.

Un test pour voir si elle comptait ou non les remettre ?

Irritée contre elle-même, Frankie tourna la tête pour se regarder à la dérobée dans le miroir qui tapissait tout un mur du magasin. Ses besicles de fausse myope lui mangeaient tout le visage. Elle les avait choisies précisément dans ce but.

Paige s'accroupit devant un carton de roses thé.

— Il t'a expliqué, pour le boulot ?

— Le boulot ?

Incapable d'imaginer que quiconque puisse trouver ses yeux magnifiques, Frankie reporta son attention sur son amie.

— Le départ en catastrophe de Victoria, tu veux dire ? Il m'en a parlé, oui. Il essaie de trouver quelqu'un pour la remplacer. J'ai passé quelques coups de fil à des collègues que j'ai connus au Botanic Garden ou avec qui j'ai travaillé depuis. Mais sans succès, jusqu'ici. Je continue de chercher.

— Il voudrait que ce soit toi qui bosses avec lui sur ce projet.

Le pouls de Frankie se mit à battre plus vite.

— Il n'en est pas question.

— Pourquoi ? Tu adores les jardins de toiture. C'est ce que tu préfères ! Pourquoi t'interdire ce plaisir ?

Parce que oublier de respirer chaque fois qu'elle croisait Matt était une chose. Mais retenir son souffle pendant toute une journée de travail ? Il faudrait la mettre sous respirateur artificiel sous peine de la voir mourir suffoquée. Sans parler des sensations de type courant électrique qu'elle n'était pas fichue de débrancher. Se voir bombardée de décharges à hautes doses dix heures d'affilée ? Non merci, très peu pour elle. Il ne fallait *surtout pas* qu'elle travaille avec Matt.

C'était peut-être lâche de sa part de refuser, mais mieux valait être lâche et bien vivante que courageuse et asphyxiée. Asphyxiée par l'excitation, ni plus ni moins. Car c'était ce qu'elle ressentait. Peu importait son manque d'expérience en la matière, elle savait reconnaître les manifestations du désir.

Frankie voyait d'ici le rapport d'autopsie : décès par frustration sexuelle.

— On vient juste de monter Urban Génie. Je ne vais pas vous lâcher maintenant pour aller bosser ailleurs.

— Je ne te demande pas de devenir l'associée permanente de Matt. Juste de lui donner un coup de main sur un seul projet durant l'été.

— On a deux gros événements en cours pour les quinze prochains jours.

— Tu as déjà tout programmé pour l'un comme pour l'autre. Buds and Blooms ont une super équipe. Ils ont fait un boulot excellent pour le séminaire de Harrison Immobilier, la semaine dernière. Et, s'ils ont le moindre problème, ils peuvent toujours te contacter.

Matt avait déjà fait appel au même argument.

— Je ne crois pas que ce soit une bonne idée, Paige.

— Pourquoi ?

— Parce que ce n'est jamais bon de mélanger vie pro et vie privée.

Paige pouffa de rire.

— Et nous ? On ne mélange pas le travail et l'amitié, peut-être ? Ce n'est quand même pas comme si vous couchiez ensemble, toi et Matt !

Le rire s'arrêta net, remplacé par une soudaine curiosité.

— Ou peut-être que si après tout ?

— Non !

Mais, maintenant que l'idée venait d'être émise, Frankie avait des images classées X plein la tête. Des visions de Matt nu, de ce corps musculeux et puissant intimement intriqué au sien.

— Tu le sais bien qu'on ne couche pas ensemble ! Je ne comprends pas que tu me poses cette question.

— Probablement parce que tu as viré à l'écarlate.

— C'est parce que j'ai horreur de parler sexe en public. Je ne pense pas que ce soit une bonne idée de travailler avec Matt, c'est tout. Je devrais être à fond dans Urban Génie.

— Cela ne te ressemble pas de refuser de donner un coup de main.

— Je ne refuse pas de l'aider ! J'ai passé plein de coups de fil pour lui. Je vais encore appeler d'autres personnes tout à l'heure.

— Mais tu ne veux pas lui rendre service toi-même ? Je t'ai toujours vue prête à te démener dès qu'il s'agit d'épauler un ou une amie.

Paige hésita avant d'ajouter :

— Sans Matt, on vivrait toutes les trois dans un placard à balais.

— Tu joues la carte de la culpabilité ?

Et ça marchait, en plus. Frankie était bien consciente qu'elle aurait aidé Matt sans hésiter s'il n'y avait pas eu ce problème libidinal à la clé. Elle aurait été ravie de lui prêter main-forte sur son projet. Et pas seulement pour couper court à tous les enterrements de vie de célibataire de l'été, mais parce qu'elle avait une réelle affection pour lui. Paige avait raison : en temps normal, jamais elle n'aurait refusé de voler au secours d'un ami.

— C'est à cause de cette histoire de lunettes ? Mon frère a manqué de tact ? C'est pour ça que tu ne veux pas l'aider ?

Frankie sentit une onde de chaleur se propager dans sa nuque.

— Non, ce n'est pas ça. Matt est un garçon super. C'est quelqu'un de solide, il a des principes, il est équilibré...

Et il est canon comme pas permis. Voilà pourquoi elle ne pouvait se porter volontaire pour s'atteler à ce projet avec lui.

Normalement, fréquenter des hommes ne lui posait aucun problème. La situation restait simple : ils ne lui faisaient ni chaud ni froid. Mais avec Matt c'était différent. Avec Matt c'était... perturbant.

Paige lui effleura le bras.

— Matt a toujours été un frère en or pour moi. J'ai pu compter sur lui, quoi qu'il arrive, dans les moments difficiles.

— Je sais.

Les Walker avaient toujours été d'une loyauté sans faille entre eux. Une solidarité qu'elle leur enviait. Au lieu de se démener pour se rendre la vie impossible aux uns et aux autres, ils se serraient les coudes. Leur dynamique familiale était tellement éloignée de ce qu'elle avait toujours connu qu'elle avait parfois de la peine à croire qu'une telle famille soit réelle.

— Cela m'aurait fait plaisir de pouvoir lui rendre la pareille, pour une fois.

— Je te rappelle que, le boulot, c'est moi qui le ferais. Pas toi.

— Peut-être. Mais nous formons une équipe. Urban Génie se porterait au secours de l'entreprise de Matt.

Paige se tut un instant pour chercher ses mots.

— Matt et toi, vous êtes sur la même longueur d'onde. Pour tout ce qui touche à l'aménagement extérieur, vous avez les mêmes goûts, le même style. Il a toujours admiré ton talent. Quand tu t'es occupée des plantations sur le toit, chez nous, il ne tarissait pas d'éloges à ton égard. Et toi aussi tu es sensible à la créativité de mon frère, je le sais. J'étais persuadée que tu te jetterais sur cette opportunité de faire quelque chose avec lui.

De faire quelque chose avec Matt ?

Les visions érotiques se mirent à danser de plus belle dans sa tête. Elle en avait chaud partout.

— Je vais y réfléchir.

Paige scruta ses traits d'un œil plus attentif.

— Tu es vraiment sûre que ça n'a rien à voir avec cette histoire de lunettes ?

— Non, ce n'est pas ça.

Cela avait à voir avec cette histoire de porte. Avec cette histoire de compliments. Cette histoire d'alchimie sexuelle.

Surtout avec ça.

— Matt t'a dit que son client avait prévu des pénalités de retard dans le contrat ? Si Matt ne livre pas son chantier dans les temps impartis, il perdra de l'argent.

— Il ne m'en avait rien dit, non.

Son sentiment de culpabilité augmenta d'un cran.

Paige avait raison : c'était grâce à Matt qu'elle disposait de son appartement et de son indépendance.

Elle lui versait un loyer, bien sûr. Mais à prix d'ami. Et c'était stupide de sa part de s'inquiéter au sujet de ce soudain problème d'attirance physique. De toute façon, il faudrait qu'elle apprenne à en faire abstraction.

Perdue dans ses pensées, elle procéda à ses achats et elles poursuivirent leur chemin sur le marché.

Des plantes géantes, des fleurs coupées de toutes les couleurs et variétés, des arbustives tropicales et toutes sortes d'immortelles séchées étaient exposées des deux côtés de l'avenue, créant une impression d'abondance estivale. Normalement, le simple fait de parcourir ce marché suffisait à la détendre. Mais pas cette fois-ci.

Paige effleura les palmes d'un grand cycas du Japon. Un véritable bosquet de verdure les protégeait du bruit de la circulation et, l'espace d'un instant, elles purent oublier qu'elles se trouvaient en pleine ville.

— A propos d'Urban Génie, il faut qu'on reparle de la fête de fiançailles Smyth-Bennett qu'on a programmée pour dans quinze jours.

Une vague de découragement saisit Frankie.

De la guimauve. Encore et toujours.

— En reparler pourquoi ? Je croyais qu'on avait déjà tout mis au point.

— Je sais. Mais ils veulent modifier le brief.

— Sérieux ? Ce n'est pas un peu tard pour tout reprendre à zéro ?

Paige haussa les épaules.

— Le client est roi. Ils veulent quelque chose de plus romantique. Ou, du moins, *la future mariée* veut quelque chose de plus romantique et, courageusement, monsieur aligne ses positions sur celles de sa promise.

— Comment se fait-il qu'on ait tant d'événements sirupeux sur les bras, tout à coup ? L'eau de rose coule à flots.

Elle s'enfouit le visage dans une brassée de lys et huma leur puissant parfum.

— On était censées se spécialiser plutôt dans le lancement de produits et les manifestations d'entreprise, non ?

— On en a deux ou trois de prévus aussi. Mais c'est l'été, ma chérie, et l'amour est dans l'air.

— Hé ! Francesca ! C'est toi ?

Frankie reconnut la voix de sa mère dès la première syllabe. Elle tenta de se faire toute petite et se glissa de nouveau à l'intérieur de la boutique.

— Oh ! non. Pas ça.

Paige, qui avait suivi le mouvement, tourna la tête pour scruter la rue.

— Reste calme, surtout.

— Pourquoi ? On peut rester planquées ou il est trop tard ? Qu'est-ce qu'elle fait ici, bon sang ? Comment elle a réussi à me pister ?

— Je n'ai pas l'impression qu'elle soit à ta recherche. A première vue, elle a plutôt l'air d'être tombée sur nous par hasard.

Frankie gémit.

— Tenue de jour ou tenue du soir ?

Paige risqua un œil entre les tiges d'un bougainvillier.

— Courte, en tout cas. Moulante. Cent pour cent strass et paillettes. Soit c'est une robe de soirée, soit elle aime s'habiller flashy pour prendre son petit déj. Elle est à fond dans le look *showgirl*, ta mère, en ce moment.

— Et si je me tirais une balle dans la tête tout de suite ? Je connais du monde, ici. Tu imagines la honte ? Si elle m'adresse la parole et que ça dure plus de cinq minutes, je me délocalise au fin fond de l'Alaska.

— Alors il faudra qu'on abrège, parce que je ne me vois pas passer le restant de mes jours dans les glaces.

Paige ressortit dans la rue et Frankie la suivit en se cramponnant à son bras.

— Elle est seule ?

— Non.

— Il est plus jeune que nous ?

— C'est difficile à dire, mais il me paraît plus près du stade acné juvénile que de l'âge de la retraite.

Paige carra les épaules, comme elle le faisait chaque fois qu'elle devait affronter un client difficile.

— Ah tiens, madame Cole...

— Paige !

Gina Cole s'élança vers elles en vacillant sur ses stilettos. Elle s'appuyait au bras d'un jeune qui ne devait pas avoir dépassé les vingt-cinq ans depuis très longtemps.

— Tu ne pourrais pas m'appeler Gina, comme tout le monde ? Depuis le temps que je te le propose. J'ai l'impression d'être une *vieille* quand on me donne du « madame Cole »... Mais, dis-moi, tu es un peu pâlichonne, Paige. J'espère que tu n'es pas en train de retomber malade, au moins ?

Frankie vit Paige frémir. Mais son amie domina aussitôt sa réaction.

— Je ne suis absolument pas malade, non. Il est 5 heures du matin et...

— Ce qu'il te faut, c'est un bon fond de teint. Je peux t'en recommander un, même si personnellement je préfère en utiliser plusieurs, en multipliant les couches. Par ailleurs, je suis devenue une adepte totale du *strobing*. Regarde ma peau. Est-ce qu'on voit que je n'ai encore pas fermé l'œil de la nuit ?

Elle tira sur le bras de son compagnon.

— Mais vous ne connaissez pas encore Dev, toutes les deux, je crois ? Dev, je te présente Paige et Frankie. Frankie est...

Elle hésita un bref instant.

— ... ma fille.

— Non, *pas possible !* se récria Dev avec toute l'incrédulité qu'on attendait visiblement de lui.

Du coin de l'œil, Frankie chercha le regard de Paige et vit la lueur amusée qui dansait dans ses yeux. La réaction de son amie lui remonta le moral. Jusqu'au moment où sa mère passa une main caressante sur les fesses du dénommé Dev, pour finir par les pincer avec un petit sourire conquérant.

— *Maman...*

— Alors, les filles ? Vous avez passé la nuit dehors à faire la fête, vous aussi ?

— Non. Nous, on bosse.

— Ah, d'accord. Ça explique votre tenue, alors. Tu as quand même conscience que l'apparence ça compte, Frankie ? Il n'est jamais bon de se laisser aller, ma chérie. Comment veux-tu attirer l'attention d'un homme si tu t'habilles comme si tu venais de dévaliser une friperie ? Si seulement tu me laissais carte blanche, je te relookerais de A à Z. Car, sous cette masse de cheveux en bataille et ces hardes informes, tu as un corps qui, au fond, n'est pas si éloigné du mien.

Elle agita une main manucurée, faisant tinter les innombrables bracelets à son poignet.

— Tu pourrais être comme moi si tu faisais un minimum d'efforts.

Horrifiée, Frankie recula d'un pas. Elle avait passé sa vie à lutter pour obtenir l'effet exactement inverse.

— Je me trouve bien comme je suis.

— Tu pourrais être si jolie, pourtant. Tu ne trouves

pas qu'elle a tout ce qu'il faut pour être ravissante, Dev ?

Frankie dut reconnaître, à la décharge de Dev, qu'il eut au moins l'intelligence de ne pas répondre à cette question.

Paige afficha son plus beau sourire.

— Bon, c'était sympa de papoter un moment avec vous, madame Cole, mais nous n'avons pas beaucoup de temps. On était juste venues choisir des fleurs pour un événement et on fonctionne un peu dans l'urgence, en ce moment.

— Quel événement ? J'ai appris cette semaine que Star Events avait licencié une grosse partie de son personnel. Tu as perdu ton emploi il y a deux mois, Frankie, et tu ne m'en as rien dit ! Je suis quand même ta mère. Je me faisais un souci monstre pour toi.

Frankie demeura un instant interdite. Sa mère ne se souciait que très peu de son sort, en temps normal. S'il y en avait une qui s'inquiétait pour l'autre, c'était plutôt elle vis-à-vis de sa mère que le contraire.

— C'est pour ça que tu n'arrêtes pas de m'appeler depuis quelques jours ?

— Evidemment ! Je voulais te dire que tu étais bien mieux sans ces exploiteurs. Toutes ces heures qu'ils te faisaient faire, c'était *inhumain.* Le manque de repos est fatal pour le teint. Et personne ne tombera jamais amoureux de toi si tu as l'air vieille et moche. Ne t'inquiète pas pour l'argent. Dev peut t'obtenir un prêt. La banque, c'est son métier.

Elle se pelotonna contre son jeune amant et lui tapota le bras.

— A vingt-neuf ans, il a déjà bien progressé dans sa carrière, ce garçon. C'est impressionnant comme il gagne bien sa vie. Et en ce moment je suis sa source de dépenses préférée. Pas vrai, mon chou ? Par chance, il n'a rien à voir avec ton père. Mon Dieu qu'il était radin, celui-là. C'est tout juste s'il ne me facturait pas les heures que je passais assise sur mon propre canapé, c'est vous dire. Moi, je dis toujours qu'il vaut mieux sortir avec des hommes jeunes. Eux au moins savent vivre dans le moment présent. Il habite tout près d'ici, entre parenthèses.

Frankie se sentit pâlir dangereusement.

— Mon père ?

— Ton *père* ! Mais, ma pauvre chérie, comment voudrais-tu que je sache où il vit, celui-là ? Il est tellement lâche qu'il n'a plus jamais montré le bout de son nez — ni le bout d'autre chose, d'ailleurs — depuis son départ de la maison.

Gina émit un petit rire un peu trop strident.

— C'est *Dev* qui habite dans le quartier !

— Tu devrais rentrer, maman. Si tu n'es pas encore allée au lit, tu dois être épuisée.

— Oh ! je n'ai pas dit que nous n'avions pas encore été au lit. J'ai juste dit que nous n'avions pas fermé l'œil. Nuance.

Gina donna un petit coup taquin sur l'épaule de Dev.

— Tu sais que ce garçon est une véritable bête de sexe ? Même moi, il m'épuise, et j'ai pourtant une énergie sexuelle que les hommes s'accordent à trouver exceptionnelle. Encore une raison supplémentaire pour préférer les hommes jeunes. Tu n'as pas idée du nombre de fois où il peut...

— *Maman !* cria Frankie, mortifiée.

Autour d'eux, des têtes pivotèrent. Les joues en feu, elle se retrouva transportée en arrière au cœur de ces terribles années adolescentes où les gens la dévisageaient en permanence.

— Tu n'es pas obligée d'entrer dans ce genre de détails, maman.

Car elle avait grandi avec « ce genre de détails », justement. Ils étaient inscrits en elle, comme autant de minuscules cicatrices à fleur de peau.

Aurait-elle été moins coincée si sa mère avait été moins explicite dans le récit de ses exploits sexuels ?

— Je n'ai jamais compris comment j'avais réussi à donner le jour à une fille aussi prude. Il serait temps que tu te lâches un peu, Frankie. Des femmes me disent qu'il est impossible de rencontrer un homme à Manhattan. La vérité, si vous voulez mon avis, c'est qu'elles ne savent pas chercher.

— Maman, s'il te plaît...

— Tout ce qui ne sert pas s'atrophie. Qui a dit ça, déjà ?

Gina Cole fronça les sourcils d'un air pensif, puis se souvint que les rides menaçaient et se lissa vite le front du bout des doigts.

— Si tu as besoin d'argent ou d'un endroit pour dormir, n'hésite pas, en tout cas.

— Je n'ai besoin de rien. J'ai un travail et un appartement.

Ainsi qu'une montagne de complexes, de blocages et d'inhibitions.

Et merci qui, maman ?

— Un très joli appartement, en plus ! Grâce au grand frère de Paige qui vous héberge toutes.

Gina lui décocha un clin d'œil et se rapprocha pour chuchoter :

— C'est une affaire, ce Matt. Il a tout pour lui, ce garçon. Et les muscles et l'intelligence et le fric. Je ne connais pas de combinaison plus irrésistible. Et il est carrément sexy, avec ça. J'ai lu un article sur lui, l'autre jour. On le voit torse nu avec une ceinture à outils. Il fabriquait un siège à partir de gros blocs de bois brut. Ces abdominaux, mon Dieu... J'en ai des palpitations jusque dans mes plus intimes tréfonds.

— Par pitié, maman...

— Par pitié, quoi ? Oh, ne t'inquiète pas pour Dev. Il n'est pas jaloux du tout.

Frankie sentit la honte se propager sur son visage à la manière d'un eczéma géant. Le pire, c'était qu'elle avait eu les mêmes pensées au sujet de Matt. Et l'idée même d'avoir quoi que ce soit en commun avec sa mère l'horrifiait. Mais quelque part sous la honte la colère grondait. Elle était révoltée que sa mère vienne contaminer une relation aussi précieuse à ses yeux. Et si celle-ci tenait un jour ces mêmes discours devant Matt ? *Oh non.* Elle mourrait d'humiliation sur place. Pendant toutes ses années d'adolescence sur Puffin Island, la honte et la gêne ne l'avaient pas lâchée, comme un vêtement invisible qui lui collait en permanence à la peau. « Telle mère, telle fille. »

— Il faut qu'on y aille, maman. On est là pour le boulot.

— Tu as retrouvé un emploi, alors ?

— Oui. Et je ne peux pas me permettre de traîner. Passe une bonne journée.

Frankie se détourna pour partir, l'estomac soulevé par un début de nausée.

— Hé, attends ! Quand est-ce que tu nous invites à boire un verre chez toi ? Je suis quand même ta mère, Frankie.

Elle se figea, le ventre en vrac. Si elle laissait monter une image de sa mère caressant les fesses de Matt en lui tenant des propos salaces, elle pourrait vomir pour de bon. Connaissant cette dernière, elle serait capable de lui sortir les pires horreurs. Et même plus que cela : de lui faire des avances.

C'était ça, la réalité familiale pour elle. Un cauchemar

nauséeux sans rapport avec la jolie vision fantasmée qu'en entretenait Eva. C'était comme tremper un doigt gourmand dans le pot de sucre, le porter à sa bouche et s'apercevoir que quelqu'un avait mis du sel à la place.

— Je suis très prise en ce moment.

— Mais il y a une éternité qu'on ne fait plus rien ensemble ! Et comment va notre adorable Eva, d'ailleurs ? Sa grand-mère lui manque toujours ? On pourrait se faire une virée à quatre, tiens. Une petite soirée entre filles. Ce serait cosy. Appelle-moi qu'on se fixe une date. Et, par pitié, balance-moi ces hideuses lunettes et achète-toi des verres de contact. Jamais aucun homme ne voudra coucher avec toi si tu gardes ces horreurs sur le nez. A très bientôt, alors !

Sur un signe joyeux de la main, elle repartit au bras de Dev en tortillant des hanches. Frankie s'affaissa contre le mur le plus proche.

— C'est quoi, son problème, à la fin ? Elle est infernale. Je suis désolée. Je ne sais pas quoi dire.

— Tu es désolée de quoi ?

— De tout. De ses remarques lourdingues sur ta santé, de son exhibitionnisme verbal pathétique, de la façon dont elle étale les sordides détails de sa vie sexuelle en faisant bénéficier tout le marché aux fleurs de ses exploits. Désolée aussi pour ce qu'elle a dit au sujet de Matt. Je voudrais mourir mais, si je meurs, c'est elle qui récupérera mon corps et elle en fera quelque chose d'innommable.

Paige glissa son bras sous le sien.

— Tu n'as pas à t'excuser de ce que dit ou fait ta mère. Tu n'es pas responsable de ses actes.

— Oui, mais je me *sens* responsable.

— Pourquoi ? Ce n'est pas ta faute si elle est devenue ce qu'elle est.

Et pourtant… La morsure familière du remords lui rongeait le cœur. La vérité, c'était qu'elle ne se sentait pas entièrement étrangère à ce qui était arrivé à sa mère, au contraire.

Au moment des faits, elle avait découvert que la culpabilité pouvait être abyssale au point de vous engloutir. Paralysée par l'indécision, elle n'avait pas su comment agir. La seule chose dont elle avait été certaine, c'était de ne pas vouloir encombrer les autres avec son lancinant dilemme.

Petit à petit, avec l'éloignement, la culpabilité s'était atténuée, comme une plaie à demi cicatrisée menaçant de se rouvrir au premier heurt.

Malgré tout, elle pouvait passer des semaines, voire des mois, sans y penser. Et lorsque le souvenir remontait — généralement au cours des heures sombres de la nuit — elle le gardait pour elle.

Ce n'était pas quelque chose dont elle avait l'intention de parler un jour à qui que ce soit. Pas même à ses meilleures amies. Il était trop tard maintenant pour déterrer un si vieux secret.

— Imagine qu'elle croise Matt à la maison et qu'elle se mette à lui palper les abdos en lui sortant le genre d'horreurs lubriques dont elle a le secret… Si ça doit arriver, je te jure que je me planque au pôle Nord pour de bon. Et cette façon de nous appeler « les filles », comme si on avait encore huit ans. Tu trouves ça sain, pour une femme de cinquante-trois ans, de se désigner encore comme une « fille » ? Ça reflète un manque total de dignité, non ? Ou alors elle est complètement dans le déni, par rapport à son âge. Peut-être que dans sa tête elle a toujours dix-huit ans ?

Luttant contre les larmes, Frankie battit de nouveau en retraite à l'intérieur du magasin et se passa les mains sur les joues. Ses yeux et sa gorge la brûlaient.

— Je ne supporte plus de la voir, Paige, je suis à bout. Il faut encore qu'elle se tape un mec de mon âge ! Et bourré de pognon, comme d'habitude. Pourquoi ils se laissent faire, tous ces pigeons, à ton avis ?

— Aucune idée, mais c'est leur problème. Pas le tien.

Paige lui frottait le bras d'un mouvement régulier, réconfortant. La chaleur dans sa voix lui fit du bien.

— Pauvre Frankie. C'est vraiment un coup de malchance qu'on soit tombées sur elle ce matin.

— Elle n'a qu'un seul sujet de conversation au monde et c'est le cul. Elle s'obstine comme une sadique à me sortir les pires trucs salaces pour le seul plaisir de me voir me tortiller de gêne et de honte face à elle.

— Honnêtement, je ne crois pas qu'elle le fasse pour te torturer. C'est juste qu'elle est branchée sexe et qu'elle est trop égocentrique pour se rendre compte qu'elle te fait du mal.

— Bon, on change de sujet, OK ? Parle-moi d'autre chose. N'importe quoi.

Frankie focalisa son attention sur la profusion colorée de corolles et de boutons. Sur la beauté luxuriante des feuillages. La matière végétale exerçait toujours une action apaisante sur elle. La nature, elle, ne vous infligeait jamais ni honte ni mortification.

— Parle-moi de toi, Paige. S'il te plaît. Ou du boulot. Le boulot, c'est bien. Je veux bien que tu me parles de n'importe quoi sauf de mariage.

— Je t'ai dit qu'on avait remporté le contrat pour la Fashion Week de New York ? Ils m'ont envoyé un mail hier soir.

— Ouah ! Ils nous ont choisies ? C'est énorme ! L'événement se passe en septembre, c'est ça ?

Frankie fit un immense effort pour évacuer sa mère de ses pensées. « Tout ce qui ne sert pas s'atrophie », pour reprendre les termes de cette dernière.

Elle frissonna.

Atrophiée, voilà ce qu'elle était. Atrophiée, défaite, perdue.

— Oui. Ce sera notre plus gros événement à ce jour. Donc c'est vraiment encourageant.

— C'est génial. Positivement génial.

Les battements de son cœur se calmaient petit à petit. La nausée refluait et même le sentiment d'humiliation cédait lentement du terrain. Mais les mots restaient inscrits en elle quand même. « Tout ce qui ne sert pas s'atrophie. » La phrase était enfoncée dans son crâne comme une tique vampirisant sa proie. Comment cette maxime s'appliquait-elle lorsqu'on n'avait connu, au fond, qu'un semblant de sexualité balbutiante ? Etait-on d'ailleurs censé « se servir » de quelque chose qui ne fonctionnait pas ? Les femmes de son âge bénéficiaient presque toutes d'une solide expérience sexuelle. La sienne se bornait à quelques épisodes gauches et embarrassants auxquels elle avait été soulagée de tourner le dos. Là encore, c'était un secret qu'elle avait toujours gardé pour elle.

— Et avec Jake ? Tout se passe bien ?

— Mieux que bien, oui. Il me met la pression pour que je vienne habiter avec lui.

— Ah...

Pendant des années, ils avaient vécu à quatre dans leur *brownstone*. Frankie n'avait pas encore vraiment pris conscience que cette configuration risquait de changer sous peu.

— Et toi ? Tu as envie d'emménager avec lui ?

— Oui et non. La vie avec Jake, j'adore. Je me sens bien avec lui et son appart est à couper le souffle. Mais je suis attachée aussi à notre petit coin de Brooklyn... Et je m'inquiète pour Eva, surtout, précisa Paige après un temps d'hésitation.

— Moi aussi. Elle avait la larme à l'œil, samedi, à cet enterrement de vie de jeune fille qui a mal tourné. Mais elle va déjà mieux qu'à Noël l'année dernière.

— Elle fait bonne figure mais, sa grand-mère, c'était tout pour elle. Dans la journée, elle s'active, mais je l'entends encore pleurer parfois la nuit.

Paige recula d'un pas pour faire de la place à un client chargé d'une grosse plante.

— J'ai du mal à imaginer ce que ça fait de ne plus avoir du tout de famille. L'autre soir, Eva m'a dit qu'elle se sentait comme un bateau qui aurait perdu son ancre. Elle a l'impression d'être seule en pleine mer, privée de direction et ballottée par les flots.

La culpabilité assaillit Frankie.

— Et moi qui n'arrête pas de vous soûler avec ma mère. Je m'en veux de me plaindre d'elle tout le temps.

— Tu n'as pas à t'en vouloir. Ce n'est pas comme si ta mère t'ensoleillait la vie. Elle a l'art de te la compliquer, au contraire.

— Mais il me reste quand même des liens familiaux. Qu'est-ce qu'on fait, pour Eva ?

— Ce que j'aimerais, c'est qu'elle rencontre quelqu'un. Je sais que ça va te faire bondir, parce que l'amour ce n'est pas ton truc, mais je crois que c'est vraiment ce dont elle a besoin. J'espère tellement qu'elle tombera sur un homme qui saura l'apprécier à sa juste valeur. Ce qu'il lui faut, c'est une famille à elle.

— Moi, sérieux, j'aimerais autant qu'elle attende un peu avant de s'engouffrer tête baissée dans une relation de couple. Elle est vulnérable en ce moment. Imagine qu'elle tombe amoureuse et que ça se passe mal. Ça ne va pas être coton de recoller les morceaux.

A la pensée d'une Eva dévastée par le chagrin, sa propre poitrine se noua.

— Eva fait toujours confiance à tout le monde. Elle me fait flipper, parfois.

— Toutes les histoires d'amour ne se terminent pas dans le désespoir et les larmes, Frankie.

— Pas toutes, non. Mais beaucoup. Et une rupture pourrait achever de la fragiliser. Imagine qu'elle tombe raide dingue amoureuse et que le mec s'avère être un menteur pathologique qui commet les pires turpitudes dans son dos...

Une bouffée de colère l'envahit.

— Je crois que je le tuerais de mes mains.

— Il pourrait aussi s'avérer être charmant, affectueux et sincère et devenir le rayon de soleil qui illuminera son quotidien.

— Auquel cas, je pourrais éventuellement lui laisser la vie sauve. Mais je n'ai encore jamais croisé un homme en ce bas monde qui serait assez bien pour Eva.

Elle marqua un temps de silence avant d'ajouter :

— Sauf un peut-être : Matt.

— *Matt* ? Mon frère Matt ?

— Pourquoi pas ? Ils s'entendent super bien. Ils sont toujours à rire ensemble et à se chambrer.

C'était peut-être *la* solution, au fond. Si Matt était avec Eva, de son côté elle cesserait d'avoir ces pensées indésirables autour de sa personne.

— Ils sont très amis, oui. Complices, même. Mais il n'y a pas d'étincelle entre eux.

— Lui est carrément canon et elle plus que somptueuse. Qu'est-ce que tu veux de plus ?

— Tu trouves que mon frère est carrément canon ?

Paige la regarda avec curiosité. Frankie comprit un peu tard qu'elle aurait mieux fait de tenir sa langue.

— J'ai des yeux comme tout le monde. Tout ce que j'essaie de te dire, c'est que Matt et Eva iraient bien ensemble. Et que si c'était Matt qui entrait dans la vie d'Eva, je n'aurais pas envie de l'assassiner. Je sais qu'il la respecterait et la protégerait contre vents et marées.

De curieuse, l'expression de Paige passa à pensive.

— Hum... Non, ils finiraient plutôt par s'entre-tuer. Elle l'obligerait à regarder des mélos tous les soirs et lui tomberait dans la boisson. Non, Eva n'est pas le genre de fille que je verrais partager la vie de mon frère. De toute façon, elle ne supporterait pas la cohabitation avec Miss Tigresse. Et, comme Matt refuse de se séparer de sa bestiole, ça nous fait déjà un gros motif de scène de ménage. Un jour ou l'autre, Eva finira bien par rencontrer quelqu'un. Et en attendant elle nous a, nous. Vive l'amitié, je te le dis.

Frankie ne la contredit pas. Sans ses amies, elle n'aurait jamais survécu aux moments difficiles dans sa vie.

— J'irai dormir dans ta chambre chaque fois que tu passeras la nuit chez Jake.

— Tu ferais ça ?

— Je ne veux pas qu'Eva soit triste toute seule.

— C'est généreux de ta part de le proposer, mais il y a juste un petit problème.

— Lequel ?

— Elle comprendrait que tu le fais pour elle.

— L'amitié, ça sert bien à ça, non ? Se rendre utile à ceux qu'on aime.

— Oui, mais elle serait mortifiée si elle savait que je l'entends pleurer la nuit. Et encore plus mortifiée si elle apprend que je t'en ai parlé. Elle pense qu'elle devrait déjà être remise du décès de sa grand-mère, à ce stade.

— N'importe quoi. On ne se remet pas d'une perte pareille en deux temps, trois mouvements. On reprend petit à petit le fil de sa vie. On essaye de faire avec le manque. Mais ça prend du temps.

— Je sais... Ecoute, pour le moment, on va continuer comme ça avec mon système de semaine coupée en deux. Et on verra comment les choses évoluent. Tu peux peut-être jongler avec les prétextes pour passer la voir les soirs où je suis chez Jake. Tu n'es pas obligée de rester toute la nuit.

Paige s'immobilisa devant un bac.

— Bon, terminons nos achats, dit-elle. Elles sont belles, ces petites roses jaune pâle, qu'est-ce que tu en penses ?

— Pas de teintes pastel. Je veux des couleurs vives. Vibrantes. Energiques. Futuristes. La fusion du parfum et de la couleur.

Elle sortit de son sac la liste qu'elle avait préparée et s'absorba dedans, pressée de se consacrer à une activité qui l'empêcherait de penser à sa mère.

Elles étaient encerclées par la couleur. Des roses vifs, des violets, des bleus de Cyan et des jaunes solaires. Des hortensias dans une invraisemblable variété de teintes.

En temps normal, Frankie se serait sentie comme un poisson dans l'eau au milieu de cet océan végétal, mais sa mère avait fait grimper son taux de stress en flèche.

Elle fixa son choix sur des roses branchues.

— Je ne lui ai même pas demandé où elle vivait.

— Ta mère ? Tu as envie de le savoir ?

— Non. Ça n'a aucun sens de lui poser la question. Elle ne reste jamais longtemps au même endroit, de toute façon.

Incapable de se concentrer sur ses achats, elle fixa les roses sans les voir.

— Cela fait des siècles qu'on n'a pas eu une

vraie conversation, elle et moi. Tu parles à la tienne tout le temps et vous abordez des sujets normaux. La mienne n'a qu'une seule obsession en tête : me pousser à baiser avec la même frénésie qu'elle. Tu crois que je suis anormale ?

— Il n'y a strictement rien d'anormal chez toi. C'est ta mère qui est un peu compliquée dans son genre... Qu'est-ce qu'on fait pour ces roses ? Si on ne les achète pas, ils vont finir par nous faire payer une location depuis le temps qu'on les tient en main.

Frankie négocia dur, discuta teintes et tiges, avant qu'elles quittent le magasin, les bras chargés de fleurs.

Leur parfum envahissait l'air, masquant les pestilences de la ville. Grâce à Paige, elle se sentait plus calme.

Elle essaya de s'imaginer une vie dont ses amies seraient absentes.

Et ne trouva pas la perspective très séduisante.

Elle s'immobilisa sur le trottoir.

— Je vais aider Matt.

Paige écarquilla les yeux.

— Je n'osais plus y croire. Qu'est-ce qui t'a fait changer d'avis ?

— Toi. En me rappelant les vertus de l'amitié. Matt m'a rendu un fier service au moment où je cherchais un endroit où habiter. Je ne pourrai jamais lui rendre la pareille, mais je peux au moins le dépanner dans ce cas précis.

C'était du boulot, rien de plus. Elle aidait un ami.

Et ça n'irait jamais chercher plus loin.

Chapitre 4

« Les amis, c'est comme du papier à bulles. Ils vous mettent à l'abri des gros chocs. »

— *Eva*

Frankie mit sa main en visière. Le soleil tapait dur sur le toit-terrasse en cours d'aménagement, et il n'y avait pas un souffle de vent. En plein cœur de l'été, la chaleur new-yorkaise était implacable.

Elle avait vu les photos prises avant le début du chantier et passé des heures à étudier le concept de construction de Matt. Mais entre la réalité et les plans il y avait toujours un monde de différence. Matt avait transformé un espace extérieur assez quelconque en la promesse d'un luxueux jardin de toit adapté à la fois en tant que lieu de réception et comme espace familial de détente. Une utilisation novatrice de la brique, de pierres texturées et de différentes essences de bois lui avait permis d'imposer un thème architectural original qui donnait toute sa beauté au design.

Le résultat était sensationnel.

Elle ressentit une brusque bouffée d'enthousiasme. Inventer un jardin était tellement plus gratifiant pour elle que d'assembler des corbeilles ou de confectionner des bouquets de mariée. S'occuper de fleurs et de plantes éclairait l'instant présent. Mais une activité comme celle-ci aurait pu éclairer une vie entière.

La nature, l'espace, le végétal comptaient pour elle plus que tout au monde. A ses yeux, un jardin n'était pas un luxe mais une nécessité — la clé de son équilibre mental.

Au cours de son adolescence morose, c'était le jardin familial qui lui avait tenu lieu de sanctuaire. Elle se souvenait de l'avoir élu de façon très solennelle comme son Temple Privé de la Paix.

Elle avait beau prétendre obstinément le contraire, Puffin Island lui manquait. Pas ses habitants ni le passé, mais l'île en elle-même. Elle gardait une nostalgie tenace de l'air marin, de l'appel mélancolique des mouettes, des paysages couleur d'herbe, d'eau et de sable. Ce qui lui manquait par-dessus tout, c'était la possibilité d'une immersion totale dans la nature. Mais elle avait appris qu'en multipliant les plantations dans son petit espace elle pouvait recréer une sensation similaire dans son bout de cour. Et elle se savait capable de créer un enchantement analogue en dessinant des jardins pour autrui.

Elle tourna la tête vers Matt, en grande conversation avec James et Roxy, deux membres de son équipe qui terminaient les aménagements en dur.

Matt avait les bras croisés sur la poitrine, une posture qui mettait en valeur la généreuse musculature de son torse. Un de ses pieds chaussés de bottes de chantier reposait sur une pile de dalles en béton.

Le soleil réveillait l'éclat de ses cheveux foncés. Même si son regard était invisible derrière ses lunettes de soleil, elle voyait à la façon dont il inclinait la tête tout en la hochant de temps en temps qu'il était attentif à ce qui se disait.

Certains hommes monopolisaient systématiquement tout le temps de parole, comme si le son de leur propre voix était tout ce qui les intéressait au monde, mais Matt n'était pas de ceux-là. Matt savait écouter comme personne.

Elle avait redouté l'inconfort de la proximité avec lui dans le travail, mais les choses s'annonçaient plus simples que prévu. A part le fait qu'il s'obstinait à lui faucher ses lunettes, la collaboration se passait de façon plutôt détendue. Il n'y avait pas eu de moments oppressants où elle s'était soudain retrouvée en panne de respiration. Pas plus que la menace d'une quelconque intimité n'avait pesé sur leurs conversations. La scène étrange et déstabilisante dans l'appartement de Matt ne s'était pas reproduite. Sans doute parce qu'il n'y avait strictement rien d'*intime* dans le fait de travailler en équipe sous les feux impitoyables d'un été new-yorkais.

Toutes les deux minutes, quelqu'un de l'équipe venait solliciter Matt pour lui poser une question. Il était celui vers lequel tout le monde se tournait, celui qui fournissait les idées et les solutions. Et pas seulement de par sa position de dirigeant d'entreprise. Il était à la fois le créatif et l'exécutant, avec une vraie vision artistique et toutes les compétences manuelles nécessaires pour transformer sa vision en réalité concrète. S'il était la tête à l'origine des plans de conception, il était aussi les bras, les jambes et les muscles. Au sens littéral du terme. Il passait ses journées à charrier des matériaux lourds en grimpant sur les toits-terrasses de New York. Et la pratique quotidienne portait ses fruits : des épaules charpentées, avec des deltoïdes bien dessinés, des cuisses de lutteur antique.

Une onde de chaleur creusa un sillon de feu dans le bas du ventre de Frankie et elle s'essuya le front avec l'avant-bras. C'était le comble de l'injustice : ressentir une forte attirance sexuelle pour un homme tout en sachant que, si d'aventure il posait la main sur elle, l'excitation se dissiperait en moins de temps qu'il ne fallait pour le dire.

En matière de sexe, elle n'obtiendrait jamais la moyenne, décidément.

Matt mit fin à sa conversation et vint la rejoindre.

— Tout se passe bien, Frankie ?

Non, tout ne se passait pas bien.

— Je suis brûlante.

Elle avait parlé sans réfléchir. Et aussitôt elle vit le coin des lèvres de Matt se relever.

— Je voulais dire : je meurs de chaud. C'est le temps qui est brûlant, pas moi à proprement parler. Enfin, le soleil me chauffe, bien sûr, mais c'est lui qui fait monter ma température corporelle. Et non pas...

Sa voix se perdit dans un piteux murmure. Matt leva un sourcil.

— Et non pas quoi ?

Elle lui jeta un coup d'œil furieux.

— Arrête. Tu n'es pas drôle.

— Regarde-moi : ai-je l'air de rire ?

Elle le regarda. Il affichait une expression sérieuse sur ses lèvres. Et ses yeux... Impossible d'en discerner l'expression car ils étaient dissimulés derrière ses lunettes noires. Mais il ne donnait pas l'impression de rire, en effet. Il avait l'air... il avait l'air...

Elle déglutit avec peine. Il avait l'air sexy, solide comme un roc, avec juste ce qu'il fallait de rugosité virile pour élever d'un cran le discret bourdonnement du désir qui chantait dans ses veines.

Dans des moments comme celui-ci, une leçon de flirt lui aurait été bien utile. Elle aurait pu désamorcer la tension en balançant un truc drôle qui les aurait fait rire l'un et l'autre et leur aurait permis de passer à autre chose. Mais au lieu de briller par son humour elle restait pétrifiée, avec l'impression de mariner dans un bain de friture. L'atmosphère était saturée de courants sexuels sous-jacents. Et le fait que Matt se tienne si proche d'elle ne contribuait pas à alléger la tension. Il s'était approché si près, même, qu'il suffirait qu'il baisse la tête pour...

— Ce n'est pas un toit-terrasse, c'est une rôtissoire, murmura-t-elle d'une voix faible. Je pourrais essayer de faire cuire un œuf par terre sur les lattes en teck.

— Et si tu retirais une couche de vêtements, plutôt ?

Sa voix rauque glissa comme une caresse sur la peau de Frankie. Interdite, elle leva les yeux vers lui dans un sursaut.

A quel jeu jouait-il, tout à coup ? C'était Matt, bon sang. *Matt.* Et il lui suggérait... de se déshabiller ? Non seulement elle était hors de sa zone de confort, mais elle avait carrément l'impression de se balancer au-dessus du vide, accrochée du bout des doigts à l'extrême bord de la falaise.

— Non merci, ça ira. Expose-moi ton projet, plutôt. J'ai jeté un coup d'œil sur les plans de plantation de Victoria. Ils ont été très bien pensés. Je vais me conformer à ses idées de base et juste ajouter deux ou trois initiatives personnelles. Qu'as-tu prévu comme mobilier ? Des sièges ?

Les autres femmes jouaient au jeu subtil de la séduction. Elle, elle dissertait sur l'ameublement — parlait pour ne rien dire, en somme. Le torrent continu de ses mots détonnait par rapport au silence attentif de Matt.

C'était comme s'il attendait qu'elle en dise trop — qu'elle se trahisse.

Et d'un coup la sensation bizarre fut de retour :

une vibration continue dans sa poitrine. Sa peau était hyper sensible, comme si toutes ses terminaisons nerveuses sortaient d'un trop long sommeil.

— J'ai juste prévu trois bancs en rondins.

La voix calme et posée de Matt offrait un contraste frappant avec sa propre agitation fébrile.

— Ils devraient se fondre de façon assez harmonieuse dans l'ensemble, expliqua-t-il. Et, comme ils sont très lourds, il n'y aura rien à craindre du vent.

— Ça me paraît pas mal, en effet. Tu comptes les fabriquer toi-même ? Tu sais faire tant de choses de tes mains ! Et...

Elle se tut d'un coup et rougit.

— Je pensais au bricolage, bien sûr. Et pas du tout à... à d'autres usages.

Quelle horreur ! Mais qu'est-ce qui lui prenait ? Cela ne lui ressemblait pas de divaguer comme ça. Le rire discret de Matt fut la goutte d'eau qui fit déborder le vase. Elle se couvrit les yeux avec les mains.

— Non, arrête. Je ne sais pas faire.

— Pas faire quoi ?

Sans cesser de rire, il lui prit les mains pour dégager son visage.

— Qu'est-ce que tu ne sais pas faire, ma belle ?

De ses doigts émanait une impression de force, de chaleur. Pouvait-il sentir que son pouls battait comme sous l'effet d'une fièvre ?

— Soutenir ce genre de conversation !

— Qu'est-ce qu'elle a de spécial, notre conversation ?

— Je dis tout de travers tout le temps.

— Avec moi, il n'y a rien que tu puisses dire « de travers ».

Il se tut un instant pour scruter ses traits.

— Et d'ailleurs tu as raison. Je sais faire plein de choses de mes mains.

Parlait-il encore de sièges en rondins ou faisait-il allusion à *autre chose* ? Elle n'en avait aucune idée. Mais, si la seconde option s'avérait, cela signifiait que...

Sa tête se mit à tourner.

Elle se leva, les joues en feu, l'estomac et la langue noués.

Matt finit par s'écarter d'un pas, lui restituant une partie de son espace vital.

— Tu devrais venir voir le banc que j'ai déjà terminé. Il est dans mon atelier. Ce serait bien que tu jettes un coup d'œil dans mes réserves. On a du matos dont tu pourras peut-être te servir pour tes plantations.

Là, très clairement, il parlait du boulot et rien d'autre. Un sujet à sa mesure, donc.

De retour dans sa zone de confort, elle relâcha la pression.

— Tu as réfléchi à la façon dont tu pourras créer des zones ombragées ?

— J'ai recommandé une pergola. Ils vont être obligés de revoir un peu leur budget, mais je pense qu'ils retiendront cette solution.

— Et comment tu fais pour transporter tous les matériaux de construction et autres sur le toit ?

— J'utilise des structures en aluminium légères qui peuvent être montées dans l'ascenseur. Sinon, on aurait été obligés de louer une grue et là le budget aurait explosé, pour le coup. Tu te prépares à m'annoncer qu'il t'en faudra une pour hisser tout le terreau que tu comptes utiliser ?

Elle glissa les pouces dans ses poches.

— Non. J'utilise un terreau spécial toiture qui est très léger et limite la rétention d'eau.

Frankie sourit. Elle avait oublié à quel point elle adorait le défi que représentait la création d'un jardin perché. Il y avait tant de facteurs à prendre en compte : ménager les meilleures vues, protéger des regards des voisins, tenir compte des conditions climatiques particulières.

— Et pour les bacs de plantation ? Les jardinières ?

Les yeux plissés, elle examina la terrasse.

— On pourrait utiliser de la fibre de verre ou de pierre. Le mélange des deux serait un bon choix.

Il hocha la tête.

— Avec la patine du temps, ils ressembleront à de la pierre. Ce serait assez élégant, en effet. Il faut vraiment que tu viennes jeter un coup d'œil à l'atelier. Tu devrais trouver pas mal de choses sur place.

— Le client a prévu un budget pour l'arrosage automatique ?

— Ils pensaient pouvoir en faire l'économie, mais je leur ai un peu ouvert les yeux sur le problème. Rien qu'en chiffrant ce qu'il leur en coûterait de remplacer les plantes qui mourraient grillées au moindre oubli d'arrosage — deux fois par jour sur une toiture comme celle-ci en plein soleil.

Matt la tira sur le côté pour laisser passer James qui arrivait dans son dos en portant une grosse dalle de construction.

— Tu as d'autres suggestions, sinon ?

Au contact de la main de Matt sur son bras, Frankie perdit le fil de la conversation. Des frissons d'excitation se propageaient sous la chaleur de ses doigts d'homme, glissaient dans les replis de son corps, venaient refluer jusqu'entre ses cuisses.

Incroyable. Le simple geste réflexe de Matt pour l'empêcher de se faire aplatir sous un morceau de béton se traduisait chez elle par une flambée... d'excitation ? Elle ne comprenait plus rien à son corps, cet OVNI aux réactions improbables. Lorsqu'elle avait envie d'être excitée par un homme, rien ne se passait. Et, maintenant qu'elle voulait rester de marbre, ses sens en délire s'enflammaient au premier effleurement !

En temps normal, elle avait de bonnes capacités de concentration et c'était exaspérant d'avoir l'esprit bombardé par des pensées indésirables qui lui mettaient le cerveau sens dessus dessous aux moments les plus inattendus. C'était un peu comme marcher dans une forêt tropicale et se faire assaillir par une nuée de moustiques. Ces pensées, elle aurait voulu les chasser avec de grands gestes de la main. Les éliminer en vaporisant une quelconque substance toxique.

— Frankie ?

Le ton discrètement interrogateur de Matt lui rappela qu'ils étaient en pleine conversation. Il devait se demander ce qui lui prenait...

— Pour les plantations ? Je m'en tiendrais à une palette de couleurs assez simple et je garderais des harmonies le plus naturelles possible. Pour les arbres, il s'agit de trouver des espèces qui protègent des regards sans bloquer pour autant la vue.

— Le règlement de l'immeuble fixe la hauteur de plantation maximale à deux mètres.

— Je suis plutôt en faveur des espèces à feuillage persistant. Pour les toits-terrasses, je préconise des arbustes à petites feuilles qui résistent mieux au vent.

Elle réexamina le lieu, scrutant la ligne d'horizon, soulagée d'avoir une excuse pour détourner son attention de Matt.

— Avec l'immeuble là-bas qui nous domine, il faudra trouver une solution pour préserver l'intimité du jardin.

— Comme brise-vue, j'avais pensé à un mur végétal. C'est naturel, et ça change des canisses.

Elle sourit avec enthousiasme.

— Un jardin vertical ? C'est une riche idée !

Des années d'expérience lui permettaient de visualiser assez précisément l'effet final.

— Tu as envisagé de palisser un magnolia d'été dans ce coin, là-bas ?

Il suivit la direction de son regard.

— Pas encore, non. Mais a priori je suis pour. Autre chose ?

Elle arpenta la longueur du toit. Dès le moment où elle s'écarta de Matt, sa respiration se fit moins erratique.

— Un buis par ici ? Peut-être un lierre anglais. En veillant à préserver la vue dans cette direction.

— On peut difficilement rêver mieux, comme vue.

— Ou plus emblématique de New York.

Elle recula d'un pas.

— Il faudra étudier la circulation de l'air, observer le comportement du vent, murmura-t-elle, pensive, en déroulant mentalement la liste des points cruciaux à aborder. Mais parle-moi d'abord de ta pergola. Et j'imagine que tu as dû prévoir une pièce d'eau ?

Matt lui fournit les précisions requises et elle l'écouta, concentrée sur la vue, attentive à dompter sa respiration capricieuse.

— OK. Je crois que j'ai à peu près tous les éléments. Je m'attaque au projet dès ce soir.

Elle griffonna quelques annotations dans son carnet. La plupart du temps, elle préférait travailler à l'ancienne, avec du papier et un crayon. Son bloc-notes était toujours plein d'esquisses, de croquis, d'idées consignées à la hâte.

Matt roula ses plans et les fixa avec un élastique.

— Hé, doucement. Je ne veux pas que tu sacrifies ta soirée pour moi. J'apprécie que tu sois venue me donner un coup de main. Et je ne nie pas qu'on soit à la bourre. Mais je n'attends pas de toi que tu te tues à la tâche.

— Cela n'a rien d'un sacrifice. Ça m'amuse, moi, de faire ça.

— Euh... sérieux ? Passer des heures à plancher sur des plans de plantation, ce n'est quand même pas la soirée fun par excellence.

— Je m'accompagnerai peut-être d'une bouteille de vin. Depuis qu'on a démarré Urban Génie, j'ai pris l'habitude de bosser en soirée et en week-end.

Elle se tut alors qu'une employée de Matt s'approchait pour lui tendre un formulaire. Il signa, traçant son nom d'une écriture nette et volontaire.

— Tu as pensé à vérifier que tout y était, Roxy ?

— Oui, boss.

La fille sourit et exécuta un petit salut.

— J'ai bien compris ma leçon, la dernière fois.

Matt la regarda s'éloigner avec un sourire aux lèvres.

— On est vendredi soir. Il remonte à quand, ton dernier rencard ?

Frankie suivit la fille des yeux. Mais comment faisait-elle pour se baisser en portant un jean aussi moulant ?

— Je crois qu'elle ne t'a pas entendu.

— Ce n'est pas à Roxy que je m'adressais, mais à toi.

— A *moi* ? Oh...

Elle hésita, consciente que sa réponse ne donnerait pas d'elle l'image glorieuse de la New-Yorkaise *trendy* à la vie affective trépidante.

— Je ne sais plus trop, à vrai dire. J'ai été pas mal prise par le boulot, ces derniers mois. Et, le *dating*, ça n'a jamais été ma tasse de thé.

Rien ne servait de lui mentir. Matt savait pertinemment qu'elle n'avait jamais été la *party-girl* par excellence.

— Lorsque je passe une soirée avec un mec, en général ça finit toujours par mal tourner, donc j'aime autant rester tranquille chez moi à communier avec mes chères plantes vertes.

Il retira lentement ses lunettes de soleil.

— Et pourquoi ça se passe mal à chaque fois ?

L'impact de son regard la frappa de plein fouet. Il avait les yeux les plus bleus, les plus chaleureux du monde. Et ces yeux-là étaient rivés sur elle.

Son ventre se liquéfia.

— Je ne suis pas douée pour ce type... d'activités.

— Il s'agit juste de passer une soirée avec quelqu'un. A priori, ça ne requiert pas de compétences spécialisées. Je ne vois pas en quoi il faudrait être *doué* pour partager la compagnie d'un individu civilisé quelconque ?

Le fait même qu'il lui pose la question donnait une idée du gouffre qui séparait leurs deux expériences du *dating*. Matt, de toute évidence, ne savait rien de la médiocrité de son historique amoureux. Malgré l'incident des lunettes, il n'avait même pas l'air de se rendre compte qu'elle était bourrée de complexes et d'inhibitions. Ce n'était peut-être pas si surprenant, au fond, qu'il n'ait rien remarqué. Matt était cool, sûr de lui, et il s'aimait tel qu'il était. Lorsqu'il passait une soirée avec une fille, il n'en ressortait pas dépité et le moral en berne, en se disant qu'il était bon pour passer dix ans chez un psy.

Elle tenta de s'expliquer.

— C'est la pression que je ne supporte pas. Est-ce que je vais lui plaire ? Va-t-il me plaire ? Ne faudrait-il pas que je sois un peu plus ceci ? Ou un peu moins cela ? C'est très artificiel, comme situation, de se retrouver face à un inconnu, tu ne trouves pas ? On est là, avec un sourire crispé, à batailler avec des platitudes en essayant de donner une image joyeuse et positive de soi. On montre ce qu'on veut bien montrer et on essaie d'enfouir le reste. C'est comme si tout le monde se promenait avec un masque. Et je n'ai pas l'énergie de jouer à ce jeu.

Invoquer le manque d'énergie était un euphémisme. Elle trouvait l'expérience horrible, stressante et pénible au possible. Et avait fait une croix dessus depuis pas mal de temps.

— Et pourquoi ne pas être tout simplement toi-même quand tu sors avec quelqu'un ?

— Pff... Ça ne marche jamais, ça.

— Je ne vois pas en quoi le fait d'être toi-même pourrait ne pas « marcher », comme tu dis.

Frankie s'éclaircit la voix. Ils n'étaient pas seuls sur la terrasse. Le reste de l'équipe s'activait à quelques pas. Comment leur conversation avait-elle pu basculer de façon aussi insidieuse ? Comment étaient-ils passés du sujet des plantations à celui de ses phobies sans même qu'elle s'en aperçoive ?

Il n'y avait pas que la conversation qui la perturbait, d'ailleurs. Le pire, c'était la façon dont il concentrait sur elle ce regard sexy et nonchalant, comme si elle était la seule personne sur ce toit. A New York. *Au monde.*

Avec Matt, elle s'était toujours sentie en sécurité. Mais ce n'était plus du tout le cas en ce moment. Elle essayait de rester dans sa zone de confort et il semblait déterminé à l'en déloger coûte que coûte. Ce qui ne lui ressemblait pas.

En proie à un sérieux tangage émotionnel, elle se demandait comment elle était censée métaboliser ce flux de sensations inconnues.

— Ce n’est pas surprenant que tu ne comprennes pas, murmura-t-elle d’une voix faible. Quand *toi* tu te retrouves face à une femme, ça doit probablement se passer de façon tout à fait simple et évidente.

Il avança une main vers le visage de Frankie et repoussa les cheveux qui lui tombaient sur les yeux. Au contact de ses doigts rugueux contre sa peau, elle se mit à trembler.

— Quand je suis avec une femme, dit-il doucement, je n’attends d’elle qu’une chose : qu’elle soit elle-même. Si tu as affaire à des crétins inconsistants qui ne cherchent pas à savoir qui tu es, pas plus qu’ils ne prennent le risque de se montrer tels qu’ils sont, tu perds ton temps, en effet.

Matt laissa retomber sa main, mais le tremblement ne s’interrompit pas pour autant. C’était comme s’il avait touché un point névralgique et déclenché une réaction en chaîne. Son visage lui apparaissait flou dans le halo du soleil, à travers le prisme fiévreux de son imagination bouleversée.

« Quand je suis avec une femme... »

Tout ce qu’elle parvenait à penser, c’était que la femme en question ne connaissait pas sa chance.

L’atmosphère était chargée ; sa peau de nouveau réactive au point d’être douloureuse. Son cœur cognait si fort qu’elle s’attendait presque à voir tout le reste de l’équipe en battre le rythme en cadence.

— Tu vois quelqu’un en ce moment ? demanda-t-elle dans un souffle.

Pourquoi, mais pourquoi lui avait-elle posé cette question ? Elle ne voulait surtout pas savoir, en plus ! En toute franchise, elle préférait rester dans l’ignorance. Elle se frotta les bras avec les paumes, étonnée de les trouver couverts de chair de poule par cette chaleur torride.

— Je n'ai personne dans ma vie en ce moment, non.

— Il n'y en a donc aucune qui t'intéresse ?

— Si. Il y en a une qui m'intéresse — qui m'intéresse beaucoup, même.

— Ah.

Frankie reçut la nouvelle comme on encaisse un coup dans l'estomac.

— Eh bien, c'est... Waouh ! Excitant.

Jamais, au grand jamais, elle n'aurait imaginé que la révélation de Matt l'abattrait à ce point. La tristesse se referma sur elle, épaisse et hermétique comme un brouillard d'hiver, engloutissant sa bonne humeur.

Elle regrettait de lui avoir posé la question, même si elle avait bien fait de s'informer quand même. Maintenant qu'elle savait, elle ne se perdrait plus en fantasmes absurdes entrecoupés de sursauts de pur stress à l'idée que leur relation pourrait prendre un nouveau tournant.

Le commentaire qu'il avait fait sur ses beaux yeux n'avait été que cela justement : une simple observation.

Pour certains hommes, multiplier les rencontres avec des femmes était un genre de passe-temps. Mais Matt était différent.

Il ne se tapait pas la moitié de la population féminine de la planète sous prétexte qu'il avait le charme et les atouts nécessaires pour prétendre y parvenir. Il n'avait pas non plus besoin d'exhiber quelqu'un à son bras pour renforcer son ego.

S'il s'intéressait à cette fille, c'est qu'elle devait importer vraiment.

La morsure acide de la jalousie était comme un poison qui la brûlait de l'intérieur.

Elle eut une brève vision de l'avenir qui l'attendait : des soirées passées en groupe sur le toit-terrasse, avec Matt et sa nouvelle copine étroitement enlacés sur les coussins.

Stoïque, elle prononça les mots que l'on pouvait attendre dans cette situation :

— Je suis contente pour toi, Matt. C'est top.

Quel type de femme avait pu attirer ainsi son attention ? Elle devait être belle, sans l'ombre d'un doute. Intelligente, ça allait sans dire. A l'aise dans sa sexualité. Le genre de fille capable de flirter quand la situation l'exigeait.

Pas le style fausse binoclarde qui se cache derrière ses lunettes.

Matt glissa les plans roulés sous son bras.

— Pas top, non. Compliqué, plutôt.

Qu'était-elle censée lui répondre ? Elle ne s'était jamais sentie aussi peu à la hauteur. Qui était-elle pour dispenser de sages recommandations dans ce genre de situation ?

Tout ce qu'elle trouva à dire fut :

— Les histoires d'amour sont toujours compliquées. C'est pour ça que je les évite. Je ne sais même pas à quoi ressemble une relation saine entre un homme et une femme... Oups ! Désolée. Voilà que je recommence avec mes sombres considérations. Je suis pire qu'une douche froide. Ne fais pas attention à ce que je te raconte. Si tu veux un avis compétent, va voir Eva. Question amour, elle a toutes les réponses. Et elle y croit dur comme fer, ça aide.

— Ce n'est pas à Eva que j'ai envie de parler.

Devait-elle en conclure qu'il voulait se confier... à *elle* ?

Elle se trouvait prise entre deux feux : son envie de fuir et son devoir d'amitié.

Même si elle n'avait aucune opinion valable à émettre, rien ne l'empêchait d'écouter, après tout.

C'était quelque chose qu'elle pouvait faire pour Matt. Matt qui lui procurait un logement génial depuis des années.

— Je suis incapable de te conseiller mais, si tu as envie de parler, je suis tout ouïe.

Et, si elle virait verte de jalousie, elle aurait au moins la consolation d'être assortie à ses chères plantes.

— Tu ferais ça pour moi ?

Il y avait une pointe d'humour dans sa voix.

— Même si le *dating* n'est pas ton sujet de conversation favori ? insista-t-il.

— Ça me mettrait en rogne qu'une nana s'amuse à te faire tourner en bourrique. Je tiens à toi, Matt.

Mince. Elle n'aurait jamais dû dire ça.

— Nous sommes amis, enchaîna-t-elle précipitamment. Il est donc logique que je tienne à toi. Si tu veux parler, vas-y. Qui est cette fille à laquelle tu t'intéresses, alors ? Elle doit être assez unique si elle te fascine à ce point ?

— Elle l'est, oui.

Ses mots ajoutèrent un bleu supplémentaire à sa petite collection personnelle.

— Et qu'y a-t-il de si compliqué entre vous ? J'ose imaginer qu'elle n'est ni mineure ni mariée ?

Le voyant hausser les sourcils, elle rougit et secoua la tête en signe de contrition.

— Désolée. C'est pour ça que je ne suis pas la meilleure interlocutrice. Dès qu'il s'agit d'amour, je commence à voir les choses sous un angle sinistre... Alors, c'est quoi, le problème ? Dis-lui franco que tu as envie de passer du temps avec elle. Ou tu as peur qu'elle ne s'intéresse pas à toi ?

— Elle s'intéresse à moi, si.

— Evidemment ! s'exclama-t-elle avec une amertume mal déguisée. Il faudrait qu'elle soit folle pour ne pas s'intéresser à toi. Tu as toutes les qualités requises, non ? Les « trois S », comme dit Eva.

— Les trois S ?

— Un : Célibataire — bon, ça ne commence pas par un S, mais ça se prononce pareil. Deux : Sain de corps et d'esprit. Trois, S...

Elle était sur le point de dire « sexy », mais se rendit compte à temps que cela pourrait être mal interprété. S'il apprenait qu'elle le trouvait séduisant, elle ne pourrait plus jamais le regarder en face, ce qui était déjà devenu bien assez compliqué, depuis le coup des lunettes.

— Solvable, marmonna-t-elle. Tu es solvable.

— Célibataire, en bonne santé et solvable ?

Il parut amusé.

— C'est tout ce qu'on attend d'un homme, de nos jours ? Vous ne mettez pas la barre très haut, alors...

— A Manhattan ? Tu serais surpris, lui assura-t-elle d'un air sombre. Ce que je veux dire, c'est que, si tu cherches quelqu'un, tu auras l'embarras du choix. Tu trouveras un million de femmes prêtes à bondir.

Il y eut un temps de silence. Matt scruta la *skyline*.

— Je ne veux pas un million de femmes, je n'en veux qu'une. Et les relations amoureuses lui font peur. Elle a du mal à faire confiance, alors j'y vais en douceur.

Le ton particulier de la voix de Matt lui fit tourner la tête vers lui en sursaut. Mais il avait glissé de nouveau ses lunettes de soleil sur son nez et elle ne pouvait plus voir son regard.

Frankie sentit le sol se dérober sous ses pieds.

Il n'était tout de même pas en train de lui dire que... ?

Voulait-il vraiment lui faire comprendre que... ?

Un délicieux frisson de plaisir et d'appréhension mêlés lui courut dans les veines. Elle passa d'un coup de la jalousie à l'euphorie. La joie l'envahit, à parts égales avec l'excitation. Matt s'intéressait à elle. A *elle.* C'était elle, la femme « unique ». La montée d'allégresse lui donnait le vertige. Ses paumes étaient toutes moites et son cœur exécutait une *batucada* musclée.

Et brutalement une pensée inquiétante la frappa. S'il savait qu'elle s'intéressait à lui et si lui s'intéressait à elle, la logique de la situation voulait qu'ils passent à l'étape suivante. C'était ce que Matt attendrait d'elle. Les gens normaux fonctionnaient toujours ainsi, non ? C'était la raison pour laquelle il lui avait parlé de ses sentiments. Et s'ils passaient à l'étape suivante, elle et lui...

La réalité dissipa sa joie d'un seul coup. Sa bulle d'allégresse éclata, comme ces ballons d'enfant que l'on pique d'un coup d'épingle.

Et l'euphorie céda la place à une peur panique.

— Euh... Tout bien réfléchi, laisse tomber. Ne va surtout pas t'embringuer dans une relation compliquée.

Dans sa nervosité, elle trébuchait sur les mots. En bégayait presque. Vade retro, *Matt. Ne m'approche pas.*

— Ça ne peut que mal se passer. Sérieusement, Matt, oublie cette histoire.

Désirer quelqu'un à distance prudente était une chose. Lorsqu'on pensait que l'autre était indifférent et que les rêveries resteraient des rêveries, on pouvait fantasmer tout son soûl sans que ça porte à conséquence.

Mais là...

Là, c'était du réel. Un peu comme lorsqu'on admire un tigre dans un zoo et qu'on s'aperçoit soudain que quelqu'un a escamoté la cloison en verre entre vous. Et que rien n'empêchera le félin de vous fondre dessus.

Jusqu'à maintenant, elle avait toujours considéré Matt comme quelqu'un de hors-jeu, d'inaccessible.

Maintenant qu'elle savait, l'impossible devenait possible. Et elle trouvait la perspective terrifiante.

— Les complications ne me font pas peur, Frankie. Je ne suis pas de ceux qui pensent que quelque chose de désirable doit forcément être facile à obtenir.

— Tu n'as pas peur ? Eh bien, tu as tort. Tu devrais.

Respire, Frankie… Inspire. Expire… Inspire. Expire…

— Les complications, ce n'est pas très bon, dans une relation. Pas bon du tout, même. Tu ferais mieux de renoncer tout de suite. Honnêtement, tu mérites mieux qu'une histoire tarabiscotée. Je te verrais plutôt avec quelqu'un de sympa, de fiable — une fille douce et sans… sans *complications*, justement. Une qui ne te fera pas tourner en bourrique.

Elle articula chaque mot avec soin. Son ton véhiculait clairement son message : « Et, cette fille-là, ce n'est pas moi. »

— Frankie…

— Tiens, en parlant de complications, je pense à mon plan de plantation. J'ai hâte de m'y mettre. On se revoit demain, OK ?

Elle recula précipitamment, faillit s'étaler sur un sac de ciment, puis sprinta vers l'escalier qui menait du toit au dernier étage de la maison.

Surtout, *surtout*, il ne fallait pas qu'il se passe quoi que ce soit entre eux. Et pas seulement parce qu'elle considérait que toute histoire d'amour était grillée d'avance. Le pire, c'était de penser qu'il pourrait découvrir ses secrets.

Maintenant qu'il était au courant pour ses besicles, il croyait tout savoir d'elle. Mais il ignorait que ses horribles lunettes n'étaient que la partie émergée de l'iceberg.

*
* *

Les mains sur les hanches, Roxy suivait des yeux Frankie qui détalait.

— Houla... Tu as toujours cet effet-là sur les femmes, boss ?

Matt se passa la main sur la nuque et eut une pensée pour sa chatte griffeuse au caractère farouche.

— Je commence à croire que c'est assez systématique, oui.

— Qu'est-ce que tu lui as dit d'affreux ?

— Rien. Pas un mot.

Enfin... il avait bien prononcé deux ou trois mots quand même. Mais il en était à peine au début de ce qu'il comptait lui raconter.

Roxy repoussa sa casquette de base-ball sur l'arrière de sa tête et se frotta le crâne.

— Tu as bien dû dire *quelque chose*. Elle est partie comme si elle avait une armée de zombies sur les talons.

— Comme tu vois, je suis un mec qui sait parler aux femmes...

Elle lui adressa un large sourire.

— Tu sais parler aux femmes, ne t'inquiète pas. Mais aujourd'hui ta séduction naturelle n'a pas eu l'air de fonctionner. Tu devrais peut-être la suivre, au cas où elle tomberait et se fracturerait une cheville ou un truc comme ça. Elle avait l'air d'être carrément flippée. Peut-être qu'elle a vu que tu lui matais les fesses.

— Je ne lui matais pas les fesses !

— Alors là, je suis formelle. Pour les mater, tu les matais.

Matt lui jeta un regard sévère.

— Et le respect que tu me dois, Roxy ?

— J'ai tellement de respect pour toi, patron, que je ne sais plus où le mettre.

Il lutta pour ne pas sourire.

— Tu pourrais le rapporter ici, Roxy. Ici même, où je l'aurais sous les yeux. Qu'est-ce que tu en dis ?

— Hé, tu en doutes, du respect que j'ai pour toi ? Tu m'as donné du boulot alors que personne d'autre ne s'y serait risqué. Et tu m'as même aidée à trouver une crèche. J'ai bien le droit de t'idolâtrer un peu, non ?

Cette fois, il s'autorisa à sourire.

— Comment il va, ton bébé ?

— *Quel* bébé ? Arrête de l'appeler comme ça ! Mia a deux ans, Matt !

— Tu recommences à faire de vraies nuits, alors ?

— Presque. Elle continue de me réveiller aux aurores — en grande forme, et toute prête à jouer. Mais je m'en fous. Je l'aime comme une dingue, j'en déborde d'amour. Même quand elle fait la java à 4 heures du mat', que j'ai les yeux collés de fatigue et que je serais prête à vendre mon âme pour cinq minutes de sommeil en plus, je continue de l'adorer quand même. Le soir, j'ai commencé à lui lire des histoires. J'ai trouvé un stock de bouquins pour tout-petits aux puces. Elle adore quand je lui lis des trucs.

Roxy porta sa bouteille d'eau à ses lèvres et but à grandes gorgées.

— Je suis sûre que ça collerait impeccable, entre elle et toi, boss.

— Normalement, je ne les choisis pas au berceau.

Roxy s'étrangla.

— Pas Mia ! *Frankie.* Frankie serait top pour toi.

— Depuis quand es-tu devenue experte en relations de couple ?

— Le fait d'en avoir connu un qui était carrément désastreux vaut une formation certifiante. Je dirais que c'est presque l'équivalent d'un diplôme universitaire. Je pourrais même m'accorder un titre ronflant.

— Quel genre de titre, par exemple ?

Roxy pouffa.

— PT.

— Je préfère ne pas demander ce que ça signifie.

— Pas Touche. Ça reste poli, non ? Maintenant que je suis maman, je ne veux pas que Mia grandisse en entendant des gros mots toute la journée. Et je veux qu'elle sache que, si elle perd l'estime d'elle-même dans une relation, il faut qu'elle fasse ses valises et qu'elle se barre. Qu'elle ne fasse pas comme moi, surtout.

La façon dont Roxy se tenait, le menton levé, réveilla une soudaine inquiétude chez Matt.

— Eddy est revenu te harceler ?

— Depuis la dernière fois que tu l'as jeté dehors ? Non.

Elle lui adressa un demi-sourire.

— Purée, comme il a eu peur ce jour-là. Je revois encore sa tête. Et tu ne l'as même pas touché. Tu lui as juste dit de se barrer en lui jetant un regard de tueur. Comment tu fais, d'ailleurs ?

— Je suis le spécialiste des expressions faciales terrassantes. Ça me vaut un franc succès à toutes les réunions de famille... Tu ne vas pas te remettre avec lui, au moins ? demanda-t-il après un court temps de silence.

— Jamais. Il ne veut même pas entendre parler de Mia, alors que c'est sa propre fille ! Qu'est-ce que tu voudrais que je fasse avec un mec comme ça ? Et puis, avec lui, je me sentais toujours comme si j'étais la dernière des nulles.

Elle revissa le bouchon de sa bouteille.

— Je ne veux plus me mettre avec quelqu'un qui me fait douter de moi. La vie est déjà assez pourrie comme ça, par moments. Je ne vais pas m'amuser en plus à inviter la pourriture à entrer chez moi. Et puis je ne veux pas que Mia grandisse au milieu des cris et des insultes. Je veux qu'elle sache qu'elle a le choix et qu'elle peut rencontrer quelqu'un de bien. Qu'elle le mérite.

Matt vit la résolution farouche sur les traits de Roxy et ressentit le même respect profond qu'elle lui avait inspiré le jour où il l'avait vue pour son entretien d'embauche.

— Tu sais que tu es un sacré bout de femme, Roxanne ?

— Hé, boss, fais gaffe. Ne va pas tomber amoureux de moi, parce que les histoires entre patron et employée ça finit toujours en eau de boudin. C'est l'épineuse question des rapports de pouvoir et tout le bataclan.

Elle secoua la tête et il vit la lueur amusée dans son regard pétillant d'humour.

— Inutile de tomber à genoux, boss, c'est non, de toute façon.

— Je tâcherai de m'en souvenir.

— Frankie, par contre, elle t'irait bien. C'est la folie, comme elle est intelligente, cette fille — une vraie encyclopédie botanique à elle toute seule. Je l'ai entendue marmonner le nom des plantes en latin, tout à l'heure. Et elle est canon, en plus. Ça fait combien de temps que tu n'as pas eu quelqu'un dans ta vie ? De sérieux, je veux dire ?

Matt tressaillit.

— Cela remonte à loin.

Il pensa à Caroline ; la revit sangloter et gémir, le suppliant de passer l'éponge et de leur donner une chance de repartir sur de nouvelles bases. « Ce n'était rien du tout, Matt. Juste un passage à vide — j'avais bu et j'ai eu un moment de flou. J'ai fait n'importe quoi et je le regrette. Je refuse de croire que c'est fini entre nous... Les sentiments sont encore là. »

Mais pour lui les sentiments n'y étaient plus. Il aurait peut-être pu lui pardonner un petit écart de fidélité sous l'effet de la boisson. Ce qui ne passait vraiment pas, en revanche, c'était les mensonges. Comme si elle avait pris une lame effilée pour lacérer la trame même de la confiance entre eux. Et sans confiance il ne restait plus rien.

Matt décida qu'il était temps de mettre fin à la conversation.

— J'ai encore quelques trucs à faire. Je te laisse la responsabilité du chantier, Rox.

— A moi ?

Elle bomba le torse.

— C'est moi la boss, alors ?

— C'est toi la boss.

— Tu m'augmentes, donc ?

— Dans tes rêves.

Il la payait déjà largement au-dessus du salaire horaire normalement versé à une main-d'œuvre non qualifiée. Et ils le savaient l'un et l'autre.

— Mais je suis libre d'embaucher et de débaucher ? dit-elle, avant de se tourner vers James. Tu as intérêt à filer droit, toi. Je t'ai à l'œil.

James était occupé à hisser de grosses dalles décoratives sur le toit. Son T-shirt était trempé de sueur et ses cheveux plaqués sur sa tête rebiquaient par endroits.

— Si tu pouvais me virer, ça m'arrangerait. Je me verrais bien chez moi à l'ombre, dans un fauteuil, les doigts de pied en éventail avec un bouquin et une putain de bonne bière à la main.

Roxy reposa sa bouteille.

— Tu es bon pour mettre un dollar dans la cagnotte à gros mots. Et arrête de gémir, je vais te donner un coup de main, blaireau.

James fit rouler ses épaules puissantes. Matt et lui échangèrent un regard.

— Tu peux me dire pourquoi tu l'as embauchée, boss ?

— Là, tout de suite, j'ai du mal à trouver une bonne raison. Mais je devais en avoir une, dans le temps.

— Je crois que je vais me remettre au droit. Là au moins, elle ne pourra pas me suivre.

Lourdement chargé, James se remit pesamment en marche et Roxy le suivit des yeux avec un sourire jusqu'aux oreilles.

— Il m'adore, au fond. J'ai du mal à l'imaginer en avocat, pas toi ? Ces trucs que tu as à faire... ils sont en rapport avec Frankie ?

— Parce que ça te regarde, peut-être ? Il faut que j'aille bosser quelques heures à l'atelier.

— OK, je capte. Tu vas te passer les nerfs en faisant ronfler ta tronçonneuse. Les gros engins qui font *vroum*, ça défoule les garçons. Je connais bien ça.

— Je ne suis plus tout à fait un petit garçon.

— Ouais, ça aussi, je l'avais remarqué.

Elle souffla sur la mèche de cheveux qui lui tombait sur les yeux et reluqua ses biceps.

— J'essaie de ne pas trop me focaliser sur cet aspect des choses. C'est la première fois que je bosse pour un patron ultra-craquant. Tout ça est très nouveau pour moi.

Il soupira.

— Roxy...

— Hé, faut me comprendre. Le type qui m'employait avant que je tombe enceinte avait soixante-cinq ans et pesait ses cent dix kilos bien tassés. Je ne suis pas encore complètement habituée à m'en mettre plein les yeux pendant ma journée de boulot, alors laisse-moi un peu de temps pour m'y faire, d'accord ? Et maintenant file. Tout se passera bien. Je vais terminer le revêtement en bois et nettoyer le chantier. Et je ferai bosser l'ami James jusqu'à ce que le soleil le sèche sur ce toit. Il ne faut pas t'inquiéter pour nous. On est une équipe de choc.

Ce n'était pas pour eux qu'il s'inquiétait. Il se faisait du souci pour Frankie.

Il n'avait encore jamais vu quelqu'un se décomposer à ce point.

Vu la vitesse à laquelle elle avait pris le large, son ego aurait dû en prendre un coup. Sauf qu'il savait qu'elle ne fuyait pas par indifférence, mais bien par excès d'attirance.

Cette pensée le rasséréna et il s'arrêta en chemin pour aider James à déplacer la dernière dalle.

— Ça va aller ? Je peux vous laisser vous débrouiller, tous les deux ?

— Sans problème, lui assura James en faisant jouer ses muscles. On s'occupe de tout. L'amour passe en priorité. Dépêche-toi d'aller la retrouver. Et essaie de ne pas la faire fuir, cette fois.

Un des désavantages du travail en équipe dans une petite entreprise, c'était que tout le monde se sentait obligé d'avoir une opinion sur votre vie amoureuse.

— Je ne vais rejoindre personne. Je pars pour l'atelier. Au cas où tu l'aurais oublié, j'ai encore deux bancs rustiques à tailler.

— Ah, OK. Je vois. Rien ne vaut un bon rondin à attaquer quand une femme nous rend dingue. C'est compliqué, les filles, hein ? Pas moyen d'y comprendre quelque chose, conclut-il en lui assenant une claque amicale sur l'épaule.

— C'est parce que tu n'as rien dans la tête, banane, intervint Roxy avec un nouveau sourire jusqu'aux oreilles. Nous sommes très simples à comprendre, nous les femmes. Il suffit de prendre le temps de nous écouter, c'est tout...

Elle se tourna vers Matt.

— Ah oui, une dernière chose : à ta place je ne m'inquiéterais pas trop, boss.

— Ah non ? Et pourquoi ?

— Parce qu'elle aussi elle matait tes fesses.

Matt réprima un sourire.

Et décida que c'était la bonne nouvelle du jour.

Chapitre 5

« Avant de fuir quelque chose, toujours s'assurer que ce qui te poursuit ne court pas plus vite que toi. »

— PAIGE

Le Romano's était toujours plein à craquer le vendredi soir, mais cette semaine le restaurant battait des records de fréquentation. Le petit resto sicilien tenu par Maria, la mère adoptive de Jake, faisait partie des adresses phare de Brooklyn. Toutes les tables étaient occupées et les gens faisaient la queue jusqu'au pâté de maisons suivant dans l'attente que des places se libèrent. L'ambiance était, comme toujours, bon enfant et pleine d'animation. La salle retentissait du son joyeux des conversations, du tintement des couverts, ponctués par les appels et les annonces en cuisine. Frankie fut accueillie par les arômes aussi familiers qu'irrésistibles des poivrons grillés mêlés aux senteurs méditerranéennes d'ail, d'oignon et d'aromates.

Hors d'haleine, elle se glissa dans le box près de la fenêtre où Paige et Eva étaient déjà attablées.

— Je suis dans une merde noire, les filles. Plus noire que noire.

Eva s'étrangla sur une gorgée d'eau.

— Qu'est-ce qui t'arrive ? Tu es enceinte ?

— *Quoi ?* Bien sûr que non !

Horrifiée, Frankie balaya la salle des yeux pour s'assurer que personne n'avait entendu.

— Comment voudrais-tu que je sois enceinte ? Par immaculée conception ? Je n'ai pas eu l'ombre d'une relation sexuelle depuis... Je ne me souviens même plus depuis quand.

En vérité, elle se souvenait. Très bien, même. Mais ce n'était pas une expérience qu'elle souhaitait remettre sur le tapis. La honte qu'elle en avait retirée était si écrasante qu'elle refusait de la mettre en mots.

« Tu veux savoir ta note ? Même pas la moyenne. Peut mieux faire. »

Cette expérience était en grande partie la raison pour laquelle elle ne pouvait envisager de se retrouver dans un lit avec Matt. Il fallait qu'elle mette un terme à cette affaire. Qu'elle lui fasse comprendre en termes clairs qu'elle ne s'intéressait pas à lui. Ou fasse en sorte que lui cesse de s'intéresser à elle.

— Moi non plus, je ne me souviens pas de la dernière fois où je me suis retrouvée autrement que seule dans un lit, poursuivit Eva d'un air sombre. La situation atteint un point critique. Il y a des jours où je serais prête à attraper le premier homme que je croise par le col de son T-shirt pour lui murmurer : « Prends-moi. Là. Tout de suite. »

Paige frémit.

— Promets-moi que tu ne feras *jamais* ça.

— C'est facile pour toi de t'indigner : tu fais l'amour matin, midi et soir jusqu'à l'épuisement et dans toutes les positions du *Kama-sutra.* Cela n'aide pas de voir ton sourire repu et ton visage rayonnant d'énergie sexuelle, le matin au petit déjeuner... Autrement dit, il est temps pour moi de prendre des mesures drastiques, conclut Eva en s'octroyant la corbeille à pain.

— Manger du pain, c'est une mesure drastique ?

— Il y a tellement longtemps que personne ne m'a vue nue que je peux manger ce que je veux.

Le pain encore tiède était moelleux, croustillant, et fleurait bon le vrai levain.

— Mais par mesures drastiques j'entends quelque chose d'un peu plus... créatif. C'est trop tôt pour écrire une lettre au Père Noël ?

— Au mois d'août ?

Paige résista à la tentation du pain, mais picora une olive dans le bol placé au centre de la table.

— Je ne crois pas que le Père Noël ouvre son courrier pendant les mois d'été. Pourquoi tu ne t'inscris pas sur un site de rencontre en ligne ?

— Parce que je veux obtenir mon homme par la méthode tradi.

Eva attrapa une serviette en papier et un stylo et commença à rédiger son message. Paige se pencha sur son épaule pour lire à voix haute pendant qu'elle écrivait :

— « Bonjour, papa Noël... J'ai été très sage cette année. Trop sage... Pour Noël, je voudrais que tu m'apportes du Sexe, du Sexe et encore du Sexe avec un homme vraiment Pas Sage. Je voudrais aussi un nouveau préservatif car le mien a expiré le mois dernier. Gros bisous, Eva. »

Paige secoua la tête en riant.

— Et que vas-tu faire de ce précieux document ?

— Le conserver dans mon sac, prêt à servir, lorsque le grand moment approchera.

Eva replia la serviette en papier avec soin.

— Imagine que tu aies un accident et que les

pompiers tombent sur cet ardent message ? se récria Frankie, horrifiée.

Son amie ferma les yeux avec volupté.

— Le rêve. J'ai une passion pour les hommes en uniforme. Bon, puisque tu n'es pas enceinte, c'est quoi ton problème, alors ?

Frankie était sur le point de leur confier ses tourments du moment lorsqu'elle vit Matt et Jake arriver sur le trottoir en face.

Son estomac fit un bond.

Ses genoux en tremblaient — une chance qu'elle soit assise. Elle n'était pas prête à affronter Matt. Pas prête du tout, même. Elle n'avait pas encore mis au point le moindre plan d'action. Comment, mais comment, allait-elle gérer la situation ?

— Laisse tomber, Eva. On passe à autre chose.

Elle attrapa son verre d'eau d'une main qui tremblait elle aussi si fort qu'elle en renversa la moitié sur la table.

Une flaque se forma et s'étala en direction de Paige qui tendit la main vers Eva.

— Vite ! File-moi ta serviette destinée au Père Noël.

— Pas question. Sers-toi de la tienne. La mienne fera le voyage jusqu'en Laponie. Elle va changer ma vie.

— Salut, toi, ô ma beauté.

Jake se glissa dans le box à côté de Paige, prit le visage de celle-ci entre ses mains et lui prodigua un baiser, long, lent et voluptueux.

— Tu m'as manqué aujourd'hui, *my love.*

Paige lui sourit, les yeux dans les yeux. Oubliées l'eau répandue sur la table et les serviettes en papier !

Eva se couvrit les yeux des deux mains.

— Ça y est ? C'est fini ?... Soyez charitables, les amoureux, et ayez une pensée pour nous autres mortels qui avons cessé de nous accoupler depuis l'époque où les dinosaures parcouraient encore cette terre.

Frankie se raidit lorsque Matt vint se glisser contre elle, sur la banquette. Elle resta figée, respirant à peine.

Cela faisait des années qu'elle dînait à la même table que lui tous les vendredis soir au Romano's. *Aucune raison objective de paniquer, Frankie Cole !*

A part que, ce soir, la cuisse musclée de Matt était collée contre la sienne sur toute sa longueur. Elle tenta de se pousser, mais elle était déjà serrée contre la cloison et n'avait aucune autre possibilité de fuite, sauf à se terrer sous la table.

Matt attrapa le menu.

— On vous a interrompues en pleine conversation, mesdames. Eva, tu parlais de t'accoupler avec un dinosaure ?

— Pas *avec* un dinosaure. Depuis *l'époque* des dinosaures. Je préfère le sexe avec les humains, mais cela ne m'arrive plus depuis la nuit des temps. Bon, stop. Je n'ai pas envie de m'éterniser là-dessus, le sujet est trop déprimant. D'ailleurs, Frankie était justement en train de nous raconter qu'elle avait un gros problème.

Frankie la foudroya d'un regard impérieux.

— *Laisse tomber*, Ev.

— Hé ! Pourquoi cet œil furibond ? On est entre amis ici. Si je peux évoquer mes frustrations sexuelles devant eux, on peut parler aussi de tes soucis du moment. Avec Matt et Jake, on est en confiance. Et ça aide, des fois, d'avoir un point de vue masculin sur les questions existentielles.

Des fois, oui. Mais pas cette fois-ci.

Matt referma la carte sans même tourner les yeux dans sa direction.

— Tu as des ennuis, Frankie ? De quel style ?

Le traître. Il savait pertinemment à quel problème elle se heurtait.

— Je n'ai pas d'ennuis, non.

Eva fronça les sourcils.

— Mais tu as débarqué ici avec une mine consternée en gémissant que...

— Je plaisantais ! Laisse tomber, je te dis !

Matt accrut la pression de sa cuisse contre la sienne.

— Alors voici mon opinion masculine : c'est une erreur de tourner le dos à ses problèmes en les niant. Et il n'est pas recommandé de les fuir non plus.

Elle avait la bouche très sèche, soudain.

— Pourquoi ?

— Parce qu'ils te suivront où que tu ailles. Ce problème particulier ne va pas te lâcher, tu l'auras en permanence sur les talons. Tu ferais donc tout aussi bien de te retourner pour le regarder en face.

Elle le regarda *lui* en face et vit la lueur d'humour qui pétillait dans ses yeux.

Son ventre se liquéfia. Elle ne connaissait pas d'homme plus charmeur. Plus séduisant. Plus désirable.

— J'ai tendance à mettre un œil au beurre noir aux problèmes qui me filent le train.

— C'est très bien. Affronte !

Son regard était plongé dans le sien. Le cœur de Frankie cognait contre ses côtes.

— Et si le problème refuse de céder du terrain ?

— Peut-être que ce problème n'en est pas un à proprement parler. Peut-être que le problème c'est juste une question de peur.

Eva les écoutait d'un air de plus en plus perplexe.

— A quoi vous faites allusion, tous les deux ? Je n'y comprends plus rien. On peut commander avant que je meure d'inanition ?

Matt arracha son regard du sien pour transférer son attention sur Eva.

— Pour une femme qui ne fait pas l'amour, tu as un solide appétit.

— Il existe d'autres formes d'exercice que la gymnastique en chambre.

Frankie aurait vivement apprécié qu'ils arrêtent de parler de sexe, tous autant qu'ils étaient. Entre le désir qu'elle avait vu brûler dans les yeux de Matt et la conversation en cours, elle se sentait en danger immédiat de combustion.

Par chance, Maria s'approcha de leur table pour prendre les commandes et la conversation roula sur d'autres sujets.

En apparence, c'était un vendredi soir comme les autres. Mais sous la surface régnait une tension nouvelle.

Sous la surface, il y avait aussi la cuisse musculeuse de Matt qui, l'air de rien, restait collée contre la sienne.

Il tendit la main pour prendre la corbeille de pain. Les manches de sa chemise étaient relevées, révélant des avant-bras solides. Sa peau, habituée au soleil, avait une belle couleur bronze sous la discrète pilosité sombre.

Elle imagina ces mains sur sa peau. Lentes et savantes. Patientes.

Des mains qui se poseraient sur ses joues, lui immobilisant le visage pour l'embrasser.

Un baiser de Matt. Rien qu'à cette idée, elle se consumait d'envie. Ce qui était d'autant plus ridicule qu'elle n'avait jamais été grande amatrice de baisers. Quand un mec l'embrassait, son esprit vagabondait ailleurs et elle finissait immanquablement par penser à ses plantes et à ses livres.

Paige but une gorgée de vin.

— Et Roxy ? Comment elle s'en sort ? Elle est contente de la crèche ?

— Elle a l'air, oui. C'est grâce à toi qu'elle a pu avoir une place. Ils lui ont accordé un tarif d'ami, je crois ?

Paige hocha la tête.

— Urban Génie leur a organisé une super fête d'inauguration à prix d'ami. Ils étaient contents de pouvoir nous retourner l'ascenseur. A propos, Les Woof Rangers dont tu nous as parlé — les deux promeneuses de chiens — elles sont top. Super sympas et cent pour cent fiables, ces jumelles. Mais je n'ai pas encore réussi à les distinguer l'une de l'autre.

— Tant mieux si ça se passe bien avec elles. Je le dirai à Dan la prochaine fois que je le verrai.

Du coin de l'œil, Frankie regardait Matt. Il avait l'air tout à fait calme et détendu. Sa décontraction l'agaçait, mais il était au moins question d'autre chose que de sexe ou de ses « ennuis ».

Vers la fin du repas, elle commençait à respirer de nouveau, entrevoyant l'heure de sa délivrance. Jusqu'au moment où Matt proposa qu'ils montent tous sur leur *rooftop* pour boire un verre et regarder un film.

Oh non. Elle avait besoin de retrouver son espace. Et Matt ne lui en laissait aucun. Chaque fois qu'elle essayait de gagner un centimètre de distance entre eux, il suivait le mouvement.

Elle ne dit rien mais, en arrivant à la *brownstone*, elle tira sa révérence.

— Je vous laisse monter sans moi. J'ai du boulot.

Comme c'était Matt qui lui avait confié les plans à dessiner, il ne pouvait pas vraiment protester. Pas plus qu'il ne pouvait abandonner Jake et les autres.

— Poursuivez la soirée sans moi. C'est ici que je vous laisse.

Elle avait le ferme projet de rester seule, mais Paige et Eva ne l'entendaient pas de cette oreille. Laissant Jake et Matt entre hommes, elles se campèrent résolument de part et d'autre d'elle.

Eva lui prit ses clés des mains et ouvrit d'autorité la porte de son appartement.

— Il est temps qu'on cause, ma belle.

— Je crois que j'aurais plutôt besoin de calme.

— Ah non, hein, pas question ! Moi, les tensions, ça m'épuise. Elles me perturbent et me gardent éveillée la nuit, et j'ai horreur d'être fatiguée.

Eva poussa la porte et envoya voler ses chaussures. Elle avait des capacités enviables à prendre ses aises partout où elle se trouvait.

— Et pourquoi es-tu tendue, Eva ?

— Ce n'est pas moi qui le suis, c'est toi ! Et nous exigeons de savoir ce qui se passe entre Matt et toi.

Frankie se figea dans l'encadrement de la porte.

— Il ne se passe rien du tout.

Paige la poussa à l'intérieur.

— Vous vous êtes disputés, c'est ça ?

— Absolument pas ! Je ne vois pas ce qui te fait penser ça.

— Tu étais toutes griffes dehors avec lui.

— Toutes griffes dehors ?

— Même Miss Tigresse passe pour Miss Patte de Velours en comparaison.

Eva referma la porte derrière elles et Frankie se retrouva bouclée à l'intérieur et soumise à un interrogatoire en règle.

— Tu as du vin dans ton frigo ?

— Pour quoi faire ? Je comptais bosser d'abord et bouquiner ensuite.

— Dommage pour toi, mais tant pis. Lucas Blade

attendra. Je ne sors pas d'ici avant qu'on ait tiré cette histoire au clair.

Eva se dirigea vers la cuisine au pas de charge. Frankie tourna un regard implorant vers Paige, qui haussa les épaules.

— Je suis d'accord avec Eva. Tu étais tendue pendant tout le repas. Tu te hérissais pour un rien. Qu'est-ce qui se passe ? C'est compliqué de bosser avec mon frère ?

— Pas du tout. Tu m'as déjà vue me disputer avec Matt ? Je n'ai jamais été en conflit avec lui.

Eva passa la tête par la porte de la cuisine.

— Peut-être. Mais c'est la première fois que vous bossez ensemble. Tout change lorsqu'on entre dans une relation de travail avec quelqu'un. Matt peut être tout aussi tatillon, maniaque et perfectionniste que Paige. Il te tyrannise, c'est ça ?

— Je n'ai jamais été tatillonne et encore moins maniaque ! protesta Paige.

Comme Eva et Frankie la regardaient fixement l'une et l'autre, Paige poussa un petit soupir.

— Bon, d'accord. Peut-être juste un peu tatillonne sur les bords. Mais d'une manière positive. C'est juste que j'aime que les choses soient bien faites.

Sur les nerfs, Frankie l'interrompit :

— En tout cas, il ne se passe rien d'alarmant avec Matt et il n'y a pas de tensions. On s'entend très bien dans le boulot. Il est doué et créatif et...

Elle eut un petit haussement d'épaules.

— ... ça fonctionne bien entre nous.

Ils formaient même une bien meilleure équipe qu'elle ne l'aurait pensé. Pas seulement parce que leur relation de travail était détendue, mais parce qu'ils étaient en phase, avec des visions souvent très proches. Dès qu'il s'agissait d'agencer un jardin, ils étaient en résonance totale.

— Bon, alors, il est où, le problème ?

Pouvait-elle le leur dire ? La réponse était oui — parce qu'elle était perdue et ne savait pas comment se dépêtrer de cette situation.

— Je crois que Matt s'intéresse à moi.

Le simple fait de le dire à voix haute fit flamber son taux d'adrénaline. Son cœur s'envola comme une feuille portée par le vent.

— Evidemment qu'il s'intéresse à toi. Cela fait des années que vous êtes amis et...

Paige écarquilla soudain les yeux.

— Tu veux dire qu'il *s'intéresse* à toi ?

Eva leva les bras au ciel.

— Waouh ! Je le savais ! Buvons à cette heureuse nouvelle !

Avec un sourire de triomphe, elle versa le vin dans les verres.

— Il fait bouger les choses entre vous. Il en a assez que vous soyez simplement amis et il veut passer à l'étape « on couche ensemble ». Top ! Peut-être que je n'aurai plus jamais de vie sexuelle, mais je suis quand même ravie que mes deux meilleures amies s'éclatent dans leur...

— Hé, attends, stop !

Frankie leva la main.

— Je n'ai jamais dit qu'on allait passer au stade « on couche ensemble ». Il n'y aura jamais rien de sexuel entre Matt et moi !

Paige lui tendit un verre.

— Tu m'as dit l'autre fois que tu trouvais mon frère super canon.

— Matt est un ami. Depuis longtemps. Il respecte mon travail.

Même à ses propres oreilles, ses arguments paraissaient peu convaincants.

— Il me respecte *moi.*

— Et tu as peur qu'il cesse de te respecter si votre relation passe sur un autre plan ?

— Ce n'est pas juste une crainte. Je suis *sûre et certaine* que c'est ce qui arriverait. Et je n'ai pas envie que son opinion de moi change.

— Mais pourquoi voudrais-tu que ça se passe mal entre vous ?

— C'est évident, non ? Il suffit de me regarder.

Eva se pelotonna confortablement sur le canapé.

— Je te regarde. Je vois une femme attirante, douée pour son métier, dont le principal défaut est son incapacité à admettre qu'une cannette de Coca light ne constitue pas le petit déjeuner idéal.

— Si tu penses que c'est mon principal défaut, c'est que tu n'es pas très attentive. Jamais, et quand je dis jamais, c'est vraiment *jamais,* je ne pourrais vivre une histoire avec Matt.

— Mais enfin pourquoi ? Il est beau, il est sexy, il est...

Eva porta la main à sa bouche en regardant Paige.

— Désolée. Ça te fait bizarre que je dise ça ?

Paige secoua calmement la tête en portant son verre de vin à ses lèvres.

— Non. Ce serait seulement bizarre si *moi* j'avais cette réaction par rapport à lui.

Frankie rongeait son frein. Elles ne comprenaient donc rien à rien ?

— Ce n'est pas Matt, le problème, c'est moi ! Vous imaginez ce qui se passerait s'il entrouvrait ma carapace ? Tous mes complexes, toutes mes inhibitions, mes casseroles affectives s'échapperaient en masse. Matt serait aplati sous l'avalanche de problèmes psychologiques que je garde cachés sous mes vêtements. Enterré vif, le pauvre.

Ses angoisses, ses défauts, ses hésitations, ses faiblesses relationnelles et son incompétence sexuelle : l'ensemble serait exposé là, en vrac, devant Matt, et plus jamais elle n'aurait la force de le regarder dans les yeux.

— Il sait déjà, pour tes lunettes, lui fit remarquer Paige.

— S'il n'y avait que les lunettes… J'ai quelques déficiences psychologiques et physiques bien plus graves qu'il ignore encore.

Et que Paige et Eva ignoraient de même, car elle ne leur en avait pas parlé et ne leur en parlerait jamais. C'était un épisode de sa vie trop humiliant. S'entendre dire qu'elle ne valait même pas la moyenne avait été un grand — un immense — moment de solitude.

Eva se leva.

— Bon, on oublie le vin. C'est le genre de situation qui requiert du gâteau au chocolat. Je reviens tout de suite.

Une fois qu'Eva eut quitté l'appartement, Paige reposa lentement son verre.

— Matt aussi a un passif affectif. Souviens-toi de Caroline.

— Je sais. Mais il y a passif affectif et passif affectif. Et le mien est… est gigantesque, conclut-elle d'un air piteux avec un grand geste découragé du bras.

— Et tu crois que ça va le surprendre tant que ça ? Il connaît ton histoire, il sait par où tu es passée.

— Crois-moi, il est loin d'avoir tous les éléments concernant mon cas clinique.

Eva revint à temps pour entendre la fin de la conversation. Sur le plat qu'elle apportait en triomphe trônait un magnifique fondant au chocolat.

— Et voilà. C'était mon expérimentation culinaire du jour. Il contient un ingrédient secret. Et Matt est tout à fait capable de régler tes problèmes, Frankie. Cet homme-là peut affronter n'importe quoi. Je ne l'ai encore jamais vu stressé.

Eva découpa trois parts généreuses de fondant.

— OK, admit-elle. Ce n'est pas tout à fait vrai. Il a un peu pété les plombs lorsque Paige et Jake se sont mis ensemble, mais c'est différent. Les relations dans la fratrie, c'est souvent explosif.

— Qu'est-ce que tu en sais ? Tu es fille unique.

— Mais, le relationnel, c'est mon domaine d'expertise — mon super pouvoir. Crois-moi quand je te dis que Matt gérera tous tes problèmes les doigts dans le nez. C'est une des qualités qui contribuent à asseoir son pouvoir d'attraction, conclut-elle d'un ton savant en attaquant le fondant d'un coup de cuiller énergique.

— Mais je ne veux pas qu'il me gère ! Comme vient de le dire Paige, il a déjà assez ramassé avec Caroline. Je n'ai pas envie de lui en rajouter une couche.

— J'ai un peu perdu le fil, là. C'est lui que tu protèges ou c'est toi ?

— Les deux !

Paige détacha une cuillerée de fondant.

— Caroline lui a beaucoup menti. Elle n'était pas nette, cette fille. Tu n'as rien à voir avec elle. Matt a une totale confiance en toi. Mais, s'il ne te plaît pas, tu lui dis « stop, je ne suis pas intéressée » et il n'insistera pas. Tu connais Matt. Il n'essaiera pas de s'imposer s'il voit que tu n'as pas envie.

Paige dégusta une bouchée, ferma les yeux et gémit de plaisir.

— C'est une tuerie, ce gâteau, Eva. C'est quoi l'ingrédient secret ?

— Si je te le confie, il faudra que je te tue et que

je te mange — et j'ai déjà dépassé mon seuil calorique aujourd'hui, avec ce que je suis en train de m'enfourner.

Frankie regardait fixement le fondant sans y toucher.

— Le problème, c'est qu'il me fait de l'effet, justement.

Eva demeura un instant interdite, avec sa cuiller à mi-chemin des lèvres.

— Donc tu es bel et bien attirée ? Par Matt ? C'est ça le problème dont tu voulais nous parler tout à l'heure ?

— Oui ! Je suis intéressée, mais je voudrais juste ne pas l'être.

Frankie sentait son cœur sur le point d'éclater.

— Je suis désolée, mais c'est le bazar complet dans ma tête. Quand il est à côté de moi, j'en tremble, et j'ai une sensation bizarre là-dedans.

Elle se frotta la poitrine.

— Et, quand il me parle, je n'arrive pas à me concentrer parce que je suis tout le temps en train de penser à...

— De penser à... ?

— Des trucs.

Eva reposa sa cuiller.

— Hum... Au sexe, par exemple ?

Paige paraissait déroutée.

— Mais, le problème, il est où ? Si vous en avez envie l'un et l'autre, qu'est-ce qui vous empêche de franchir le pas ?

— Le fait que je sois nulle avec les hommes ! Nulle et archi-nulle. Si je devais vivre une histoire avec quelqu'un, Matt serait la dernière personne que je choisirais.

Paige en oublia un instant son gâteau.

— Vous êtes pourtant en phase, lui et toi ? Il te plaît ?

— Voilà. Tout à fait.

— Tu l'apprécies en tant que personne et tu le trouves sérieusement sexy ?

— Ben oui...

Paige reposa son assiette.

— Frankie, reprit-elle patiemment, la plupart des gens te diront que le trio forte attirance physique + affection + respect forme une équation de départ idéale pour démarrer une relation. Et toi tu considères que c'est un obstacle ?

— Oui. Parce que si la relation merde — et elle merdera à coup sûr — ça fichera beaucoup de choses en l'air. Aucun des mecs avec qui je suis sortie jusqu'à présent ne comptait vraiment. Je n'avais aucun attachement pour eux et du coup c'était parfait.

Paige secoua la tête d'un air incrédule.

— Mais enfin, Frankie, c'était tout sauf *parfait* au contraire ! Tu es sérieuse quand tu dis que tu préfères avoir une histoire avec un type qui ne t'intéresse pas et que tu ne trouves pas attirant plutôt qu'avec quelqu'un qui pourrait te faire chavirer le cœur et le reste ?

— Exactement ! C'est ce que je me tue à essayer de vous expliquer.

— Tu réalises au moins à quel point c'est délirant, ce que tu racontes ?

— Pourquoi délirant ? Lorsque je me plante avec un mec que je n'apprécie pas particulièrement et pour qui je n'ai pas de sentiments, cela ne fait de mal à personne. Chacun repart comme il est venu, c'est zéro casse. Avec Matt, c'est autre chose. Il tient une place majeure dans ma vie ; c'est quelqu'un qui compte. Avec Matt, un échec porterait à conséquence. Il y en aurait au moins un sur les deux qui se ramasserait. Ce serait horrible.

— Donc ton lumineux projet de base, dans la vie,

c'est de continuer à sortir avec des hommes indifférents pour que ce ne soit pas grave si ça rate.

— Voilà, c'est tout à fait ça. Et maintenant que vous avez compris mon problème, toutes les deux, je voudrais que vous m'aidiez à le résoudre. Comment je fais ? Je continue comme si de rien n'était en espérant qu'il laissera tomber ? Ou je lui en parle franco et je lui dis que je ne suis pas intéressée ?

— Tu *es* intéressée, rectifia Eva en terminant son gâteau. Et il le sait déjà.

— Tu crois ?

— Matt a de l'expérience, avec les femmes. Et tu as toujours été incapable de mentir.

Découragée, Frankie se mordit la lèvre. Elle n'avait pas envisagé la situation sous cet angle. Ou peut-être un peu, si.

— Tu es sûre qu'il se doute de quelque chose ?

Elle reposa sa part de fondant sans même l'avoir goûtée. Eva sourit.

— Sûre et certaine, oui. Mais c'est une bonne chose.

— C'est une *horrible* chose. S'il sait, je vais être obligée de squatter les banquises de l'Arctique — ou ce qu'il en reste, en tout cas.

Paige secoua la tête.

— Non, non, pas de déménagement intempestif. J'ai une meilleure idée. Passe à l'étape suivante et vois ce qui se passe. Tu as envie de l'embrasser : eh bien, embrasse-le.

— Ah, non, non ! Je ne peux pas ! Ça tuerait direct tous les sentiments qu'il pourrait avoir pour moi !

Les joues en feu, Frankie tomba dans un bref silence pensif.

— Et finalement pourquoi pas ? Ce serait une façon de mettre fin à la situation, tu me diras...

— Et pourquoi ça tuerait ses sentiments de t'embrasser ?

— Parce que, les scènes de baiser, ça paraît toujours très excitant quand on les voit dans les films. Dans la vraie vie, par contre, ça tend à être décevant. Tu as raison, Paige. Si on s'embrassait, on se rendrait peut-être compte l'un et l'autre que ce serait une grosse erreur d'aller plus loin. Et on passerait à autre chose.

Il y eut un bref silence.

Puis Eva prit un ton détaché :

— C'est une brillante idée. Vas-y, fonce. Je suis sûre que vous serez instantanément guéris l'un et l'autre. Comme ça tout reviendra à la normale. Maintenant, avale-moi cette part de gâteau au chocolat ou je crise. Et on se regarde une comédie sympa sur Netflix.

Chapitre 6

« Ce n'est pas parce qu'un homme ne te demande pas son chemin qu'il faut s'abstenir de lui indiquer la route à suivre. »

— *Paige*

Matt était au téléphone lorsqu'il entendit frapper. Sans interrompre sa conversation, il alla ouvrir en espérant trouver Frankie sur le seuil. Avec pour tout vêtement quelques grammes de lingerie sur le dos, de préférence.

Raté. Face à lui se tenait sa sœur. Vêtue d'une robe ajustée, les cheveux lissés à la perfection. En route pour un rendez-vous client, donc. On était lundi matin et il savait que sa journée avait été planifiée avec une exactitude maniaque, car c'était ainsi que Paige vivait sa vie.

Par automatisme, il scruta ses traits, observant sa mine.

C'était une habitude qu'il avait acquise très jeune, à l'époque où son teint avait été un indicateur de l'état de son cœur. Une peau très pâle et des lèvres d'une inquiétante teinte bleuâtre avaient été des signaux d'alerte. Paige était née avec une malformation cardiaque et, même maintenant, après plusieurs interventions chirurgicales réussies et des années de santé florissante, il avait du mal à perdre certains vieux réflexes.

Les antécédents médicaux de sa sœur l'avaient rendu surprotecteur avec elle. Au grand dam de Paige qui détestait qu'on la couve.

Lui, ça ne le dérangeait pas trop qu'elle rage, peste et s'emporte contre lui. A son sens, c'était le rôle normal d'un grand frère d'exaspérer sa petite sœur.

Il s'écarta pour la laisser entrer et boucla sa conversation téléphonique.

— Si vous diminuez vos prix de moitié, j'augmenterai le total de ma commande.

D'un geste du menton, il indiqua la machine à café. Paige alla se faire couler un café *lungo* à la cuisine pendant qu'il négociait les tarifs de son fournisseur pour les ramener à un montant acceptable.

Lorsqu'il finit par raccrocher, elle sirotait son café, les mains serrées autour de son mug.

— J'avais oublié que tu avais un talent féroce pour le marchandage. Je revois encore les résidents de Puffin Island marmonnant de sombres menaces chaque fois que tu augmentais tes tarifs pour tondre leurs pelouses pendant les mois d'été. Et tu n'avais pas quatorze ans, à l'époque.

— Il y avait beaucoup d'herbe et l'été était chaud.

Il fit défiler les dix mails tombés dans sa boîte pendant les quelques minutes où il avait été occupé au téléphone.

— J'adore évoquer le passé avec toi, sœurette, mais j'ai rendez-vous dans moins de deux heures avec un client et il me faudra probablement une heure et demie pour faire le trajet. Tout va bien ? Tu as besoin de moi pour quelque chose de particulier ?

— Je suis venue dans l'idée de faire quelque chose pour toi, plutôt.

Elle reposa lentement sa tasse.

— Je peux t'aider, Matt.

Sa sœur était une organisatrice-née et il avait le plus grand respect pour ses compétences. Il savait qu'avec des dispositions comme les siennes elle irait loin dans son métier.

Le côté négatif de l'affaire, c'était qu'elle essayait aussi de l'organiser *lui*.

— Merci, Paige. J'apprécie. Mais j'ai déjà du boulot par-dessus la tête.

— Je ne te parle pas de boulot. Je ne peux rien faire pour toi sur ce plan-là. Mais je peux t'être utile dans ta vie affective, par contre.

Ses employés s'en mêlaient déjà, merci bien ! La dernière chose dont il avait besoin, c'était que sa sœur y mette aussi du sien.

— C'est gentil, mais je n'ai pas besoin d'aide.

— Détrompe-toi, Matt.

— Tu penses que tu sais mieux que moi comment je dois gérer ma vie sentimentale ?

Question stupide, songea-t-il. Il la vit sourire.

— J'en suis convaincue, oui.

Il soupira.

— Je vais poser ma question autrement, alors. Qu'est-ce qui te fait penser que tu as le *droit* d'intervenir dans cette sphère éminemment privée de mon existence ?

— Peut-être le fait que tu te sois permis d'interférer dans la sphère éminemment privée de la mienne ?

Là, elle marquait un point.

— OK. D'accord. Mais je croyais avoir été absous. J'ai souvenir d'avoir plaidé coupable et de m'être longuement confondu en excuses — au point de frôler l'humiliation.

— Je n'ai pas trouvé ça humiliant du tout. Plutôt satisfaisant, au contraire. Ce n'est pas souvent que tu reconnais tes torts.

— C'est de famille. Et toi tu as un fond sadique.

— Je suis ta sœur : le sadisme est inclus dans le profil de poste, non ?

— Je vais finir par être nostalgique de l'époque où tu étais trop faible et malade pour me contredire. Ecoute, je suis prêt à endurer ta vengeance s'il le faut, mais c'est juste que le moment est mal choisi. Je t'ai dit que j'avais de la route à faire.

— Je ne suis pas venue pour me venger, mais parce que je *sais* que je peux t'être utile. Tu me dois bien ça. N'oublie pas que j'ai réglé le problème de garde d'enfant de ta Roxy. Tu peux au moins m'écouter en échange.

— Ce n'est pas *ma* Roxy, d'abord. Et je t'ai branchée à mon tour sur Les Woof Rangers, donc je considère que nous sommes quittes. Mais je suis surtout capable de gérer ma vie affective tout seul, Paige.

Cette fois, il ne plaisantait plus.

— Je sais ce que j'ai à faire, insista-t-il. Tu ne douterais tout de même pas de la sûreté de mon jugement ?

— Je te rappelle juste en passant que tu as eu le projet d'épouser Caroline.

— Ouille.

Seule une petite sœur pouvait se permettre de lui balancer ça à la figure.

— Simple rappel des faits, Matt. Mais ne sois pas un juge trop sévère envers toi-même. Tu as été aveuglé par de longs cheveux blonds et une très jolie paire de seins. Le sang s'est retiré de ton cerveau pour se concentrer dans... Bref, tu vois où je veux en venir. Caroline n'était absolument pas faite pour toi, tout le monde le savait et tu as ouvert les yeux à temps. Mais, maintenant que tu as affaire à une femme qui te correspond sur tous les plans, il devient crucial de ne plus faire n'importe quoi.

Il savait ce qui lui valait cette conversation. Ce n'était pas la première fois qu'il assistait au phénomène. Lorsque Paige avait été malade, lorsque Eva avait subi des brimades... Les trois amies, soudées comme jamais, faisaient front comme une seule femme.

— Tu viens me parler de Frankie, donc.

— Je suis ravie de constater qu'il te reste encore un peu de sang dans le cerveau, cette fois-ci.

— Je vais gérer ça tout seul, comme un grand, Paige.

— Tu crois ça, vraiment ?

L'air sceptique, elle reprit une gorgée de café.

— Ça se passe comment entre vous, alors ?

Capable d'identifier chaque nuance de la voix de sa sœur, il posa son téléphone mobile sur la table.

— Frankie t'a dit quelque chose, c'est ça ?

— Je suis une femme. Je suis ta sœur. Et j'ai des yeux pour voir.

Les yeux en question s'illuminèrent d'un coup.

— Et je suis super contente, entre parenthèses ! Mon frère et une de mes deux meilleures amies !

— Paige, ce n'est pas encore...

— Non, je sais, ce n'est pas gagné. Et ça ne le sera jamais si tu refuses mon aide ! Si tu as l'intention de me dire que ce n'est pas mon problème, économise ta salive. Vu la façon dont tu t'es mêlé de mon histoire avec Jake...

Matt passa en mode stoïque.

— Bon, très bien. Puisque tu veux absolument t'en

mêler, dis ce que tu as à dire. Mais ce sera maintenant, et après fini.

— Je ne veux pas me mêler de quoi que ce soit. Juste t'aider, merde !

— Appelle ça comme tu voudras. Mais je préfère procéder à ma façon.

— Même si, ta façon, elle craint et que tu vas probablement finir par à la fois compromettre tes chances ET foutre ton amitié avec Frankie en l'air ? Tes histoires avec les femmes ont toujours été simples et directes. Tu plonges ton regard dans les yeux d'une fille et ses jambes se dérobent sous elle. Ne me demande pas pourquoi. Personnellement, je ne vois pas ce qu'elles te trouvent. Je ne dis pas que tu es hideux, bien sûr, mais...

— Merci, Paige. C'est trop de compliments.

— Une de tes ex m'a dit un jour que, l'essence même de ton charme, c'est que tu es un mec fiable qui se cache sous un physique de *bad boy.* D'après elle, ces deux qualités conjointes, c'est le nec plus ultra.

Sa sœur avait réussi à éveiller sa curiosité.

— Quelle ex-copine ?

— Je protège toujours mes sources. Mon raisonnement, donc, est le suivant : tu n'as jamais eu à réfléchir, à élaborer des stratégies ni à te battre. Les filles tombaient toutes cuites et tu n'avais qu'à te baisser pour les ramasser.

Matt décida que la conversation devenait gênante.

— Paige...

— Frankie n'est pas comme ça. La relation à l'autre, c'est quelque chose de terrifiant pour elle. Et ton changement d'attitude l'angoisse à mort, Matt ! Il ne faut pas raisonner à partir de l'expérience familiale que nous avons connue, toi et moi. Essaie, ne serait-ce qu'une minute, de te mettre dans la peau de

Frankie. Son père a quitté la maison pour une gamine qui sortait tout juste de l'école et c'est Frankie qui a joué les infirmières psy pour sa mère quand elle était au fond du trou. Depuis, elle voit Gina bondir d'un amant à l'autre à la vitesse d'un lapin sous stéroïdes. Etonne-toi après ça qu'elle ait une vision apocalyptique du couple. Toute relation amoureuse, pour elle, est vouée au désastre. C'est l'angoisse pour elle de se lancer dans une aventure qu'elle considère comme compromise d'avance avec quelqu'un qui compte à ses yeux. Il faut que tu y ailles en douceur avec elle, Matt. Prends ton temps, laisse-la venir à toi.

La méthode lente, il l'avait déjà essayée. Depuis longtemps. Mais il savait désormais que, s'il attendait que Frankie vienne à lui, il pourrait patienter une vie entière. Ce qui n'entrait pas dans ses projets.

— Je sais exactement ce que je fais, Paige.

Sa sœur se refit un café.

— Ses expériences avec les mecs ont été désastreuses pour Frankie. Du coup, ton changement d'attitude envers elle l'a mise sur le qui-vive. Pourquoi crois-tu qu'elle ait refusé de se joindre à nous sur la terrasse, vendredi ? Tu l'as poussée hors de sa zone de confort. Elle est déstabilisée et ne sait plus sur quel pied danser.

Très bien.

Il la voulait troublée et déstabilisée. Et le plus loin possible hors de sa zone de confort, justement.

— Tout ira bien, Paige. Je gère, OK ?

— Matt...

— Je viens de te dire que je *gère.*

— Qu'est-ce que vous pouvez être butés, vous les mecs ! Bon, eh bien, vas-y ! Fais comme tu le sens. Mais, si ça se passe mal, ne viens pas t'en plaindre à moi.

Paige finit son café et posa sa tasse vide sur l'évier.

Son regard tomba sur une invitation qu'il avait fourrée sur une étagère.

— C'est quoi ?

— Un faire-part de mariage. Tu dois en voir passer quelques-uns, en ce moment.

— Uniquement dans le cadre du boulot, répliqua-t-elle en l'ouvrant. Ryan, Emily et Lizzy ? C'est une union à trois ?

— Lizzy est la fille d'Emily. Adoptée, même si je crois qu'elles ont un lien de parenté. Une nièce ou quelque chose comme ça.

Il prit son ordinateur portable et le glissa dans son sac.

— Tu te souviens de Ryan Cooper ? On était à l'école ensemble. Sa famille vit à...

— Harbor House. J'adore cette grande maison. Il y a une vue magnifique sur la pointe de Puffin. J'ai fait du baby-sitting là-bas une fois ou deux. Je gardais la petite Rachel Cooper.

— Le temps file. La petite Rachel, comme tu dis, est maintenant instit à l'école élémentaire de Puffin.

Paige parcourut l'invitation des yeux.

— Hum... Un mariage romantique *on the beach*, avec langoustes cuites à la braise. Puis tout le monde ira danser à l'Ocean Club. Il y a de pires façons de passer un week-end d'été à la mer. Tu y vas ?

— C'est prévu, oui. J'ai gardé des liens d'amitié avec Ryan. Et ça va faire une belle fête.

Elle reposa le faire-part.

— L'invitation est pour deux. Tu emmènes qui ?

Il avait prévu d'y aller seul, mais Paige venait de lui donner une idée.

— J'irai avec Frankie.

Ce week-end au grand air leur ferait du bien. New York en été était suffocant et gorgé de touristes. Un souffle d'air marin enchanterait Frankie, l'amie des plantes et de la nature.

A en juger par l'expression de sa sœur, elle ne partageait pas son avis.

— Tu ne réussiras pas à traîner Frankie à Puffin Island. Même droguée et attachée, elle te résisterait encore.

— Pourquoi veux-tu qu'elle refuse ?

— Primo : il s'agit quand même d'assister à un mariage *romantique*, et tu sais à quel point elle adore ce genre de festivités. Mais il y a un obstacle plus considérable encore...

— Qui est ?

— Frankie n'a plus mis les pieds sur l'île depuis le jour où elle en est partie.

— N'importe quoi.

Il allait être en retard à son rendez-vous, c'était sûr. Matt glissa son téléphone dans sa poche.

— Comment ça, n'importe quoi ? Frankie est ma meilleure amie, Matt. Je le saurais, si elle était retournée à Puffin Island.

Il s'immobilisa. Le choc de la nouvelle s'infiltrait comme une eau glacée dans ses veines.

— Sérieux ? Elle n'est jamais retournée sur l'île ? Pas une seule fois ?

— Elle n'avait pas tellement de raisons d'y remettre les pieds. Les souvenirs qu'elle en garde ne sont pas spécialement enchanteurs, au cas où tu ne l'aurais pas encore compris.

— Mais...

Il se frotta la nuque en essayant d'intégrer cette nouvelle information.

— Et merde.

— Comme tu dis.

— Je pensais que...

— Tu pensais quoi ?

Il avait pensé la connaître et s'apercevait à quel point c'était peu le cas.

Et à quel point il avait envie d'en savoir plus.

— Je pense qu'il est temps qu'elle y retourne.

Sa sœur lui jeta un regard exaspéré.

— A mon avis, tu n'arriveras pas à la convaincre. Et imagine qu'elle vienne avec toi et que quelqu'un lui fasse une remarque cruelle ? Tu as réfléchi à ça ?

— Personne ne se permettra de lui dire quoi que ce soit.

Il réussit à ne rien laisser transparaître de la colère noire qui montait soudain en lui.

— Comment tu sais ça ?

— Parce que je serai là. Tout le temps.

Paige leva les yeux au plafond.

— Monsieur le Protecteur. Tu pars avec ton cheval blanc et ton armure ?

— Non. Juste avec mes atouts naturels.

— Tu sais que tu es gonflant, par moments ?

— Et toi tu l'es très souvent.

Mais il vit la crainte dans les yeux de Paige et se radoucit.

— Je sais ce que Frankie représente pour toi. Mais il va falloir que tu me fasses confiance, Paige.

— Mais...

Il jeta sa veste sur son épaule.

— J'ai dit : fais-moi confiance. Et, maintenant, va fourrer ton petit nez pointu dans la *love life* de quelqu'un d'autre, car tu as déjà passé assez de temps à me persécuter comme ça.

Frankie n'avait eu que rarement l'occasion de passer à l'atelier de Matt. C'était un vaste espace situé juste en dessous des bureaux de sa société. Il l'utilisait comme entrepôt et y venait pour exécuter les travaux de menuiserie qu'il ne pouvait pas réaliser directement sur ses chantiers.

Les portes s'ouvraient sur une aire extérieure où s'empilaient des bacs, des jardinières et des dalles en divers matériaux. Quelques grands arbres se dressaient dans leurs pots, prêts à être livrés sur ses différents chantiers en cours.

Aujourd'hui, Matt s'attelait au deuxième banc en rondins destiné au jardin sur le toit. James et Roxy travaillaient en extérieur et Frankie se retrouvait seule avec lui.

Elle s'efforça de ne pas s'appesantir sur cet aspect de la situation et concentra son attention sur le tronc qu'il avait entrepris de tailler.

— C'est du cèdre ?

— Du cèdre rouge, oui. Du thuya géant, plus exactement.

Il sortit un mètre à ruban de sa poche.

— C'est un bois assez facile à travailler et qui résiste bien aux intempéries. Il supporte à peu près tous les temps sans broncher.

Elle n'avait pas besoin de lui demander ce qu'il entendait par là. Les étés et les hivers new-yorkais, elle en avait déjà connu une joyeuse série.

— Il va être beau, ce banc.

— Je crois, oui.

Il mesura le rondin et procéda à ses calculs.

— Pendant que je fais ça, tu peux peut-être aller jeter un coup d'œil sur les bacs de plantation ? Voir si tu trouves ton bonheur ? S'il n'y a rien qui convient, on en fera faire sur mesure.

— OK.

Elle avait passé les trois nuits précédentes à préparer

la discussion entre eux qui s'imposait. Celle où elle lui dirait de façon claire et carrée qu'il devrait cesser de la regarder avec insistance, de s'approcher d'elle trop près, et de faire des remarques à double sens — toutes choses qui perturbaient son équilibre psychique.

Mais, aujourd'hui, il semblait être plus préoccupé par ses tâches en cours que par sa personne. Elle s'accroupit pour examiner de plus près une jardinière en terre cuite. Considérant qu'elle ne serait pas adaptée à ses besoins, elle se releva et s'arrêta devant le premier banc que Matt venait de terminer.

Comme Paige, il avait un sens aigu du détail et ses créations en témoignaient. Il avait à la fois un goût très sûr pour le design et un vrai talent d'artisan.

Du coin de l'œil, elle l'observa alors qu'il transformait un bout de tronc d'aspect rugueux en un objet pratique à la fois simple, naturel et élégant.

Matt travaillait en artiste. Il se servait d'un niveau pour ajuster ses découpes, procédant avec des gestes adroits, précis, patients. Une fois parfaitement sûr que la ligne obtenue serait parfaite, il s'empara de sa tronçonneuse. Il rabattit la visière de son casque et, quelques instants plus tard, le grondement puissant de son outil vibra dans l'air. Matt avait commencé à manier la tronçonneuse très jeune, lorsque son père avait compris que c'était plus qu'un simple hobby pour lui et avait fait le nécessaire pour que son fils soit formé correctement au maniement de ces engins.

En hiver, à Puffin Island, on faisait appel à lui lorsque des arbres tombaient en travers des routes ou des chemins, effondrés sous le poids des lourdes chutes de neige. Comme la plupart des hommes de l'île, Matt sortait patauger dans la neige et dans le froid et se rendait utile à la communauté sans se poser de questions.

S'il avait une force de bûcheron, il pouvait aussi bien exécuter des tâches en finesse. Il ne se contentait pas de donner une forme, il était en phase avec le matériau qu'il manipulait. Matt avait une profonde affinité avec le bois, percevait sous ses doigts ses forces et ses faiblesses. Il ne cherchait pas à dompter la matière, il la sublimait. Frankie le regarda, fascinée, alors qu'il incisait l'ébauche avant de lui donner son aspect définitif. Chaque découpe devait être exécutée au millimètre. Tous les angles étaient parfaits. C'était un plaisir de le voir procéder.

Alors qu'elle l'observait, son imagination se mit à vagabonder. Elle eut l'image troublante de Matt en train de faire l'amour, ses mains parcourant non pas le bois, mais la peau réceptive d'une femme. Là aussi, ses gestes seraient parfaits, songea-t-elle, rêveuse. Un homme tel que lui serait forcément bon, très bon au lit.

Elle détourna les yeux.

Que savait-elle des talents sexuels d'un homme ?

Rien.

Elle ne méritait même pas la moyenne. Elle se résumait à un « peut mieux faire ».

Pourquoi était-elle à ce point persécutée par le souvenir de cette appréciation négative depuis quelques jours ? Tourmentée par cette question, elle mit un moment à se rendre compte que le grondement rageur de la scie avait cessé.

Elle se retourna vers Matt. Il avait retiré ses vêtements de protection — et sa chemise. Il s'essuya le front du revers de la main, attrapa une bouteille d'eau dans la glacière et la vida sur sa tête et ses épaules.

Son torse nu luisait, irisé par des milliers de gouttelettes. La bouche soudain sèche comme du carton, Frankie ne parvenait pas à détacher les yeux du spectacle. Le faisait-il exprès pour attirer son attention ? Non.

Il ne la regardait même pas. Et pourquoi n'aurait-il pas retiré sa chemise, après tout ? Il était dans son propre espace de travail. Il avait le droit de faire ce qu'il voulait.

Elle connaissait Matt depuis toujours, mais c'était la première fois qu'elle le voyait torse nu. Son jean tombait bas sur ses hanches et un rayon de soleil qui entrait par la fenêtre dessinait le relief subtil des muscles qui saillaient sous sa peau. Quelques égratignures étaient visibles sur ses bras et ses épaules, mais elle n'aurait su dire si elles étaient dues à l'agressivité de Miss Tigresse ou à celle d'un rosier.

Elle avait une sensation étrange de flottement, comme si elle avait avalé une bouteille de bière d'un trait ou passé une journée entière sans manger. *A cause du soleil*, décida-t-elle en sortant son bob de sa poche arrière.

En tant que rousse, elle devait se protéger des rayons.

Le travail avec Matt sur le toit en terrasse s'était déroulé sans heurts ni complications, grâce à la présence des autres membres de l'équipe. Mais maintenant qu'ils étaient seuls...

Il essuya les gouttes d'eau qu'il avait dans les yeux et pivota dans sa direction. Son regard percuta le sien.

Elle chancela presque sous le choc.

Les yeux de Matt s'assombrirent et un lent sourire se dessina sur ses lèvres.

— Il fait trop chaud pour bosser.

— A qui le dis-tu ?

Elle enfonça son bob jusqu'aux yeux. C'était la chaleur qui la rendait folle. Rien d'autre. Elle se détourna pour se concentrer sur les jardinières, mais on ne pouvait fixer indéfiniment une rangée de bacs et de pots. Plus elle luttait pour ne pas regarder Matt, plus la tentation se faisait insistante.

Elle était en train de brûler vive — un vrai concentré de libido en ébullition.

Frustrée et le corps en feu, elle s'accroupit pour examiner un bac en fibre de pierre de plus près.

Une paire de chaussures de chantier usagées apparut dans son champ de vision.

— Lève-toi, Frankie.

— Quoi ?

Etait-elle seulement encore capable de se mettre debout ? Dans le doute, elle préférait ne pas essayer. Si ses jambes refusaient de la soutenir et qu'elle s'aplatissait par terre, ce serait un nouvel épisode mortifiant à ajouter à la longue série de ses déboires.

— Pourquoi veux-tu que je me lève ?

— Parce que nous sommes adultes, Frankie. Il est temps qu'on parle, toi et moi.

Il se pencha et la releva d'un simple mouvement du poignet, comme si elle ne pesait pas plus qu'une plume.

Elle se tint maladroitement devant lui, consciente du terreau qui lui maculait les mains et de ses joues empourprées. Avec la chaleur et l'humidité, sa crinière rétive devait être encore plus sauvage qu'à l'ordinaire. Elle n'avait pas besoin d'un miroir pour savoir qu'elle ressemblait à un mouton qui aurait percuté une clôture électrique.

— Je n'ai rien à te dire de particulier. Et il faut que tu arrêtes de te coller contre moi comme ça.

Il se tenait si près qu'elle voyait le grain de sa peau hâlée et les lancinantes sinuosités de ses muscles. Elle recula, les jambes en coton, jusqu'au moment où sa retraite fut stoppée par un énorme olivier en pot. Les branches s'enfoncèrent dans son dos comme des doigts accusateurs, la poussant de nouveau vers lui.

Matt avait déjà couvert la distance qui les séparait.

— Je te stresse, Frankie ?

— Evidemment que tu me stresses !

— Parfait.

Il lui adressa un sourire sexy qui acheva de la liquéfier.

— Dégage, Matt. Tu envahis mon espace et, si je recule encore, je vais me retrouver suspendue comme une déco de Noël dans les branches de ton olivier.

Elle risqua un coup d'œil sur son visage. Mal lui en prit, car son regard la cueillit de plein fouet. Un regard comme elle ne lui en avait jamais vu depuis toutes ces années qu'elle le connaissait.

— Matt...

— Quoi ?

Sa voix basse et rauque glissa comme un gant de velours sur les sens en émoi de Frankie.

— Tu sais très bien quoi.

Elle demeura immobile, pétrifiée par le côté délicieusement inévitable de ce qui allait suivre.

Matt s'apprêtait à l'embrasser.

C'est bon, vas-y. Qu'on en finisse. Une fois qu'il aurait compris qu'elle était la plus désastreuse des embrasseuses ils pourraient passer à autre chose.

Elle ferma les yeux et serra fort les paupières, en essayant de ne pas oublier de respirer. Alors qu'elle se préparait à recevoir ses lèvres, il se contenta de passer le bout de ses doigts sur sa joue, exacerbant l'attente.

Elle était sans force, impuissante, comme shootée par la douceur trompeuse de ses gestes.

— Si deux personnes célibataires et sans attaches ont des sentiments l'une pour l'autre, rien ne les empêche a priori de laisser libre cours à leur attirance mutuelle. Tu y vois un obstacle, toi ?

Parler pour lui répondre lui demanda un effort conséquent.

— En général ou en particulier ?

— Je te parle de nous, Frankie.

La façon dont il mit l'accent sur le *nous* lui coupa un instant le souffle.

— Dans ce cas particulier, j'en vois plein, des obstacles. Toi et moi ensemble, ce serait une erreur. Je tiens à ton amitié, Matt. Tu comptes pour moi.

— Et tu ne penses pas que l'amitié peut être une bonne base de départ pour autre chose, justement ?

— Dans le cas qui nous occupe, l'amitié est trop précieuse pour que je veuille prendre le risque de la perdre. Le jeu n'en vaut pas la chandelle... Laisse-moi respirer, Matt. Tu me bouffes mon air à te tenir près comme ça.

Il ne bougea pas d'un millimètre.

— Tu as l'air nerveuse.

— Pas du tout. Je suis ceinture noire de karaté. Je pourrais t'envoyer au sol rien qu'en claquant des doigts.

— Tu n'as aucune raison d'avoir peur, Frankie.

— Puisque je te dis que je n'ai pas...

Elle se tut d'un coup lorsqu'il fit glisser son pouce sur sa lèvre inférieure. Cette fois, elle en perdit le souffle pour de bon.

— Arrête de me vampiriser comme ça, Matt. Je n'ai plus aucun espace vital. Qu'est-ce qui te prend, franchement ?

Et soudain elle comprit.

— C'est pour le challenge que tu fais ça !

Le pouce s'immobilisa.

— Quoi ?

— Je représente une sorte de défi pour toi.

— Frankie...

— Les hommes adorent les défis, non ? Surtout dans le domaine de la séduction. Tu te dis : « Oui, bon, je sais qu'elle n'est pas douée pour ça, mais je me fais fort de la transformer. »

— Ça, c'est tellement tordu comme idée que je ne sais pas par où commencer pour te répondre.

— Ne réponds pas, ce sera plus simple. Renonce et on considère qu'il ne s'est rien passé. J'oublie, tu oublies, nous oublions tous. Car, que tu le veuilles ou pas, je suis tordue, Matt — autant que Miss Tigresse. Plus tu te tiendras à distance, mieux cela vaudra pour toi.

Pourquoi ne pouvait-elle plus s'arrêter de parler ? C'était comme si les pensées qu'elle avait toujours gardées secrètes exigeaient soudain de s'extérioriser.

— Tu n'es pas du tout comme Miss Tigresse et je n'ai pas envie de te transformer, Frankie. C'est *toi* qui m'attires. Je ne veux pas d'une version modifiée et artificielle de ta personne.

Sa bouche était toujours aussi dangereusement près de la sienne.

— C'est la femme que tu es qui me plaît. Et qui m'a toujours plu.

— Tu ne sais pas qui je suis. Pas réellement.

— Je sais que tu es intelligente, créative, incroyablement sexy. Je sais aussi que tu as quelques blocages.

Quelques ?

— Je n'ai pas « quelques blocages », Matt. J'en ai des tonnes. Si on les empilait les uns sur les autres, l'Amérique du Nord aurait une nouvelle chaîne montagneuse. Les Rocheuses auraient l'air de mini collines à côté. Tu ne te rends vraiment pas compte de l'étendue des dégâts !

Matt scruta un instant ses traits.

— Tu n'es pas ta mère, Frankie.

La simple allusion à Gina suffit à lui donner envie de ramper sous une pierre et de ne plus en bouger.

— Je *sais* que je ne suis pas ma mère ! J'ai mis beaucoup d'énergie à me différencier d'elle.

— Peut-être que tu y as mis un peu *trop* d'énergie, justement ?

— C'est censé vouloir dire quoi, ça ?

— Qu'à force d'être centrée sur l'objectif « ne-pas-être-ta-mère » tu as fini par te perdre toi-même de vue.

— Arrête de faire de la psychologie, Matt. Je ne voudrais pas te vexer, mais tu ne me fais ni chaud ni froid, c'est tout.

— Faux. Tu as envie de moi.

Elle soutint son regard amusé avec toute la hauteur dont elle se sentit capable.

— Ce n'est pas un peu arrogant d'affirmer ça ? Qu'est-ce que tu en sais, d'abord ?

— Je le vois à la façon dont tu me regardes.

Il glissa la main dans l'épaisseur de la chevelure de Frankie et lui dégagea la nuque.

— Et, si je sais que tu me regardes, c'est parce que je te regarde aussi. Et je pense qu'il est temps que nous fassions un peu plus que juste nous regarder.

En elle montait une intolérable excitation mêlée d'appréhension. Un geyser émotionnel incontrôlable.

Oh merde, merde, merde.

Elle n'avait aucune idée de ce qu'elle devait faire. Aucune idée de la façon dont elle était censée réagir.

Son expertise à elle résidait dans l'art de maintenir les hommes à distance.

Les laisser approcher n'entrait pas dans son champ de compétence.

Elle n'avait pas le mode d'emploi.

Matt faisait partie de sa vie. Il en était un élément majeur, même. Céder à son désir pour lui détruirait la relation d'amitié qu'ils avaient mis des années à construire. Et pourtant une partie d'elle avait envie de franchir le pas. Une partie d'elle voulait découvrir où ce trouble assourdissant pouvait la mener. Un seul baiser devrait faire l'affaire. Un baiser serait suffisant pour tuer toute forme de sentiment chez Matt.

La sueur perlait à son front. Elle avait l'impression d'être emportée par un courant violent qui la tirait vers le large, loin de la rassurante sécurité du rivage.

Qu'avait-elle appris pendant les cours de natation reçus durant son enfance à Puffin Island ? Que c'était une erreur d'essayer de lutter en nageant à contre-courant. Que pour sauver sa vie il valait mieux se laisser porter, en se dégageant petit à petit du courant, puis regagner le bord en nageant.

— Tu as un sex-appeal très fort, Matt. Il y a des quantités de femmes qui ne demandent qu'à tomber dans tes bras. Tu n'as pas besoin de moi.

— Viens dîner au resto avec moi ce soir.

L'écoutait-il, au moins ?

— Merci, mais non merci. Dîner ensemble compliquerait encore la situation.

— Pourquoi ? On se retrouve déjà autour d'une même table tous les vendredis soir.

— Oui, mais aujourd'hui on est lundi.

Si elle lui passait les bras autour du cou maintenant et qu'elle l'embrassait, ils pourraient en finir tout de suite et on n'en parlerait plus.

Elle leva une main, mais la laissa retomber aussitôt. Aller d'elle-même au-devant de ce baiser fatidique était au-dessus de ses forces.

Matt haussa les sourcils.

— Le choix du soir de la semaine fait une différence ?

— Non. C'est le fait qu'on serait juste nous deux qui fait une différence. Cela ressemblerait à un rencard.

— Ça ne « ressemblerait » pas à un rencard, c'en *serait* un. En bonne et due forme. Je te propose de dîner ensemble ce soir en tête à tête.

— Et ma réponse est non.

— OK, on reprend le raisonnement du départ : cela ne te dérange pas de dîner avec moi si ce n'est pas un rencard, mais si c'est un rencard tu ne veux plus.

— Voilà.

— C'est un peu bizarre, non ?

— Aussi bizarre que de penser qu'on pourrait avoir une relation plus... intime et rester amis malgré tout.

— Frankie, on se connaît depuis plus de vingt ans, toi et moi, répondit-il patiemment. Rien ne pourra nous empêcher de rester amis.

— Je ne sortirai pas avec toi, Matt.

— Pourquoi pas ?

— Pour commencer, déjà, parce que je pourrais me retrouver sans domicile fixe quand ce sera terminé.

— Quand quoi sera terminé ? Le dîner ?

— Pas le dîner, non. Le semblant d'histoire entre nous. Car soyons clairs : c'est bien de ça qu'il est question, non ? Lorsque les hommes proposent un resto, c'est le sexe qu'ils ont en tête. Admettons qu'on dîne ensemble. Tu voudras que ça se termine au lit. Et c'est là que tout se cassera la figure.

Il avait l'air un peu abasourdi, comme s'il avait reçu un objet pesant sur la tête.

— Frankie...

— Bon, OK. On oublie cette conversation, d'accord ?

Mais il ne parut pas l'entendre.

— Résumons-nous : tu refuses une sortie resto avec moi parce que tu penses qu'un dîner à deux pourrait déboucher sur du sexe, qui pourrait déboucher à son tour sur une histoire à deux, laquelle histoire serait forcément vouée à l'échec.

Il parlait d'une voix lente comme s'il essayait de dégager le sens de cet enchaînement.

— Oui, c'est tout à fait ça.

Son niveau de stress était dans le rouge et elle fut soulagée qu'il semble enfin vouloir comprendre.

— On peut peut-être passer à autre chose maintenant ?

— Les relations à deux, il arrive aussi qu'elles durent, Frankie. Mais, même si ça devait se terminer entre nous, je peux d'ores et déjà te garantir que ni ton logement ni ta sécurité ne seraient affectés par quoi que ce soit qui pourrait survenir entre nous.

D'un geste exaspéré, il se passa la main dans les cheveux.

— Et merde. J'ai l'impression de parler comme un agent d'assurances.

— Si tu couchais avec moi, tu me balancerais ma note, du genre : « Pas la moyenne. Peut mieux faire. » Et, comme ça me mettrait le moral par terre, il ne me resterait plus qu'à quitter l'appartement.

Les mots lui étaient tombés de la bouche, échappant à sa censure interne. Elle se pétrifia, nouée d'horreur.

Venait-elle réellement de révéler son ignominie à voix haute ? Son gros problème, en temps normal, c'était d'arriver à s'extérioriser, au contraire. Jamais son problème n'avait été de *trop* en dire. Le dernier de ses *boyfriends* éphémères en date avait dit que lui arracher trois mots sur sa vie personnelle équivalait à vouloir pénétrer dans une chambre forte. Et voilà qu'avec Matt elle s'épanchait comme une fontaine — comme une cascade après la pluie, même —, déversant des secrets qu'elle n'avait jamais partagés avec personne d'autre.

Avec un peu de chance, il n'aurait rien entendu.

Si seulement il avait pu n'écouter que d'une oreille !

Mais son silence médusé attestait le contraire. Atterrée, elle fixa le sol à ses pieds. Ses joues étaient en feu et la fièvre qui les consumait n'était pas liée aux conditions météorologiques.

Comment allait-elle se dépêtrer de cette situation, maintenant ? Poursuivre comme si elle n'avait rien dit ?

— J'adore mon appartement et je ne voudrais pas avoir à le quitter, enchaîna-t-elle fébrilement. Donc c'est *niet* pour coucher avec toi, ce qui exclut également le resto.

— C'est quoi, cette histoire de ne pas avoir la moyenne ?

Oh non…

Elle voulait mourir. Vite. Là, sur place.

— Oublie ça, s'il te plaît.

— Je veux le nom de l'imbécile qui…

— Je n'ai surtout pas envie de parler de *ça* ! Disons pour résumer que, en matière de prestations au lit, je me situe plutôt au niveau cancre suprême et dernière de la classe. Alors que tu dois briller au premier rang, du côté des 20/20 avec mention. Bref, on n'en parle plus et on se remet au boulot ?

Pouvait-elle tomber encore plus bas ? Sa relation avec Matt commençait à ressembler à la danse des sept voiles. Elle se dévoilait, une couche après l'autre. D'abord les lunettes et maintenant ça. Bientôt, elle n'aurait plus rien à cacher du tout. Ce strip-tease émotionnel la laissait plus nue que nue.

— Je n'ai pas envie de m'étendre sur le sujet, mais crois-moi quand je te dis que tu ne perds rien en ne faisant pas l'amour avec moi. Je suis flattée que tu t'intéresses à ma personne mais, la vérité, c'est que, le sexe, ce n'est pas mon truc.

— Qu'entends-tu par « pas ton truc » ?

Qu'est-ce qu'il lui fallait pour comprendre, bon sang ? Un traité en dix volumes ?

— Bon, OK. Chacun a des talents dans un domaine qui lui est propre, d'accord ? Je suis douée pour les plantes. Brillante, même. Pour les identifier, les faire pousser, pour arranger les fleurs en bouquets. Je ne suis pas cuisinière, mais je suis capable de me faire à manger sans m'empoisonner. Sur le plan de la technologie, j'ai les bases suffisantes pour remettre mon ordi en état quand il crashe. Et je pense être une amie à peu près valable. Mais pour le sexe *nada.* Je n'ai pas le niveau et je ne l'aurai jamais. C'est aussi simple que cela.

— C'est ce qu'il t'a dit ? Le type du « pas la moyenne » ?

La voix de Matt était sombre.

— Si tu as l'impression d'être évaluée quand tu fais l'amour, ce n'est pas étonnant que le sexe te stresse. C'est censé procurer du plaisir, pas te mettre la pression comme si tu passais un examen.

Frankie souffla sur les cheveux qui lui tombaient dans les yeux.

— Oui, bon, ben, pour moi, c'est cent pour cent pression, zéro plaisir. Et, en plus de mon piètre score, il y a la question de l'appartement.

— Tu veux bien oublier ce putain d'appartement cinq minutes !

— Non, non et non ! C'est mon chez-moi, ma bulle, mon oasis ! As-tu idée au moins de ce que cet endroit représente pour moi ?

— Je sais que tu adores ton appart, Frankie.

Matt se massa l'arête du nez et inspira un grand coup.

— Personne ne te demandera jamais de partir de chez toi. L'appart t'appartient, aussi longtemps que tu le voudras, donc pourrions-nous en faire abstraction, au moins le temps que durera cette conversation ?

Frankie soupira. Si elle voulait se faire entendre, il ne lui restait plus qu'à lui parler cash. Et à s'humilier encore un peu plus par la même occasion.

— Je ne coucherai pas avec toi, Matt. Le sexe, ce n'est pas pour moi. Je ne suis pas surprise que ce mec m'ait attribué cette note. Avec ça, je ne suis pas à l'aise avec les aspects émotionnels non plus. A la différence d'Eva, je n'ai pas la fibre sentimentale. Maintenant, pouvons-nous changer de sujet ? Je ne veux vraiment plus parler de ça, donc si tu as un minimum d'amitié pour moi sois sympa, écarte-toi et considère que cette conversation n'a jamais eu lieu.

— Une conversation où je te propose un resto et où tu me rétorques que ce genre d'aventure ne peut que se solder par du mauvais sexe ainsi que par la perte de ton appartement ?

Elle vit briller une lueur d'humour dans ses yeux.

— Pas très tentant, comme soirée, en effet. Ce n'est pas étonnant que tu me dises non.

— Bon. Dans ce cas...

— Je passe te prendre à 19 heures chez toi.

— *Quoi ?* Je croyais qu'on était enfin tombés d'accord pour...

— Je pense comme toi que la soirée que tu décris est parfaitement déprimante. Mais ce n'est pas la soirée que nous allons passer. Est-ce que j'éprouve une attirance ? Oui. Ai-je envie de faire l'amour avec toi ? Oui, ça aussi. Est-ce que je te propose un resto avec la ferme intention de te traîner dans mon lit quoi qu'il arrive ? Non, parce que je n'ai plus quinze ans, Frankie. Crois-moi si tu veux, mais je suis capable d'agir et de penser sans être sous l'empire de mes seules hormones. Je suis même capable de passer une soirée entière avec une femme sans être obligé pour autant de coucher avec elle.

— Je ne veux pas de rencard. Je suis contre les rencards.

— Très bien. Car ce ne sera pas un rencard, mais un dîner avec un ami.

Il s'écarta enfin.

— A ce soir, 19 heures.

Un dîner avec un ami ? Elle le regarda avec des yeux ronds.

— Eh bien, je...

Mais elle se parlait à elle-même car Matt était déjà hors de portée de voix.

Chapitre 7

« Ce qui est source d'angoisse pour l'un peut être un grand moment de plaisir pour l'autre. »

— Eva

— Donc vous allez dîner ensemble, résuma Eva avec prudence. Mais ce n'est pas un rencard.

— Oui, voilà. J'ai essayé de dire non, mais rien à faire, et maintenant je suis comme un rat pris au piège. J'aurais dû l'embrasser de force ! Là, au moins, j'aurais réussi à le faire détaler.

Frankie jeta tous ses vêtements en vrac sur le lit. Le stress la faisait trembler et elle n'avait rien avalé depuis le petit déjeuner. C'était ridicule de se mettre dans cet état alors qu'il ne s'agissait que de Matt. Matt qu'elle connaissait depuis toujours. Sauf que la version de Matt qu'elle avait connue jusqu'à présent n'était pas celle qui avait plongé ses yeux au fond des siens avec un sourire qui l'avait liquéfiée sur place.

— Comment je me fringue, alors ? Toi, tu sais ces choses-là, Ev. Ça fait partie de tes super pouvoirs.

— Il me faut des informations plus précises. Si ce n'est pas un vrai rencard au sens strict du terme, c'est quoi exactement ?

— Mais j'en sais rien, moi ! Il a besoin de manger quelque chose, moi aussi, point final.

A condition qu'elle soit capable d'avaler la moindre bouchée. Ce qui n'était pas gagné vu les nœuds qu'elle avait dans l'estomac.

— Il n'y a plus moyen de partager un repas entre amis sans qu'on soit obligé de disséquer le sens et les motifs ?

— Si, si, bien sûr, lui assura Eva d'une voix apaisante. On va appeler ça un... non-rencard.

Génial.

Dans un état croissant de désespoir, Frankie contempla les vêtements empilés sur son lit.

— Je ne peux quand même pas y aller habillée comme un sac. Il ne faudrait pas que Matt se sente gêné à cause de moi. Mais en même temps il faut que je fasse passer le bon message.

— Le bon message ? C'est-à-dire ? J'ai un peu perdu le fil, là.

Pas autant qu'elle...

— Que nous sommes juste amis. Que ce n'est pas le début d'une relation ou quoi que ce soit.

— Matt et toi, vous avez *déjà* une relation. Et elle est top.

— C'est vrai.

Ses genoux tremblaient tellement qu'elle renonça à lutter et s'assit sur le lit. Elle était morte de peur, mais sous la panique de surface circulaient des courants plus complexes. Des courants dangereux qui avaient pour nom excitation. Trouble. Anticipation. *Matt.*

— Nous avons une super relation d'amitié, lui et moi, alors pourquoi prendre le risque de la foutre en l'air ? A quel jeu on joue, là ?

Avec un gémissement de détresse, elle se laissa tomber en arrière, bras en croix, sur la pile de vêtements.

— Tu lui diras que je suis malade, Ev ?

— Non, je ne lui dirai rien du tout. Lève-toi, Frankie. Je ne peux pas voir tes fringues si tu restes affalée dessus.

Eva tenta de la tirer pour la remettre sur ses pieds, mais Frankie secoua la tête.

— Ce n'est même pas la peine de regarder, je n'ai rien de présentable à me mettre. Je passe mes journées à me battre avec des buissons d'épineux. Lorsque je vois des clients, j'enfile un T-shirt blanc et un pantalon noir. Et, mes soirées, je les passe en survêt.

— Bon. On sait déjà que tu lui plais dans tes tenues de base. Il te trouve bien telle que.

Frankie ne chercha pas à protester. Elle avait remarqué la façon dont il la regardait. Et l'attention qu'il lui portait la rendait... la rendait...

— Je ne peux pas aller au resto en T-shirt et en pantalon de jogging.

— Il t'emmène où ?

— Aucune idée. Il n'a rien précisé.

Ou peut-être que si et qu'elle ne l'avait pas entendu ? Son « Je passe te prendre à 19 heures » avait provoqué une sorte de *black-out*. Elle se souvenait vaguement d'avoir tenté de protester. Mais le temps pour elle de retrouver sa voix et il avait déjà passé la porte. Puis James était arrivé pour récupérer des matériaux et, après cela, elle n'avait plus eu l'occasion de parler avec Matt seul à seule.

— Ça ne nous aide pas, le fait qu'il n'ait rien dit, reconnut Eva, pragmatique. Quand un homme te propose un rencard, la moindre des choses, c'est de préciser dans quel type de lieu.

Eva vit sa tête et esquissa un sourire.

— Mais, ce soir, il ne s'agit en aucune façon d'un

rencard, reprit-elle, donc les règles habituelles ne s'appliquent pas. Tu peux mettre n'importe quoi.

— Ça ressemble à quoi, « n'importe quoi » ? C'est pour ça que je hais le *dating*. Si c'était juste le temps d'un repas, il suffirait de serrer les dents. Mais le stress commence déjà des heures à l'avance.

— Calme-toi. C'est juste Matt ! Il n'y a aucune raison de te rendre malade.

— Peut-être, mais je suis malade quand même ! Tout le monde a peur de quelque chose. Les hauteurs ? Pas de problème. Tu peux m'accrocher en rappel en haut de l'Empire State Building et je poursuivrai la conversation sans broncher. Les rats ? Je les adore, et tout particulièrement leurs charmantes petites oreilles. Les araignées ? Tu peux m'apporter même la plus noire, la plus velue et la poser dans mon cou. Je resterai de marbre.

Eva pâlit.

— Parce que tu crois vraiment que je pourrais t'apporter quelque chose qui ressemble de près ou de loin à une *araignée* ?

— C'est juste une façon de parler. Je parlais de moi. De *ma* phobie. Et, ma phobie, c'est le *dating*.

— Parce que tu es toujours sortie avec des tocards, voilà pourquoi. Mais, Matt, c'est différent. Maintenant, il faut que tu te calmes, sinon tu vas être une loque à 19 heures.

C'était justement parce que avec Matt « c'était différent » qu'elle était déjà une loque à 5 heures de l'après-midi.

— Qu'est-ce que je mets ce soir, alors ? gémit-elle.

— Une robe ?

— Quelle robe ? Je n'en ai plus porté depuis que ce sinistre loser s'est permis d'enfiler la main sous ma jupe, le soir du bal de promo. Il m'a dit : « Il est temps que tu perdes ta virginité, Frankie. » Ce à quoi j'ai répondu : « C'est ta main qui va la perdre, sa virginité. » Ils ont été obligés de lui mettre un sac de glaçons sur le poignet et de l'évacuer aux urgences.

— Je sais. J'y étais. Une sale histoire, c'est sûr, mais c'était il y a longtemps, Frankie.

— Ça a été le début d'une longue série de rencards désastreux.

Elle se leva, consciente qu'elle se montrait injuste envers Eva en exigeant d'elle de la comprendre, alors qu'elle ne lui fournissait pas tous les éléments. Elle ne lui avait jamais parlé de « la note sous la moyenne ». Ni à elle ni à Paige. Ni à personne.

Sauf à Matt.

Matt savait. Avec un gémissement d'horreur, elle s'enfouit le visage dans les mains.

— Et si tu y allais à ma place ?

— Ce n'est pas moi que Matt a invitée. Et je suis occupée ce soir.

— Occupée à quoi ?

— A passer une petite soirée cosy avec moi-même.

Le ton d'Eva était joyeux. Guilleret, même. Frankie ouvrit les yeux, et ses propres problèmes passèrent à l'arrière-plan.

— Paige est sortie avec Jake, c'est ça ?

— Il avait des billets pour une première au théâtre. Sympa, non ? Et ne me regarde pas comme ça. Tout va bien. J'ai hâte de me retrouver tranquille toute seule.

— Menteuse.

— OK. Je ne trépigne pas d'impatience, c'est vrai. Mais c'est bon pour moi de m'habituer à me satisfaire de ma propre compagnie.

Frankie ressentit un pincement d'inquiétude.

— Tu es triste ?

Eva tenta de sourire, mais le résultat fut plutôt vacillant.

— De temps en temps, ça m'arrive. Mais je vais bien dans l'ensemble, donc sois tranquille en ce qui me concerne.

— Sors ce soir avec Matt à ma place. Sérieux. Moi ça me délivrerait d'un stress énorme, et toi ça t'éviterait de rester là à broyer du noir. C'est la solution idéale.

— Non, ce n'est pas l'idéal. C'est à *toi* qu'il a proposé ce resto. Pas à moi.

— Vous iriez si bien ensemble. Lui avec ses valeurs familiales fortes et toi avec ton côté Cendrillon.

— Comment ça, mon côté Cendrillon ? Tu veux que je mette des haillons et que je frotte les sols chez lui ?

— Non, mais vous croyez à l'amour l'un et l'autre. Vous formeriez un couple parfait.

— Il y a juste un hic majeur : Matt ne s'intéresse pas à moi de cette manière et vice versa. C'est toi qu'il veut.

Eva reporta son attention sur les vêtements de Frankie et rejeta d'office deux leggings noires.

— Je reconnais que le choix est maigre. Tu es vraiment sûre que tu ne veux pas que je te prête une robe ?

— Non merci. Sans vouloir te vexer, toutes tes robes émettent le même signal implicite du type « Prends-moi ».

— Dans ce cas, j'aimerais bien que quelqu'un prenne la peine de les déchiffrer, ces messages... Bon, d'accord. Pas de robe. Bouge-toi pour que je puisse me faire une meilleure idée des possibilités dont on dispose.

Eva farfouilla parmi les fringues sur le lit et en extirpa un pantalon en lin.

— Celui-ci pourrait passer. Il est plutôt joli, même. Tu l'as acheté quand ?

— Je ne l'ai pas acheté. C'est Paige et toi qui me l'avez offert le jour où vous avez passé une journée entière chez Bloomingdale's.

— Ah oui, je me souviens. Une journée de rêve. Je ne te vois jamais avec, il ne te plaît pas ?

— Si, je le trouve beau, dut reconnaître Frankie. Mais je ne veux pas l'abîmer.

— Un vêtement, a priori, c'est fait pour être porté.

— Je ne sais jamais avec quoi l'assortir.

— J'ai une jolie tunique en soie qui irait très bien. Et un sac assorti. J'irai les chercher, mais montre-moi d'abord tes chaussures. J'aime autant ne pas avoir à faire le trajet deux fois.

Frankie sortit des *sneakers*, des chaussures de course, des Converse, trois paires de grosses boots et des chaussures plates.

Eva les rejeta toutes.

— Tu n'as plus d'escarpins ?

— Non. J'en avais une paire, mais j'ai cassé mon talon gauche sur une bouche de métro de la Cinquième Avenue.

— On a la même pointure. Je vais te prêter quelque chose.

— Surtout pas, non ! J'adore les chaussures plates. Comme ça au moins je peux marcher sans problème.

— Les talons te donneraient une excuse pour lui tenir le bras.

Eva croisa son regard horrifié et se reprit aussitôt :

— Ce qui n'entre pas dans tes projets, apparemment. Tu peux mettre ces ballerines. Super idée.

— Rien de tout cela n'est une super idée. De quoi on va parler ?

— Des mêmes choses dont on parle quand on est tous ensemble, répliqua Eva d'un ton léger tout en continuant à trier les vêtements de Frankie. Des plantes, des jardins, de Miss Tigresse, des chauffeurs de taxi cinglés, de ce qui se construit à Manhattan — le choix de sujets est infini... Hé, mais c'est quoi, cette horreur ?

Eva brandissait un vieux T-shirt gris troué. Frankie haussa les épaules.

— Je sais qu'il a fait son temps, mais ce n'est pas grave. Je le mets juste pour dormir.

— A partir de maintenant, tu mettras autre chose.

Eva posa le T-shirt au sol — premier élément d'une future pile de fringues à mettre au recyclage.

— Je vis toute seule. Personne ne me voit. Ça change quoi que je mette ce T-shirt au lit ?

— Moi, ça me dérange. Je ne pourrai pas m'endormir à l'étage au-dessus si je sais que tu portes ce machin-là.

— Tu sais que je t'adore, Ev. Mais, des fois, je me dis que tu es vraiment *space*, comme fille.

— C'est une impression entièrement réciproque.

Eva sacrifia un deuxième T-shirt qui atterrit sur la pile.

— Et si un incendie éclate pendant la nuit ? Imagine le pompier mortellement sexy qui entre chez toi pour te tirer de ton lit et qui te trouve avec ce vilain machin gris sur le dos.

— En cas d'incendie, je préférerais que les pompiers se concentrent sur leur mission de sauvetage plutôt que de s'inquiéter de mes choix vestimentaires.

— Parce que ce truc-là a un jour été un *choix* ?

Eva jeta un nouveau T-shirt sur la pile qui s'élevait à vue d'œil.

— Ta garde-robe est une abomination. Ce n'est pas étonnant que tu ne saches pas quoi mettre pour sortir dîner avec Matt. Il n'y a strictement rien là-dedans !

Au rappel du dîner en question, Frankie se tétanisa de plus belle.

— Mais pourquoi s'est-il mis en tête de faire ça ?

— Parce que vous avez toujours été proches, tous les deux, lui assura Eva avec patience. Et qu'il a envie de passer plus de temps avec toi.

— J'aurais dû l'embrasser. Ça aurait tout stoppé net.

— S'il te propose un second rencard, il sera toujours temps de tester cette méthode-là.

Eva s'approcha pour prendre une mèche des cheveux de Frankie entre ses doigts.

— Tu as une chevelure incroyable. Je suppose que tu n'accepterais jamais que...

— Non.

— Mais tu ne sais même pas encore ce que...

— C'est *non*, de toute façon.

Eva soupira et laissa retomber son bras le long de son flanc.

— Et une pointe de gloss sur les lèvres ? Juste pour mettre ta bouche en valeur.

— Je ne veux surtout pas mettre ma bouche en valeur ! Ni aucune autre partie de ma personne. Puisqu'il faut dîner, je dînerai. Mais ça s'arrêtera là.

Parce que, si ça ne s'arrêtait pas là, cela voudrait dire que...

Elle déglutit avec peine et se raccrocha comme une noyée au regard d'Eva.

— Arrête ! fit celle-ci. Ne pense plus à rien. Prépare-toi, c'est tout. Va prendre ta douche et pendant ce temps je récupère la blouse là-haut.

Elle s'immobilisa sur le pas de la porte, le visage rêveur.

— Je suis tellement heureuse pour toi. Je n'arrive pas à croire que vous sortez enfin ensemble, Matt et toi.

— On ne sort pas ensemble !

Eva secoua la tête avec un sourire apaisant.

— Bien sûr que non. Je voulais juste dire que je

vous souhaite de passer de bons moments à l'occasion de votre... euh... soirée qui n'est pas un rencard. Votre non-rencard, quoi.

Paige croquait son toast d'une main tout en faisant défiler ses mails de l'autre. Elle leva les yeux en voyant arriver Eva.

— C'est quoi, alors, ces va-et-vient ? Tu pars où avec ta blouse préférée ?

— Je la prête à Frankie. Elle sort avec Matt ce soir.

Eva se mit à fredonner un air romantique et esquissa quelques pas de danse tout autour de la pièce.

— C'est un rencard, mais il ne faut surtout pas l'appeler comme ça, sinon, Frankie prend un coup de flip. Il s'agit d'un non-rencard. C'est la nouvelle méthode qui vient de sortir et qui permet aux gens terrifiés par le *dating* de *dater* sans le savoir. Idéal pour Frankie, non ?

Paige finit d'avaler son toast.

— Un non-rencard. C'est intéressant, comme concept. Et ça risque d'aboutir à quoi, si la soirée se déroule à la satisfaction mutuelle des deux partenaires ?

Eva haussa les épaules.

— Je ne sais pas. J'imagine qu'il y aura un second non-rencard et, avant qu'ils aient le temps de le voir venir, ils non-rencarderont régulièrement. Il y aura peut-être même des non-fiançailles avant un non-mariage. Tant que le gâteau reste réel, ça ne me pose pas plus de problèmes que ça.

Paige haussa les sourcils.

— Tu ne crois pas que tu vas un peu vite en besogne, là ?

— Il faut bien que quelqu'un y aille, en besogne. Ça fait trop longtemps que Frankie reste enfermée dans ses refus et ses blocages. Ça va finir par rouiller là-dedans.

Elle se tapota la poitrine du bout des doigts.

— Rien ne bouge côté cœur et rien ne bouge dans sa garde-robe non plus, reprit-elle. C'est un désastre. Je vais introduire discrètement quelques affaires dans son armoire. J'espère qu'elle ne s'apercevra de rien.

Un pli pensif barra le front d'Eva.

— J'espère aussi que Matt va l'embrasser.

Paige leva la main.

— Stop. N'en dis pas plus. Je refuse de penser à mon frère en termes sexuels.

— Je parie qu'il embrasse comme un dieu.

— Ah non ! Arrête, je te dis. Allez, va ! Descends vite porter ta blouse à Frankie.

Paige prit son téléphone pour le glisser dans son sac.

— Tu es sûre que ça ne te dérange pas si je reste dormir chez Jake ce soir ?

— Si ça me dérange ? Pourquoi ça me dérangerait ? Tu me prends pour ta mère ?... « J'espère que tu te protèges, ma petite Paige, et que tu es bien certaine de faire les bons choix », susurra-t-elle en prenant un ton préoccupé tout maternel.

Paige sourit.

— Tu sais bien ce que je veux dire.

— Oui, je sais ce que tu veux dire. Tu as peur que je passe toute la soirée roulée en boule sur le canapé à sangloter comme un tas de misère. Mais je te promets que ce ne sera pas le cas.

— Je n'aime pas te laisser comme ça.

— Paige, s'il te plaît... Je n'ai plus douze ans ! Je rêve d'avoir un peu de temps tranquille pour moi. Je vais me faire un marathon Netflix en position de yoga avec un bon masque de beauté sur le visage. Le bonheur.

Paige scruta ses traits avec insistance.

— Tu es sûre ?

— Certaine. Tu n'es pas obligée de veiller sur moi. C'est vrai que j'ai des petits coups de mou par-ci, par-là. Mais c'est un peu obligé, non ? J'ai perdu la seule famille que j'avais et je l'aimais fort, ma petite grand-mère. La vie peut être une belle peau de vache, par moments. Mais, ça, on en a toutes fait l'expérience, non ? Frankie et toi, vous me prenez pour un petit machin fragile, mais je suis assez solide, dans mon genre.

— Je sais que tu es solide.

Paige se leva pour la serrer dans ses bras.

— Et tu n'es pas seule au monde. Nous aussi, nous sommes ta famille.

— Je sais. Mais ce soir je n'ai pas besoin de baby-sitter. Allez, ouste. File mettre le feu aux draps avec Jake. Mais pas au point d'avoir à faire intervenir les pompiers, quand même. En parlant de pompiers, je suis encore sous le choc de la découverte de ce que Frankie met pour dormir.

Elle tapota l'épaule de Paige et se dégagea de son étreinte.

— Il ne faut pas trop que je traîne, j'ai du boulot qui m'attend en bas. Si je laisse Frankie seule trop longtemps, elle risque de s'enfermer à double tour et de refuser de sortir avec Matt.

— Cela ne se produira pas.

— Tu n'as pas vu dans quel état elle est. Elle frise l'attaque de panique.

— Matt se chargera de remédier à cela. Et, entre parenthèses, je fais des choix excellents, même s'il peut m'arriver de ne pas tous les dévoiler à ma mère.

Chapitre 8

« Les relations amoureuses, c'est comme Halloween : parfois ça fait flipper. »

— *Frankie*

Matt avait prévu une sortie tranquille, qui ferait penser aussi peu que possible à un rencard au sens classique du terme. Vu l'état dans lequel il trouva Frankie, il sut aussitôt qu'il avait pris la bonne décision.

— Frankie...

— Quoi ? *Quoi ?* Ça va comme je suis habillée, au moins ? Tu ne m'as pas dit où on allait, donc je ne savais pas trop sur quel pied danser. Je parie que j'ai choisi tout le contraire de la tenue qu'il faudrait.

— Tu es très belle. Tu n'auras pas mal aux pieds avec ces chaussures ? Parce que la marche est au programme.

— Aucun problème en ce qui me concerne. Tu me confonds avec Eva, qui porte des talons hauts comme des gratte-ciel. Tu dis que je suis bien, alors ? Donc, elle te plaît, la blouse à motifs ethniques ?

Elle tira sur le tissu imprimé et il sourit.

— Je n'avais pas remarqué la blouse, mais maintenant que tu le dis...

Frankie demeura un instant interdite, puis reprit lentement son souffle.

— Oh ! arrête tes basses flatteries.

— Ce ne sont pas de basses flatteries.

Glissant les doigts sous le menton de Frankie, il leva son visage vers lui.

— C'est la vérité. Tu es belle. Et ça s'appelle un compliment.

Elle lui jeta un regard féroce.

— Ça m'angoisse, les compliments. Laisse tomber, Matt.

— Je n'ai pas l'intention de laisser tomber, crois-moi. Et tu finiras par t'habituer aux compliments avec le temps. Tu es prête ? J'ai un taxi qui nous attend.

Si la même scène s'était produite quelques jours plus tôt, il aurait été amusé, certes, mais en même temps agacé qu'elle soit aussi peu à l'aise avec lui malgré les longues années d'amitié entre eux. Mais c'était avant qu'il prenne conscience que la vie de Frankie qu'il croyait si bien connaître était pleine de failles, de trous et de zones d'ombre. Ce n'était pas tant la durée d'une relation qui comptait, mais sa profondeur, comprit-il. Il savait à présent que Frankie avait ses secrets.

Et il voulait qu'elle les partage avec lui.

Pour commencer, il comptait bien lui tirer les vers du nez sur le parfait tocard qui s'était permis de lui octroyer une note sous la moyenne au lit.

Mais, dans l'immédiat, l'urgence était de la distraire de son anxiété et de la rassurer quant à la soirée à venir. Sur le trottoir, alors qu'ils se dirigeaient vers le taxi, il changea délibérément de sujet et lui raconta une anecdote amusante au sujet d'une cliente rencontrée quelques jours plus tôt et qui lui avait demandé un verger de pommiers... avec des fruits prêts à être cueillis.

— Prêts à être cueillis ? Elle rêve ou elle t'attribue des pouvoirs magiques ?

Exit le regard de biche traquée. Frankie riait lorsqu'elle monta dans le taxi.

— Elle avait vu une photo dans un magazine et voulait reproduire la même chose dans son jardin. Comme elle avait lu qu'on pouvait acheter des arbres déjà parvenus à maturité, elle pensait que le tour était joué. Nous avons eu une conversation franche, elle et moi.

Matt se renversa contre son dossier et jeta un coup d'œil par la vitre alors que le taxi s'engageait sur le pont de Brooklyn et filait en direction de Lower Manhattan.

— Tu as refusé, alors ?

— J'ai commencé par l'écouter. Puis j'ai proposé une approche différente. Je n'accepte jamais de réaliser un projet dont je sais d'avance qu'il va faire un flop. A court terme, j'y aurais gagné une cliente. Mais, une fois que ses pommiers auraient commencé à se flétrir et à crever, elle serait devenue une *ex*-cliente. Et ma réputation aurait fini au compost avec les pommes.

— Et maintenant elle est probablement amoureuse de toi.

Matt se mit à rire.

— Je n'irai pas jusque-là. Mais nous sommes parvenus à un accord, en tout cas.

— La cliente vit où ?

— Dans le Maine.

Plus tard, il introduirait le sujet « Puffin Island », mais le moment n'était pas encore mûr.

— Fais attention aux variétés de pommiers que tu lui proposes, alors.

— A cause du froid ?

— Le climat, oui. La période de pousse très courte et les maladies.

— C'est ce que je lui ai dit.

Mais il était content qu'elle confirme son analyse. L'étendue des connaissances de Frankie l'impressionnait à chaque fois.

— Elle veut faire pousser des pink lady.

— Ce n'est même pas la peine d'y penser. Qu'elle oublie aussi la graeburn, la goldgush et la granny smith. Elles ne mûrissent pas avant les premières gelées, donc elles n'auront jamais le goût recherché. Je verrais plutôt la beacon ou la snow. La honey gold ou la honeycrisp ferait l'affaire aussi. Quel que soit ton choix de cultivar, vérifie bien si le porte-greffe est adapté à la nature du sol — en sachant qu'il te faut une terre consistante, profonde, riche et bien drainée. Donc ne néglige pas les travaux préparatoires, sinon tes pauvres pommiers ne vont pas faire long feu.

— C'est noté.

Ils poursuivirent ainsi une discussion animée, entrant dans les particularités techniques, pendant que le taxi sillonnait les rues encombrées de Manhattan et se dirigeait vers le nord. Matt nota que, dès qu'elle oubliait qu'ils étaient en situation de *dating*, Frankie se décrispait et retrouvait toute sa vivacité. Il remarqua aussi que sa blouse mettait en valeur le vert si particulier de ses yeux. Ses cheveux flamboyants coulaient sur ses épaules comme une cascade rebelle et le bout de son nez avait rosi au soleil.

— J'irai discuter avec des pépiniéristes du coin. Et, en attendant, j'ai promis de revenir vers elle en ayant déjà dressé un plan d'aménagement de son jardin.

— Sans Victoria ? Tu comptes procéder comment ?

— J'espérais que tu viendrais à mon secours.

— Je t'aide déjà pour ton toit-terrasse ! Tu crois que je suis quoi ? Un robot ?

— Sûrement pas, non. Je pense que tu as beaucoup de talents et de compétences.

Et il pensait plein d'autres choses encore à son sujet. Des choses qui le tenaient éveillé la nuit et qui mettaient sa concentration à mal. Mais il limita ses compliments à la sphère professionnelle.

— Et c'est parce que tu es talentueuse et compétente que je tiens à avoir tes lumières sur ce jardin. Je pensais que tu pourrais impliquer Roxy. Lui transmettre une partie de ton expertise.

Le regard de Frankie se radoucit.

— Elle me plaît bien, ta Roxy. C'est généreux de ta part de l'avoir embauchée.

— C'est une bosseuse. Et elle mérite de souffler un peu, après tout ce qu'elle a enduré.

Il se pencha pour dire au chauffeur de s'arrêter et Frankie jeta un coup d'œil par la vitre.

— Hé ! Mais on est à Central Park !

— Absolument.

— C'est une balade dans le parc, notre rencard ?

— De quel rencard tu parles ? Il n'y a pas de rencard.

Le taxi s'immobilisa. Matt régla la course et poussa dehors une Frankie vitupérante.

— Je veux payer ma part !

Il secoua la tête puis se souvint de l'extrême importance qu'elle accordait à son indépendance.

— Tu paieras le trajet du retour. Ou alors, tu peux me rembourser sous forme de conseils horticoles que tu es seule à savoir me prodiguer.

Elle attendit qu'il ait refermé la portière du taxi.

— Si je comprends bien, tu me demandes de t'aider aussi sur ce second projet en plus du premier ? Mais même si j'avais eu du temps à y consacrer — ce qui n'est pas le cas — je ne peux pas te conseiller sans avoir vu la configuration du terrain d'abord. Il faudrait que je le parcoure pour me faire une idée précise du relief, de l'exposition. Que je voie la nature exacte du sol et...

— Donc, c'est oui ? Merci, Frankie.

— Quoi ? Je n'ai jamais dit ça ! se récria-t-elle. Tu es un manipulateur de première, Matt Walker.

— Je suis juste quelqu'un qui sait choisir la personne qui convient pour exécuter au mieux une tâche.

C'était une de ces conversations comme ils en avaient déjà eu des milliers ensemble. L'indignation de Frankie finit par retomber et elle lui rendit même son sourire.

— Paige fait exactement la même chose.

— Quelle chose ?

— Ce numéro où vous charmez la personne jusqu'à obtenir d'elle la réponse que vous souhaitez.

— Tu trouves que je suis charmeur ?

— Emmerdeur, plutôt.

— Tu as faim ?

— Pour être franche ? Non. Le *dating* me stresse et, quand je suis stressée, ça me coupe l'appétit.

Elle s'immobilisa net et il lut dans ses yeux un découragement qui frisait le désespoir.

Elle soupira.

— Je t'avais prévenu que je serais lamentable. Je suis censée soutenir une conversation brillante et enjouée et te séduire avec mon esprit et mon corps, mais tout ce que j'ai réussi à faire jusqu'à maintenant c'est de disserter sur les pommes.

— Primo, ce n'est pas un rencard. Secundo : nous sommes en public, donc il serait préférable que tu y ailles mollo sur la séduction. Et, de trois, il se trouve que je m'intéresse aux pommes.

— Matt...

— Frankie, la coupa-t-il patiemment. Tu n'as pas besoin de tenir un rôle, quel qu'il soit. Sois toi-même.

— Moi-même ? C'est quoi, « moi-même » ? Regarde dans quel état je suis.

Elle tendit la main.

— Tu vois comme je tremble ? Si tu m'offrais à boire maintenant, je renverserais mon verre.

— Je t'ai proposé de passer cette soirée ensemble parce que je m'intéresse à toi. Et, quand je dis « toi », c'est toi, pas la version pseudo-améliorée de ta personne que tu imagines devoir incarner. Comporte-toi comme tu le sens, Frankie, c'est tout. Ce n'est pas difficile.

Elle ne paraissait pas très convaincue.

— Comme je le sens ? Bon OK. Je vais essayer.

Il lui prit la main et l'attira vers lui pour éviter un choc frontal avec des skate-boardeurs et des carrioles tirées par des chevaux. Central Park en été bruissait de vie, de monde et de couleurs. Ils s'enfoncèrent entre les arbres, laissant derrière eux l'agitation de la ville, les lumières clignotantes et le fracas des klaxons. Ils croisèrent des joggers et des touristes, des amoureux qui déambulaient main dans la main, des musiciens et un jeune couple en tenue de mariés posant devant le photographe.

— Attention, alerte mariage, lança-t-il à mi-voix. Ne regarde pas sur ta droite, surtout.

— Trop tard. Le mal est fait. Je défaille.

Elle lui adressa un petit sourire mi-ironique mi-amusé et leva les yeux vers les vastes frondaisons des arbres.

— C'est très beau. Après une semaine passée dans un environnement de briques et de béton, il me fallait une méga-injection de nature. Tu as eu une idée de génie.

— J'ai un faible pour Central Park. C'est un de mes lieux de repli préférés à New York. Quand je suis venu étudier ici, la première année, j'avais la nostalgie de Puffin Island, et je venais souvent ici pour me « chlorophyller » le cerveau. C'est un lieu où tu peux vraiment te soustraire à la folle énergie de cette ville. Il y avait un banc que j'avais adopté et où je venais bosser mes cours. C'est le grand charme de ce parc. On peut s'y ménager un coin à soi.

Ils suivirent une allée étroite et sinueuse, entre ombre et soleil, et longèrent des bordures où poussait une folle profusion de fleurs.

— Et si je m'étais perchée sur des talons, tu aurais fait quoi ?

— Je savais que tu n'en porterais pas.

— Et comment pouvais-tu en être si sûr ?

— Parce que je te connais.

En partie, du moins. Car il s'apercevait que ce qu'il savait d'elle était fragmentaire, incomplet. Il connaissait beaucoup de choses sur Frankie, mais pas autant qu'il l'aurait voulu. Et il avait hâte de combler ses lacunes.

Il tourna la tête pour la regarder au moment où elle faisait de même.

Il cessa de marcher et elle aussi.

Tout sembla se figer. Il n'y avait pas un souffle de vent et les sons autour d'eux s'évanouirent.

Une mèche de cheveux de Frankie avait glissé sur sa joue et pointait en direction de sa bouche, comme pour dire « par ici ». Il avait envie de suivre du bout des doigts les ondulations de sa chevelure et d'explorer la forme de son visage avec ses lèvres. Envie de s'approcher assez près pour compter les taches de rousseur sur son nez. De l'attirer dans le creux de ses bras et de l'embrasser parmi les fleurs et les arbres, les enfants rieurs et les chiens qui s'ébattaient en jappant.

Ce furent ces mêmes enfants rieurs qui firent qu'il refréna son élan. Lorsque enfin il embrasserait Frankie, un minimum de tranquillité serait bienvenu.

Il s'écarta d'elle et leva les yeux vers le ciel, s'efforçant d'agir comme si rien ne s'était passé. De faire comme si le sang ne rugissait pas à ses tempes, comme si son cœur ne battait pas à un rythme effréné.

— Tu savais qu'on pouvait assister à des « Nuits de la chauve-souris » ici en été ?

Il y eut un bref silence.

— De la chauve-souris ?

Son air rêveur et sa voix enrouée semblaient indiquer qu'elle passait par les mêmes épreuves du désir que lui.

— Je viens juste de l'apprendre. Sinon, j'aurais emmené ma petite sœur dès son arrivée à New York.

Elle laissa échapper un petit rire.

— Paige aurait détesté ça.

— C'est le devoir d'un grand frère de terroriser sa sœur.

Il choisit un itinéraire qui leur permit de rester sur les petits sentiers boisés, dans un clair-obscur diapré qui donnait le sentiment d'être hors du monde.

Autant pour se protéger lui que pour la ménager elle, Matt orienta la conversation sur des sujets peu susceptibles de déraper. Frankie lui parla d'Urban Génie et des nouveaux contrats qu'elles venaient de décrocher.

— On fait beaucoup d'heures, c'est vrai. Et pourtant les journées paraissent moins longues quand on travaille avec des gens que l'on aime. Des fois on part dans de telles crises de fou rire, toutes les trois, que je me dis qu'on s'amuse autant que si on était en vacances.

Elle lui rapporta quelques anecdotes savoureuses qui le firent sourire, puis elle l'interrogea sur son boulot et il se surprit à lui confier son dilemme du moment.

Il avait des clients, de plus en plus de clients, et il arrivait au stade où il devait prendre une décision : agrandir sa boîte, embaucher, ou refuser du travail. Ce qu'il souhaitait vraiment, c'était trouver un moyen pour financer la formation de Roxy, mais il se retrouverait avec un élément de moins dans son équipe alors qu'il manquait déjà de bras.

— Elle est douée et elle a très envie d'apprendre, mais ça ne suffit pas. Il faut qu'elle acquière les bases scientifiques de l'horticulture pour qu'elle puisse se charger ensuite de l'entretien des jardins pour les clients.

— Elle pourrait prendre des cours le soir et les week-ends.

— Roxy n'a ni soirées ni week-ends de libres. Elle est seule à s'occuper de Mia.

— Quand j'ai fait ma formation, il y avait une femme avec moi qui a mis six ans à obtenir son diplôme. Ils sont très flexibles, pour permettre à chacun d'avancer à son rythme.

Matt découvrit non sans surprise que partager ses interrogations avec Frankie l'aidait à progresser dans sa réflexion. C'était d'autant plus nouveau pour lui qu'il avait toujours été habitué à fonctionner seul et à prendre ses décisions en solo.

Ils atteignirent Bow Bridge au moment précis où le soleil se couchait sur le lac et ils demeurèrent un instant immobiles à admirer la vue sur Central Park West et la Cinquième Avenue. Seuls les sommets des grands arbres retenaient encore le rougeoiement de la lumière déclinante.

— Le soleil couchant sur la plus belle ville du monde, murmura-t-elle. Quel timing !

Ils étaient côte à côte sur la passerelle, proches sans se toucher tout à fait.

Matt se demanda si elle était aussi sensible à sa proximité qu'il l'était à la sienne.

Ce fut le moment qu'elle choisit pour tourner la tête et il vit le feu de son propre désir reflété dans le vert chaviré de ses yeux. Ses lèvres douces, tout juste entrouvertes, étaient pure invitation au baiser. Il n'aurait eu qu'à baisser la tête pour l'embrasser, mais il s'abstint de faire le moindre geste. Il avait décidé que, lorsque baiser il y aurait, il faudrait que Frankie en brûle d'envie au point d'en oublier toute idée de performance à accomplir.

Résistant à la tentation, il lui tendit la main.

— Notre table est réservée pour huit heures et quart.

Elle hésita, puis accepta la main tendue et ils prirent le chemin qui menait à la Bethesda Terrace.

— Chaque fois que je viens ici, j'ai l'impression d'entrer dans le décor d'un film, déclara-t-elle.

Il sourit.

— Lequel ? *Un beau jour* ? *Maman, j'ai encore raté l'avion ?* Ou *La Rançon* ?

Leurs voix et leurs pas résonnaient en écho et il s'immobilisa sous les arches élégantes pour contempler un instant la fontaine avec sa statue ailée.

— Je pensais plutôt à *Avengers.* Ou à je ne sais plus quel épisode de *Doctor Who.* Je ne suis pas une grande adepte de la comédie romantique.

— Moi non plus.

— Dans ton cas, c'est normal. Tu es censé trouver ça atroce, en tant que mec.

Elle se dirigea vers la fontaine.

— Tu ne me demandes pas la liste de mes films

préférés ? C'est la question classique dans ce genre de circonstances, non ?

— Je les connais déjà, tes films cultes perso. *Psychose. Fenêtre sur cour.* Tu es hitchcockienne à fond.

— Qui ne le serait pas ? C'était un réalisateur de génie. Tu oublies *Sueurs froides.* Je l'adore, celui-là.

— Il n'y a pas que Hitchcock dans ta vie. Tu vénères *Shining.* Et tu es fan d'*Alien.*

— Le premier. Celui de Ridley Scott.

— Je ne manque jamais un de ses films.

— Il aurait dû remporter l'Oscar du meilleur réalisateur pour *Gladiator.* Je suis furieuse qu'il lui soit passé sous le nez.

Le regard de Frankie tomba sur un couple qui s'embrassait goulûment près de la fontaine. Elle rougit et détourna aussitôt les yeux du spectacle.

— Au fond, tu n'as plus rien à apprendre à mon sujet, lança-t-elle en portant les mains à ses joues. Tu sais déjà tout de moi.

Pas tout, non. Mais il comptait bien se rattraper au plus vite.

Ils empruntèrent le chemin du bord du lac et virent les dernières lueurs du couchant empourprer les eaux lisses. Les yeux de Frankie brillèrent lorsqu'elle découvrit leur destination.

— Tu as réservé une table au Loeb Boathouse ?

— A ce qu'il semblerait, oui...

Il poussa la porte du restaurant et elle passa devant lui. Le bras nu de Frankie effleura le sien. De subtiles exhalaisons florales vinrent lui troubler les narines.

Une puissante lame de désir se souleva en lui. C'était à se demander finalement lequel des deux était plus sous pression que l'autre.

Frankie se glissa sur une chaise avec vue sur le lac et regarda autour d'elle avec enthousiasme.

— C'est le rêve ! J'ai vécu à New York presque toute ma vie adulte, mais je n'avais encore jamais mangé ici.

— Jake est venu dîner ici avec Paige il y a quelques semaines.

Ils passèrent commande et Frankie se renversa contre son dossier pendant que le serveur leur apportait deux verres de vin blanc.

— Ça reste bizarre pour toi que Paige et Jake soient ensemble ?

— Oui, c'est toujours un peu étrange. Je ne suis pas encore complètement habitué à l'idée, même si Jake est mon meilleur ami. Je suis un peu surprotecteur dès qu'il s'agit de ma sœur.

— C'est plutôt positif comme trait de caractère.

— Elle, ça l'exaspère.

— Mais, si tu lui posais la question, je suis sûre qu'elle ne voudrait pas que tu changes. Vous avez eu de la chance d'être deux, dans la fratrie. Enfant, j'aurais tout donné pour avoir quelqu'un avec qui partager les emmerdements.

— Tu avais Eva et Paige.

— C'est vrai. Mais ce n'est pas tout à fait pareil que d'avoir un allié dans la place. Les amis apportent une écoute, un soutien, un réconfort. Mais ils restent extérieurs quand même. Ils ne vivent pas l'expérience en direct... Et puis il y a des trucs qui ne sont pas partageables, même avec ses meilleures amies, ajouta-t-elle après une brève hésitation.

Encore une chose qu'il découvrait à son sujet. Il avait toujours pensé qu'elle n'avait aucun secret pour Paige et Eva.

De la musique jouait à l'arrière-plan mais il avait cessé de l'entendre.

— Quels trucs ?

Un silence tomba. Tendu. Prolongé.

Il vit la poitrine de Frankie se soulever et retomber et il comprit qu'elle était sur le point de lui révéler quelque chose qui lui pesait sur le cœur. Mais elle se ravisa et secoua la tête avec un faible sourire.

— Je veux dire simplement que, pour saisir le fonctionnement intime d'une famille, il faut être dedans.

— Je sais que tu as été pas mal bousculée par le divorce de tes parents.

— Il n'y a pas eu que le divorce en lui-même. Les années qui l'ont précédé n'ont pas été roses non plus.

Elle but une gorgée de vin.

— Ça aurait été cool d'avoir une sœur. Je suis sûre qu'on m'aurait un peu moins mis la pression. Surtout si elle avait eu la bonne idée d'être à la fois féminine, fêtarde et *fashion*.

Frankie soupira.

— Les trois qualités qui me manquent, autrement dit... Pour ma mère, je suis une source constante de déception. Elle ne comprend pas qu'à cinquante et quelques années elle ait une vie sociale plus excitante que la mienne. Bon, si on regarde le côté positif, je suis au moins tranquille sur un point : aucun risque que ma mère vienne piller mon absence de dressing.

La conclusion enjouée était destinée à désamorcer la gravité du sujet. Matt ne la poussa pas dans ses retranchements.

— Tu aurais pu aussi avoir un frère. Et, là, tu n'aurais pas été beaucoup plus avancée en matière de vêtements. Avec ça, nous les fils avons la réputation d'être en dessous de tout lorsqu'il s'agit d'appeler nos mères au téléphone. Donc un frère ne t'aurait pas forcément déchargée d'une grande partie de ton fardeau.

— Tu ne penses jamais à téléphoner à ta mère ?

— Si, j'y pense régulièrement. Mais la semaine passe vite et ça reste au stade de l'intention. Jusqu'au moment où c'est elle qui m'appelle et, là, c'est déjà trop tard pour faire bonne impression. Parfois, elle ne m'appelle pas non plus, mais elle compose directement le numéro de Paige et elles parlent de moi dans mon dos. Je suppose qu'elles tombent d'accord pour dire que je suis irrécupérable. Ce n'est pas toujours la joie d'avoir une fratrie.

— Paige et toi, vous êtes quand même super proches.

— C'est vrai. Mais je ne te cache pas qu'il y a eu des moments, à Puffin Island, où je l'aurais bien jetée au fin fond de la baie de Penobscot. Donc il ne faut pas voir la relation frère/sœur sous des couleurs trop glamour.

— Je sais que la vie est rarement rose, mais je pense quand même que vous avez de la chance. Dans la série « familles », la vôtre est la plus proche de la perfection que je connaisse.

— Il n'y a pas de famille parfaite, Frankie. Chez nous aussi, il y a des moments où on s'insupporte. Si tu ne me crois pas, viens passer Thanksgiving avec nous. Paige tient son goût de l'organisation de ma mère, donc je te laisse imaginer ce que ça donne quand elles décident de prendre le repas de fête en main. C'est comme deux généraux avec des options stratégiques opposées qui essaient de s'accorder sur un plan de bataille. Tout le monde court aux abris.

Frankie rit de bon cœur.

— J'adore ta mère.

— Elle est tellement protectrice que Paige s'arrache les cheveux.

— Le côté protecteur, c'est de famille, non ?

Elle leva les yeux vers lui. Si elle avait su à quel point il avait envie de prendre sur ses épaules ce qui la faisait souffrir, de la délivrer d'au moins une partie de son fardeau...

L'arrivée des entrées réorienta la conversation sur les plaisirs de la table. Ils s'extasièrent sur les tartares de Saint- Jacques et se délectèrent du risotto aux pleurotes. Autour d'eux, c'était le bourdonnement habituel des conversations, le tintement des verres, le son occasionnel des rires. Mais pas un instant l'attention de Matt ne dériva sur les autres clients. Il ne voyait et n'entendait que Frankie.

— Tu n'as pas mis tes lunettes ce soir.

— Je me suis dit que ça n'avait pas vraiment de sens de les porter avec toi, maintenant que tu connais leur vraie fonction.

Frankie était concentrée sur le contenu de son assiette. Il s'attarda sur la forme parfaite de ses yeux, le contraste entre ses cils noirs et fournis et la délicatesse de sa peau très pâle.

— Tant mieux. Je n'ai pas envie que tu te caches de moi.

Elle rougit et bafouilla un peu.

— La cuisine est remarquable. Je me régale... Il est où, alors, dans le Maine, le jardin que tu veux que je t'aide à dessiner ? Sur la côte ? S'ils sont proches de l'océan, cela influera aussi sur le choix des espèces de pommier. Ils sont plutôt au sud ?

— Le jardin est sur Puffin Island.

S'il n'avait pas eu les yeux rivés sur son visage, il aurait pu passer à côté de sa réaction et ne rien remarquer de son effarement.

— C'est un couple de Boston, enchaîna-t-il. Ils ont acheté une maison de vacances dans le nord-ouest de l'île pour y passer leurs étés. Et ils réaménagent la propriété de fond en comble. Mes parents sont tombés sur eux à Harbor Stores et c'est comme ça qu'ils ont entendu parler de moi. Tu sais comment ça se passe.

Frankie fit tourner sa petite cuiller dans le café qu'on venait de placer devant elle.

— Oui... Oui, je sais exactement comment ça se passe. Donc tu vas retourner à Puffin Island pour ce chantier ? Ce ne sera pas forcément commode pour toi de faire les trajets.

La tension était de retour. Comment Frankie avait-elle réussi à se persuader qu'elle était quelqu'un qui n'éprouvait que peu, voire pas d'émotions ? s'étonna Matt. Elle en était traversée en permanence, au contraire, et sa sensibilité débordante semblait en permanence sur le point de la submerger.

— Je ne prévois pas d'y aller plus de deux fois. Lui est associé dans le même cabinet d'avocats où travaille mon père. Je leur fais une fleur.

— Parce que tu n'as pas l'intention de facturer ?

— Si, si, je facture. La fleur que je leur fais, c'est de me déplacer jusqu'à Puffin Island. Ce n'est pas la porte à côté. En fait, je vais leur faire des plans détaillés, à la fois pour les plantations et les aménagements en dur. Pour la phase de mise en œuvre, je passerai le flambeau à un paysagiste du coin.

— C'est une bonne solution. Prends des photos et je me ferai un plaisir de te trouver quelques idées de plantations adaptées. Tu penses y aller quand ?

— Pas ce week-end, mais le suivant. Je suis invité sur l'île, donc ça m'intéresse de combiner. Un vieil ami à moi se marie et organise une grande fête pour l'occasion. Tu le connais peut-être. Ryan Cooper, ça te dit quelque chose ?

— Je ne le connais pas personnellement, non. Mais

je vois de qui il s'agit. Sa famille est propriétaire d'une maison que j'adore et qui domine la pointe de Puffin. C'est une grande demeure en bardeaux blancs, superbement située sur les hauteurs.

— Oui, voilà. Mon invitation vaut pour deux personnes.

Il marqua un temps d'arrêt et se sentit comme un plongeur sur le point de se jeter du haut d'une falaise.

— Viens avec moi, Frankie.

Elle reposa sa tasse avec fracas sur la soucoupe.

— C'est une plaisanterie ?

— Non, pourquoi ?

— Déjà, pour commencer, parce qu'il s'agit d'un mariage, et tu sais à quel point j'y suis allergique. Et deuxièmement parce que ça se passe à *Puffin Island.* Tu m'offres un combiné de tout ce que je déteste et tu penses sérieusement que je vais te dire oui ?

Elle en oubliait de boire son café.

— Je n'arrive même pas à croire que tu puisses me le proposer. Ils ont des affiches « Wanted » avec mon nom et ma photo placardées un peu partout. Ma tête est mise à prix sur toute l'île.

Ses mots désabusés lui firent mal, tout comme de penser qu'elle avait dû vivre une adolescence cauchemardesque. Une petite communauté de personnes pouvait être un soutien ou un fardeau, mais dans les deux cas de figure il n'y avait aucun moyen de s'y soustraire. Se cacher était impossible. L'anonymat impensable.

Il ne faisait aucun doute que les habitants de l'île s'intéressaient à leurs voisins de très près. Et, pour certains, cet aspect de la vie insulaire était intenable. Lui n'avait jamais eu ce problème. Déjà, pour commencer, parce qu'il se souciait assez peu de ce qu'on racontait à son sujet. Et puis il aimait l'état d'esprit des petites communautés isolées. A ses yeux, les êtres humains avaient la même valeur partout. Et il considérait que les gestes de solidarité, le fait de veiller les uns sur les autres rendaient le monde plus habitable.

Il tenta de lui communiquer sa façon de voir.

— Ça nous ferait du bien de passer deux jours là-bas, Frankie. Un week-end entier loin de cette ville de dingues. On respirerait l'air de la mer, on oublierait les gaz d'échappement en marchant dans la forêt, on irait manger des glaces sur le port et faire un petit shopping dans la nouvelle boutique de cadeaux de la future femme de Ryan.

La bougie posée entre eux vacilla et il vit passer une brève lueur de nostalgie dans les yeux de Frankie.

Mais elle secoua la tête.

— On pourrait jouer aussi au jeu passionnant baptisé « Eviter Frankie ». La règle consiste, pour les gens du cru, à changer de trottoir pour ne pas se retrouver face à moi. Si tu n'as pas encore testé, tu devrais essayer. C'était une activité très répandue dans toute l'île, passé un temps.

Connaissant les gens de Puffin Island comme il les connaissait, il avait beaucoup de mal à le croire. Que tout le monde soit toujours au courant des derniers potins, d'accord. Il devait reconnaître aussi que les étrangers étaient accueillis avec une certaine suspicion, mais dans l'ensemble il avait trouvé les habitants bienveillants et toujours prêts à se serrer les coudes. Frankie lui peignait de l'île un tableau qui ne cadrait pas avec son propre vécu.

— Les gens là-bas ne sont pas comme ça.

— Peut-être pas avec toi, non. Mais moi je n'y remettrai jamais les pieds. C'est une page de ma vie que j'ai tournée. Le chapitre est clos. Terminé.

— Si tu refuses d'y retourner, c'est que rien n'est clos, justement.

— Tu sais comme moi que les insulaires ont la mémoire longue.

— Oui, je sais. Le vieux David Warren me reparle régulièrement du jour où j'ai piqué du foin dans son champ pour nourrir le lapin de Paige, parce que j'avais la flemme d'aller à pied jusqu'à l'animalerie. Ça ne l'empêche pas d'être content de me voir chaque fois que je reviens sur l'île.

— Oui mais, toi, c'est toi !

L'agacement dans la voix de Frankie dissimulait mal les courants de panique qui affleuraient sous la surface.

— Depuis le jour où je suis partie étudier à New York, je ne suis jamais retournée à Puffin Island, Matt. *Jamais.* Et c'est le dernier endroit au monde où j'aurais envie de remettre les pieds.

Même s'il l'avait déjà appris par Paige, le fait de l'entendre de la bouche de Frankie le laissait de nouveau sous le choc.

— C'est quand même l'endroit où tu as grandi, vécu tes premières expériences. Jusqu'à dix-huit ans, Puffin Island, ça a été le centre du monde, pour toi.

— Et maintenant ça ne l'est plus.

— Mais ce n'est pas pour autant un lieu lambda. C'est un endroit qui te concerne. Tu n'habites plus sur l'île, mais l'île t'habite à sa façon.

Il la soupçonnait de penser à Puffin Island plus souvent qu'elle ne le prétendait.

— L'île m'habite peut-être, mais elle ne me peuple que de mauvais souvenirs.

— Donc, la chose à faire, c'est d'y retourner et de te repeupler avec des bons.

— Il pourrait aussi en survenir des mauvais qui viendraient se rajouter au gros paquet déjà existant.

— Il n'y aura pas de mauvais moments, Frankie. Je serai avec toi. Tout le temps.

Elle haussa les sourcils.

— Armé jusqu'aux dents ? Chevalier au grand cœur prêt à se battre pour sauver ma triste réputation ? Je ne crois pas à ce genre de rédemption, Matt. Il se trouve que j'ai appris très jeune que le prince charmant n'existe pas. Et, pour que les choses soient claires, je ne crois pas non plus à l'amour qui dure et à ce genre de conneries.

— Que d'incrédulité ! Mais, tant que tu continues de croire au Père Noël, tout ne va pas si mal.

Son effort pour alléger l'atmosphère fut récompensé par un sourire réticent.

— Lui, j'y crois, oui.

— Ouf. Je commençais à me dire que nous n'avions rien en commun.

Il enchaîna doucement :

— Viens avec moi, Frankie. C'est l'occasion de laisser de vieux fantômes derrière toi. Passe à autre chose.

— Ce ne serait pas passer à autre chose : ce serait revenir en arrière.

— Tout bouge. Même Puffin Island. Et parfois on a besoin de revenir en arrière pour aller de l'avant. Il n'y a aucune raison pour que tu ne retournes pas là-bas.

— Ma mère a été la cause directe d'au moins un divorce sur cette île : Alicia et Sam Becket. Ça a été un épisode assez hideux.

Matt avait entendu pas mal de rumeurs sur le couple peu conventionnel formé par Sam et Alicia. Mais il décida que ce n'était pas le moment d'entrer dans les détails.

— Même si c'était le cas — et d'aucuns te diront

qu'on ne brise que ce qui n'est pas solide — tu n'es *pas* Gina. Ce n'est pas toi qui as décidé de la vie sexuelle de ta mère. Tu n'étais pas responsable de ses choix à l'époque et tu ne l'es pas plus aujourd'hui.

Si seulement il parvenait à l'aider à voir clair à ce sujet ! Frankie se mordilla la lèvre.

— Tu n'as peut-être pas tort sur le fait que ce serait salutaire pour moi d'y retourner, car dans ma tête j'en ai fait un lieu de cauchemar digne de servir de toile de fond à une intrigue de Lucas Blade, mais il y a une part de moi qui... qui...

— Qui a peur ?

— Non, je n'ai pas *peur.* Je ne suis pas pathétique à ce point !

Elle le fusilla d'un regard outré, puis ses épaules s'affaissèrent.

— Bon, d'accord, oui, j'ai peur. Il se trouve que je suis bel et bien pathétique à ce point.

— Tu n'es pas pathétique. Pour toi, l'île est liée aux souvenirs d'une période difficile. On est tous pareils, on a tendance à éviter ce qui est susceptible de nous rappeler les périodes noires de notre existence.

— Tu évites quoi, toi ?

Il termina son café.

— Je ne suis pas à l'aise dans les hôpitaux. J'y ai passé de sales moments quand Paige était malade...

Il se tut un instant, bombardé par les images qui lui assaillaient l'esprit.

— Dès que la porte est franchie et que l'odeur d'hôpital me tombe dans les narines, que je vois des gens en blouses blanches se hâter, le visage fermé, que je repère les proches livides, sirotant un mauvais café dans d'horribles gobelets, je me prends un méchant coup d'angoisse. Je ressens de nouveau la tension de mes parents, je les revois avec leurs sourires crispés, à faire semblant de ne pas être terrifiés. D'ailleurs, dès que ça parle santé, maladies graves et hôpital autour de moi, je me ferme. Je m'abstrais de la conversation au point de ne même plus entendre ce qui se dit.

Le regard de Frankie s'adoucit.

— Ça a été lourd pour vous, toutes ces années.

— Ce que je veux dire, c'est que nous avons tous des conduites d'évitement, par moments. Cela ne nous rend pas pathétiques, juste humains.

— Eh bien, moi, je suis ultra-méga-humaine et je ne retournerai *pas* à Puffin Island. Je n'en ai pas la force. Il faudrait que tu m'anesthésies et que tu me ligotes dans l'avion. J'étudierai tes photos, je parlerai avec toi de ton verger de pommiers tant que tu voudras, mais je ne mettrai pas les pieds à Puffin Island.

Elle attrapa sa tasse d'un geste décidé et but une grande gorgée de café froid.

Matt l'observa un instant.

— Si tu changes d'avis, tiens-moi au courant.

— Je ne changerai pas d'avis.

Il ne chercha pas à insister.

La graine était semée et bien plantée. Il ne restait plus maintenant qu'à la laisser pousser.

Elle était lâche. Pas seulement parce qu'elle avait peur de retourner sur l'île, même si cette crainte entrait aussi en ligne de compte. Elle était lâche parce qu'elle savait que, si elle partait sur l'île avec Matt, ils feraient l'amour ensemble. Ce qui signerait la fin de leur relation.

Et elle n'avait pas envie que ça se termine.

Ils avaient passé une soirée drôle et détendue ensemble. Mais, sous les rires et la conversation de surface, il y avait eu une tension à la limite de l'électrique, une excitation étourdissante.

Avec Matt, elle aurait presque été tentée de croire aux happy ends.

Presque.

Assise dans le taxi du retour, Frankie, la tête tournée vers la vitre, regardait défiler le paysage urbain qui glissait sous ses yeux comme le plus glamour des décors de cinéma. Même à cette heure tardive, les rues étaient noires de monde et la ville qui ne dormait jamais bruissait, respirait, dans un bouillonnement constant de fête et de vie.

Mais Frankie ne prêtait qu'une attention distraite au spectacle de la rue et aux extraordinaires buildings dont elle aimait tant les silhouettes familières. Elle ne pensait pas non plus à Puffin Island et à leur conversation à ce sujet. Elle n'avait qu'une chose en tête et c'était Matt — sa cuisse longue et musclée, proche de la sienne jusqu'à la toucher, la puissance de son épaule qui reposait contre le dossier.

Sa conscience accrue de sa présence physique se traduisait par des sensations intenses, troublantes, étrangères à tout ce qu'elle était accoutumée à éprouver. Elle avait du mal à comprendre que son corps soit en effervescence alors qu'il ne s'était rien passé de concret entre eux, excepté le fait que Matt lui avait pris la main à deux reprises alors qu'ils marchaient dans le parc. Mais elle découvrait ce soir que le désir pouvait naître de tout autre chose que d'un contact physique. Un sourire, un mot, un regard suffisait. Quand il l'avait regardée comme si elle était la seule femme présente dans le restaurant, par exemple. La tension née de ce regard avait eu un effet incandescent.

Ce qui l'excitait le plus, au fond, c'était la connaissance profonde que Matt avait d'elle. C'était comme s'il voyait à travers elle toutes ces choses qu'elle gardait secrètes. Cette transparence devant lui aurait dû la terrifier. Mais c'était tout le contraire qui se produisait. Elle éprouvait un contentement, une chaleur intérieure à la fois douce et bouillonnante, comme si toute l'énergie qu'elle mettait d'habitude à se cacher se convertissait en plaisir.

Elle lui jeta un regard en coin et il tourna les yeux vers elle pour lui adresser un petit sourire. C'était comme si Matt suivait en direct tout ce qui se passait dans sa tête.

A un moment dans le parc, elle avait vraiment cru qu'il l'embrasserait. Pareil, sur Bow Bridge, lorsqu'ils étaient restés accoudés au parapet, sans voix et immobiles face à la splendeur suspendue du couchant. A chaque fois, la montée de désir l'avait clouée sur place, comme un déferlement irrépressible, et son cœur avait battu dans l'anticipation d'un baiser... qui n'était jamais venu. Elle avait été partagée les deux fois entre le soulagement de voir repoussé le moment où il se rendrait compte qu'elle était nulle pour embrasser et la frustration d'un élan brisé.

Et, maintenant, elle ressentait un regain de nervosité parce qu'elle n'avait aucune idée de la façon dont cette soirée était censée se terminer.

Il lui manquait les codes élémentaires que tout le monde avait l'air de connaître.

Devait-elle l'inviter à entrer boire un café ?

Lui dire au revoir devant sa porte ?

L'incertitude la tenailla pendant tout le trajet du retour et son inquiétude s'intensifia lorsque le taxi s'engagea sur le pont mythique de Brooklyn dont les eaux métalliques de l'East River renvoyaient les lumières.

Elle paya le chauffeur de taxi et se dirigea vers la

porte de son appartement d'un pas de somnambule, à la fois pétrifiée d'angoisse et en proie à un désir volcanique.

Les mains tremblantes, elle sortit ses clés de sa poche.

— Très sympa, cette petite soirée, murmura-t-elle d'une voix exsangue.

Lorsque Matt tendit la main, son cœur décolla, comme un kangourou sur un trampoline.

Cette fois, plus aucun doute possible : il allait l'embrasser. L'attirance physique entre eux était si forte que même *elle* en ressentait la tension magnétique. Elle attendit, osant à peine respirer. Elle le voulait, elle en avait envie, elle était prête. Même si elle se désolait déjà de l'inévitable dénouement négatif. Car dès qu'il l'aurait tenue dans ses bras Matt *saurait.*

Ses nerfs frémissaient dans l'anticipation de ce qui allait suivre et son corps chargé d'électricité frôlait le court-circuit.

Ses yeux se fermaient déjà à demi. Elle vacilla puis sentit les doigts de Matt effleurer les siens lorsqu'il lui prit sa clé des mains pour l'introduire dans la serrure.

— Bonne nuit, Frankie.

Sa voix glissa à son oreille, râpeuse, virile, éraillée par le désir. Il était si proche qu'elle distinguait le début de barbe sur sa joue.

— Matt...

— Passe une bonne nuit.

Elle souleva les paupières et plongea son regard dans le sien.

Passe une bonne nuit ? C'était tout ce qu'il avait à lui dire ?

Il avait fait monter la pression toute la soirée et il n'avait même pas l'intention de l'embrasser devant sa porte ?

Bon, assez tourné autour du pot.

Si *lui* ne voulait pas l'embrasser, alors *elle* prendrait les choses en main. Au point où ils en étaient arrivés, il était temps d'évacuer les tensions et de passer à autre chose. En finir une bonne fois pour toutes : c'était tout ce qu'elle demandait encore.

Elle tendit la main pour l'attirer à elle, mais ses doigts se refermèrent sur le vide.

Matt, lui, ne vit même pas son geste : il avait déjà tourné les talons.

Les yeux rivés sur sa silhouette qui s'éloignait, elle songea dans un léger vertige que c'était une raison de plus pour elle de tracer un trait définitif sur le *dating.*

Car jamais, au grand jamais, elle ne comprendrait quoi que ce soit au mode de fonctionnement masculin.

Chapitre 9

« Si ton verre est à moitié plein, débouche une seconde bouteille de vin. »

— Paige

Frustrée et déstabilisée, Frankie referma sa porte. Elle était trop tendue pour se coucher. Sa tête grouillait de pensées gênantes qu'il aurait été dangereux d'examiner de trop près. Des pensées de Matt et elle sans rien sur le dos. Des pensées brûlantes qui faisaient transpirer. *Des visions cent pour cent sexuelles.*

Merde.

La soirée ne s'était pas du tout passée comme elle l'avait anticipé. Elle avait cru que le rencard se déroulerait comme tous ceux qu'elle avait expérimentés jusque-là : quelques heures passées en un laborieux tête-à-tête où la conversation peinait à prendre forme — l'équivalent verbal d'un baiser où on se cognerait le nez.

Alors qu'avec Matt la discussion ne s'enlisait jamais dans l'ennui. Ils avaient toujours mille et une choses à se dire. Et il avait su mettre au point une soirée comme elle les aimait.

Central Park. Pourquoi aucun homme n'avait-il pensé à l'emmener là-bas plus tôt ?

La réponse était évidente : parce que personne ne la connaissait comme Matt la connaissait. Avec les autres, c'était toujours soit le restaurant soit le cinéma. Et toutes ses relations s'arrêtaient bien avant qu'ils puissent commencer à se rendre compte qu'elle aimait la vie au grand air.

De son point de vue, il n'y avait eu qu'un seul point noir au cours de ce rencard : Matt ne l'avait pas embrassée.

D'un autre côté, s'il l'avait fait, l'inévitable conclusion piteuse aurait jeté une ombre sur le reste de la soirée. Consciente qu'elle ne fermerait pas l'œil si elle se couchait tout de suite, Frankie conclut qu'elle ferait aussi bien de monter rapporter son sac à main à Eva.

Son amie mit un moment à lui ouvrir et, lorsque celle-ci se décida enfin à se montrer, Frankie eut un mouvement de recul.

— Qu'est-ce qui t'arrive ? Tu as vu ton visage ? Si tu prévois de passer une audition pour un film d'horreur, le rôle est à toi.

— Ce que tu vois est un masque de *beauté*, Frankie. Un produit censé me rendre plus jolie.

— Je suis désolée d'avoir à t'annoncer ça, mais ils t'ont menti. Tu aurais dû lire les petits caractères.

Eva sourit et le masque se fendilla.

— Comment s'est passé ton rencard ? Ou ton dîner plutôt, rectifia-t-elle à la hâte. Je sais : ce n'était *pas* un rencard.

— Eh bien... Ça a été...

Comment décrire cette soirée ? Elle avait été magique, excitante... *terrifiante.*

— ... différent.

— Différent dans le sens positif, ou dans le sens « sortez-moi d'ici vite fait » ?

— Dans le sens positif.

— Il t'a emmenée où ?

— A Central Park. On a marché, on a parlé et on a dîné.

— Et tu as stressé, alors ?

— Non. Pas du tout. C'était bien... C'était parfait, même.

Il y avait juste eu un moment de tension lorsqu'il lui avait parlé de Puffin Island. Mais c'était une parenthèse qu'elle préférait oublier.

Et il ne l'avait pas embrassée.

Pourquoi ne l'avait-il pas fait ?

— Merci de m'avoir passé ton sac. Je porterai ta blouse au pressing demain.

Perdue dans ses pensées, Frankie tendit le sac et vit le visage d'Eva de plus près.

— Tu t'en es mis dans les yeux, de ton machin de beauté ? On dirait qu'ils sont injectés de sang.

— Ah bon ?

Eva porta les mains à ses joues d'un geste affolé.

— Peut-être, oui. Qu'est-ce que je peux être maladroite. Tu veux entrer un moment ? On pourrait papoter un petit coup, déboucher une bouteille de vin et...

Elle ouvrit la porte en grand, mais Frankie secoua la tête.

Sur le point de demander où était Paige, elle se souvint soudain que celle-ci passait la nuit chez Jake. Ce qui signifiait qu'Eva était seule avec tout le temps du monde pour ruminer. Comment avait-elle pu l'oublier ?

— Paige ne rentre pas ce soir. Ça va aller pour toi, Eva ?

— Bien sûr que ça va aller. Je m'accorde une soirée tranquille en tête à tête avec moi-même. J'avais oublié à quel point ça pouvait faire du bien de temps en temps. Je vais rincer ce machin qui me colle à la peau et me vautrer sur le canapé avec du pop-corn et Netflix. Le rêve.

— Tu vas regarder quoi ?

— Je ne sais pas. Un de ces films que tu détestes. Avec un max de scènes sentimentalo-larmoyantes. Et un happy end, bien sûr. L'enfer pour toi a un nom et c'est « comédie romantique ». A demain, Frankie.

La porte se referma entre elles et Frankie regagna son appartement à l'étage en dessous. En se demandant pourquoi elle traînait un tel sentiment de malaise.

Eva était une grande fille. Si elle avait voulu de la compagnie, elle le lui aurait dit.

Elle s'installa confortablement pour lire, mais les mots, pour une fois, ne retenaient pas son attention, même rédigés par Lucas Blade. Matt ne quittait pas ses pensées et son inquiétude pour Eva venait se surajouter à son agitation mentale.

Son amie lui avait assuré que passer la soirée seule ne lui posait aucun problème, mais lui avait-elle dit la vérité ?

Si Paige avait été sur place, Frankie ne se serait fait aucun souci. Paige savait toujours quand et comment offrir un solide soutien moral, se dit-elle — un talent relationnel qui, personnellement, lui faisait défaut. Pas parce que ses amies ne lui tenaient pas à cœur ; bien au contraire. Elle se savait fiable en amitié, fidèle et affectueuse — à sa façon. Mais, dans les cas d'urgence psychologique, elle n'était pas à la hauteur. Les crises émotionnelles la privaient de tous ses moyens. Depuis toujours. Elle n'aurait su dire si elle était née comme ça ou si c'était d'avoir trop longtemps trempé dans les eaux agitées du divorce parental mais, dès que les émotions faisaient rage, elle avait envie de se glisser dans un trou et de se faire toute petite en attendant le retour au calme.

Elle se sentait inutile et bonne à rien.

Mais ce soir elle ne pouvait pas se reposer sur Paige. Et Eva était seule là-haut.

Penser à son amie avec ses yeux rougis l'empêchait de se détendre.

Elle attrapa son téléphone dans l'idée de lui envoyer un texto, mais le reposa aussitôt, consciente que ça ne l'avancerait à rien. Elle écrirait « Ça va ? » et la réponse d'Eva serait immédiate et laconique : « Oui, et toi ? »

Eva devait être à fond dans son film sentimental et avait dû oublier le reste du monde.

Irritée contre elle-même, Frankie tenta de se replonger dans son livre, mais impossible de rentrer dans l'histoire. Dix minutes plus tard, elle regarda l'heure.

Peut-être qu'Eva avait autant de mal à se concentrer sur son film qu'elle sur son roman ?

Et si celle-ci se mettait encore une fois le doigt dans l'œil en retirant son espèce de masque ? La vision de ses yeux rougis la hantait.

— Et merde, quelle idiote je suis !

Ce n'était pas à cause du masque qu'Eva avait eu les yeux rouges, mais parce qu'elle avait pleuré, et Frankie le savait très bien. Elle bondit du canapé si vite que son livre atterrit par terre. Quelques secondes plus tard, elle tambourinait à la porte de l'appartement du dessus.

Cette fois, Eva fut encore plus longue à répondre. Le masque de beauté avait disparu, mais ses yeux étaient toujours aussi rouges.

— C'est encore toi, Frankie ? Qu'est-ce qui se passe ? Ça ne va pas ?

Frankie fut tentée de répondre que c'était pour elle qu'elle se faisait du souci. Mais Eva était trop généreuse et désintéressée pour faire passer ses propres besoins en priorité.

— Tu m'as invitée à entrer tout à l'heure.

— Laisse tomber. Tu détestes les films girly.

— On peut discuter plutôt. J'ai envie de parler.

— De quoi ?

— Je ne sais pas, moi ! De choses et d'autres... De *problèmes*, trancha-t-elle avec un geste vague de la main.

Eva parut déconcertée.

— Mais tu détestes parler de tes problèmes. Tu les refoules jusqu'à ce que la cocotte-minute explose et, là, tu te déchaînes et tu donnes des coups de pied partout. Puis tu t'attaques à eux bille en tête, comme Boudicca[1] repoussant une armée d'envahisseurs.

— Peut-être. Mais, ce soir, j'ai envie de tenter une autre approche.

Frankie poussa la porte et se fraya d'autorité un chemin dans l'appartement. Elle trouva les vêtements d'Eva éparpillés sur toutes les surfaces disponibles, formant un arc-en-ciel de couleurs pastel et de matières scintillantes.

— Houla ! Tu as été cambriolée ?

— Non.

— Quelqu'un a vidé toutes tes armoires ?

— C'était moi, Frankie. Je cherchais mon foulard couleur pêche.

— Et tu l'as trouvé ?

1. Boudicca (ou Boadicée) est une reine celte légendaire qui prit les armes pour lutter contre l'invasion romaine.

Frankie contempla les amas de vêtements disséminés aux quatre coins de la pièce. Elle aurait été bien incapable de retrouver quoi que ce soit dans ce bazar. Comment une seule et unique personne pouvait-elle espérer porter autant de tenues différentes ?

— Je pense que Paige a dû me l'emprunter.

— Et dire que tu critiques ma garde-robe...

— J'ai critiqué tes vêtements en eux-mêmes. Pas ta façon de les ranger.

— Apparemment, tu stockes tes affaires en vrac à même le sol. Tu veux que je t'aide à faire le tri dans ce merdier ? On pourrait organiser un vide-dressing et reverser l'argent gagné pour soutenir les chats en détresse psychologique ou un truc comme ça.

— J'en fais déjà bien assez pour les chats dérangés du cerveau en tolérant la présence de Miss Tigresse. Et, de toute façon, je n'ai pas envie de me débarrasser de quoi que ce soit. Chacun de ses vêtements a une importance et une signification particulières à mes yeux. Je les aime tous.

— Sérieux ? Même ce truc-là par exemple ?

Frankie brandit un pull vert.

— Je ne t'ai jamais vue avec ce machin sur le dos.

— C'est grand-ma qui me l'avait tricoté.

Les yeux d'Eva se remplirent de larmes et elle s'effondra sur le canapé, écrasant une pile de T-shirts au passage.

— Désolée. Je suis une vraie Madeleine. Ne fais pas attention à moi.

— C'est moi qui suis désolée.

Horrifiée par sa gaffe, Frankie replia le pull avec soin et s'assit à côté d'Eva.

— Ne pleure pas. S'il te plaît, ne pleure pas. Je suis maladroite et stupide et Paige va me tuer de t'avoir fait de la peine.

— Ce n'est pas toi. C'est moi. Ce sont des choses qui arrivent. Tout va très bien.

— Tout ne va pas très bien, non. Qu'est-ce que je peux faire ? Tu veux un verre d'eau ? Un bisou ? Un câlin ?

Frankie lui tapota maladroitement l'épaule. Elle se serait tuée d'être aussi empêtrée d'elle-même. Pourquoi était-elle incapable de réagir de façon normale dans ce genre de situation ?

— Parle-moi, Ev.

— C'est juste un coup de blues. Rien de grave. Ça va passer. Je me suis juré que j'allais reprendre le dessus. Et je me sers de toi comme modèle positif.

— De... *moi* ? Comme modèle *positif* ?

— Oui, de toi. Avec Paige, vous êtes les deux personnes les plus fortes que je connaisse. L'une et l'autre, vous êtes passées par des épreuves terribles, mais ça ne vous a pas empêchées de tenir bon quand même. J'essaie d'être un peu plus comme vous deux et un peu moins marshmallow.

— Tu voudrais devenir comme moi ? Tu es folle ! Je suis un vrai désastre ambulant.

Frankie extirpa un foulard en soie couleur pêche de sous une pile de coussins.

— C'est ça que tu cherchais ?

— Oui ! Et j'ai une réelle admiration pour toi, Frankie.

Eva attrapa un mouchoir en papier et sourit vaillamment.

— Tu es indépendante, tu es forte, tu as les pieds sur terre. Ton courage est une source d'inspiration pour moi.

Frankie songea à la façon dont elle avait réagi lorsque Matt lui avait proposé de l'accompagner à Puffin Island...

« Il faudrait que tu m'anesthésies et que tu me ligotes dans l'avion. »

— Je ne suis pas courageuse, Ev, crois-moi. Et j'adore ton côté marshmallow. Ne change surtout pas.

Les paroles admiratives de son amie lui donnaient un sentiment d'imposture.

Comment aurait-elle pu être une source d'inspiration pour qui que ce soit ? Si vraiment elle avait été forte avec les pieds sur terre, aurait-elle eu peur à ce point de passer un malheureux week-end sur Puffin Island ? Serait-elle aussi terrifiée à l'idée de franchir le pas avec Matt ?

Eva s'essuya les yeux et tendit la main vers la boîte de mouchoirs.

— J'en ai assez d'être comme je suis. Marre de déprimer comme ça. Si tu as des tuyaux, je suis preneuse. Et en attendant, si tu as vraiment envie de m'aider, change-moi les idées et raconte-moi ta soirée avec Matt. Tu m'as dit que ça s'était bien passé ?

— On s'est baladés dans Central Park. On a parlé. Puis dîné. Bref, du grand classique. Mais cool. Pas un nuage à l'horizon.

— Mais ce n'était pas un rencard.

— Non. Résolument pas, non.

— Il n'y a pas eu un seul moment romantique ?

Eva avait l'air tellement déçue que Frankie était tentée d'en inventer un rien que pour la voir sourire.

— Il m'a quand même pris la main deux fois.

Le visage d'Eva s'éclaira.

— C'est vrai ?

— Probablement juste pour éviter de me voir partir en courant.

— Pourquoi ? Qu'est-ce qui aurait pu te faire prendre la fuite ?

— Il a été question de Puffin Island. Il veut que j'y

retourne avec lui. Qu'on passe un week-end ensemble là-bas.

Elle retira ses chaussures et se pelotonna sur le canapé à côté d'Eva.

— En fait, il combine un projet professionnel avec le mariage d'un ami.

Comme elle savait qu'Eva poserait la question, elle la devança :

— Ryan Cooper. Tu le connais ?

— Un peu, oui. Il est canon.

— Et casé pour de bon, surtout. Il épouse sa copine Emily, enceinte jusqu'aux dents. Ce sera un mariage romantique sur la plage.

Le regard d'Eva se fit rêveur.

— J'adorerais avoir à organiser un truc comme ça. Et tu es invitée ? Cette chance ! Tu vois pourquoi je te dis que ton exemple m'inspire ? La plupart des gens, à ta place, seraient terrifiés à l'idée de retourner dans un endroit où ils ont vécu une phase cauchemardesque de leur vie. Mais toi, même si tu as la trouille, tu fonces quand même.

Frankie ouvrit grand la bouche. Il était strictement hors de question qu'elle remette ne serait-ce qu'un pied sur cette île.

— Je ne suis pas...

— Ne gaspille pas ta salive pour essayer de me convaincre que tu n'es pas courageuse, car je sais que tu l'es. Tu vas me dire que tu as peur, mais c'est justement le fait d'agir *en dépit* de nos peurs qui confère de la bravoure à nos actes.

— Oui, mais je ne...

— Puisque je te dis que tu l'es ! Forte et intrépide ! Et je vais essayer de m'en souvenir chaque fois que je m'enfoncerai dans l'auto-apitoiement à cause de grand-ma. C'est dur, mais je vais m'en sortir. Je sens déjà la niaque qui revient.

Elle froissa en boule le mouchoir dont elle venait de se servir.

— Je suis contente que tu y retournes. Je ne t'ai jamais rien dit à ce sujet, mais ça m'inquiétait que tu te sois coupée de Puffin Island de façon définitive. Elle a quand même pas mal de côtés merveilleux, cette île.

Au secours, comment allait-elle se sortir de ce piège ?

La bouche de Frankie était si sèche qu'elle avait l'impression d'avoir avalé du sable.

— Tu peux m'en citer un, de côté « merveilleux » ?

— Humer l'odeur du sable et de la mer. Marcher sur les falaises, avec le regard braqué sur l'infini en se disant qu'on est minuscule et que le monde est grand... Le vent dans tes cheveux. Les mouettes. Des petits mômes avec des grands sourires et des glaces à moitié fondues.

Frankie sentit monter un appel, comme le souffle doux-amer d'une nostalgie méconnue.

— Oui, c'est vrai. Ces aspects-là me manquent aussi.

— Et puis, il y a le côté excentrique-sympa des habitants.

— ... qui, eux, ne me manquent pas du tout.

— L'autre jour, j'ai lu qu'un homme, mort dans son appartement de Harlem, a été retrouvé au bout de *cinq semaines.* Tu imagines ? Plus de un mois ! Cela n'arriverait jamais à Puffin Island.

— C'est sûr. Et ils n'auraient pas besoin d'un rapport d'autopsie non plus, car toute l'île saurait avant la fin de l'heure de quoi il est décédé et comment.

Eva hocha la tête en faisant glisser son foulard entre ses doigts.

— C'est vrai. On n'est jamais vraiment seul sur

Puffin Island. J'adore New York, mais je me demande à quoi ressemblerait mon quotidien si je ne vous avais pas, toi, Paige, Matt et Jake. Je pense que ma vie serait un désert sans fin.

— Déjà, la question ne se pose pas, puisque nous sommes là. A nous tous, nous avons recréé une petite communauté à notre façon. On n'est pas obligé de vivre sur une île pour être entouré, Eva. Il suffit de s'ouvrir aux autres, ce que tu fais déjà spontanément. J'ignore ce qu'il adviendra de nous — personne ne peut le prévoir — mais je sais que tu ne seras jamais seule. Tu es comme une ampoule électrique. Les gens seront toujours attirés vers toi car tu mets des couleurs, de la lumière et de la vie partout où tu vas.

Les yeux d'Eva se remplirent de larmes.

— Je crois que c'est la plus belle chose que l'on m'ait jamais dite sur moi.

Frankie se précipita pour lui tendre la boîte de mouchoirs.

— Ça y est. J'ai encore réussi à te faire pleurer.

— C'est vrai. Mais d'une bonne manière.

— Parce qu'il existe de bonnes manières de pleurer ?

— Evidemment ! Tu ne pleures jamais, toi ?

— Moi ? J'ai un cœur de pierre.

Eva se moucha en secouant la tête.

— Arrête, Frankie. Tu as un cœur tellement grand qu'il menace à tout moment d'éclater et de répandre son contenu partout.

— Ça risquerait de faire désordre. Cela dit, vu l'état de ton appart, on le remarquerait à peine. Tu ferais mieux de ranger avant le retour de Paige, car elle va prendre un coup de flip.

Frankie se laissa tomber de nouveau sur le canapé. Mais comment lever ce malentendu sur ce fichu voyage ?

— Combiner *et* un mariage *et* un retour sur Puffin

Island, ça fait beaucoup pour une seule Frankie. Ce sont les deux choses que je redoute le plus au monde.

— Je sais. Et tu te lances quand même. Tu m'épates. Je suis sûre que personne ne te reparlera du passé, là-bas. En dix ans, les gens ont eu le temps de passer à autre chose. Paige m'a dit que vous étiez tombées sur ta mère, au marché aux fleurs ? Ça a été un choc ?

— Horrible. Tu sais que je ne suis pas une grande adepte du tandem Amour-Toujours, mais même moi je me surprends parfois à espérer qu'elle se lance dans une histoire durable. Aucune de ses relations ne tient.

Eva s'entoura le cou de son foulard.

— Si elle était une poêle à frire, ta maman serait en téflon.

Frankie éclata de rire.

— Voilà. Ma mère est antiadhésive.

— Les sentiments, c'est compliqué.

— A qui le dis-tu ! C'est pour cette raison que nous sommes quelques-uns à préférer les mettre sur notre liste noire.

— Ce n'est pas vrai. Tiens, prends ce soir, par exemple. Tu es ici avec moi alors que tu préférerais rester seule. Et, ça, c'est de l'amour ! Peut-être pas la forme romantique, mais de l'amour quand même.

— Qui a dit que je voulais être seule ce soir ?

— Je te connais. Tu étais archi-stressée de passer une soirée avec Matt. Et, quand tu es dans cet état-là, tu ressens le besoin de t'enfermer toute seule, de lire, de traficoter des trucs avec tes plantes. Et pourtant tu es ici. Avec moi. Parce que tu sais que je suis triste. Tu es la meilleure amie de la planète.

La gorge de Frankie se noua.

— L'amitié, c'est différent.

— Pas tant que ça. Le vrai amour a besoin d'une solide base d'amitié en guise de colonne vertébrale.

Si je veux un jour construire quelque chose avec un homme, il faudra aussi qu'il soit mon meilleur ami — il ne suffit pas qu'il soit un dieu au lit. Ah zut ! Me voilà repartie dans des théories romantiques, alors que tu détestes entendre parler de ça. Tu vois ce que je veux dire ? Tu es courageuse. Tu fais face, même quand tu es confrontée à quelque chose qui te donne envie de fuir. Comme ma tête quand je pleure comme une fontaine, par exemple.

— Attention, hein ? Plus de larmes pour ce soir !

L'inconfort de Frankie était sans rapport avec la pile de vêtements d'Eva sur laquelle elle était perchée en équilibre précaire. Elle se sentait mal parce que son amie l'avait placée sur un piédestal et que la chute promettait d'être retentissante.

— Il est tard, Frankie. Tu devrais être au lit à cette heure-ci.

Frankie hésita et songea à toutes les occasions où Eva l'avait soutenue dans les moments difficiles.

— Tu as les ingrédients pour fabriquer un de ces fabuleux chocolats chauds dont tu as le secret ?

— Je dois avoir ça, oui. Tu veux que je t'en fasse un mug pour que tu le descendes chez toi ?

— Je pensais que je pourrais dormir ici cette nuit, plutôt. Dans la chambre de Paige, proposa-t-elle, l'air de rien. Ce serait sympa. Tu as de la crème chantilly en réserve ?

— Toujours, oui. On ne sait jamais quand on peut en avoir besoin.

— Ce soir, le besoin se fait sentir.

— On pourrait se regarder un film ensemble ?

Le visage d'Eva s'illumina un bref instant, mais elle reprit son sérieux aussitôt.

— Tu es sûre que tu ne le fais pas pour moi ? Parce que franchement ça va, hein.

— Je ne le fais pas pour toi. Je le fais pour moi. Je n'ai pas envie de rester seule.

Ce qui était vrai.

Si elle se retrouvait seule, elle paniquerait à la perspective de son périple à Puffin Island.

Naturellement, elle pourrait dissiper le malentendu et expliquer à Eva qu'elle n'avait aucune intention d'y aller. Mais le moral de son amie était chancelant et celle-ci se raccrochait à ce qu'elle pouvait.

Pourquoi elle l'avait choisie comme modèle, tout à coup, Frankie n'en avait aucune idée. Tout ce qu'elle savait, c'était que, si elle devait être une source d'inspiration et un exemple, il ne lui restait plus qu'à serrer les dents et à faire preuve d'un courage qu'elle n'avait pas.

Chapitre 10

« Si ton verre est à moitié vide, tu cours moins de risques de le renverser. »

— Frankie

Matt venait de hisser son premier banc en rondins sur le toit en terrasse lorsque Frankie vint se planter devant lui le lendemain matin.

— A propos de ce week-end à Puffin Island…

Les mots se déversaient de sa bouche à la vitesse d'un torrent en crue.

— Je ne dis pas que je viendrai, parce que je persiste à penser que c'est une très mauvaise idée, mais, dans l'*hypothèse* où je t'accompagnerais, où est-ce que je logerais ? Pour toi, ce n'est pas un problème, tes parents peuvent t'héberger. Mais, quand les gens vont me reconnaître, ils me claqueront leur porte à la figure et enfermeront leurs maris et leurs fils à double tour. Il ne me restera plus qu'à camper quelque part au fond d'un pré, donc il faudrait que je prévoie le matériel *ad hoc*.

Matt se redressa.

Il était clair qu'elle avait passé la nuit à stresser, mais le non ferme et définitif s'était apparemment mué en un peut-être. Il se demanda ce qui avait bien pu lui faire changer d'avis.

— Tu ne camperas pas au fond d'un pré et je n'ai pas l'intention de séjourner dans ma famille.

Il ne jugea pas utile de préciser que ce qu'il avait l'intention de faire avec elle ce week-end-là requerrait un degré certain d'intimité.

— Pourquoi ne pas me laisser le soin de régler ces questions d'hébergement ? Il y a des chambres à l'Ocean Club. Ryan et Emily ont prévu aussi des solutions de logement pour ceux de leurs invités qui n'habitent pas sur l'île.

— Ça implique quoi ? Qu'on serait logés ensemble ?

— C'est ce que j'aimerais, oui.

Il discerna une lueur de panique dans ses yeux.

— Où est le problème, Frankie ? Tu n'apprécies pas ma compagnie ?

— Tu le sais, que j'apprécie ta compagnie.

— C'est tout ce qui compte. Le reste se fera tout seul.

Il s'offrit le luxe de la dévorer un instant des yeux. La tension sexuelle entre eux était sans équivoque. Il l'avait senti la veille au soir, le sentait encore aujourd'hui : c'était le même désir étourdissant qui vibrait entre eux.

Dans un réflexe d'autoprotection, Frankie replia les bras sur sa poitrine.

— Tu en parles comme si c'était simple, mais c'est *tout* sauf simple. C'est quoi, le projet exact, Matt ? Quelques moments passés ensemble en simple amitié ? Ou plutôt un genre de rencard ? Ou un week-end en... en... je ne sais pas quoi ?

— Faut-il nécessairement fournir une définition préalable précise ?

— Oui. Si tu me dis ce que tu attends de moi, je

saurai si j'ai les compétences nécessaires pour être ce que tu veux que je sois. Je connais mes forces et mes faiblesses.

A l'entendre, on aurait dit qu'elle passait un entretien d'embauche !

— Tu n'as pas besoin de « compétences » pour passer un week-end avec moi, Frankie. Je le dis et je le répète : je veux juste que tu sois toi.

— En général, c'est un truc qui ne marche pas, dans mon cas précis.

— Avec moi, ça marche très bien.

Elle se mordit la lèvre.

— Ce serait quoi le programme, alors ?

— Arrivée vendredi matin et ce sera journée boulot : visite du futur verger, prise de mesures du terrain, prélèvements d'échantillons de sol et discussion avec les propriétaires. Le samedi sera réquisitionné par le mariage et je pensais qu'on pourrait prendre le dimanche pour nous deux et rentrer tranquillement le soir.

Il avait essayé de présenter les choses sur le mode le plus anodin possible, mais Frankie ne parut pas tranquillisée pour autant.

— Une journée pour nous deux ? Ça consisterait en quoi ?

— Si je te disais que je prévois des épisodes de fou rire, plein de discussions fascinantes et que, pour le reste du temps, on pourrait faire l'amour à en perdre la tête, qu'est-ce que tu en penserais ?

Les joues de Frankie se teintèrent délicatement de rose.

— J'en penserais que les deux premiers éléments de la liste me conviennent.

— Tu as des objections contre le sexe qui décoiffe ?

— Evidemment que j'ai des objections ! Déjà, pour commencer, je sais à peine ce que recouvre le concept.

Je t'ai déjà dit que, le sexe, ce n'était pas mon truc. Si c'est pour ça que tu m'invites, sérieux, tu devrais emmener quelqu'un d'autre.

Le tremblement de pure panique dans sa voix toucha quelque chose de très profond en lui.

— Frankie...

— OK. Je vois que tu ne me crois pas. Alors je vais te le prouver, ce sera plus simple.

Sans prévenir, elle sortit les mains de ses poches et l'attrapa par les deux pans de sa chemise. Puis elle l'attira à elle, se dressa sur la pointe des pieds et pressa ses lèvres contre les siennes.

N'étant pas préparé à cet assaut imprévu, il réagit au quart de tour. Le vide se fit dans sa tête et sa libido prit les commandes tandis que le monde se dissolvait autour d'eux, se réduisant à un bourdonnement.

L'espace d'une seconde, il demeura passif, tout entier mobilisé par cette nouveauté déroutante : il embrassait enfin Frankie. Ou, plus exactement, Frankie l'embrassait, lui.

Il la sentit sur le point de mettre fin au baiser. Immobilisant son visage entre ses mains en coupe, il garda sa bouche solidement arrimée à la sienne. Il était hors de question qu'il la laisse partir. Hors de question que ça s'arrête là. Le désir se répandait en lui, impérieux, immédiat, aveuglant. Glissant une main dans son dos, il amena Frankie tout contre lui. Les doigts de l'autre main se perdaient déjà dans la douceur de ses cheveux. Il la maintenait prisonnière, ouverte à ses baisers. Elle avait peut-être commencé, mais il prenait la relève.

La bouche de Frankie était tiède et douce, et consentante, et il la sentit s'abandonner tout entière contre lui. Il percevait ses hésitations, mais il sentait aussi la soif qui la jetait vers lui. Une soif qui faisait pendant à la sienne. Il la désirait d'une façon si brutale, soudain, qu'il vacilla et rétablit son équilibre en plaquant la main contre la surface solide la plus proche — un panneau de palissade destiné à un de ses clients de Brooklyn. De sa main libre, il la saisit par les hanches et la pressa contre lui. Il sentit la douceur de son ventre contre la palpitation de son sexe dressé. Il avait envie d'elle, avec une intensité assourdissante dont il n'avait encore jamais connu l'équivalent. Ils étaient tout habillés l'un et l'autre et, malgré cela, il n'avait jamais vécu d'expérience plus intensément érotique que ce « simple » baiser.

Jusqu'où ils seraient allés, il n'en avait aucune idée, si des coups de klaxons prolongés montant de la rue en contrebas ne les avaient pas ramenés à la réalité présente.

Frankie arracha ses lèvres des siennes et fixa sur lui un regard égaré. Le son léger de sa respiration précipitée flottait dans l'air tendu, immobile.

Allait-elle vouloir qu'il lui fournisse une analyse détaillée de ce qui venait de se passer ? Dans l'état où il se trouvait, son cerveau était en panne sèche et seule une partie bien précise de son anatomie centralisait toute son énergie vitale.

Frankie recula d'un pas en portant les doigts à ses lèvres gonflées.

— Pourquoi tu as fait ça, Matt ?

Il fit un effort de concentration.

— Fait quoi ?

— M'embrasser. Tu m'as embrassée.

— Je crois me souvenir que l'initiative venait de toi, ma chérie.

— Mais tu as enchaîné.

Elle se passa nerveusement la main dans les cheveux, puis les souleva pour dégager sa nuque, comme si elle mourait de chaud, même à cette heure matinale. Il pouvait la comprendre. Sa propre température corporelle frisait le point de combustion.

— J'ai toujours pensé que le baiser était un passe-temps qui gagnait à être partagé.

— Je voulais juste que ce soit fait. Qu'on évacue le problème, en gros.

De son point de vue, tout ce qu'ils avaient réussi à accomplir, c'était de jeter de l'huile sur un feu déjà incandescent. Mais, si elle voulait voir les choses de cette façon, il était prêt à jouer le jeu.

— Et tu considères que c'est « évacué », donc ?

— Oui. Nous sommes fixés, maintenant.

— Hum...

Son regard tomba sur la courbe douce de ses lèvres.

— Nous sommes fixés, en effet.

Elle le dévisagea d'un œil suspicieux.

— Je vais être tout à fait claire : s'il s'agissait d'un jeu de Monopoly, nous n'aurions pas dépassé la case « départ ».

— Mais on n'est pas non plus sur la case « prison ». C'est déjà ça de pris.

Cela dit, si des pensées violemment érotiques pouvaient être un motif d'incarcération, il allait se retrouver bloqué sur cette maudite case pendant un bon bout de temps...

— Tiens, Frankie. On t'a acheté deux ou trois bricoles.

Paige plaça quatre sacs sur son bureau et Frankie s'arracha à ses rêveries diurnes au sujet de Matt.

Ce baiser ne s'était pas du tout déroulé comme elle l'avait prévu. Déjà, pour commencer, il n'avait ressemblé en rien à tout ce qu'elle avait connu jusque-là. Même si elle avait pris l'initiative, elle n'avait pas gardé la direction des opérations très longtemps. Le rapport de force avait basculé et Matt avait repris la main. Elle essayait de comprendre comment les rôles s'étaient inversés aussi vite, mais le souvenir de la scène était confus et lui laissait une impression persistante de vertige. Jamais elle n'aurait imaginé que le fait d'embrasser quelqu'un pouvait donner lieu à des sensations aussi... intenses. Des sensations qui s'étaient gravées en elle, apparemment, car elle sentait encore les mains de Matt sur son visage, sa bouche explorant la sienne, leurs deux corps comme fondus l'un en l'autre. Ce baiser avait été une découverte, un éclair, un éblouissement.

Au secours. Elle avait l'impression d'entendre Eva.

Frankie s'octroya une vigoureuse claque mentale et tendit la main vers les paquets.

— Ça a l'air chic et cher, tout ça.

— C'est un petit geste de reconnaissance pour toutes les heures de boulot que tu as consacrées au démarrage de l'agence.

— Vous avez bossé autant que moi.

Paige sourit.

— Je ne dis pas que je ne me suis pas offert deux ou trois petites choses, moi aussi.

Eva vint se percher sur le coin de son bureau, sa jupe patineuse bleue relevée haut sur ses jolies cuisses.

— Allez, ouvre-les ! On a essayé de trouver une solution de compromis entre le type de tenues dans lequel tu te sens à l'aise et celles qu'on rêverait de te voir porter.

— S'agirait-il d'une manœuvre de relookage ?

— Juste d'un cadeau de remerciement.

Eva poussa les sacs dans sa direction.

— J'avais un gros coup de blues l'autre soir et tu as

réussi à me rebooster le moral. Je sais que tu détestes décider de ce que tu dois mettre, donc j'espère t'avoir facilité la tâche. Il y a une tenue pour le voyage, que tu peux facilement agrémenter de quelques accessoires lorsque vous irez voir votre cliente. Puis il y a la tenue du mariage et autre chose que tu pourras mettre à la plage.

— Je n'avais pas encore décidé de ce que j'allais enfiler pour le mariage.

Frankie retira une couche de papier satiné et découvrit de la soie vert émeraude, toute douce et légère entre ses doigts.

— C'est une robe ? Je ne...

— Non, non, pas une robe. Une combi-pantalon qui sera superbe sur toi. L'île est venteuse et tu n'auras pas envie de passer la soirée à plaquer ta jupe sur tes jambes pour cacher ta culotte. En parlant de culotte, j'ai pris la liberté d'ajouter aussi des petits éléments un peu plus... personnels.

— Eva, non ! Tu m'as acheté de la lingerie !

— En cas de crash ou d'accident, je ne veux pas que la vue de tes sous-vêtements désassortis distraie les secouristes et ralentisse ton accès aux soins. Et, comme je me suis permis de bazarder l'abomination grise qui te tenait lieu de nuisette, j'ai pensé que je te devais une compensation.

De la lingerie.

Elle était inexpérimentée mais pas stupide. Si Eva lui refilait des dessous sexy, ce n'était pas pour qu'elle impressionne d'hypothétiques urgentistes. Elle voulait qu'elle soit au top lorsqu'elle se retrouverait dans un lit avec Matt.

Une aventure qui avait toutes les chances de tourner au crash aussi, cela dit.

Si le baiser avait eu un effet, il se situait plutôt du

côté de l'aggravation que de la résolution du problème. Après une telle montée de tension, la déception, au moment où ils finiraient dans un lit ensemble, serait d'autant plus brutale.

Plus dure sera la chute.

Elle replaça la combinaison dans le sac et jeta un coup d'œil dans l'emballage suivant.

— Vous avez dépensé une fortune, toutes les deux.

— Il est toujours conseillé de se sentir belle lorsqu'on doit affronter un truc qui nous effraie. Je t'ai aussi acheté un nouveau pull.

— Vous avez englouti le budget de notre boîte ou quoi ?

Paige secoua la tête et lui tendit un petit paquet.

— Non, rassure-toi, on s'en sort très bien. Je sais que tu détestes le rouge à lèvres, mais celui-ci est tellement neutre qu'il compte à peine. Il ira bien avec la combi-pantalon pour le mariage — style estival et léger... On est fières de toi, ajouta-t-elle après un bref silence.

Frankie éprouvait un horrible sentiment d'imposture.

— Vous n'étiez vraiment pas obligées de faire ça.

— Nous, on ne fait rien, c'est toi qui es en mode action, en l'occurrence. Et on te trouve formidable. Tu es forte et intrépide.

Paige la serra dans ses bras puis s'écarta lorsqu'un mobile sonna.

— C'est ton téléphone, Frankie ? Tu ferais mieux de prendre l'appel.

Intrépide ? Si elles savaient...

Elle n'avait jamais été aussi terrifiée de toute sa vie, même si elle ne savait plus très bien si c'était l'idée de coucher avec Matt ou la perspective de retourner à Puffin Island qui la traumatisait le plus. Les deux se mélangeaient dans sa tête pour former un mix anxiogène indissociable.

Pressée de fuir, elle prit son téléphone et quitta le bureau.

Paige se laissa tomber sur sa chaise.

— Tu crois qu'elle va porter tout ça ?

— Je ne sais pas. Je l'espère, parce que Matt va avoir besoin d'une psychothérapie s'il la voit au lit avec ce machin gris.

— Il est tellement fou d'elle qu'à mon avis le T-shirt troué ne lui ferait ni chaud ni froid.

Eva lui jeta un regard noir.

— Tu dis ça, mais tu n'as pas vu l'engin. Même sur Marilyn Monroe ça donnerait envie de prendre ses jambes à son cou.

Chapitre 11

« Si tu vis ta vie la tête tournée vers l'arrière, tu ne verras jamais la vie qui rayonne devant toi. »

— *Eva*

Pour gagner Puffin Island, deux possibilités s'offraient : le ferry qui faisait régulièrement la navette ou l'avion. Comme ils ne disposaient que d'un week-end prolongé, Matt avait opté pour la voie des airs.

— C'est Ryan qui s'est occupé des réservations. Il m'a rappelé qu'en été les routes de la côte sont blindées de monde et qu'on roule pare-chocs contre pare-chocs. Venir en bateau, c'était prendre le risque d'arriver en retard pour notre rendez-vous professionnel.

Frankie aurait été disposée à voyager à dos d'âne et en barque, s'il le lui avait demandé. Ce n'était pas le mode de transport qui l'inquiétait, mais leur destination finale.

Elle se dirigea d'un pas mécanique vers le petit appareil posé sur la piste. Le cœur serré, au bord de la nausée, elle se demanda s'il était trop tard pour revenir en arrière.

Etre une source d'inspiration pour Eva avait cessé d'être une préoccupation, à ce stade. Tout ce qu'elle voulait encore, c'était se soustraire à l'épreuve imminente et sauver sa peau.

Seule une étroite étendue d'eau la séparait encore de son passé.

Elle était tellement angoissée qu'elle en avait même oublié le baiser.

Le pilote se présenta : Zachary Flynn. Si Eva l'avait vu, elle aurait déclaré qu'il était « plus *hot* que *hot*, quoique sur un mode assez redoutable ». Frankie, elle, regarda à peine sa tête. La seule chose qui l'intéressait chez lui, c'était le fait qu'elle ne l'avait encore jamais rencontré.

Pour elle, c'était le facteur clé.

Ne sachant pas qui elle était, il ne serait pas tenté d'ouvrir la porte de l'avion pour la jeter dans les eaux agitées de la baie de Penobscot. Au moins, c'était quelqu'un qui n'aurait pas une dent contre elle.

L'avion Cessna était idéal pour les vols courts entre les îles. Frankie gardait les yeux rivés sur la baie étincelante, les voiles blanches, les îles avec les bateaux de pêche dans des petits ports protégés.

Même dans les moments de silence comme celui-ci, elle gardait une conscience aiguë de la présence physique de Matt à côté d'elle. Il devait la sentir crispée car il lui prit la main et la serra un instant dans la sienne. Le geste, destiné à la rassurer, eut surtout pour effet de réveiller ses angoisses sous d'autres formes.

Matt, à l'évidence, avait l'intention de booster leur relation et de passer à l'étape supérieure. L'ennui, c'était que, dès qu'il poserait la main sur elle, ça irait plutôt du côté de la chute libre que du décollage.

D'accord, le baiser s'était plutôt mieux passé que prévu. Mais elle ne se faisait aucune illusion sur le reste. De toute façon, il n'était plus temps de s'en inquiéter :

ils amorçaient leur descente vers Puffin Island et elle apercevait la piste d'atterrissage à distance.

Une fois l'avion au sol, elle regarda autour d'elle avec inquiétude, plus ou moins préparée à tomber sur un collectif d'insulaires indignés brandissant des banderoles « Pas de Frankie Cole sur notre île ». Mais il n'y avait personne à l'exception de l'agent de piste et de l'hôtesse au sol que le minuscule aérodrome employait pendant les mois d'été.

— Tout a déjà été arrangé pour la location de voiture.

Zach jeta un jeu de clés à Matt.

— C'est la Sonic gris métallisé qui est au bout du parking. Soyez prudents sur le dernier kilomètre avant d'arriver à la maison. Camp Puffin est noir de monde en ce moment, mais vous serez tranquilles une fois arrivés à Seagull's Nest. La cuisine est équipée et vous trouverez deux ou trois trucs dans le frigo. Mais, si vous avez un faible pour une marque de bière bien précise, il faudra prévoir de vous approvisionner en passant.

Frankie hissa son sac sur une épaule et se dirigea avec Matt vers la voiture.

— On est hébergés à Camp Puffin ?

— Zach est propriétaire d'un bungalow qu'il loue en été. Il est juste au bord de la mer. J'ai pensé que tu préférerais qu'on soit loin de la ville.

C'était le cas ! L'idée de pouvoir se réfugier dans un endroit à l'abri des regards la rassurait. Elle était touchée que Matt ait eu cette délicate attention.

— Il habite où, Zach, s'il n'occupe pas son bungalow ?

— A Castaway Cottage.

Tous ceux qui étaient nés sur l'île connaissaient Castaway Cottage, niché dans la courbe parfaite formée par Shell Bay, avec la vue sur Puffin Rock et l'océan sauvage au-delà.

Frankie avait perdu le compte des heures qu'elle avait passées seule sur cette plage à rêver d'un radeau sur lequel s'échapper de la prison qu'était l'île.

— Je connaissais la femme qui vivait là-bas dans le temps. Kathleen Forrest. Elle est morte il y a quelques années.

Matt prit le volant et elle se glissa sur le siège passager.

— Comment l'as-tu rencontrée ?

Une foule de souvenirs lui revenaient pêle-mêle, comme si elle avait ouvert la porte d'une armoire trop pleine.

— Le jour où mon père a quitté la maison, j'ai fugué.

Et elle n'avait toujours pas surmonté le sentiment de culpabilité qui avait provoqué cette fuite. Sa mère lui avait raconté par la suite que la moitié de l'île était partie à sa recherche.

— J'ai couru tout le long du sentier qui suit la côte et je me suis retrouvée à Shell Bay. J'étais seule sur la plage ou, du moins, je pensais que c'était le cas. J'ai pleuré, pleuré, jusqu'à ne plus avoir une seule larme dans le corps. Puis Kathleen est apparue avec une thermos de chocolat chaud. Elle m'a mis une couverture sur les épaules et m'a emmenée dans son cottage.

Frankie fronça les sourcils.

— Je me souviens d'avoir hésité sur le seuil et d'avoir marmonné que je n'avais pas le droit d'entrer chez des inconnus. Je n'ai jamais oublié sa réponse.

— Qui était ?

— « A Puffin Island, les inconnus ça n'existe pas. Il n'y a que des amis. »

Matt hocha la tête.

— Cela lui ressemblait bien de dire cela.

— Elle a prévenu quelqu'un de la mairie pour leur dire d'arrêter les recherches, que j'étais en sécurité.

— Tu te souviens pourquoi tu t'étais enfuie de chez toi ?

Le regard de Frankie se perdit par la vitre. Elle n'avait jamais dit à personne pour quelle raison elle avait quitté la maison.

— C'était le choc du départ de mon père, je crois.

En cela, au moins, elle ne mentait pas. Elle était réellement passée par un état de choc. Et s'était sauvée, en proie à une panique aveugle. Non seulement son père avait quitté le foyer, mais elle s'était retrouvée dans une position intenable, sans savoir comment l'assumer.

— Ta mère a dû se faire un sang d'encre.

Matt lui jeta un bref coup d'œil. Quelque chose dans son regard interrogateur la fit se demander s'il avait deviné qu'elle ne lui disait pas tout.

— Elle était trop ravagée par le départ de mon père pour se soucier de moi tant que ça.

Frankie secoua vigoureusement la tête comme pour chasser le flux insistant des souvenirs.

— C'est quoi, notre première destination, alors ?

— Si tu es d'humeur à causer pommiers, je propose qu'on aille voir les clients d'abord. Ensuite, on pourra faire un tour au port et acheter quelques provisions avant de pousser jusqu'au bungalow.

Harbor Stores était le point névralgique d'où irradiaient tous les ragots de l'île. Matt la verrait-il comme la dernière des lâches si elle restait dans la voiture et le laissait faire les courses tout seul ?

En habitué de l'île, Matt conduisait comme les gens du cru, empruntant les voies secondaires pour éviter le centre-ville. Il finit par atteindre la route en bordure de la forêt. Le couple qui rêvait d'un verger de pommiers leur réserva un accueil chaleureux. Ils avaient préparé une carafe de thé glacé maison et Frankie sirota sa boisson pendant que Matt et elle prenaient connaissance des particularités du terrain et envisageaient les différentes possibilités de plantation.

Même si Matt n'était pas horticulteur de profession, il avait de solides connaissances acquises sur le tas et bénéficiait d'un atout de taille : il avait grandi sur Puffin Island, connaissait les difficultés liées au climat insulaire et était averti de ses pièges.

Deux heures plus tard, ils prenaient congé de leurs clients, visiblement impressionnés par leur expertise.

— Je suis content d'avoir pu me faire une idée sur place. Le jardin est relativement protégé, dit Matt en reprenant le volant de leur voiture. Ce sera moins difficile que je ne le craignais.

— A condition de prendre le temps de préparer la terre avant. Le sol a besoin d'être amendé.

— Il ne faudra pas lésiner sur le fumier, c'est vrai. Mais ça ne se présente pas trop mal, en tout cas.

Ils approchaient du port et Frankie se recroquevilla d'instinct sur son siège. Elle ne se sentait pas prête à rencontrer des gens — n'avait aucune idée de la façon dont elle allait se comporter.

Lorsqu'ils furent garés devant le magasin, Matt se tourna pour lui faire face.

— Je peux y aller seul si tu préfères m'attendre ici.

Rester planquée dans la voiture était une chose. Le problème, c'était qu'il faudrait qu'elle confesse ensuite sa lâcheté à Paige et à Eva.

— C'est gentil. Mais, quand faut y aller, faut y aller.

Matt posa une main sur la sienne au moment où elle détachait sa ceinture.

— Je te promets que la guerre de Puffin Island n'aura pas lieu, soldat Frankie. La plupart des gens que tu verras là-dedans auront déjà oublié les événements de l'époque. Et la moitié d'entre eux ne savent même pas qui est ta mère.

— Peut-être. Mais je te préviens qu'en cas d'assaut je me planque derrière toi. Une chance que tu aies les épaules larges, grommela-t-elle en lui allongeant une bourrade.

Elle pénétra dans le magasin, le ventre noué, avec le sentiment de faire son entrée sur scène. Une impression soulignée par le tintement de la sonnette de la porte. Toutes les têtes se tournèrent dans leur direction.

Et voilà. C'est parti.

Elle se figea, le feu aux joues, et sentit le bras protecteur de Matt se poser au creux de sa taille.

— Cool, lui murmura-t-il à l'oreille. Je ne vois quasiment que des touristes ici... Qu'est-ce que tu as envie de manger, ce soir ? Avant que tu me répondes, je te préviens que, si c'est moi qui cuisine, tu as le choix entre trois plats.

— Trois, c'est tout ?

Elle était soulagée d'avoir une excuse pour concentrer son attention sur lui.

— C'est quoi, alors, les possibilités de menus *made by* Matt ?

— Pizza, pâtes ou canard à l'orange.

— La troisième solution paraît pas mal.

Il lui adressa un sourire malicieux.

— C'est le plat que je prépare quand je prévois un final avec une grande scène de sexe.

— Et ça marche ?

— J'imagine qu'on aura la réponse tout à l'heure.

Le cœur de Frankie eut un raté avant de repartir en accéléré.

— Je ne voudrais pas faire baisser tes résultats statistiques. Optons pour la pizza.

Matt sourit, mais ne fit pas de commentaires. Ils

firent quelques rapides emplettes et portèrent leur panier à la caisse. Frankie commençait à penser que Matt avait eu raison de dédramatiser. Elle se réjouissait déjà d'avoir traversé l'épreuve sans y avoir laissé une seule plume — lorsqu'elle se heurta à une dame déjà âgée portant un sac de pommes. Ses cheveux étaient blancs comme la neige qui couvrait l'île les mois d'hiver, sa peau fine était plissée par des milliers de rides, mais son regard bleu restait plus que jamais vif et alerte.

Hilda Dodge.

Frankie tenta de battre en retraite vers la porte, mais Hilda, impitoyable, la rattrapa par le poignet.

— Tu es bien Francesca, n'est-ce pas ?

Et merde. Faite comme un rat. Revenir sur l'île avait été une erreur. Une grossière erreur.

Hilda avait été la voisine des Becket. Combien de fois avait-elle eu l'occasion d'épier sa mère entrant et sortant par la fenêtre de la chambre à coucher conjugale ? Et la vieille dame n'avait qu'une hâte, bien sûr : évoquer ces croustillants souvenirs devant elle. En détail. Le passé allait être remis sur le tapis et commenté en long, en large et en travers, ici même à proximité du rayon fruits et légumes. Et Frankie n'aurait d'autre choix que d'écouter, avec des joues à faire pâlir d'envie une cagette pleine de tomates cerises.

— Oui, je suis bien Frankie, balbutia-t-elle.

— Nous ne t'avons plus revue ici depuis...

Les lèvres de Hilda remuèrent alors qu'elle se livrait à ses calculs.

— ... cela doit faire bientôt dix ans maintenant.

Dix ans, un mois, six jours et cinq heures.

— Je suis partie pour mes études.

Autrement dit, j'ai fui sans me retourner. Voilà comme elle était forte et intrépide.

— Je me souviens très bien de toi. Vous étiez trois

inséparables : toi, Paige et la jolie petite blonde qui vivait chez sa grand-mère.

— Eva.

— Voilà, c'est ça. Eva. Ma mémoire n'est plus ce qu'elle était. Vous formiez un trio soudé. On ne vous voyait jamais l'une sans l'autre. Et toi tu étais si timide.

— Pardon ?

— J'ai essayé d'engager la conversation avec toi, après ce qui est arrivé à tes parents, mais tu changeais chaque fois de trottoir pour ne pas avoir à parler avec moi.

Hilda se rapprocha et baissa la voix.

— J'avais le même âge que toi lorsque mes parents ont divorcé. Et ça a été un véritable séisme. Comme de rentrer chez soi et de découvrir que le toit de sa maison s'est effondré. D'un coup, tout ce qui paraissait stable, fixe et immuable a disparu. Il n'y a plus rien de sûr.

C'était exactement ce qu'elle avait ressenti. L'effondrement d'un univers. La perte de toute sécurité.

Elle fixa un regard décontenancé sur la vieille dame.

— Vous étiez... Je croyais que...

— Je voulais que tu saches que tu pouvais compter sur mon soutien. Et pas que le mien, d'ailleurs. Toute l'île a tremblé de peur quand tu as disparu, ce jour-là...

Les yeux de Hilda s'embuèrent. Elle lui posa la main sur le bras.

— Nous sommes tous partis à ta recherche. Tous. On a battu la campagne, fouillé les champs et les bois. La crainte de la noyade était dans toutes les têtes. Lorsque Kathleen a appelé pour dire que tu étais saine et sauve à Castaway Cottage... on peut dire qu'on a tous poussé un grand, grand ouf, par ici.

Ils avaient été soulagés de la retrouver ?

— Je...

— Ta présence ici nous a manqué. Même si je comprends que tu aies éprouvé le besoin de changer d'horizon. Trop de souvenirs tristes étaient liés à cette île, sans doute.

Hilda la serra rapidement dans ses bras.

— Mais le passé est loin derrière toi, maintenant. Et tu es de retour, c'est tout ce qui compte.

De retour ?

— Je vis à New York, maintenant, Hilda. Chez moi, c'est là-bas, ce n'est plus ici.

Hilda sourit.

— On ne se débarrasse pas si facilement de son terroir d'origine, mon petit. Quand on a des paysages comme ceux-ci dans la peau, ils y restent, qu'on le veuille ou non. Passe un bon séjour sur l'île. Tout le monde se réjouit à la perspective du mariage de Ryan et Emily.

Dans un état second, Frankie emboîta le pas à Matt et se laissa guider jusqu'à la Sonic. Il sortit de la place de stationnement et manœuvra pour éviter la file de voitures en attente du ferry. Prise dans un tourbillon de pensées, elle resta assise en silence à essayer d'assimiler ce qui venait de se passer. Puis finit par jeter un regard en coin à Matt.

— Bon, vas-y, dégaine.

— Dégaine ?

— Ton « je te l'avais bien dit ». Que c'était juste dans ma tête, le fait que les gens changeaient de trottoir en me voyant.

— Pour commencer, j'ai arrêté les « je te l'avais bien dit », vers l'âge de neuf ans. Et, de deux, je ne pense pas que ce soit uniquement dans ta tête. J'adore Puffin Island, mais je suis le premier à reconnaître que les gens d'ici adorent se mêler des affaires des autres et qu'ils peuvent parfois être envahissants.

— Mais pas forcément avec de mauvaises intentions.

En reconsidérant les choses depuis le départ, elle devait admettre que la version de Hilda était sans doute plus proche de la réalité que la sienne. C'était *elle* qui avait changé de trottoir et non pas l'inverse. Parce qu'elle avait été trop submergée par la honte pour oser regarder tous ces gens en face.

— J'étais tellement sûre de savoir d'avance ce qu'ils pensaient et quel jugement ils émettraient sur moi.

— On a tous un peu tendance à réagir comme ça, non ?

— Pas toi. Tu ne fonctionnes pas de cette façon.

Il haussa les épaules.

— Je suis comme tout le monde. Il m'arrive de prêter aux autres des idées ou des sentiments qu'ils n'ont pas. Mais en règle générale je trouve plus sûr d'attendre qu'une personne annonce la couleur, avant de lui attribuer d'office une opinion. Cela paraît assez logique, pour commencer. Et puis je suis un mec. Je n'ai pas votre fameuse intuition féminine.

— Moi non plus, apparemment.

Frankie rejeta la tête en arrière et se laissa envahir par la montée irrépressible des souvenirs.

— Et dire que j'avais une trouille bleue de cette femme.

— Hilda ? Elle fait partie des doyens de l'île. Quand on était gamins, on la craignait tous un peu. Mais elle a un humour décapant et elle sera toujours prête à donner d'elle-même pour les gens d'ici. Vois le côté positif. Tu es entrée dans Harbor Stores et tu en es ressortie vivante. Mieux que cela, même. Hilda t'a serrée dans ses bras. C'est quasiment l'équivalent d'un laissez-passer permanent. Elle t'approuve et le reste de l'île suivra.

Il avait raison.

Une partie de la tension de Frankie retomba. Elle avait construit des scénarios paranoïaques et avait déformé la réalité. Sa propre gêne l'avait amenée à éviter les autres et elle avait réussi à se persuader que c'était l'inverse qui s'était produit.

On ne se débarrasse pas si facilement de son terroir d'origine.

Même si elle ne se sentait pas à proprement parler « chez elle » sur l'île, elle devait reconnaître que le charme du lieu agissait. Aujourd'hui, elle retrouvait une beauté que sa mémoire avait effacée. Ou peut-être pas effacée, mais obscurcie. Le divorce haineux de ses parents avait jeté une ombre grise sur les paysages alentour et, d'une façon générale, avait assombri le tableau.

Matt ralentit à un carrefour et s'engagea sur la route qui menait vers Camp Puffin, sur la côte Est de l'île. Par la vitre ouverte, on voyait les prés onduler en direction de la mer qui étincelait au grand soleil. C'était une journée idéale pour la voile, et planches et dériveurs sillonnaient la baie. Au loin, on distinguait les lignes de la côte du Maine.

— C'est beau, par ici. Ce n'était pas une partie de l'île où je venais souvent.

— Tu n'as jamais passé un été à Camp Puffin ?

— En colo ? Jamais, non. Paige ne pouvait pas y aller. Cela aurait été trop dangereux, à cause de son cœur. Enfin... je me demande pourquoi je te dis ça, car tu le sais mieux que moi. Mais on n'avait pas envie d'y aller sans elle, en tout cas.

De toute façon, elle aurait détesté aller en colo. Avec certains ados de leur âge, elle avait eu des relations correctes. Mais un groupe de garçons plus âgés lui avait mené la vie dure, à l'époque. Supporter leur harcèlement au collège, puis au lycée, avait déjà été suffisamment dur pour qu'elle se passe d'étendre la torture aux mois d'été. Pouvoir souffler pendant les vacances était un vrai soulagement.

— Eva et moi, on se faisait notre camp à nous dans la grotte, juste après South Beach. Tu la connais ?

— Plutôt bien, oui.

Le sourire éloquent sur les lèvres de Matt éveilla sa curiosité. La nuit, la grotte avait été le lieu de rendez-vous préféré des adolescents en quête d'un endroit à l'abri des regards.

— On avait enterré une boîte en métal dans cette grotte, je me souviens. Et chacune de nous y avait placé un objet personnel précieux.

— J'espère que vous l'avez enfouie assez profond, sinon votre boîte magique doit flotter quelque part au niveau du Groenland, à présent. Le mariage se fait sur South Beach, donc on pourra se mettre à sa recherche, si tu veux.

Matt ralentit en atteignant la fin de la route goudronnée. Elle se poursuivait sous la forme d'une piste qui longeait la forêt avant d'arriver à la colonie.

— Il y a un chemin qui part d'ici et qui court le long des falaises pour atteindre Castaway Cottage.

— C'est une balade que je faisais souvent.

A quatorze ans, elle s'était sentie isolée, avec le fardeau d'un secret qu'elle n'avait même pas pu partager avec ses deux meilleures amies.

— Souvent je marchais jusqu'au cottage, mais je n'y suis plus jamais entrée, après le soir où Kathleen m'a recueillie. Je m'asseyais, en haut, sur les rochers, et il m'arrivait d'observer sa maison pendant des heures.

Jusqu'au moment où la fumée paisible qui montait de la cheminée et les lumières accueillantes aux fenêtres la renvoyaient un peu trop violemment à son sentiment de solitude. Elle se levait alors sans bruit et repartait sur le bord de la falaise pour retrouver les ruines de ce qui lui tenait lieu de famille.

— Je me souviens de l'impression de chaleur, de beauté, que j'ai eue en entrant dans le cottage. Kathleen avait des photos d'oiseaux de mer encadrées aux murs, et dans la cuisine de grandes jarres avec des herbes marines qu'elle cueillait elle-même sur la plage. Tout chez elle évoquait l'océan. Moi, j'étais enveloppée dans ma couverture et je me disais que je pourrais rester là pour toujours, à écouter les vagues se fracasser sur les rochers. Et Kathleen était douce et savait écouter comme personne.

A tel point qu'elle avait failli tout lui dire.

Juste failli.

C'était la raison pour laquelle elle n'avait plus jamais frappé à sa porte par la suite. Elle avait eu trop peur de se trahir. De divulguer un secret qui ne lui appartenait pas. Et, ce fardeau dont elle ne voulait pas, elle avait continué à le porter toutes ces années.

— Donc tu as quelques bons souvenirs des gens d'ici, malgré tout ?

Ils longèrent les bâtiments principaux de la colonie et empruntèrent la piste étroite qui suivait la côte. Frankie vit tout un groupe d'enfants pagayer avec application à bord de quelques kayaks ; d'autres s'activaient pour construire une sorte de cabane sur la plage. Ils riaient et s'interpellaient tout en ramassant du bois flotté.

De beaux souvenirs d'enfance pour plus tard.

Et elle ? Avait-elle gardé quelques bons souvenirs, malgré tout ?

— Peut-être que j'en ai, mais ils ont été éclipsés par mes problèmes familiaux. Après le départ de mon père, ma mère est tombée dans un état tellement dépressif que je ne savais plus quoi inventer pour essayer de la sortir de là.

Plus loin, deux petites filles se démenaient pour essayer de planter un bout de bois dans le sable. Elles finirent par s'écrouler l'une sur l'autre et partirent d'une crise de fou rire.

— Il y avait des jours où elle ne sortait même plus de son lit. J'avais peur chaque fois que je devais la laisser seule. Cela a duré comme ça pendant des mois. Tous les jours, des voisins passaient pour prendre de nos nouvelles. Lorsque j'allais faire les courses, les gens venaient me parler et me dire qu'ils étaient désolés pour moi. Il ne s'écoulait pas une journée sans que je trouve des petits plats tout préparés devant notre porte. Puis, du jour au lendemain, ma mère a décidé qu'elle en avait soupé de son rôle de victime. Elle a fait une opération relookage, est sortie faire la fête, a pris une cuite avec Sam Becket, et tout le monde sait comment ça s'est terminé. Les gens ont très vite cessé de nous apporter des petits plats. Au bout d'un moment, l'hostilité était telle que je me demandais si on n'allait pas finir par nous envoyer des tomates pourries à la tête.

— D'après ce qui se racontait, le couple Becket était déjà en crise bien avant que ta mère ne se réinvente une seconde jeunesse.

— Je n'avais jamais entendu parler de ça.

— Tu étais probablement trop jeune pour prêter attention à ce qui se chuchotait à leur sujet. Mais, si les rumeurs étaient exactes, Sam Becket collectionnait déjà allègrement les aventures.

Frankie prit le temps de digérer l'information.

— Donc il a eu d'autres maîtresses avant ma mère ? Comment se fait-il que je n'aie pas été au courant ?

— Tu t'intéresses peu aux commérages. Cela fait partie des qualités que j'aime chez toi.

Le cœur de Frankie fit un petit bond dans sa poitrine.

— Parce qu'il y en a d'autres, des qualités que tu aimes chez moi ?

— Hum... Tu ne serais pas en train de me draguer, par hasard ?

Il lui adressa un sourire gentiment séducteur qui accéléra encore ses palpitations cardiaques.

— Tu sais bien que je ne maîtrise pas les techniques de drague. Je voulais faire une recherche sur Internet, mais j'ai été trop occupée.

— On peut faire des recherches sur un sujet comme ça ?

— On peut faire des recherches sur tout. Je suis sûre qu'il existe du coaching en ligne, avec exercices pratiques à l'appui.

— Genre : « Emballez-le en dix séances » ?

Il gardait les yeux rivés sur la piste inégale pour négocier les ornières, mais son sourire s'élargit.

— Donc, si tu ne flirtais pas, il s'agissait d'une vraie question. Je vais te répondre, mais je te préviens que la liste est très, très longue, donc ça peut prendre un moment.

— Ça, c'est du grand n'importe quoi, Matt Walker.

— Du grand numéro de charme, tu veux dire ?

— Et il fonctionne, ton charme, dans la vraie vie ?

— J'imagine qu'on verra ça en temps utile.

Il jeta un coup d'œil dans sa direction. L'espace d'un instant, le regard brûlant de Matt croisa le sien. Mais elle n'eut pas le temps de placer une repartie, car la voiture s'immobilisait déjà devant le bungalow.

— Et voilà, nous y sommes. Je te présente Seagull's Nest.

C'était une simple maisonnette en rondins nichée

sur la falaise à l'endroit où la forêt rencontrait l'océan. Une terrasse en bois suspendue dominait la plage. Par une journée comme celle-ci où la mer était agitée, les embruns éclaboussaient le rivage, mouillant les larges planches en bois gris.

Sous le charme, Frankie sortit de la voiture.

Le bungalow était idyllique mais... isolé. Jusqu'à son arrivée sur l'île, elle avait imaginé que Matt et elle seraient très entourés. Elle s'était représenté un week-end en groupe, passé à rire, à boire et à se baigner dans une atmosphère ludique et collective.

Pas un instant elle n'avait anticipé qu'ils se retrouveraient loin de tout, dans un endroit comme celui-ci. Les jambes soudain flageolantes, elle se tourna vers Matt.

— Tu as la clé ?

— Elle est sur la porte.

Matt posa leurs deux sacs à l'entrée.

— Les gens d'ici continuent de laisser tout ouvert. Ce qui nous demande un temps d'adaptation, à nous, new-yorkais.

Il poussa le battant et lui fit signe de passer devant. Frankie s'avança et son corps frôla le sien.

Elle était à la fois intimidée, malade de nervosité et sexuellement troublée. C'était bizarre d'avoir la tremblote comme ça alors qu'elle connaissait Matt depuis toujours.

Le problème, c'était que ce nouveau Matt qui l'avait entraînée à Puffin Island n'était plus le bon copain rassurant d'avant. Il était sorti de la « *friend zone* » sans prévenir et elle découvrait de lui une version qu'elle ne connaissait pas.

Le bungalow était simple mais élégant — le parfait nid douillet pour un week-end en amoureux. Le grand lit était fait et un bouquet de fleurs fraîches avait été placé sur une table de chevet. Par la fenêtre ouverte entrait le plaisant méli-mélo des parfums de l'été, relevé par le piquant de l'air iodé.

Le cadre romantique par excellence.

Tous les éléments y étaient, à part qu'elle ne jouait pas dans la catégorie romantique. Dans le domaine du sexe et des sentiments, elle n'y connaissait rien à rien, et Matt allait bientôt découvrir son inaptitude crasse. Qu'attendait-il d'elle, au juste ? La longue liste des qualités qu'il aimait chez la Frankie Cole telle qu'il se l'imaginait risquait de se réduire très vite comme peau de chagrin. Ce n'était pas faute de l'avoir prévenu, pourtant. Elle avait tout essayé pour le dissuader, mais il persistait et signait quand même. Soit parce qu'il n'avait pas écouté un traître mot de ce qu'elle lui racontait, soit parce qu'il pensait qu'elle surestimait le problème.

A moins qu'il ne fasse partie de ces hommes qui se considéraient comme de vrais maîtres en la matière, capables de transformer n'importe quelle fille frigide en une pasionaria du sexe ?

Cette pensée fit monter encore un peu plus la pression.

Elle aurait le triste privilège d'être la première femme qu'il ne parviendrait pas à amener au plaisir. Comme un vieux moteur rouillé que même les soins les plus perfectionnés ne pouvaient remettre en état de marche. Une vague de découragement la submergea. Si seulement elle avait pu être une femme *normale* ! En ce moment même, elle aurait ri et flirté avec Matt, le cœur battant d'anticipation joyeuse.

Dans ses rêves.

Dans la réalité concrète, elle était à deux doigts de prendre ses jambes à son cou et de se réfugier dans la forêt, comme elle l'avait fait enfant.

La panique prit le dessus et elle recula vers la porte.

— Ce bungalow est conçu pour un couple.

— Ça en a tout l'air, oui.

Il glissa un bras autour de sa taille et l'amena contre lui.

— C'est un problème ?

Tout posait problème. A commencer par elle.

A présent qu'elle se trouvait au pied du mur, toutes ses incertitudes remontaient. Jusque-là, la pauvreté de sa vie sexuelle ne l'avait que moyennement préoccupée. Parce que les hommes qu'elle rencontrait la laissaient froide. N'ayant jamais été amoureuse, elle n'avait jamais eu de regrets non plus. Pour elle, le sexe était juste une activité de type « prise de tête » qu'elle associait à la vie débridée de sa mère et à l'agressivité libidineuse dont quelques garçons avaient fait preuve envers elle du temps de Puffin Island.

Mais, ça, c'était avant Matt.

Elle n'avait jamais désiré quelqu'un comme elle le désirait, lui. Le sentiment d'urgence était là en permanence et l'électrifiait tout entière. Elle avait désespérément envie de lui. C'était comme un bourdonnement de tout son être, un phénomène physique intense, bouleversant, que la seule présence de Matt suffisait à déclencher. Depuis le baiser, elle le ressentait en permanence. C'était comme une brèche qui s'ouvrait. Un appel. Elle avait envie que le baiser se renouvelle — envie d'aller beaucoup plus loin avec lui... La seule chose qui l'arrêtait, c'était la certitude de le décevoir. Et de se décevoir elle-même. Qu'adviendrait-il si la réalité ne tenait pas les promesses que leur attraction mutuelle laissait miroiter ? Jamais, elle n'avait atteint un état d'excitation aussi aigu. Une excitation grisante dont les effets lui montaient à la tête, à la manière d'une drogue dure. Et elle était terrifiée à l'idée que cet élan des sens puisse retomber d'un coup.

La voix de Matt s'éleva, douce et insistante :

— Parle-moi, Frankie. Dis-moi ce qui bloque.

— Ça ne marchera jamais.

Compte tenu de ce qu'il savait déjà à son sujet, elle ne voyait aucune raison de lui mentir. Elle détestait garder un secret. Elle en avait déjà suffisamment à porter comme cela.

— Chaque fois que je fais l'amour, c'est la cata. Je m'ennuie. Il s'ennuie. Ce serait sûrement plus passionnant pour toi de passer une heure à traîner sur Internet que de partager un lit avec moi. Je ne peux pas atteindre… Enfin, je n'ai encore jamais…

Là encore, c'était un secret dont elle ne s'était jamais ouverte à personne.

— Enfin, tu vois ce que je veux dire.

— Rien de ce que je peux vivre avec toi ne m'ennuiera jamais, Frankie.

Il caressa du pouce sa joue brûlante.

— Et tu n'as aucune raison d'être stressée.

Aucune raison d'être stressée ? Alors que son niveau d'angoisse frisait des records historiques ?

— Je décide moi-même si j'ai des raisons de stresser ou non. Je suis adulte et entièrement libre de stresser comme je veux, quand je veux, et au degré qui me convient.

Il sourit.

— Le plus simple parfois, lorsqu'on appréhende quelque chose, c'est de passer en mode action.

— Comme chez le dentiste, tu veux dire ?

Matt leva un sourcil ironique.

— Je crois pouvoir te promettre que l'expérience se situera quand même quelques crans au-dessus d'un fraisage de carie. Tu me fais confiance ?

— Evidemment ! Mais ça n'a rien à voir.

A bout de ressources, elle tenta une dernière fois de lui faire comprendre qu'ils allaient droit dans le mur.

— Je ne crois pas avoir une nature très sexuelle. Ça doit venir de ma constitution. Ou peut-être que l'exemple de ma mère a créé de telles crispations chez moi que cela m'a rendue incapable de me lâcher. Je ne sais pas très bien. Mais ce que je sais, en revanche, c'est que le fait que tu sois canon, sexy, *hot* et tout ce que tu voudras, ne changera rien au problème. Toi, tu penses que ça va marcher parce que tu te prends pour un genre de dieu suprême de l'amour qui va me remettre sur le droit chemin de la sexualité assumée, c'est ça ?

— Je ne me prends pour rien du tout. Je sais juste que ça va marcher parce que nous sommes importants l'un pour l'autre. Et aussi parce que, chaque fois que je te vois, j'ai une furieuse envie de t'arracher tes vêtements. C'est un excellent indicateur, ça aussi.

Il pencha la tête et fit glisser ses lèvres entrouvertes sur la nuque de Frankie.

— Et si tu arrêtais de penser à la façon dont tu as vécu tes expériences passées et que tu te concentrais sur ce qui nous arrive aujourd'hui ?

Il était si confiant. En lui. En elle. En eux. Chacun de ses gestes était calme, patient, plein d'assurance. Alors qu'elle n'était plus qu'une épave tremblante.

Frankie ferma les yeux en cherchant à contrôler les vagues de sensations qui déferlaient en elle. Son cœur battait si fort que Matt ne pouvait que l'entendre.

— Matt...

— Est-ce que je t'ai déjà mise mal à l'aise, jusqu'ici ?

— Non. Mais nous n'avons jamais...

— Chut ! Le « non » suffit. Oublie le « mais », OK ? Si je fais quoi que ce soit qui te déplaît ou te met mal à l'aise, tu n'auras qu'un mot à dire et je m'arrêterai.

Avant qu'elle puisse répondre, elle sentit les doigts de Matt se refermer sur sa nuque et ses lèvres remonter le long de son cou, glisser sur son visage, puis rester un instant en suspens, dans une tentante proximité avec sa bouche. Est-ce qu'il le faisait exprès ? Est-ce qu'il l'allumait en prolongeant l'attente ? Si oui, c'était réussi. L'attente faisait monter encore la tension.

Et sous la tension vibrait le désir.

Ni sa nervosité ni son angoisse ne diminuaient la vertigineuse intensité de son envie de lui.

Enfin, Matt posa ses lèvres sur les siennes et l'embrassa tout en douceur, se livrant à une lente exploration qui fit battre le pouls de Frankie plus vite. Ce second baiser ne le cédait en rien au premier en matière de plaisir et d'intensité. Elle se surprit à gémir et à s'agripper des deux mains à la chemise de Matt. Côté baiser, elle se sentait désormais dans son élément. Si seulement il voulait bien s'arrêter là, ils pourraient peut-être se tirer sans casse de ce week-end à deux.

Matt la poussa de façon à lui caler le dos contre le battant de la porte. Ses cuisses puissantes encadraient les siennes, la maintenant prisonnière, et elle perçut le renflement de son érection. Prise au piège, elle entoura ses épaules de ses bras dans un soupir.

Embrasser Matt était une expérience totale qui mobilisait tout son être. Les sensations se réverbéraient en elle, glissaient sur sa peau, sous forme de longs frissons qui se répercutaient jusqu'au creux de ses cuisses. Ses mains se crispèrent sur le haut des bras de Matt, ses doigts s'enfoncèrent dans le rebondi des muscles. La belle forme physique de celui-ci arrivait à pic car elle sentait ses propres forces la quitter. Mais peu importait si ses jambes la portaient encore ou non, car elle était prise en étau entre son corps d'athlète et la porte. Il la maintenait épinglée ainsi contre le battant pendant qu'il l'embrassait. La bouche de Matt était inventive et savante, son baiser explicite. Sa main libre remonta de sa taille et il prit lentement un de ses seins dans sa paume à travers la couche légère de ses vêtements. C'était la première fois qu'il la touchait aussi intimement et elle eut un imperceptible mouvement de recul. Comme s'il devinait qu'elle en avait besoin, Matt attendit qu'elle se familiarise à son contact avant de passer le pouce sur la pointe érigée de son sein. Une sensation aiguë de plaisir la traversa et elle gémit contre sa bouche. Le trouble qui la tenaillait était violent, comme un vide qui se creusait en elle et obligeait tout son corps à répondre. La main de Matt se crispa sur sa hanche, la maintenant immobile, pendant que de l'autre il continuait de caresser, d'explorer, avec une sensualité lente et calculée qui la faisait trembler. Elle sentait contre elle la pression de son sexe dressé, dur et excitant contre son ventre, tandis qu'il continuait à l'embrasser avec la même patience voluptueuse.

Brusquement, cela ne lui suffit plus. Les vêtements entre eux devenaient un obstacle insupportable, une frustration croissante. Elle voulait ses mains sur sa peau, sa nudité contre la sienne. Elle guida les doigts de Matt jusqu'aux boutons de sa blouse, dont il vint à bout avec une déconcertante facilité. Il n'y eut bientôt plus entre eux que la soie et la dentelle qu'Eva avait absolument tenu à lui faire porter. Elle ne le sentit pas dégrafer son soutien-gorge, mais le sous-vêtement glissa bientôt au sol. Elle soupira d'aise lorsqu'il la pressa plus étroitement contre lui. Leur baiser se fit plus libre, plus joueur. Plus éperdu, aussi. Elle ferma les yeux pour mieux sentir sa langue s'enrouler autour de la sienne et explorer sa bouche avec insistance. L'ardeur avec laquelle ils s'embrassaient lui liquéfiait les muscles. C'était comme une supplication muette qui montait en elle, un mélange indémêlable de douleur, d'excitation et de désir.

Sans prévenir, Matt glissa un bras sous ses genoux et la souleva pour la porter sur le lit. C'était comme s'enfoncer dans un nid duveteux et elle se laissa sombrer dans un épais tourbillon de sensations liquides alors qu'il finissait de lui retirer ses vêtements. Matt arracha à son tour sa chemise et elle entrevit brièvement la beauté musculeuse de son torse avant qu'il s'allonge sur elle et recommence à l'embrasser, ses pectoraux glissant doucement sur la peau sensible de ses seins.

La fenêtre ouverte laissait entrer le fracas du ressac frappant la roche. Au halètement de la mer se mêlait la respiration irrégulière de Matt alors qu'il se laissait descendre le long de son corps, centimètre après centimètre, lèvres entrouvertes, couvrant son ventre frémissant d'une myriade de baisers.

Le sexe, dans l'idée qu'elle s'en faisait, consistait en de laborieuses triturations qui se pratiquaient dans le noir complet. Mais Matt ne semblait pas pressé de boucler portes et volets. Le soleil de fin d'après-midi entrait à flots dans le bungalow, les inondant d'une lumière dorée.

Lorsqu'il lui ouvrit les jambes et qu'elle sentit la caresse sensuelle de sa langue tout près du pli d'une cuisse, un mélange de peur et de pudeur reprit le dessus. Elle se tortilla, alarmée, et tenta de se dégager.

— Matt, non ! Tu ne peux pas faire ça !

— Pourquoi pas ?

— Ça me met mal à l'aise.

— Parce que tu n'es pas habituée à être nue devant moi ? Tu t'y feras très vite.

— Matt, je ne m'habituerai jamais... Oh...

Elle ferma les yeux et s'abandonna, impuissante, à un feu d'artifice de sensations.

— Mais tu ne peux pas... Il fait grand jour.

— Il fait jour, oui. Mais, ça, c'est un constat. Pas une raison objective pour arrêter quoi que ce soit.

Se sentant incomprise face à son humour détaché, elle se débattit de nouveau. Mais il la maintint immobile en lui clouant les hanches sur le matelas.

— Matt, s'il te plaît ? On ne pourrait pas attendre qu'il fasse nuit, au moins ?

— Si on attend qu'il fasse nuit, j'allumerai la lumière. Ça ne changera rien.

— Mais, Matt...

— Fais-moi confiance, Frankie. Je voudrais vraiment que tu me fasses confiance.

Le désir perçait dans sa voix rauque. Il remonta le long de son corps et lui caressa les cheveux avec une tendresse désarmante.

— Détends-toi, Frankie. Je te promets que tu n'as rien à craindre avec moi.

Il fit courir des doigts légers comme des plumes sur sa peau étonnamment réactive. Matt savait exactement où et comment la toucher. Et ses lèvres, puis sa langue suivirent le chemin ouvert par ses mains, finirent par se poser là où elle les attendait et les redoutait à la fois. Le souffle tiède de Matt s'insinua au plus intime d'elle-même, puis ses doigts écartèrent ses lèvres secrètes et elle sentit sa langue glisser à leur suite.

Un gémissement lui échappa, si sonore qu'elle se plaqua une main sur la bouche, choquée par l'étrange son langoureux qu'elle venait d'émettre.

Jusque-là, elle avait toujours été bloquée par le

souvenir de ses expériences passées, mais en cet instant le passé n'avait plus cours. Le présent seul subsistait.

Ses hanches ondulaient contre les draps. Ce qu'il lui faisait, personne, jamais, ne l'avait fait avant lui. Et elle, toute honte bue, s'abandonnait à l'hommage de sa bouche généreuse et de ses doigts délicieux. Une houle puissante montait en elle, l'emportant toujours plus haut. Elle oublia qu'elle gisait nue, cuisses ouvertes et inondée de lumière, oublia que c'était Matt, son vieil ami, le frère de Paige, oublia tout à l'exception du fabuleux plaisir qu'orchestraient les mouvements de la langue de cet homme et l'invasion intime de ses doigts.

Poignardée par l'intensité de ses sensations, elle déposa les armes, cessa de résister et lui remit les rênes de son corps. Des ondes la parcouraient, les décharges aiguës de plaisir se rassemblaient en vue d'un aboutissement encore insaisissable — entrevu mais jamais atteint. Son ventre frissonna, les petites contractions s'accélèrent et tout son corps fut pris de spasmes. Elle se vit partir, vaguement consciente qu'elle hurlait son nom, foudroyée par un déferlement irrépressible.

Ce ne fut que lorsqu'elle retomba sans force et ferma les yeux qu'elle le sentit bouger pour venir s'allonger près d'elle. Incapable d'ouvrir les yeux, elle crispa les paupières.

La voix rauque de Matt résonna tout près de son oreille.

— Frankie... Regarde-moi.

Le *regarder* ? Il se moquait d'elle ou quoi ? Plus jamais elle ne pourrait lever les yeux sur lui. Elle voulut se couvrir le visage, mais il retint sa main.

A la torture, elle détourna la tête.

— Laisse-moi, Matt. Sérieux. Je veux juste que tu

me laisses tranquille. Je me débrouillerai pour rentrer seule. Rien ne nous oblige plus à nous revoir ni à nous reparler. Tu n'as qu'à dire à tes amis les futurs mariés que je suis morte.

Il y eut un temps de silence. Puis, de nouveau, la voix de Matt près de son oreille — avec une trace d'amusement, cette fois :

— Juste pour être sûr de bien relayer l'information : quelle serait la cause du décès ?

— La honte.

Elle sentit sa main lui caresser doucement le bras, dans un réconfortant mouvement de va-et-vient.

— Et pourquoi la honte ?

— Tu as vraiment besoin de poser la question ?

Elle s'était tortillée et déchaînée devant lui. Avait hurlé son nom comme une possédée. Elle se demandait même s'il n'y avait pas eu un moment où elle l'avait supplié de ne plus jamais s'arrêter...

La chaleur irradiait de ses joues comme si on les avait passées au gril. Matt lui prit le menton, la forçant à le regarder.

— Parvenir au plaisir n'a jamais été une tare, Frankie. Et il est clair qu'il n'y a strictement aucun problème du côté de ta sexualité.

Pour comble de mortification, elle sentit sur son visage la brûlure humide des larmes qui s'étaient mises à couler sans préavis.

Oh non, pas ça. Elle ne pleurait jamais. Jamais.

— Regarde-moi, Frankie.

Il écarta les mains qu'elle avait portées à sa figure et jura tout bas. Toute trace d'amusement s'effaça sur ses traits.

— Il ne faut pas pleurer, mon ange. S'il te plaît, non, ne sois pas triste. Je suis désolé si je t'ai mise mal à l'aise. La prochaine fois, on fera les choses de façon plus soft. On pourra faire l'amour dans le noir si tu te sens mieux comme ça.

— Ce n'est pas toi qui me fais pleurer, Matt. Je ne sais pas ce qui m'arrive. Ce n'est pas du tout moi, le style larmoyant.

Elle se frotta les yeux avec la paume des mains.

— C'est juste que je n'aurais jamais cru possible de ressentir ça. Je pensais que je n'étais pas capable... que j'étais complètement... Je ne sais plus très bien qui je suis, maintenant.

Il l'attira contre lui, dans le cercle protecteur de ses bras, l'enveloppa de sa force et de sa chaleur.

— Ce que tu as ressenti n'enlève rien à la personne que tu es. Tu es toujours la même, mais tu as appris quelque chose de nouveau à ton sujet. Nous passons notre temps à découvrir des aspects inconnus de nous-mêmes, Frankie. Cela n'a rien de négatif.

Elle n'avait pas le sentiment de quelque chose de négatif. Elle avait au contraire le sentiment de quelque chose de bon. De très bon, même. Et elle en voulait encore.

Comment était-il humainement possible d'en désirer plus ?

Elle maintint son visage enfoui contre son torse viril, se grisant de son odeur masculine.

D'un geste hésitant, elle laissa glisser les doigts sur la face interne de la cuisse de Matt, trouva du plaisir aux sensations contrastées des muscles, des poils, de la peau. Puis elle couvrit son sexe de sa main.

La respiration de Matt se modifia, mais il ne fit pas de commentaire et la laissa procéder comme elle l'entendait. Fascinée par l'exploration qu'il la laissait mener à son gré, elle trouvait à caresser son sexe un plaisir qui pourrait rapidement devenir insatiable.

Il tressaillait sous ses doigts, réagissait à chaque

effleurement, chaque improvisation de sa main qui allait et venait doucement. Fascinée par le plaisir qu'elle suscitait, elle sentit son propre ventre s'éveiller. De nouvelles ondes d'excitation la parcoururent, délicieuses et lancinantes à la fois.

— Matt ?

Il y eut un temps de silence, puis elle entendit le sifflement de sa respiration à travers ses dents serrées.

— Quoi ?

— J'ai envie de toi.

Les mots étaient simples, mais exprimaient ses sentiments à la perfection. Et traduisaient très précisément ce qu'elle voulait.

Matt la fit rouler sous lui. Le désir brûlait dans le feu azur de ses yeux. La sensation de son poids sur elle lui arracha un murmure d'excitation et de joie. De nouveau, son corps bourdonnait de désir — plus intensément encore cette fois, car elle allait connaître la sensation de Matt en elle.

Partager son plaisir.

Elle voulait que ce soit Matt qui lui ouvre la voie. Que Matt soit son mentor et son guide.

Il enfouit les lèvres dans son cou, les laissa glisser avec une lenteur suggestive sur sa peau.

— Tu pensais que c'était bon, tout à l'heure, mais tu verras. Ça va être encore meilleur cette fois-ci. Car je serai en toi.

Ses mots lui coupèrent le souffle. Les sensations étaient si fortes qu'elles frisaient l'intolérable. Des émotions puissantes montaient en elle, se conjuguaient en un flux où elle aurait pu se noyer.

Elle enfonça les doigts dans les épaules de Matt.

— S'il te plaît... Je veux...

Sa bouche la réduisit au silence. Il prit tout son temps pour l'embrasser, avec cette diabolique expertise qui la faisait se déchaîner sous lui, sans plus savoir ce que son corps voulait. Ses sens s'affolaient. Elle crut que l'attente allait la briser lorsqu'il s'interrompit le temps d'attraper quelque chose dans la poche de son jean.

Son cœur s'emballa.

Elle ne savait pas ce qui la surprenait le plus : l'idée que Matt et elle allaient *réellement* faire l'amour ou le fait qu'elle se sentait pleinement en accord avec cette perspective. Elle avait eu tellement, tellement peur. Mais, à présent que le moment était venu, elle ne parvenait même plus à mettre le doigt sur ce qui l'avait bloquée à ce point.

Elle voulut nouer les jambes autour de ses reins et se soulever pour l'accueillir. Mais Matt n'était pas pressé. Il continuait de prendre son temps, de la caresser avec des mains qui semblaient être partout. Elle gémit, électrifiée de désir, le corps secoué de frissons. Sa respiration était si sonore et saccadée qu'elle couvrait presque le son de la voix de Matt à son oreille, qui lui murmurait de se laisser aller et de lui faire confiance.

Lorsqu'il se positionna entre ses cuisses, la tension de l'attente était si forte qu'elle cessa de respirer. Il glissa une main sous ses hanches et la pénétra sans hâte, l'emplissant doucement, lui laissant le temps de s'ajuster à lui, à sa présence en elle.

Elle ne se rendit compte qu'elle lui enfonçait les ongles dans les épaules qu'au moment où il s'immobilisa.

— Respire maintenant, mon cœur, murmura-t-il d'une voix enrouée. Je vais y aller lentement. Tout en douceur.

Elle constata qu'elle n'avait envie ni de lenteur ni de douceur et glissa les doigts dans ses cheveux pour amener son visage contre le sien.

A partir de là, tout ne fut plus que sensations :

la vibrante chorégraphie de leurs langues qui se cherchaient, bataillaient puis refaisaient alliance. Le frottement de la joue râpeuse de Matt contre la peau sensible des siennes. Ses mains sur son corps qui la modelaient, la positionnaient à leur guise.

Chaque mouvement de ses reins l'emmenait plus profond en elle et éveillait un plaisir plus intense, plus éblouissant. Un afflux d'émotions lui coulait dans les veines. Elle l'entoura de ses bras, lui malaxa le dos pendant qu'une voix murmurait dans sa tête : « C'est Matt. Matt que je connais depuis toujours. »

Et c'était un tel choc, un tel émerveillement, que ses craintes capitulèrent.

Son bassin se soulevait et retombait. Elle s'ouvrait.

S'ouvrait à lui. A l'infini des possibles.

Parce qu'elle faisait l'amour à en perdre la tête. Pour la première fois de sa vie, elle n'était pas tendue, attentive à guetter la montée du plaisir qui se refusait à elle. Car les sensations étaient bien là. Au grand complet.

Elle sentait tout.

Il enlaça ses doigts aux siens et lui tira les bras au-dessus de la tête.

Elle gémit son nom contre sa bouche et il continua de se mouvoir en elle. Elle ne se tortura pas l'esprit à se demander ce qu'elle devait faire, car son corps savait, trouvait d'instinct son rythme. Ou peut-être s'ajustait-il à celui de Matt en un tango sans cesse réinventé ?

La prise de conscience se fit en un flash. Elle sut qu'aussi bien ses idées sur le sexe que la vision qu'elle avait eue d'elle-même étaient fausses. Non seulement elle ne détestait pas faire l'amour, mais son corps était ouvert au plaisir autant qu'un autre.

Elle adorait ça. Avec la bonne personne, il n'y avait plus rien de mécanique, de maladroit ni de soporifique.

Et Matt était la bonne personne.

Alors que cette pensée se frayait un passage dans son esprit, il les propulsa d'un ultime coup de reins dans les vertiges de l'orgasme.

Chapitre 12

« La surprise est le piment de la vie. A consommer sans modération. »

— *Eva*

Frankie avait la tête sur la poitrine de Matt, ses jambes étroitement nouées aux siennes. Sa peau encore réactive se repaissait de la caresse quelque peu abrasive de ses poils et de ses muscles si fermes. Son propre corps ne lui était plus tout à fait aussi familier, comme si Matt l'avait démonté, pièce par pièce, puis reconstitué dans un ordre différent. Ce qui aurait dû être un processus de séduction lente avait tourné à une déconstruction sauvage. Elle s'était défaite comme un écheveau que l'on dénoue. Ses membres étaient perclus de petites douleurs, de sensations musculaires inconnues. Son cœur battait fort.

C'était comme si Matt l'avait délogée d'elle-même. Elle n'avait jamais aspiré à l'intime. Mais, à présent qu'elle venait d'en faire l'expérience, elle se demandait comment elle avait pu s'en passer jusque-là.

— J'ai une confession à te faire.

— Hum ?

Matt gisait sur le dos, les yeux clos. Il n'avait pas

encore prononcé un mot depuis qu'il s'était employé à combattre toutes les croyances négatives qu'elle avait eues sur elle-même.

— Finalement, j'aime le sexe.

— Sans rire ? Je ne suis pas encore sûr de pouvoir un jour me relever de ce lit. A priori, mon pronostic vital n'est pas engagé, mais il est trop tôt pour pouvoir se prononcer avec certitude.

Il avait un bras passé autour d'elle ; ses jambes emprisonnaient les siennes et elle adorait ça.

Matt ne la repoussait pas. Rien dans les mots qu'il avait prononcés n'était de nature à éveiller son inquiétude. Et pourtant elle percevait en lui un subtil changement qu'elle ne parvenait pas à nommer. Elle décida que son manque d'expérience lui faisait peut-être imaginer des choses. Que savait-elle de ce qui était normal ou non dans des situations de ce type ?

Rien. Rien de chez rien.

— Tu regrettes d'avoir franchi le pas ? murmura-t-elle.

Il ouvrit enfin les yeux et tourna la tête pour la regarder, avec l'ombre d'un sourire aux lèvres.

— Quel pas ? Nous en avons franchi toute une série, je crois ?

Les joues de Frankie s'empourprèrent.

— Franchir la limite entre amis et amants.

— Ah, celle-là. Non, je ne regrette pas. Et toi ?

Frankie songea qu'elle se noierait sans rechigner dans l'océan bleu de ses yeux.

— Pas de regrets non plus.

Contempler son visage de si près lui procurait un agréable vertige.

— Et maintenant ? demanda-t-elle. Qu'est-ce qu'on fait ?

— Maintenant tout de suite, tu veux dire ? Je

commence par attendre que mon rythme cardiaque revienne à la normale. Je te tiendrai au courant, quand on en sera là.

— Je suis sérieuse, Matt.

— Et moi donc, mon cœur.

Il se dressa sur un coude pour la regarder.

— Que voudrais-tu qu'il se passe maintenant ?

— J'ai juste une expérience limitée de ce genre de rituel social, mais je crois qu'à ce stade le mec se lève, dit « Merci, c'était cool », promet qu'il refera signe, puis disparaît et passe à autre chose.

— Je n'ai même pas assez d'énergie pour me traîner jusqu'à l'évier et me servir un verre d'eau, donc ne me demande pas d'aller plus loin que la porte. Et en plus je n'ai rien sur le dos. Ça complique la fuite.

La lueur qui brillait dans le regard de Matt était érotique, sans l'ombre d'un doute. Mais elle ne put s'empêcher de pousser plus loin son questionnement quand même.

— Une fois que tu auras repris tes forces, je veux dire. Ça reste une possibilité.

— Une possibilité peut-être, mais ce n'est pas le choix que je fais.

Il se pencha pour l'embrasser. Un baiser lent, complice, tout en tendresse repue et sensualité comblée.

— Il y a longtemps que tu fais partie de ma vie, Frankie. Je sais que tu penses qu'entre un homme et une femme les choses finissent mal par définition. Mais ce ne sera pas le cas pour nous deux. Arrête d'y penser.

— OK.

Elle se fit violence pour ne pas demander s'il voulait dire par là que leur relation ne se terminerait pas dans le drame ou s'il pensait qu'elle n'allait pas s'arrêter *du tout*. Poser cette question aurait été horriblement déplacé. Elle éprouvait un besoin démesuré d'être rassurée et détestait se sentir en demande.

D'un geste tendre, il lui passa l'extrémité des doigts sur la joue.

— Il y a des millions de choses que je pourrais te dire, Frankie, mais ce n'est pas encore le moment.

Donc il y avait bel et bien problème.

— Dis-les-moi quand même.

Il secoua la tête.

— Non.

Matt se dégagea en douceur de leur étreinte, et le cœur de Frankie se serra. Elle ne s'était donc pas trompée. Il lui cachait quelque chose.

— Je veux que tu me dises ce que tu ressens.

— Tu n'es pas prête à l'entendre. Mais je peux t'assurer que je suis là et que je ne bouge pas. Tu veux bien faire quelque chose pour moi ?

— Je viens déjà de faire plein de choses pour toi.

— Serais-tu en train de flirter, par hasard ?

— Peut-être. Mais je suis encore assez vierge sur le plan du flirt, donc il faudra être charitable avec moi.

Un lent sourire se dessina sur les traits de Matt et il se pencha sur ses lèvres.

— Je peux être gentil quand il faut.

Et son baiser en fut la preuve. Les sens de Frankie se réveillèrent de leur torpeur et le sang recommença à couler plus vite dans ses veines. Son cœur battait comme un tambour et un regain de désir lui liquéfiait le ventre.

Matt chuchota contre sa bouche :

— Tu n'as aucune raison de t'angoisser, Frankie. Cesse d'analyser et concentre-toi sur l'ici et maintenant.

Elle fut prise d'un doute. Lui conseillait-il de se concentrer sur le présent parce qu'il savait qu'ils n'auraient pas d'avenir ? Refusait-il de lui communiquer ses doutes par rapport à la durée de leur histoire, convaincu qu'elle n'était pas prête à les entendre ?

Hé ! Ce n'est pas bientôt fini, Frankie ! Qu'est-ce qui ne tourne pas rond dans ta tête ?

Elle était nue dans un lit avec l'homme le plus sexy de la planète, et ce dernier ne donnait aucun signe de vouloir partir en courant. Et, au lieu de s'extasier sur sa chance, elle guettait les signes annonciateurs de la fin.

Matt avait raison. Il était temps de cesser de décortiquer et d'analyser. Et d'arrêter de considérer le papillonnage maternel comme la norme et le modèle de toute relation.

— Si l'ici et maintenant reste dans la même veine que ce qu'on vient d'expérimenter, je veux bien oublier hier et demain.

Pour toute réponse, il l'attira sous lui d'un geste possessif. Elle émit un petit son de plaisir lorsqu'il se logea entre ses cuisses, son sexe tendu et dur sollicitant le sien.

Il était magnifique. A ses yeux, il était — et de loin — l'homme le plus beau, le plus excitant, le plus intéressant de la planète.

Et cet homme était dans *ses* bras.

Elle, Frankie Cole, n'était pas un désastre au lit. Elle méritait mieux que la moyenne.

Avec Matt, elle se sentait femme et canon et très sexe et...

Heureuse.

Ce fut sa dernière pensée cohérente avant un long, long moment de pure folie.

Matt se noua un drap de bain autour de la taille tandis qu'il sortait de la douche pour regagner la chambre. Frankie n'avait pas bougé d'un millimètre depuis qu'il avait quitté le lit. Elle reposait, les draps entortillés autour des jambes, et ses cheveux de feu étalés sur l'oreiller formaient un halo fascinant.

Ses yeux étaient fermés et les demi-lunes de ses cils noirs se détachaient sur sa peau très blanche. Il l'observa un moment avec le sentiment d'un homme qui, ayant mal calculé ses distances, vient de sauter par erreur dans l'abîme.

Ce n'était pas la première fois qu'il se faisait franchement plaisir au lit avec une femme, mais ce qui venait de se passer avec Frankie sortait de la catégorie de la simple « éclate sexuelle ».

Il avait été à fond pour amener Frankie à découvrir des aspects d'elle-même qu'elle ignorait. Sans se douter qu'au passage il ferait aussi quelques découvertes inattendues le concernant.

Il était habitué depuis des années à se sentir maître de sa vie. Et l'idée ne lui avait même pas traversé l'esprit qu'il pourrait perdre le contrôle de ce qui se passerait avec Frankie.

Erreur.

Faire l'amour avec elle l'avait amené bien au-delà du but escompté.

Et il était sérieusement ébranlé par le chaos qui se dessinait dans ses sentiments.

Elle ouvrit lentement les yeux et fixa un instant sur lui un regard embrumé par le sommeil. Puis ses lèvres encore gonflées de baisers s'entrouvrirent sur un très joli sourire.

— Tu me regardais dormir ? C'est un peu soporifique comme activité, non ?

Rien de ce qui la concernait ne serait jamais soporifique à ses yeux.

Il n'avait qu'une envie et c'était de replonger avec

elle sous les draps. Mais il serait capable de trop en dire et de la faire partir en courant.

Connaissant Frankie, il ne lui en faudrait pas beaucoup. Et il n'avait pas envie de la voir se replier sur elle-même, toutes épines dehors à la manière d'un oursin. Il voulait la garder telle qu'elle était maintenant : confiante, désinhibée, sensuelle comme une chatte et assoiffée de sexe.

— Lève-toi et marche, Frankie. Je te sors ce soir.

— Mais on a acheté une pizza !

— Je suis d'humeur à avaler un truc un peu plus festif que ça.

Il avait surtout besoin de s'éloigner de ce nid d'amour douillet où il lui aurait été trop facile de prononcer certains mots qu'elle n'était pas prête à entendre. Surtout lorsque le manteau protecteur de la nuit les aurait isolés un peu plus encore du reste du monde civilisé.

— Serait-ce un rencard que tu me proposes, Matt ?

Il récupéra ses vêtements épars et s'habilla avant d'avoir le temps de changer d'avis.

— Je t'invite au resto. Tu appelleras ça comme tu voudras.

Elle resta pensive un instant puis se glissa hors du lit. Son incroyable chevelure retomba en fougueuses spirales sur ses épaules. Il avait toujours été fou de sa chevelure.

— On n'a qu'à dire que c'est bien un rencard alors.

Sa voix basse et amusée glissa sur lui avec une raucité purement sexuelle, mettant la volonté de Matt à rude épreuve. Il n'avait qu'une envie, la jeter de nouveau sur le lit et la maintenir là pour le reste du week-end.

Bon, OK. Il était très clairement dans la merde.

— Super. Un rencard ce sera, alors.

Battant en retraite vers la porte, il heurta une table basse et rattrapa le pied de lampe de justesse avant qu'il ne se brise au sol.

— Je t'attends dehors, sur la terrasse.

Sourcils froncés, elle le considéra avec étonnement.

— Mais...

— Ne te presse pas. Tu as tout ton temps.

Il se paya l'encadrement de la porte en sortant et Frankie poussa un petit cri.

— Tu t'es fait mal, Matt ?

— Pas du tout.

Il aurait un bon bleu sur l'épaule, mais ce n'était rien à côté du reste.

Il alla s'accouder à la rampe en bois de la terrasse et scruta l'horizon. L'océan s'était calmé et des vagues paisibles et trompeuses venaient lécher la plage. Il envisagea un plongeon dans les eaux froides, mais Frankie émergea du bungalow avant qu'il ait pu mettre ce projet à exécution.

Elle portait un jean noir serré et un top vert sexy qui firent regretter à Matt de ne pas s'être jeté à l'eau tout habillé pour faire un mille mètres en crawl.

Mais il était trop tard pour se rafraîchir les idées dans l'océan glacé et il se contenta, stoïque, de la conduire à l'Ocean Club. Le restaurant était bondé et l'atmosphère particulièrement festive. Ils furent accueillis à la porte par une jolie fille avec un large sourire.

— Vous êtes Matt et Frankie ? Je m'appelle Kirsti. Ryan m'avait prévenue que vous risquiez de venir dîner ce soir. Il m'a dit que je reconnaîtrais facilement Frankie à sa chevelure. Et c'est vrai. Tu me fais penser à la *Ophélie* de je ne sais plus quel peintre préraphaélite ... J'ai étudié aux Beaux-Arts, précisa-t-elle en guise d'explication. On vous avait mis une table de côté, au cas où. Il y a du monde partout ce soir. Non seulement c'est vendredi, mais c'est le pic de la saison touristique. Sans parler du mariage, bien sûr... Je crois que ça fait dix ans que tu n'es pas revenue par ici ?

Kirsti adressa un sourire rayonnant à Frankie.

— C'est une sacrée expérience de retrouver l'île après tout ce temps, je suppose ? Si vous arrivez à vous frayer un passage dans la foule, je vais vous montrer votre table.

Elle s'éloigna, sa queue-de-cheval battant contre ses épaules, pour les précéder jusqu'à l'extrémité opposée du restaurant où des portes en verre s'ouvraient sur une vaste terrasse dominant la plage.

Matt se retourna lorsque Frankie glissa sa main dans la sienne.

— Ça ne te pose pas de problème d'être ici ?

— Pas du tout. Il aurait fallu que je sois du genre difficile ! C'est magnifique.

— Et ça ne t'a pas dérangée qu'elle te parle de tes cheveux ?

— Elle m'a fait un compliment. Tu m'as appris à les accepter.

Il lui avait appris tant d'autres choses encore. Comment ajuster son rythme au sien dans l'amour, par exemple. Comment faire confiance à son corps. Comment lui faire confiance à *lui*.

Trouvant le regard de Frankie, il vit se refléter dans ses yeux le même désir éperdu qui devait brûler dans les siens.

La rumeur des conversations autour d'eux s'évanouit, couverte par le rugissement du sang à ses tempes.

Venir ici avait été une erreur, tout compte fait. Ils auraient dû rester dans le bungalow, loin des yeux et des oreilles du monde, où il aurait été libre de lui faire tout ce qui lui passait par la tête sans courir le risque de se retrouver avec la police des mœurs aux trousses. S'ils avaient vécu à l'âge de pierre, il l'aurait traînée par les cheveux jusque dans sa grotte et l'aurait gardée prisonnière à vie.

Frankie serra sa main plus fort et leva vers lui un regard interrogateur.

— On devrait peut-être y aller ?

Il crut d'abord qu'elle lui proposait de repartir et il se préparait à acquiescer, lorsqu'il la vit faire signe à Kirsti.

— Ouais...

Il reconnut à peine le son rocailleux de sa propre voix. Frankie fronça légèrement les sourcils, puis elle le tira par la main et ils rejoignirent Kirsti.

— Nous avons trois grandes tablées ce soir, donc c'est un peu bruyant. Vous serez mieux ici pour un dîner en tête à tête. Ce sera beaucoup plus cosy.

Génial. Juste au moment où il essayait de calmer un peu le jeu, question intimité, on lui collait d'office la version bougies et clair de lune.

Il réussit à hocher la tête.

— C'est gentil, Kirsti. Merci.

Leur table était située dans un recoin tranquille, avec une vue tout à fait romantique sur la baie. Une bougie scintillait au centre de la table et une mer de fleurs embaumait la terrasse.

— La langouste est excellente, recommanda Kirsti en leur remettant la carte. Et le saumon sauvage également. Je reviens dans un instant prendre votre commande. Vous pourrez commencer par une coupe de champagne aux frais de la maison.

— Parce que Ryan distribue du champagne à titre gratuit, maintenant ?

— Profitez-en. L'amour fait faire des choses étranges.

J'attribue ça à un phénomène de ramollissement du cerveau. Comme on est vendredi soir, en plus, ça risque de lui coûter une fortune.

Frankie leva les yeux de la carte.

— Tu seras présente au mariage, Kirsti ?

— Il ne manquerait plus que je n'y sois pas ! Cela fait des années que j'attends ce moment pour Ryan. Et je suis même en partie à l'origine de sa rencontre avec Emily. J'ai toujours eu un certain talent pour apparier les couples. Et j'ai tout de suite vu que ça collerait à vie, pour ces deux-là.

Kirsti les abandonna sur ces mots, récupéra deux verres vides à la table voisine en échangeant quelques paroles rieuses avec les clients, puis disparut vers le bar bondé.

Frankie la suivit des yeux d'un air pensif.

— Elle, c'est une idéaliste du couple, comme Eva. Les deux s'entendraient comme larrons en foire... Je n'en reviens pas que Ryan se souvienne de moi, au fait. Si on s'est croisés deux fois, dans le temps, lui et moi, c'est bien le maximum.

— Tu es plus mémorable que tu ne le penses, Frankie.

Elle joua distraitement avec son menu.

— Mémorable, oui... Parce que ma mère est passée sur cette île tel Attila en laissant une longue série de désastres conjugaux dans son sillage ?

— Ce n'est pas à ça que je pensais. L'île a changé. Nous avons changé en dix ans et eux aussi. Regarde autour de toi.

D'un mouvement circulaire du menton, il désigna le reste de la terrasse où dînaient de parfaits inconnus.

— Qui parmi ces gens-là se souvient encore de Puffin Island telle qu'elle était à l'époque ?

— Pas grand monde, probablement, admit-elle. Quand j'étais gamine, il n'y avait pas d'Ocean Club.

Je me souviens que c'était un chantier naval délabré, dans le temps. Ryan a fait du super boulot.

— C'est un entrepreneur-né. Puffin Island n'est pas un endroit où on s'enrichit facilement. Mais il a triplé le nombre de visiteurs sur l'île depuis qu'il a ouvert son resto. Ça a été un coup de fouet pour l'économie locale.

Kirsti revint à leur table.

— Et voilà. Les olives sont également offertes par la maison.

Elle plaça un petit bol sur la table ainsi que les deux verres de champagne. Ils finissaient juste de commander lorsque Ryan surgit à grands pas sur la terrasse. Matt se leva et son ami lui assena une tape affectueuse sur l'épaule.

— Hé ! Mais voilà notre citadin ! Quel honneur pour nous d'avoir deux New-Yorkais *trendy* à notre mariage.

Ryan et lui avaient été copains au lycée, s'étaient retrouvés sporadiquement du temps de leurs études et ne manquaient jamais une occasion de boire un verre ensemble chaque fois qu'ils se revoyaient sur l'île.

Ryan reporta son attention sur Frankie.

— Toujours cette incroyable chevelure.

Il alla l'embrasser puis se tourna vers Kirsti.

— Je suis juste passé m'assurer que tu n'avais pas encore tout cassé ici en mon absence.

— Tu avais interdiction de mettre le pied dans ce resto, Ryan ! Comment se porte Emily ? Prie pour que le bébé ne décide pas de s'annoncer pour cette nuit.

A en juger par l'expression détendue de Ryan, il n'était pas trop inquiet sur ce point.

— J'espère qu'il attendra quelques jours de plus, oui. Ça va être difficile de faire de la place pour un invité supplémentaire. Nous avons déjà la moitié de l'île sur notre liste.

— Plus que la moitié, même. Une chance : le temps sera au beau fixe et la plage est grande.

Kirsti lui posa la main sur l'épaule.

— Rentre chez toi. Accorde-toi une bonne nuit de repos. Tu verras que les occasions de dormir à satiété vont se raréfier douloureusement après la naissance.

— Merci de me le rappeler.

Le duo disparut en direction de la cuisine. Matt observa Frankie qui buvait son champagne d'un air distrait, le regard perdu au loin. L'expression détendue et rêveuse avait disparu de ses traits.

Le simple mot « mariage » avait suffi à assombrir son humeur.

— Je peux te poser une question, Frankie ?

— Pose toujours.

Il attendit que Kirsti ait fini de leur servir leurs entrées avant de poursuivre :

— Tu te rappelles, l'autre soir, à Central Park, quand je t'ai proposé de passer le week-end ici avec moi ? Tu m'as dit que ce n'était même pas la peine d'y penser. Et c'était un non plutôt ferme. Puis le lendemain matin, tout à coup, tu étais d'accord pour partir. Qu'est-ce qui t'a fait changer d'avis ?

Le mystère de son revirement n'avait cessé de l'intriguer.

Frankie reposa son verre.

— C'est à cause d'Eva.

— Elle a réussi à te convaincre que ce serait une bonne idée de venir ici ?

— Non. Pas exactement... Tout repose sur un malentendu, en fait.

Elle esquissa un sourire piteux.

— On discutait, toutes les deux, j'ai mentionné ton

invitation et, d'une façon ou d'une autre, elle a compris que je t'avais dit oui. Pour elle, c'était une sorte de décision héroïque que j'avais prise — la preuve que j'étais capable de regarder mes plus grandes peurs en face et de les affronter. Je ne sais pas pourquoi elle s'est mis en tête que je suis un exemple en matière de courage. Tu crois ça, toi ?

— Et tu n'as pas essayé de dissiper le malentendu ?

— Je ne pouvais pas lui faire ça ! Ev encaisse pas mal, en ce moment. Elle s'accroche comme elle peut, mais sa grand-mère lui manque et elle passe par des phases de grosse déprime. Elle se sent très seule.

Frankie observa un temps de silence.

— Ecoute, je sais que c'est juste de l'esbroufe, dans mon cas. Je n'ai jamais eu une once de vrai courage. Ce n'est pas pour tordre le cou à mes peurs que j'ai accepté de faire le voyage à Puffin Island. S'il n'avait tenu qu'à moi, je serais restée planquée à New York — à fond dans mes habituelles conduites d'évitement. Je suis venue parce que, apparemment, le fait de savoir que j'affronte un truc pénible aide une amie en difficulté à se lever avec un peu plus de courage le matin. C'est tout. Ça ne va pas chercher plus loin.

Matt tiqua. Comment pouvait-elle penser cela ?

— Accepter de faire quelque chose qui t'angoisse parce que tu penses que cela aidera Eva, ça me paraît loin d'être négligeable.

Frankie eut un petit haussement d'épaules.

— Je ne suis pas convaincue que ce serait une bonne idée que j'assiste au mariage proprement dit. Je ne voudrais pas tout foutre en l'air.

— Pourquoi foutrais-tu quoi que ce soit en l'air ?

— J'ai peur que ma présence soit toxique, en fait. Pour presque tout le monde, un mariage c'est la fête, c'est l'éclate. Mais, moi, ça me met le moral à plat et je stresse comme une malade. Tu dois penser que je suis une folle furieuse.

— Je pense que tu es quelqu'un qui a subi de plein fouet les répercussions d'une relation de couple désastreuse. Et ça t'est arrivé à un âge où on n'y est pas forcément préparé. Si tu avais eu quelques années de plus, tu aurais eu d'autres exemples autour de toi qui auraient fait contrepoids.

— J'ai cessé de compter le nombre de mecs que ma mère s'est tapés. Chaque fois que j'assiste à une nouvelle rupture, ça me renforce dans l'idée qu'une relation amoureuse ça ne tient pas.

Elle soupira.

— Ce qui nous ramène au mariage de demain. Qu'est-ce que je pourrai leur exprimer de *sincère*, à ces pauvres jeunes mariés ?

— Tu leur diras juste que tu leur souhaites beaucoup de bonheur. J'imagine que c'est le cas ?

— Evidemment que j'espère que ça marchera pour eux ! C'est juste que...

— ... que tu n'y crois pas ?

Elle haussa les épaules.

— J'en ai tellement vu qui basculaient du radieux-rayonnant au ravagé-haineux en l'espace de quelques mois que j'ai perdu la foi... C'est là que tu vas me répondre que je me trompe et que tes parents s'aiment depuis le premier jour et connaissent depuis bientôt trente ans une félicité conjugale sans faille.

— Je ne vais pas t'assener ce genre d'arguments. Tu es une fille intelligente, Frankie. Des couples qui durent, il y en a. Je le sais. Tout comme toi. Mais je sais aussi qu'on ne perçoit la réalité qu'à travers les filtres qui nous sont propres. Et je suppose que ça ne doit pas être simple de laisser son histoire familiale derrière soi.

Et, ça, c'était le gros obstacle entre eux. Il ne s'était jamais voilé la face quant à ce problème.

— C'est tout à fait ça. Tu te rappelles l'événement qui a mal tourné, il y a quelques semaines, avec la future mariée plaquée le jour de son enterrement de vie de jeune fille ? J'ai vu cette femme se décomposer sous mes yeux, comme si tout son univers s'écroulait. Et j'ai eu l'impression de revoir ma mère le jour où mon père est parti... Bon, on change de sujet ?

Elle termina son champagne.

— Il y a quelque chose que je voudrais te demander, dit-elle. C'est une question personnelle.

— Je crois t'avoir déjà prouvé que je n'avais pas de problèmes avec l'intime.

— Oui, enfin, c'est plutôt du « personnel inconfortable » que du « personnel intime »... Tu n'auras probablement pas envie de m'en parler, ajouta-t-elle après une hésitation.

Un nœud de tension se forma dans les épaules de Matt.

— Tu veux savoir ce qui s'est passé avec Caroline, c'est ça ?

— Vous deviez vous marier.

— Oui. Jusqu'au moment où elle a couché avec un de ses profs de fac.

Ce n'était pas son sujet de conversation préféré, mais il ne voulait pas lui donner l'impression qu'il y avait des questions qu'il n'était pas prêt à aborder avec elle.

— Ce n'est pas un secret, Frankie.

— Tu as envisagé de passer l'éponge ? De renouer avec elle ?

« Ça ne voulait rien dire, Matt. J'ai juste été stupide. S'il te plaît, redonne-nous au moins une chance... »

— J'y ai pensé, oui. Pendant à peu près cinq

secondes. Le temps que mon cerveau se remette en marche.

— Parce qu'elle t'avait trompé ?

— Parce qu'elle m'avait menti.

Il songea aux excuses, prétextes, faux-fuyants — aux jeux compliqués auxquels Caroline s'était livrée avec lui.

— Si une personne est prête à te mentir une fois, comment te persuader qu'elle ne recommencera pas ? Ça a flingué la confiance entre nous. Et, s'il n'y a plus de confiance, qu'est-ce qu'il reste ? Aucune relation n'est parfaite. Même s'il y a de l'amour, il ne faut pas rêver. Aucun couple ne fait l'économie des conflits, des passages à vide et autres crises. Mais la vie est imprévisible et on ne sait jamais ce qu'elle va te balancer sur le chemin. Et, si on veut franchir les obstacles à deux, il faut qu'il y ait au moins un socle de base solide : la confiance, justement.

— Pour résumer, elle t'a fracassé le cœur et l'a piétiné à coups de talons aiguilles. Mais ça ne t'a pas rendu allergique à l'idée même de couple pour autant ?

Il comprit le sens de sa question.

— C'est *un* couple qui n'a pas marché. Je n'allais pas en déduire que toutes les relations amoureuses sont vouées à l'échec. Une expérience isolée n'est pas représentative de l'ensemble.

— J'aimerais pouvoir réagir comme toi.

— J'ai eu la chance de vivre entouré de couples solides en grandissant. Pas seulement mes parents, mais aussi mes oncles et tantes. Nous n'avons pas eu la même enfance, Frankie.

— Tu n'as pas peur de te ramasser une seconde fois ?

— Si je me ramasse, je me relèverai.

Il maintint son regard plongé dans le sien.

— Quelle que soit la raison pour laquelle tu as accepté mon invitation, je suis heureux que tu aies décidé de venir ce week-end.

— Moi aussi.

Frankie se cala le menton sur sa main et laissa son regard se perdre vers l'océan.

— Tu pourrais revenir vivre ici, toi ?

— Non. Je ne veux pas habiter dans un endroit où tu ne peux pas prendre la main de quelqu'un en public sans que la nouvelle fasse trois fois le tour de l'île dans les dix minutes qui suivent. Et puis j'adore New York. Mais j'aime bien venir me ressourcer ici de temps en temps, par contre.

Le regard de Matt s'attarda sur la baie où dansaient les bateaux à l'ancre et les bouées de couleur.

— C'est un endroit qui est lié à plein de souvenirs positifs, en fait. La plupart de mes débuts, je les ai faits sur l'île. C'est ici que j'ai découvert la voile et le surf, ici que j'ai embrassé une fille pour la première fois.

Ce détail la fit sourire.

— C'était qui ?

— C'est *une* des rares questions auxquelles je ne te répondrai pas.

— Tu protèges sa réputation ? Quel gentleman tu fais.

— On va dire que c'est la raison. Ça m'évitera d'avoir à te confesser que c'est parce que je n'ai pas brillé par mes compétences innées et que ça a été le baiser le plus nul de l'histoire de l'île.

— J'ai du mal à le croire.

— Ça remonte déjà à quelques années. J'ai appris deux ou trois petites choses entre-temps.

Ils échangèrent un regard chargé d'une soudaine intensité sexuelle. Ce n'était pas la première fois qu'il passait un moment en tête à tête avec Frankie mais, depuis qu'ils avaient fait l'amour, chaque mot, chaque geste, chaque allusion prenait une épaisseur différente.

Elle reposa ses couverts.

— On y va ?

— Tout de suite ? Tu n'as pas envie d'un dessert ? D'un café ?

— Dans l'absolu, si. Très envie, même. Mais j'ai encore plus envie d'autre chose. Et choisir c'est renoncer, comme chacun sait.

Le regard de Frankie glissa sur ses lèvres et Matt réagit par une montée de désir immédiate.

Plus forte que tout le reste.

Il se leva et jeta quelques billets sur la table.

— Bon. On se tire d'ici.

Il lui attrapa la main, maintint Frankie fermement scotchée à son côté et traversa le restaurant aussi vite qu'il était possible d'avancer sans renverser de tables au passage.

Une fois dehors, il partit sur la droite au lieu de prendre à gauche. Frankie suivit le mouvement.

— On va où ? Le parking est de l'autre côté.

— On s'en fout, du parking. Je t'emmène à la plage.

— La plage ?

— Tu n'as encore jamais fait l'amour dans la grotte. Il est temps qu'on comble cette lacune.

— *Quoi ?* Dans la grotte ! Mais on ne peut pas faire ça !

Avec un rire incrédule, elle enfonça les talons dans le sol et freina des quatre fers.

— Matt ! On n'a plus dix-sept ans.

— Ce dont tu as tout lieu de te féliciter. A cet âge-là, il me fallait cinq bonnes minutes de tâtonnements malhabiles pour libérer une fille de son soutien-gorge. Je me suis considérablement amélioré, ces dernières années.

Il l'attira contre lui et se pencha sur ses lèvres. Cette fois, il n'y eut ni résistance ni hésitation. Elle lui rendit son baiser avec une fougue et un abandon qui firent perdre à Matt le peu de retenue qu'il lui restait. Frankie se colla à lui, les hanches pressées contre les siennes. Il se détacha à contrecœur.

— Tu es capable de courir avec ces chaussures ?

— S'il le faut, oui.

— Il le faut. Cela ne me dérange pas que toute la clientèle de l'Ocean Club ait deviné pourquoi nous sommes partis comme des dingues en laissant la moitié de notre repas sur l'assiette, mais j'aimerais autant ne pas m'exhiber devant eux en pleine action.

Mêlant ses doigts aux siens, il l'entraîna sur le chemin qui descendait vers l'océan. Frankie rit tout bas.

— Je n'arrive pas à y croire. C'est quand la dernière fois que tu as couché avec une fille sur cette plage ?

— Sincèrement ? Je n'ai encore jamais fait l'amour dans la grotte, mais je suis prêt à tout essayer au moins une fois.

Elle s'immobilisa lorsqu'ils atteignirent le sable.

— Eva va me tuer si je lui massacre cette paire de chaussures.

— Enlève-les, alors.

— Ah non ! Je me fracturerais le pied en cognant un rocher dans le noir et il faudrait me rapatrier en hélicoptère. L'île tout entière saura que c'est arrivé parce que je me préparais à m'envoyer en l'air à même le sable avec Matt Walker. Je refuse de faire la une érotique de l'actualité locale.

— Je te porte, alors.

— C'est ça ! Tu ne verrais même plus où tu mets les pieds... Hé !

Elle poussa un cri lorsqu'il la souleva pour la jeter sur son épaule.

— Tu es fou ! Repose-moi tout de suite !

Pouffant de rire, elle lui frappa le dos avec les poings.

— Matt ! C'est quoi, ces façons de Néandertalien !

— Un homme qui se prépare à faire l'amour dans une caverne a le droit de laisser le Primitif Caché s'exprimer en lui.

Il parcourut le carré de sable éclairé par les lumières de l'Ocean Club au-dessus de leurs têtes. Puis il traversa South Beach, théâtre d'innombrables barbecues et de fêtes adolescentes plus qu'arrosées, et poussa jusqu'à la crique suivante.

Le bruit des vagues s'écrasant sur le sable couvrait désormais les sons des rires et des conversations qui provenaient du restaurant. Il s'immobilisa à l'entrée de la grotte et retira les chaussures de Frankie.

Alors seulement, il la reposa sur ses pieds.

Elle perdit l'équilibre et se raccrocha à lui.

— Je n'en reviens pas que tu fasses ça.

— Silence, femme. Moi, Tarzan. Toi, Jane. Entre dans ma caverne.

— Tarzan n'a rien à voir avec les cavernes. Il se balançait au bout d'une liane dans la jungle. Et s'il y avait déjà d'autres personnes là-dedans ?

Elle scruta d'un œil inquiet le fond obscur de la grotte.

— Il n'y aura personne. Le sexe est désormais proscrit ici. La décision a été prise après le sauvetage en mer in extremis de deux ados nus comme des vers qui avaient oublié l'heure et ont failli périr noyés. Le conseil municipal s'est réuni pour déterminer quel texte il fallait faire figurer sur le panneau. « Activité sexuelle interdite, risque de noyade élevé » n'a pas rallié les suffrages. « Baignade nocturne interdite » l'a emporté.

— Donc nous ne sommes pas censés être là ?

— Exact. Nous contrevenons à toutes les règles. Ça te fait quel effet ?

— Un assez bon effet, je dois dire.

Elle noua les bras autour de son cou.

— J'ai passé ma vie à essayer de faire oublier la réputation sulfureuse de ma famille mais, ce soir, je suis d'humeur à suivre la tradition parentale. Transgressons !

Il sourit, totalement séduit par ce nouvel aspect d'elle.

— Qui êtes-vous, femme inconnue, et qu'avez-vous fait de Frankie ?

— Tu regrettes le changement ?

— Pas du tout, non.

Il la souleva de nouveau dans ses bras et la porta au fond de la grotte en s'éclairant avec son téléphone portable.

— Qu'est-ce que tu préfères ? Du sable qui gratte ou de la roche coupante sous le dos ?

L'écho de sa voix se réverbéra le long des parois plongées dans l'obscurité. Dans le faible rayon de lumière, on voyait briller la pierre humide.

— Hum... C'est très érotique, ça, comme choix.

Il perçut un petit frémissement d'appréhension dans sa voix. Le souffle hésitant de Frankie glissa dans son cou.

— Matt ? Et si, nous aussi, on perdait la notion du temps et que la marée nous surprenait ?

— Aucun souci. Je suis un super bon nageur.

Il la laissa glisser le long de son corps jusqu'à ce que ses pieds touchent le sable. Puis il lui retira son haut et le fourra dans sa poche.

— Qu'est-ce que tu fais ?

— Je ne veux pas prendre le risque que la marée l'emporte. Je me vois mal expliquer aux gens du coin pourquoi Frankie Cole se balade *topless* dans Main Street.

— Si je dois retirer le haut, tu te déshabilles aussi.

Elle tira sur sa chemise et fit voler quelques boutons au passage.

— Oups, désolée.

— Quelle brute sexuelle tu fais, ma chérie.

Il lui prit en riant le visage entre les mains et l'embrassa avec passion. Elle s'activa autour du bouton de son jean, fit descendre sa fermeture Eclair. Il poussa un grognement lorsqu'elle s'agenouilla devant lui.

— Frankie...

— Je n'ai encore jamais fait ça, donc, si je m'y prends de travers, n'hésite pas à me le faire savoir.

La paume plaquée contre la roche, il s'efforça de contrôler sa respiration lorsqu'elle le prit dans l'antre tiède de sa bouche.

— Oh bordel...

— Je te fais mal ?

— Non.

— Tu es sûr ? Je t'ai entendu pousser un grognement.

Il laissa retomber sa tête sur son bras replié.

— C'était un grognement de type satisfaction.

— Ah... Dans ce cas, il y a deux ou trois petites choses encore que j'aurais envie d'essayer, enchaîna-t-elle, visiblement ravie de constater l'effet qu'elle produisait sur lui.

Il était sur le point de lui demander à quelles « petites choses » elle pensait, lorsqu'elle commença à se servir de sa langue et de ses lèvres avec une sensualité si spontanée et une telle liberté d'initiative que la tête de Matt se vida de toute pensée cohérente.

Il crispa les doigts sur la roche et sentit une arête acérée lui entamer la paume. Le plaisir courait en lui en vagues rapprochées. Il jura tout bas et écarta Frankie de lui.

— Il y a un problème ?

Elle respirait vite, elle aussi, et ses yeux paraissaient immenses et fiévreux dans le noir. Il dut faire appel à toute sa capacité de concentration pour former une phrase cohérente.

— Aucun problème, non. Laisse-moi juste trois secondes pour me reprendre.

Elle se releva et il lui attrapa la taille, l'amenant contre lui pour enfouir l'autre main dans ses cheveux. Il n'avait jamais désiré une femme aussi fort. Jamais.

Scellant sa bouche avec la sienne, il déboutonna le jean de Frankie, le fit glisser le long de ses jambes et l'aida à s'en débarrasser. Puis, il laissa ses mains descendre le long de son dos en une caresse possessive, jusqu'à la rondeur excitante de ses fesses. Il ne restait plus entre eux qu'une minuscule culotte soyeuse qui s'avéra n'offrir qu'une barrière dérisoire.

Elle poussa une exclamation contre ses lèvres.

— C'est Eva qui m'a offert la culotte de luxe que tu viens de mettre en pièces.

— Elle l'a choisie avec soin. Tu la complimenteras de ma part.

Elle laissa échapper un petit rire étouffé.

— Tu ne l'as même pas regardée !

— Non, mais elle était facile à retirer, ce qui est quand même une qualité incomparable pour ce genre d'attributs.

Le rire de Frankie se mua en gémissement lorsqu'il glissa une main entre ses cuisses.

— Matt...

Il joua avec son clitoris, puis ses doigts glissèrent le long de ses lèvres, s'introduisirent dans sa douceur moite. Elle s'agrippait à ses cheveux, son souffle s'entrecoupait.

— Oh ! oui... oui, maintenant, s'il te plaît. Je ne peux pas attendre.

Sans cesser de l'embrasser, il tâtonna dans ses poches à la recherche de son portefeuille. Elle émit un murmure de protestation qu'il étouffa avec ses lèvres.

— J'essaie de te protéger, Frankie.

— Ah oui...

Il comprit à son ton que toute considération de sécurité lui était sortie de l'esprit. Il aurait pu oublier, lui aussi, si ce n'était que la protection de Frankie lui tenait à cœur. Jamais, à aucun prix, il ne voudrait la mettre en difficulté.

Il s'interrompit le temps d'enfiler le préservatif puis la souleva pour la placer sur lui. Elle noua les jambes autour de ses reins en lui léchant les lèvres, la mâchoire, le cou.

— Je te préviens que, si tu me lâches, je te tue.

— Je passe mes journées à trimballer d'énormes dalles de pierre. Je pense que je peux tenir une petite femme fragile sans trop de problèmes.

— Fragile ? Tu trouves que je suis fragile ?

— Certaines parts de toi le sont.

Il étouffa sa protestation d'un baiser, modifia l'angle de son bassin et se cala en elle d'une seule poussée profonde. Il ferma les yeux.

— Je te fais mal, Frankie ?

— Non ! Non... Au contraire...

Elle essaya d'onduler tout contre lui, mais c'était lui qui avait le contrôle, cette fois, et il garda sa bouche soudée à la sienne et ses mains rivées à ses hanches tandis qu'il coulissait en elle.

Cette fois, pas de lenteur ni de caresses rêveuses.

Juste une étreinte frénétique, une course presque animale vers le plaisir.

Il perçut les premières vibrations de son orgasme. Avec un grondement sourd, il s'enfonça plus loin en elle. Et, lorsqu'elle laissa échapper un cri de jouissance, il la rejoignit sur les rives de l'extase.

Dans un état presque second, il finit par la reposer avec précaution sur le sable tout en la maintenant serrée de toutes ses forces contre lui. Frankie posa la tête sur sa poitrine.

— On a fait l'amour façon homme et femme des cavernes...

— Je sais.

— Debout.

— Ça y ressemble, oui.

Il enfouit les doigts dans les cheveux rebelles de Frankie.

— Et, si tu continues à en parler, ça va même se reproduire.

Elle leva la tête pour plonger son regard vert dans le sien.

— J'ai envie que ça se reproduise. Mais pas ici.

— Choisis ton lieu, alors. Dans le coffre de la voiture ? A califourchon sur un arbre ? Ton choix sera le mien. Toujours heureux de me rendre utile.

— Tu as déjà fait l'amour dans un arbre ?

— Pas encore, non, mais pour toi je devrais y arriver. Moi, Tarzan, n'oublie pas.

Elle rit, le souffle court.

— Retournons plutôt au bungalow, OK ?

Il la suivit sans argumenter.

Chapitre 13

« Un mariage, c'est du gâteau — ou en tout cas une excuse pour en déguster une part. »

— *Paige*

Frankie dormit à poings fermés et se réveilla tard. A New York, son sommeil aurait été haché, interrompu par les coups de klaxon et le hurlement des sirènes, mais sur l'île battue par l'océan ils baignaient dans le grand silence de la nature, tout juste souligné par le soupir des vagues léchant la roche. Elle restait immobile sous la couette, dans le brouillard moelleux entre veille et sommeil, goûtant une paix profonde.

Les bras de Matt l'enserraient et elle avait les jambes prises en étau entre les siennes. Impossible de bouger sans le réveiller. Mais elle ne demandait pas mieux que de rester ainsi, dans ce silence suspendu, en un confortable tête-à-tête avec ses propres pensées.

Se réveiller au côté d'un homme aurait dû être une expérience bizarre et déroutante pour elle. Alors pourquoi ce grand sentiment d'évidence ?

Elle réfléchit à ce paradoxe pendant quelques minutes. Et en conclut que, si cette présence masculine dans son lit allait de soi, c'était uniquement parce qu'il s'agissait de Matt. Elle était arrivée la veille dans un état de tension maximale. Et en quelques heures ses angoisses étaient retombées une à une.

Elle avait fait l'amour. Pas le sexe rasoir qu'elle avait connu, mais le sexe à couper le souffle. Le sexe ébouriffant à en perdre la tête. Et pas seulement une fois, mais ils avaient recommencé et recommencé encore, au point qu'elle avait perdu le compte. Ils avaient même fait l'amour debout dans une grotte.

Et lorsque Matt se réveillerait, ce qui ne saurait tarder, elle comptait bien renouveler l'expérience au plus vite. Elle scruta son visage endormi en s'interrogeant sur l'effet du frottement d'une barbe d'un jour sur les zones sensibles de sa personne.

Elle avait hâte de le vérifier en *live*.

L'écran de son téléphone clignota sur la table de chevet et elle tendit le bras avec précaution en essayant de ne pas réveiller Matt.

C'était un texto d'Eva. Juste un mot.

Alors ?

Frankie sourit et textota en retour avec une feinte innocence.

Alors quoi ?

Le message suivant surgit aussitôt :

Tu es seule dans ton lit ?

Frankie hésita. C'était une information qu'elle était en droit de communiquer, après tout.

Non.

Quelques secondes plus tard, son écran s'alluma de nouveau.

Ouah !!! Un inconnu pris au hasard ou Matt ?

— J'espère que tu ne déverses pas tous nos secrets dans l'oreille curieuse de ma petite sœur ?

Avec un frémissement de culpabilité, elle tourna la tête au son de la voix sexy et ensommeillée de Matt.

— C'est Eva. Elle voulait savoir si on partageait la même chambre. Je déteste mentir. Ça t'embête ?

— Rappelle-toi que ton horreur du mensonge est justement une de tes qualités phare à mes yeux. De toute façon, elles t'extorqueront l'info tôt ou tard, alors autant qu'elles le sachent tout de suite.

Elle reposa son portable sur la table de chevet et se blottit contre Matt.

— Et c'est quoi, les autres qualités que tu aimes chez moi ?

— Tu veux une liste ?

— Peut-être. Une liste des éléments principaux, disons.

Il bascula de manière à rouler sur elle.

— J'aime tes cheveux.

— Oh non... Tu appelles ça une qualité, toi ?

— Je les adore.

Il fit glisser ses boucles folles entre ses doigts.

— J'ai un grand faible aussi pour tes taches de rousseur.

— Tu choisis tout ce qui me désespère chez moi !

— On ne parle pas des aspects de toi que tu aimes, mais de ceux que j'aime, moi.

Il lui effleura les lèvres.

— J'apprécie ta franchise.

— Mon côté brut de décoffrage, tu veux dire ?

— Non, ta franchise.

Son expression devint sérieuse.

— J'aime que tu sois venue ici à Puffin Island, où tu t'étais juré de ne plus remettre les pieds, uniquement par solidarité envers Eva. J'aime que tu aies proposé de passer la nuit chez elle, l'autre soir, alors que tu préfères être chez toi.

— Elle t'en a parlé ?

— C'est Paige qui me l'a dit. J'adore ton intelligence. Ton sens de l'humour.

— Et mon addiction sexuelle ? Tu en penses quoi ?

— C'est encore ce que je préfère chez toi.

Matt l'embrassa et elle lui passa les bras autour du cou en riant.

— Tu es entièrement responsable de la survenue de cette nouvelle tare chez moi.

— Si c'est une tare, j'en assume volontiers la paternité.

Il mêla sa bouche à la sienne jusqu'à ce qu'elle en tangue de désir.

— Comment tu fais ça, Matt ?

Avec un grognement sourd, il souleva la tête.

— Comment je fais quoi ?

— Comment tu fais pour me donner envie de toi comme ça ? Je n'en peux plus... J'ai envie de faire l'amour comme une dingue tout le temps.

— Je crois que tu as une belle dose d'énergie sexuelle à utiliser. Et je suis ravi de pouvoir t'assister dans cette tâche.

— Ta générosité fait partie de tes plus belles qualités.

Elle émit un son rauque lorsqu'il passa une main sous ses fesses.

— On est obligés d'aller à ce mariage ?

Matt s'immobilisa.

— Tu ne veux pas y assister ?

— Je t'avoue que je redoute un peu. Jusqu'à présent, nous n'avons croisé que quelques personnes, toutes plutôt accueillantes, mais la moitié de l'île sera présente. Et si quelqu'un me dit quelque chose ?

— J'espère que plein de gens te diront plein de choses. Des trucs du genre : « C'est super de te revoir ici, Frankie, qu'est-ce que tu deviens ? »

Il appuya son front contre le sien.

— Il ne va rien t'arriver d'affreux, ma chérie.

Ce terme affectueux lui mit le cœur à l'envers.

— Tu n'en sais rien.

— Si, je le sais. Car je serai là avec toi. Tout le temps. Prêt à bondir. Au moindre regard de travers posé sur toi, je fonce et je jette le coupable à l'eau.

Une lueur complice brilla dans le bleu intense de ses yeux.

— Tu sais que je peux être un peu surprotecteur par moments. Cela fait partie de mes faiblesses. J'essaie de me corriger.

— *Un peu* surprotecteur ? Matt, je t'ai vu à l'œuvre avec Paige. Tu as vraiment raté ta vocation : garde du corps.

Elle aimait bien le chambrer sur ses élans d'ange gardien, mais au fond d'elle-même c'était un côté de lui qu'elle aimait. Ayant grandi avec deux parents aussi peu soucieux de la protéger l'un que l'autre, elle se sentait cocoonée et rassurée avec un homme comme Matt qui se préoccupait de ce qu'elle ressentait.

— Avec Paige, c'est autre chose. Comme c'est ma sœur, je veille à ce qu'elle soit le plus sage possible. Alors qu'avec toi...

Il glissa un genou entre les siens et se positionna entre ses cuisses.

— ... avec toi, mon intention, c'est de te pousser à un maximum de dépravation.

— J'étais loin de me douter que tu avais ce côté diabolique, Matt Walker.

— Je le cache avec soin.

Il vint se loger dans la moiteur accueillante de son sexe. Elle le sentit se durcir à chaque va-et-vient, et elle gémit de plaisir de le sentir coulisser contre sa chair réceptive.

— Combien de temps ça va me faire cet effet ? Quand vais-je me lasser de cette sensation ?

La bouche de Matt vint chercher la sienne et elle le sentit sourire contre ses lèvres.

— Jamais, murmura-t-il. Tant que je serai là, cela n'arrivera pas.

Quelque part dans un recoin de son cerveau, une part ténue d'elle-même savait que tout cela était trop beau pour être vrai. Mais cette minuscule voix réaliste fut noyée par l'exaltation de leurs ébats, par l'intensité du plaisir, par le feu du regard de Matt plongé dans le sien. S'abandonnant au tumulte de ses sensations, elle ferma les yeux et se laissa embarquer en mode conte de fées.

Ouvrant le robinet de la douche en grand, Matt ferma les yeux sous le jet. Il aurait pu entraîner Frankie avec lui juste pour le plaisir de couvrir son corps mouillé de baisers, mais il avait besoin de s'accorder un moment de solitude pour se reprendre. Il l'avait incitée à s'ouvrir à lui et elle avait joué le jeu. Au-delà de toute espérance, même. La façon dont elle s'était abandonnée à lui avait instauré entre eux une intimité plus forte qu'il ne l'avait escompté. Il avait été soufflé par la façon dont elle s'était donnée à lui : librement, en toute confiance et sans réserve. Mais il avait été encore plus surpris par le tsunami émotionnel qui s'était déchaîné en lui. Il n'aurait jamais imaginé que ses sentiments pour elle pourraient gagner encore en intensité.

La réalité l'avait détrompé.

Comment allaient-ils enchaîner une fois de retour à New York ? Reviendraient-ils à la situation d'avant ?

L'idéal serait de suspendre le temps et de la garder ici, à l'abri des aléas du quotidien. Il était tenté de se soustraire à la fête de mariage, lui aussi. Le seul horizon qu'il parvenait à envisager pour le moment, c'était de rester terré dans le bungalow avec Frankie. Le reste du monde le laissait de marbre.

— Matt ?

Frankie se tenait devant lui en brandissant son téléphone.

— ... c'est Ryan.

— Attends, je me sèche.

Il attrapa une serviette, avec l'impression coupable d'avoir été pris la main dans le sac alors qu'il cherchait une excuse pour échapper au mariage d'un ami.

Distrait par le creux délicat entre les clavicules de Frankie, il fit un effort pour rester attentif pendant que Ryan lui exposait son problème.

— Ah zut... C'est pas de veine.

Déterminé à se concentrer sur la conversation, il détourna les yeux.

— Donc tu fais un saut sur le continent en avion ? Tu penses que ça va prendre combien de temps ?... Non, non pas de problème. On reste tranquilles par ici et on attend ton texto.

Il mit fin à l'appel et Frankie lui jeta un regard interrogateur.

— Qu'est-ce qui se passe ?

Il l'attira contre lui et posa les lèvres sur la peau nacrée à la base de sa gorge.

— Il se passe qu'on récupère deux heures supplémentaires pour traîner au lit.

Elle noua les bras autour de son cou.

— Ça ressemble à une bonne nouvelle. Qu'est-ce qui leur est arrivé ? Le bébé fait des siennes ?

— Non, non. C'est juste une petite crise organisationnelle.

Il fit glisser les cheveux de Frankie sur le côté et lui picora le cou de baisers en se gorgeant de l'odeur de sa peau.

— La fleuriste a fait une péritonite aiguë dans la nuit et a été transportée par hélicoptère en urgence, direction l'hôpital. Le problème, c'est qu'elle est partie avec la clé de son magasin, donc pas moyen de récupérer les bouquets. Ils repoussent la cérémonie de deux heures pour laisser à Zach le temps d'aller chercher la clé en avion.

— Ça risque de lui prendre plus que deux heures. Imagine que la fleuriste soit sur le billard ? Il faudra attendre qu'elle sorte de réa. Il y en aura pour un moment.

— Je suppose qu'ils vont devoir prendre ce risque. Ils n'ont pas vraiment le choix, de toute façon.

Un silence tendu tomba, puis elle se détacha comme à contrecœur de ses bras et prit une profonde inspiration.

— C'est bon. Habille-toi. Je me charge des fleurs.

Comme il savait à quel point elle haïssait les mariages, l'idée ne lui avait pas traversé l'esprit de le lui demander.

— Toi ?

— C'est un grand jour, pour Ryan et Emily. Elle ne peut pas se marier sans bouquet. Je vais leur improviser quelque chose. Rappelle Ryan.

Elle s'écarta d'un pas et redressa les épaules, comme si elle avait peur de changer d'avis.

— Si la boutique du fleuriste est fermée, il va falloir que je trouve un jardin à dévaliser, en revanche.

— Frankie...

Il savait que ce n'était pas une décision simple pour elle. En d'autres circonstances, il aurait passé au crible ses motivations pour lui donner la possibilité de changer d'avis au cas où elle aurait trop exigé d'elle-même. Mais ils n'avaient que très peu de temps devant eux.

— Tu te sens de le faire ? Sérieux ?

— Je ne plaisante jamais quand il s'agit de mariage, Matt.

Son humour doux-amer le fit sourire.

— Dans ce cas, j'appelle Ryan.

Il cueillit son visage entre ses mains et l'embrassa avec une fougue possessive.

— Il aura intérêt à apprécier le sacrifice auquel je consens héroïquement pour lui.

— Arrête de me distraire, toi.

Elle le repoussa d'une bourrade.

— Appelle-le. Et débrouille-toi pour m'obtenir quelques indices sur la tenue de la mariée.

Matt passa l'appel, son attention partagée entre Ryan qui discutait logistique au téléphone et Frankie qui s'activait sous son nez. Elle laissa de côté la combi-pantalon en soie verte qu'elle avait étalée sur le lit et enfila un T-shirt et des leggings qui la moulaient comme une seconde peau.

Ses cheveux étaient encore humides de la douche qu'elle avait prise avant lui. Elle les rassembla en une queue-de-cheval rapide et attrapa son sac à dos.

— Alors ?

— Ryan ne peut rien nous dire de la tenue d'Emily. Le secret a été jalousement gardé, mais il pense que

Brittany devrait pouvoir nous renseigner. En attendant, Kirsti envoie un message à tous les habitants de l'île pour leur demander d'ouvrir leurs jardins. Ils ont un système pour les situations d'urgence, qui leur permet d'envoyer un texto collectif. Tous ceux qui ont des jardins se manifesteront auprès de Ryan et il m'enverra une liste par mail pour que tu puisses faire ton choix.

— Tu veux dire que les gens d'ici me donnent la permission d'entrer chez eux et de choisir les fleurs qui m'intéressent ?

— Ben oui.

— Il leur a bien précisé que c'était moi ? Frankie Cole ?

— Ils sont au courant, oui. Et tout ce qu'ils veulent, à mon avis, c'est que tu réussisses à récupérer le coup pour Emily et Ryan. Tu as besoin de quoi à part de fleurs et de branchages ?

— Je ne sais pas... Il m'arrive d'attacher les bouquets, donc il me faudra un minimum de matos pour ça. Ah oui, il faut que j'embarque cette combi-pantalon, parce que, si Paige et Eva me voient en jogging sur les photos de mariage, elles vont me lester les poches de cailloux et me jeter au fond de l'Hudson.

— Je vais suspendre ta tenue dans la voiture. On se changera dès que les bouquets seront terminés.

Il regarda ses mails.

— Tiens, jette un coup d'œil. Il y a déjà des réponses. Les gens ont établi des listes des plantes fleuries dont ils disposent.

Tout en enfilant ses chaussures, elle jeta un coup d'œil sur l'écran du téléphone.

— Hum... Brittany et Zach... C'est le même Zach qui était pilote de l'avion ? Ils ont l'air d'avoir un jardin d'ornement intéressant. Mais dis, au fait... il ne s'agirait pas de Brittany Forrest ? La petite-fille de Kathleen ?

— C'est elle, oui. On peut être à Castaway Cottage dans dix minutes. Allez, en route.

Matt accrocha leurs tenues de mariage à l'arrière de la voiture, puis ils reprirent la piste en direction de Camp Puffin avant d'emprunter la route qui menait au nord de l'île.

— Je n'ai pas eu le temps de m'attaquer au domptage de mes cheveux, du coup. Eva et Paige vont m'assassiner pour de bon en me voyant sur les photos coiffée style simili-dreadlocks. J'étais censée faire de grands efforts pour avoir l'air civilisée, maquillée et tout le tintouin.

— Tu as l'air craquante, et tu es sexy à tomber par terre. Tu ressembles à une femme qu'un homme serait tenté de jeter sur une épaule pour la traîner dans la première caverne venue et se livrer avec elle à des débordements sexuels dignes d'entrer dans les annales.

Elle lui jeta un regard prolongé.

— Ah oui ? Ce n'est pas une situation à laquelle je suis habituée.

Lui n'était pas habitué à ce qu'elle lui adresse ce genre de lents sourires séducteurs.

— Il te va bien, ce sourire. Tu veux qu'on s'arrête et qu'on teste une nouvelle façon de faire l'amour ? Le sexe en forêt, ça te dirait ?

— Concentre-toi plutôt sur ta conduite, Matt. Nous ne disposons que de deux petites heures et, si tu commences à parler de sexe, je ne vais pas être au top pour gérer les fleurs. Tu sais que les mariages ne sont pas ma meilleure source d'inspiration, en général. Combien de demoiselles d'honneur ?

— Comment veux-tu que je sache un truc pareil ? Je suis un mec.

— Si je fais des bouquets avec des rubans, il me faudra le nombre exact.

Elle sortit un carnet de son sac et commença à dessiner. Il comprit qu'en se focalisant sur les fleurs elle tenait ses angoisses à distance.

Castaway Cottage était une jolie maison de bord de mer en bardeaux dont la porte s'ouvrit dès qu'il coupa son moteur. Le chien le plus hideux jamais vu s'élança vers eux en agitant la queue.

— Brutus ! Rentre à la maison tout de suite ! cria la femme qui sortit à leur rencontre.

Matt eut un large sourire.

— Salut, Brittany.

— Matt !

Elle l'embrassa avec affection avant de laisser éclater son inquiétude.

— C'est vraiment dramatique, pour ces fleurs ! Tu as trouvé une solution, alors ? C'est le grand jour, pour Em, et on voulait que tout soit parfait. Il nous faudrait un miracle.

— J'en ai apporté un, de miracle, et elle s'appelle Frankie...

Il se retourna et trouva son miracle à genoux en train de masser le ventre du chien qui se roulait à ses pieds, en extase. Brittany parut surprise.

— Il ne réagit pas comme ça, d'habitude. En général, il faut un peu de temps avant que les gens se prennent d'affection pour notre toutou. Il faut reconnaître que la faute nous revient en partie. Le baptiser Brutus, ce n'était pas la meilleure façon de le rendre attractif pour le grand public, le pauvre. Je l'adore, mais je suis la première à reconnaître que la séduction physique n'est pas son atout principal.

— Je lui trouve un charme bien à lui.

Frankie gratifia le chien d'une dernière caresse et se redressa.

— Salut, Brittany. J'espère que je peux compter sur toi pour me fournir quelques précisions utiles sur le mariage ?

— Dis-moi. Qu'est-ce qu'il te faut comme infos ?

Elle lui fournit les détails dont Frankie avait besoin puis proposa de les conduire jusqu'au jardin.

— N'hésite pas à te servir, surtout. Tout ce que je demande, c'est que ce soit une journée en tout point mémorable pour Emily. Je ne sais pas ce qu'on aurait fait sans toi, Frankie. Tu auras besoin d'autre chose ?

— Du fil de fer fin, déjà, pour attacher les bouquets. Et des rubans, ce serait possible ? Même avec des rubans à cheveux, je peux me débrouiller.

Brittany fit la grimace.

— Le fil de fer, pas de problème. Pour les rubans, ça va être plus compliqué, en revanche. Ce n'est pas trop mon style, mais je connais quelqu'un qui devrait avoir tout ce qu'il te faut. Je vais envoyer un message à Ryan pour qu'il nous apporte ceux de Lizzy. En attendant, je m'occupe du fil de fer.

— Super. On rajoutera les rubans plus tard. La robe de la mariée est de quelle couleur ?

Les yeux de Brittany pétillèrent d'humour.

— La mariée est enceinte jusqu'aux dents. Donc pas de blanc, mais une jolie robe couleur ivoire. C'est notre amie Skylar qui l'a dessinée.

— Donc il s'agit d'essayer de détourner l'attention de la bosse.

Brittany partit d'un grand rire.

— Je ne doute pas de tes talents, mais je peux t'assurer que le *baby bump* est impossible à manquer et que rien ne pourra le dissimuler à part une tente.

— Il ne s'agit pas de le dissimuler. Mais on peut éviter d'en rajouter. Je ne prévoirai pas un bouquet trop mastoc. On peut jouer sur les volumes, faire quelque chose d'un peu retombant.

Brittany les précéda en longeant le cottage. Ils franchirent une grille et découvrirent le jardin de bord de mer à l'arrière de la maison.

L'expression de Frankie passa de la surprise à l'émerveillement. Elle se tourna vers Brittany.

— Tu es jardinière de métier, c'est ça ?

— Houla, non, archéologue. J'ai plutôt tendance à massacrer les plantes en creusant qu'à les faire pousser. Ce jardin, c'était la passion de ma grand-mère, Kathleen. Elle y consacrait tout son temps libre. Elle est morte il y a quelques années, mais l'une de ses amies — notre voisine — continue de l'entretenir.

— C'est un bijou, ce jardin. Harmonieux et apaisant. C'est un exploit, vraiment, pour un jardin côtier exposé aux embruns salés et au vent. Comment survit-il aux hivers ?

— Aucune idée. C'est étonnant que les plantes ne gèlent pas comme nous autres humains transis.

— Ce n'est pas le gel la pire menace, mais le dégel. L'idée, c'est de maintenir la végétation en sommeil en attendant le printemps.

Frankie se baissa pour prélever une pincée de terre dans le massif le plus proche et la fit rouler entre ses doigts.

— Ah, d'accord. C'est du paillis d'algues.

— Du paillis d'algues ?

Brittany haussa les épaules en riant.

— Si tu le dis.

— C'est excellent pour la terre et les limaces détestent ça.

— Je me souviens que ma grand-mère était en guerre permanente contre les gastéropodes de tous bords.

Brittany glissa les mains dans ses poches.

— Tu penses pouvoir trouver ce qu'il faut pour faire un bouquet de mariée présentable pour Em ?

— Tout ce qu'il faut et plus encore. Dis-moi simplement s'il y a des plantes auxquelles tu préférerais que j'évite de toucher ?

— Tu peux ratiboiser le jardin entier si besoin est.

— Oh ! génial ! Du phlox paniculé blanc.

Frankie se dirigea vers la plate-bande la plus proche.

— C'est la fleur des mariées par excellence. Et de jolis *Leucanthemum vulgare*… La marguerite commune, autrement dit.

Matt la regarda parcourir les allées, psalmodiant les noms latins pour elle-même, complètement absorbée dans son extase botanique tandis qu'elle se livrait à un inventaire émerveillé des richesses du jardin.

Brittany adressa à Matt un regard interrogateur, auquel il répondit par un mouvement d'épaules.

— Frankie et les fleurs, c'est une grande histoire d'amour. Elle est à son affaire, là.

— Parfait. Je la laisse officier et j'en profite pour aller me préparer. Surtout, n'hésitez pas à utiliser la table de cuisine pour assembler vos chefs-d'œuvre. Si vous avez besoin de quoi que ce soit, appelez-moi. Et ne laissez pas Zach nourrir Brutus à grand renfort de bacon.

Brittany s'éloigna, les laissant seuls dans le jardin noyé de soleil. Frankie sortit ses esquisses de son sac pendant qu'il l'observait, les mains dans les poches.

— Dis-moi ce que je peux faire.

— Ne bouge pas et je te passerai les fleurs au fur et à mesure que je les cueillerai.

Elle butinait dans le jardin à la manière d'un

papillon, s'immobilisant à intervalles réguliers pour admirer, sentir, couper et assembler.

En moins de dix minutes, elle avait récolté une belle brassée de fleurs, d'herbes et de feuillages.

— Avec ça, je devrais pouvoir m'en sortir. On va rapatrier tout ça dans la maison et je composerai les bouquets.

La cuisine de Castaway Cottage représentait le cœur même de la maison. Une grande table formait l'élément central de la pièce. Bois flottés, coquillages et morceaux de verre dépolis dans des jarres contribuaient à donner une âme à la pièce.

C'était dans cette même cuisine, songea Matt, que Frankie avait trouvé refuge, des années plus tôt, lorsqu'elle s'était enfuie de chez elle après le départ de son père.

La porte grande ouverte sur le large laissait toute liberté à Brutus de circuler entre la plage et la maison, en semant quelques traces de sable sur son passage. Le soleil qui entrait à flots jouait sur les larges lattes de bois poli du plancher et éclairait le tapis, dont les rayures dans les nuances de bleu contribuaient à créer une ambiance bord de mer.

Dans un endroit comme celui-ci, plein d'harmonie et baigné d'embruns, Matt se prenait parfois une grande bouffée de nostalgie pour l'île de son enfance.

Au cœur de l'été, la vie insulaire paraissait idyllique, mais il connaissait la rigueur des hivers du Maine. Puffin Island changeait radicalement de visage lorsque la neige noyait ses contours, réinventait les reliefs et que l'île se recroquevillait sous les frimas — mystérieuse et comme pétrifiée, au beau milieu de l'océan gris. La population se résumait alors aux îliens de souche et à quelques sportifs invétérés à qui l'hiver ne faisait pas peur.

Zach leur servit des mugs de café bien serré qu'il posa sur la table.

— J'ai fait frire du bacon et vous avez des petits pains tout chauds dans la corbeille. Servez-vous bien. Vous n'aurez pas l'occasion de remanger de sitôt. Je vous laisse pour aller me mettre en tenue de parade.

Matt se prépara un sandwich pendant que Frankie disposait ses fleurs.

— Toi aussi, tu devrais avaler quelque chose. Tu dois être morte de faim après tout cet exercice.

— Tout à l'heure, si j'ai le temps. J'ai trois bouquets à composer.

— Mets-moi à contribution.

— Tu pourrais me couper quelques longueurs de fil de fer ?

Frankie poussa le matériel dans sa direction et recommença à trier et à assembler. Il la regarda procéder pendant qu'elle transformait un tas informe en un ravissant bouquet de mariée naturel et de saison. Les doigts de Frankie s'activaient, habiles et rapides, tandis qu'elle raccourcissait les tiges et arrangeaient les herbes et les feuillages.

— Pour quelqu'un qui a les mariages en horreur, je te trouve plutôt inspirée.

— Là, je ne suis pas dans l'idée du mariage, je suis dans l'idée des fleurs. Et ce ne sera pas parfait. Cela m'aurait aidée de voir la robe, mais bon... J'ai fait au mieux, avec les moyens du bord.

Il était impressionné par le résultat, en tout cas. Elle souleva le bouquet, une écume de floraisons blanches d'où retombaient de fines vrilles végétales.

L'expérience de Matt en matière de bouquets de mariée était plus que limitée, mais même lui était capable de reconnaître que c'était une artiste qu'il voyait à l'œuvre.

Brittany poussa une exclamation admirative en s'immobilisant dans l'encadrement de la porte.

— Ouah. Magistral, ce bouquet… Quel talent.

Frankie lui adressa un rapide sourire.

— Merci. Il en reste encore deux à faire, mais on devrait y arriver dans les temps.

Intéressant, songea Matt. Elle n'avait manifesté aucune gêne à accepter le compliment d'une femme. Alors qu'avec lui elle perdait contenance, se mettait à bredouiller, ne savait plus quoi faire.

Ou peut-être était-elle simplement sûre d'elle-même et à l'aise sur le plan professionnel alors qu'elle manquait de confiance en elle en tant que femme ?

Brittany se versa du café et ils papotèrent pendant que Frankie terminait les deux autres bouquets.

— Et voilà, annonça-t-elle en finissant de les attacher.

— Travail d'artiste, déclara Brittany, admirative. Vous êtes prêts ? Si oui, je propose qu'on songe à se mettre en route. La moitié de l'île trépigne d'impatience à nous attendre.

Du coin de l'œil, Matt vit Frankie pâlir. Même Brittany nota son brusque changement d'expression.

— Ça va, Frankie ?

— Oui, oui, ça va… C'est juste qu'il y a très longtemps que je ne suis pas revenue par ici.

— Et ça te gêne ? Tu as peur de ne pas connaître grand monde à cette fête ? Parce que, Zach et moi, nous pouvons te présenter un tas de gens et…

— Non, non, au contraire. Si les gens ne savent pas qui je suis, c'est aussi bien.

Frankie reposa ses ciseaux avec précaution.

— Ma famille n'a pas très bonne réputation, à Puffin Island. Et les gens d'ici ont une mémoire d'éléphant.

— J'avoue que tu piques ma curiosité, là.

Brittany termina son café au moment où Zach faisait irruption dans la pièce.

— C'est quoi, ton nom de famille, tu disais ?

— Cole.

Brittany ouvrit la bouche pour répondre, mais Zach la devança. Il posa une main amicale sur l'épaule de Frankie.

— Quelle que soit ta réputation, elle sera toujours éclipsée par la mienne. C'est moi, le grand vilain méchant, sur cette île. Ils seront trop occupés à me regarder de travers pour remarquer ta présence.

— Ils ne sont pas si affreux que ça, protesta Brittany en se levant pour nettoyer la table encore couverte de feuilles et de tiges. Ils ont fini par t'accepter. Pas encore complètement, mais presque.

— Presque, comme tu dis. Je suis pour ainsi dire à l'essai, par ici. Ils guettent tous le moment où je dévierai du droit chemin.

Zach paraissait plus amusé que contrarié par la méfiance insulaire à son égard. Brittany l'alpagua en glissant un index entre deux boutons de sa chemise et l'attira contre elle d'autorité.

— Que les choses soient claires entre nous : *j'aime* que tu t'écartes du droit chemin.

Se dressant sur la pointe des pieds, elle lui effleura amoureusement les lèvres avant de se tourner vers Frankie.

— Ne t'inquiète pas pour les gens d'ici. Après ces années d'absence, ils vont t'accueillir comme une héroïne rentrée au bercail. Mais maintenant il faut vraiment qu'on parte, sinon Emily va criser.

Zach leva un sourcil.

— Je n'ai jamais vu Emily perdre son calme.

— Elle crise, pourtant, mais bouche cousue. Tout se passe sous forme de tension muette. Et je ne veux surtout pas qu'elle stresse. Ce serait quand même trop bête si elle accouchait le jour de son mariage !

Brittany fit le tour de la cuisine, en fourrant divers objets dans son sac.

— Ce soir, ce sera *big party* à l'Ocean Club. J'espère que vous viendrez, tous les deux ? Danser jusqu'au bout de la nuit, faire la méga fiesta, ça vous dit ?

Matt se demanda comment Frankie allait réagir à cette proposition, mais elle hocha la tête.

— Si je n'ai pas été chassée de l'île d'ici là, ce sera avec plaisir.

— Je peux te promettre qu'il ne viendra à personne l'idée de vouloir te chasser d'ici. Au contraire.

Brittany plaça les bouquets avec précaution dans un carton.

— J'ai envoyé un texto à Ryan. Il apportera tous les rubans de Lizzy. Qui, entre parenthèses, a décidé qu'elle porterait un diadème et des ailes de fée. On retrouve Ryan sur la plage et on verra quels rubans conviendront le mieux.

Elle se tourna vers eux.

— Vous avez l'intention de vous changer, tous les deux ? Si c'est le cas, vous avez peut-être intérêt à le faire ici. Cela vous évitera un strip-tease sur le parking sous l'œil ébahi des gens du cru.

Matt convint que ce serait préférable et partit chercher leurs tenues de mariage dans la voiture. Frankie enfila sa combinaison en soie verte aux lignes épurées, qui mettait ses yeux en valeur et faisait ressortir le cuivre ardent de sa chevelure.

Déconcentré par le spectacle, Matt en boutonna sa chemise de travers.

— Tu es très belle.

— Merci.

Mais son sourire restait crispé. Même la positivité

rassurante de Brittany n'avait pas suffi à apaiser l'anxiété de Frankie.

En se garant sur le parking de la plage, un peu plus tard, il se tourna vers elle :

— Je te promets que tout va bien se passer, Frankie. Et cette combi-pantalon est très classe, même si, pour faire l'amour à l'improviste entre deux rochers, la version jupe présente quelques avantages non négligeables.

— Callum Becket tenait le même discours lorsqu'on était en seconde. C'est pour ça que je ne me mets jamais en robe.

C'était la première fois qu'elle mentionnait un épisode spécifique qui remontait à son adolescence difficile sur Puffin Island. Les gens passaient devant eux en rangs serrés pour se diriger vers la plage. Mais Matt resta vissé sur le siège conducteur.

— Qu'est-ce qui s'est passé avec Callum Becket ?

— Sa famille venait de voler en éclats à cause de ma mère. Il avait la haine, comme il disait. Et il a reporté sa rage sur moi. En la combinant aux hormones féroces de l'adolescence, ça donnait le raisonnement basique suivant : puisque nos parents respectifs baisaient comme des lapins, il ne nous restait plus qu'à faire la même chose. On était au bal de fin d'année de l'école et il a demandé à deux de ses copains de me maintenir au sol pendant qu'il fourrait une main sous ma robe. Ma robe rouge toute neuve. Que j'étais si fière de porter pour la première fois...

Elle se mit à respirer plus vite, mais dut voir l'expression sur le visage de Matt car elle se hâta de lui sourire.

— Ne t'inquiète pas. Paige et Eva sont arrivées à temps. Ses amis l'ont lâché et, là, Callum ne faisait pas le poids. J'ai même failli lui casser le poignet. Il n'a pas pu écrire pendant un moment, en tout cas. Mais ça m'a vaccinée, pour les robes. Depuis, je me balade en pantalon et je me suis mise au karaté pour pouvoir jeter un mec à terre d'un coup de pied retourné en cas de besoin. Maintenant que tu sais ça, j'imagine que ça te refroidit sérieusement à mon égard ?

— Tu plaisantes ?

Ce qu'il ressentait, c'était de la colère, mais il se garda bien de lui en faire part.

— Avoir une femme dans ma vie qui peut m'envoyer au sol d'un coup de pied circulaire, je trouve ça très excitant, au contraire. Quand il te viendra l'envie d'essayer, n'hésite pas. J'ai très envie d'être couché à terre par ta personne.

Il vit le coin de ses lèvres frémir.

— Je ne sais pas comment tu t'arranges, mais tu arrives toujours à m'arracher un sourire sur des questions qui d'habitude ne me font pas franchement rigoler.

Il enfouit les doigts dans ses cheveux et l'attira dans ses bras pour l'embrasser.

— Tu ne croiseras pas Callum au mariage, au cas où cela t'inquiéterait. Les Becket ont quitté l'île depuis pas mal d'années, donc il n'y a aucune raison pour qu'il soit là aujourd'hui.

Il sentit les épaules de Frankie se détendre.

— Tant mieux. Je n'aurais pas aimé avoir à lui massacrer l'autre main.

— Je m'en serais chargé pour toi.

— Sérieux ? Je te voyais plutôt comme quelqu'un qui se sert de son intelligence et de ses capacités de réflexion pour résoudre un problème.

— En première intention, oui. Toujours. Mais, quand la situation l'exige, il m'arrive d'avoir recours au plan B.

Il dissimula sa colère sous un sourire.

— On y va ? Tout le monde doit trépigner d'impatience en attendant les fleurs.

Frankie descendit de voiture sans un mot et ils empruntèrent main dans la main le chemin qui descendait à la plage. Mais elle s'immobilisa lorsque la foule dense des invités apparut à sa vue.

— Oups... Je ne m'attendais quand même pas à tant de monde.

— C'est une foule amicale, Frankie.

Elle se remit en mouvement à contrecœur.

— Espérons-le.

Il l'espérait aussi. Sinon, il pourrait être tenté de mettre le plan B en œuvre.

Chapitre 14

« Le mariage est le triomphe de l'espérance sur le réalisme. »

— *Frankie*

La plage était noire de monde. A croire que l'île tout entière avait répondu à l'appel et s'était donné rendez-vous là pour voir Ryan épouser Emily.

C'était un spectacle bigarré qui s'offrait au regard de Frankie. Les tenues allaient du maillot de bain à la robe de couturier en passant par toutes les versions intermédiaires. Les invités s'étaient installés sur les rangées de chaises disposées à même le sable et, dans ce lieu de cérémonie improvisé, le cri des mouettes se conjuguait aux aboiements excités des chiens, aux rires des enfants et au chant heurté des vagues.

Tout le monde connaissait tout le monde, bien sûr, et Frankie s'attarda en marge de l'assemblée, avec un sentiment cuisant d'exclusion. Si elle restait là, dans son coin, personne ne s'apercevrait de sa présence et, une fois que la cérémonie aurait démarré, elle pourrait probablement s'éclipser sans attirer l'attention.

Elle était sur le point de soumettre le projet à Matt lorsque Ryan les repéra. Foulant le sable à grands pas, il vint la serrer dans ses bras.

— Tu es notre héroïne du jour. Ne reste pas là à te cacher dans ton coin — ta place est au premier rang. Tu es notre invitée d'honneur.

Au premier rang ?

Son estomac se noua. Si elle se retrouvait aux premières loges, il n'y aurait plus moyen de se cacher. Elle serait sous les yeux des mariés pendant qu'ils échangeraient leurs vœux. Autrement dit, censée arborer une expression attendrie, rêveuse et captivée. La larme à l'œil, de préférence. Un rôle de composition qu'elle n'avait encore jamais réussi à mettre au point.

— Non, non. Je ne peux pas accepter... Il y a sûrement des quantités de personnes plus proches de vous deux qui...

— Ryan a raison. La place d'honneur te revient, Francesca.

C'était Hilda Dodge qui venait d'intervenir ainsi. Et une jolie femme blonde flanquée de deux enfants vint joindre sa voix à la sienne, ajoutant à l'atmosphère de persuasion générale.

— Il y a toute la place qu'il faut pour vous deux en première ligne. Je suis Lisa, au fait. Propriétaire du Summer Scoop, le glacier sur Main Street. Si vous avez cinq minutes, venez déguster une glace. C'est la maison qui régale, bien sûr.

— On pourrait aussi en acheter un grand pot à emporter, lui murmura Matt à l'oreille. Je rêve de lécher des océans de glace à même ton corps nu. Au chocolat noir de préférence. Des orteils jusqu'aux cheveux.

L'imagination érotique de Matt manqua la faire s'esclaffer. Elle dut se concentrer pour ne pas partir d'un fou rire et en oublia ses angoisses à l'idée de se retrouver dans la ligne de mire des mariés et de la famille proche.

— Tu as l'intention de mettre ton projet à exécution sur Main Street ?

— Je n'exclus rien, a priori. J'essaierai de te prévenir juste avant que le besoin irrépressible ne commence à monter.

Matt lui prit la main et la guida à travers la foule. Certains visages lui étaient familiers. D'autres pas du tout. Certains lui firent part de leur joie de la voir de retour sur l'île. D'autres se réjouissaient qu'elle ait pu composer un bouquet improvisé pour Emily. Tous se montrèrent accueillants et amicaux.

Au bout de ce parcours du combattant, elle finit par se glisser sur une chaise libre du premier rang.

— Ce n'est pas indiqué pour moi d'être assise juste sous le nez des mariés.

Matt prit place à sa droite.

— Souris. Détends-toi. Tu vas juste prendre du bon temps.

Elle allait lui rétorquer que cela lui paraissait difficile, lorsque Hilda vint s'installer à sa gauche.

— Tu te souviens de ce que je t'avais dit, Francesca ? On ne se débarrasse pas si facilement de son terroir d'origine.

Elle lui tapota le genou dans un geste amical puis se tourna pour parler à son autre voisine.

Frankie regarda autour d'elle, vit des sourires attendris et des regards émus — alors que pour sa part elle ne ressentait rien du tout, à part une pointe de panique et un soupçon de mal au cœur.

Pour se changer les idées, elle fixa son attention sur un petit groupe d'enfants qui s'agitaient en manipulant un magnétophone. Puis elle observa Ryan qui se tenait à côté d'un homme de haute taille aux cheveux presque noirs, dont l'apparence lui parut vaguement familière.

Elle essayait de se souvenir dans quelles circonstances elle l'avait déjà vu, lorsque Matt se pencha vers elle.

— C'est le chasseur d'épaves.

— Le *quoi* ?

— Le type que tu regardes en te demandant d'où tu le connais. Il s'appelle Alec Hunter. C'est un historien et il présentait une série d'émissions consacrées aux naufrages célèbres. Il a réussi l'exploit d'avoir toutes les femmes d'Amérique scotchées à leur écran chaque fois qu'il passait à l'antenne.

— Ah, OK. Ça me revient.

Elle avait adoré cette émission et avait acheté le livre. Mais, avant qu'elle ne puisse poser d'autres questions à Matt, un grand silence se fit, et un des enfants du groupe appuya sur un bouton pour lancer la musique.

Comme elle avait toujours le regard posé sur Alec, Frankie assista au moment précis où Ryan tourna la tête pour regarder Emily s'avancer vers lui. Ce qu'elle vit dans ses yeux, c'était de l'émotion pure, entière et sans réserve. Tout ce qu'il ressentait était là, bien lisible sur son visage. Elle en resta rêveuse. Comment quelqu'un pouvait-il trouver le courage de se livrer ainsi, sans rien garder pour lui, sans rien dissimuler de ce qui l'animait au plus profond de lui-même ?

Emily progressait entre les deux travées et Frankie, par automatisme professionnel, examina le bouquet d'un œil critique. Compte tenu de l'urgence et du choix de fleurs limité, elle était plutôt satisfaite de son œuvre. La forme était bien adaptée et détournait l'attention du *baby bump*, même si ni Ryan ni Emily ne semblaient désireux de dissimuler quoi que ce soit. Indifférent au protocole, ce dernier se pencha sur les lèvres d'Emily. Leur baiser se prolongea, et se prolongea encore, jusqu'au moment où la petite fille qui se tenait à côté de lui tira sur l'ourlet de sa veste avec impatience.

Brittany adressa un sourire complice à Lizzy.

— Ryan, tu es censé embrasser la mariée *après* la cérémonie, le sermonna-t-elle. Pas avant.

La fillette pouffa.

Frankie reconnut le petit bouquet rond de demoiselle d'honneur qu'elle avait composé moins de une heure plus tôt. Les cheveux blonds de l'enfant étaient retenus par un diadème scintillant. Mais les ailes de fée, surtout, la firent sourire. La fillette avait clairement imposé ses vues sur sa tenue de mariage idéale.

Eva, si ses souvenirs étaient bons, avait eu une paire d'ailes identique au même âge. Chaque fois qu'elles avaient joué « à faire semblant », Eva avait toujours été la fée. Frankie, elle, choisissait plutôt l'elfe. Ou la magicienne.

Son esprit vagabondait et ce fut à peine si elle entendit les mots prononcés tour à tour par Ryan et Emily. Au milieu de la cérémonie, Lizzy commença à donner des signes d'impatience. Ryan la souleva dans ses bras et la garda contre lui pendant qu'Emily et lui échangeaient leurs vœux.

Frankie vit la main de la petite fille posée en confiance sur l'épaule de Ryan. Quelque chose dans la façon dont celui-ci tenait cette enfant dans ses bras lui noua la gorge. Lizzy était encore à l'âge où l'on croit que les adultes sont tout-puissants. A l'âge où un papa est un héros et apparaît à nos yeux comme la force protectrice du destin.

Elle y avait cru très fort, elle aussi, lorsqu'elle était petite.

Comprendre et assumer les faiblesses paternelles avait été une part importante du processus qui lui avait permis d'opérer la transition vers l'âge adulte.

Face au regard passionnément amoureux que Ryan posait sur Emily, mille questions se bousculaient dans la tête de Frankie. Son père avait-il eu ce même regard le jour de son mariage avec sa mère ? Et, si oui, à quel moment les choses avaient-elles commencé à mal tourner ? Ses parents avaient-ils été authentiquement heureux au début et leur relation s'était-elle délitée petit à petit ? Ou y avait-il eu des lignes de faille dès le commencement ?

Dans un état presque second, elle gardait les yeux rivés sur la scène qui se déroulait sous ses yeux. Ryan prit la main d'Emily et elle vit de près leurs doigts entremêlés, le fin et le délicat se mêlant au ferme et au calleux.

Leurs voix à tous deux résonnaient à l'arrière-plan mais, tout ce qu'elle voyait, c'était leurs mains réunies. Ils se tenaient comme s'ils savaient qu'ils ne se lâcheraient jamais plus.

La cérémonie touchait à sa fin. Ryan posa la main sur la nuque d'Emily et amena doucement sa bouche contre la sienne.

Il ne lui donna pas de baiser, mais murmura contre ses lèvres des mots qu'Emily seule était destinée à entendre.

Seulement parce qu'elle était assise très près, Frankie lut le message sur ses lèvres.

Je t'aime. Pour toujours.

Toujours ?

Une douleur aiguë lui serra la poitrine. Comment oser formuler une promesse que *personne* n'était assuré de pouvoir tenir ? Et, si on y croyait vraiment si fort, comment expliquer que tant de mariages finissaient dans le chaos et les décombres ? Etait-ce l'amour qui changeait de ton avec le temps ? Ou les amoureux eux-mêmes ?

Elle songea à son père, à ses belles promesses et à ses mensonges. A quel moment les tromperies avaient-elles pris le dessus ? Son père avait-il été sincère lorsqu'il avait prononcé ses vœux le jour de son mariage ? Croyait-il sincèrement en un amour qu'il avait trahi par la suite ? Ou le doute avait-il été présent dès le départ ?

Elle vit la main de Ryan glisser de la joue d'Emily jusqu'à l'orbe de son ventre. Le geste était protecteur, sincère. Ils échangèrent un regard qui ne concernait qu'eux et excluait le reste du monde. C'était le partage le plus intime auquel Frankie avait jamais assisté. Pendant une brève et fugitive seconde, elle eut le sentiment que ce qui se passait là, sous ses yeux, était solide, durable, réel. Une impression déjà surprenante en soi. Mais, le plus étonnant, ce fut l'espoir viscéral qu'elle sentit fleurir en elle : que l'amour puisse réellement durer entre cet homme et cette femme.

Elle avait envie d'y croire. Pour de bon.

Ryan et Emily se détachèrent l'un de l'autre, et les rires et les applaudissements se déchaînèrent. Déjà, aux premiers rangs, proches et amis se levaient comme un seul homme pour embrasser et féliciter le couple.

Frankie demeura immobile, avec les mots coincés dans sa gorge. La main de Matt vint couvrir la sienne.

— Ça va, Frankie ?

Si elle allait bien ?

Oui et non. Sa tête était pleine à craquer de questions auxquelles elle était incapable de répondre. Elle avait envie d'aborder le sujet avec lui, car elle avait confiance en son jugement. Matt avait une vue calme et pondérée des événements alors que sa vision à elle était altérée par une série de filtres déformants. Mais ce n'était pas le moment ni le lieu d'entamer cette discussion. Alors qu'ils étaient assis à moins de deux mètres des mariés, difficile d'entamer un débat de fond sur l'amour pérenne ou non pérenne.

En présence du couple formé par Ryan et Emily, elle y croyait presque, en tout cas. C'était comme entrevoir une belle trouée de bleu sous la noirceur d'un ciel d'orage. Et l'éclaircie ne cessa de s'étendre tandis que le mariage se transformait en une joyeuse fête sur la plage. Des feux furent allumés sur lesquels on fit bouillir l'eau de l'océan dans d'énormes marmites où on plongea les homards du Maine.

Plus tard, lorsqu'il commença à faire nuit, Ryan passa sa veste autour des épaules d'Emily et la fit danser sur le sable. Et, lorsque Lizzy tenta de s'immiscer, ils l'inclurent dans leur cercle et ils tournoyèrent tous les trois, à la lumière des feux de joie.

Voilà ce que c'était, une famille.

Frankie ressentit quelque chose qu'elle n'avait encore jamais éprouvé. Une brèche s'ouvrait en elle — une brèche profonde et douloureuse dont elle avait toujours ignoré l'existence et qui faisait comme un appel d'air.

Un appel à être comblée.

Ryan avait prévu des piles de couvertures de pique-nique. Matt en récupéra une ainsi que deux portions de homard, et entraîna Frankie sur un coin de sable légèrement à l'écart.

Elle se pelotonna sur la couverture, le visage tourné vers la foule, baignée par la musique et les rires. Matt s'affala à côté d'elle.

— Alors ? Tu as pensé à quoi, pendant la cérémonie ?

— Je me disais que c'était le mariage le plus sympa auquel j'avais jamais assisté.

— C'est tout ? Rien d'autre ?

Elle se redressa pour s'asseoir en tailleur face à la mer.

— Tu connais mes théories pessimistes sur le couple, mais Ryan et Emily donnent l'impression d'être littéralement ensorcelés l'un par l'autre.

— Et tu crois que c'est juste temporaire, c'est ça ?

— J'ai envie de croire que c'est plus profond que ça.

Elle picora un bout de homard dans son assiette. Comment formuler la question qui la tenaillait ?

Elle tenta d'expliquer à Matt :

— Lorsqu'une relation amoureuse échoue, tu penses que c'est forcément parce que le ver était déjà dans le fruit dès le départ ? Ou cela peut-il venir tout simplement du fait qu'on change, qu'on évolue ?

— Tu me demandes si on peut aimer sincèrement puis désaimer ensuite ? Oui, je crois que c'est quelque chose qui peut se produire. Tôt ou tard, les aléas de la vie mettent un couple à l'épreuve et il arrive que ça craque. Mais une relation amoureuse forte survivra aux tempêtes. Le couple de mes parents a subi pas mal de tensions avec la maladie de Paige. Ils ont passé des caps très difficiles, ça a tangué dur par moments, mais ils se sont soutenus mutuellement. A leur contact, j'ai appris que si on reste sincère et ouvert, si on n'a pas peur de dire ce que l'on ressent ni d'entendre ce que l'autre a à dire — même quand c'est rude —, la relation garde toutes ses chances.

Il s'interrompit. Garda un temps le silence.

— Mais tu pensais peut-être à tes propres parents en me posant cette question ?

— Je me souviens d'avoir eu leur photo de mariage entre les mains, une fois, et de m'être dit qu'ils avaient l'air heureux. Il y a tant de questions que j'aurais aimé leur poser en la regardant. Ils se souriaient, tous les deux, comme les gens font sur les photos de mariage, et j'aurais voulu savoir si c'était du chiqué ou non. Mon père aimait-il ma mère, lorsqu'ils se sont mariés, et a-t-il déchanté petit à petit par la suite ? Ou ne l'a-t-il, au fond, jamais aimée vraiment ?

— Tu n'en as jamais parlé avec ta mère ?

Frankie secoua la tête.

— Au début, elle était tellement folle de rage et de douleur qu'elle n'avait pas de mots assez durs pour le qualifier. Et après elle n'a plus voulu aborder le sujet du tout.

Frankie se rendait compte avec le recul qu'elle avait *besoin* de savoir à quoi avait ressemblé le couple formé par ses parents. C'était peut-être la première fois qu'elle prenait conscience avec une telle acuité que le passé non résolu l'empêchait d'aller de l'avant.

Matt fronça les sourcils.

— Tu n'es pas restée en contact avec ton père, je crois ?

— Il m'a envoyé une carte postale pour l'anniversaire de mes quinze ans. Et depuis c'est silence radio.

Cette conversation avec Matt n'était qu'un début et elle le savait. Mais Ryan rassembla ses invités et tout le monde prit la direction de l'Ocean Club où cocktails et champagne furent servis avec de somptueuses assiettes de fruits de mer.

Frankie repéra de nouveau Alec Hunter qui dansait avec une très belle femme dont la longue chevelure lisse glissait comme de l'or liquide sur ses épaules. Ils riaient, les yeux dans les yeux, et Frankie vit un diamant étinceler à l'un des doigts de l'inconnue.

A croire que tout le monde était amoureux, par ici...

Et pas seulement ici. Partout, à tout moment, des hommes et des femmes prenaient le risque. Ils se jetaient à l'eau même s'ils ignoraient dans quoi ils se lançaient. Elle se sentait comme une gamine qui frissonnait à la piscine en regardant tous les autres s'ébattre joyeusement dans l'eau pendant que la peur viscérale de se noyer la retenait clouée sur le bord.

Tous les autres se montraient tellement plus courageux qu'elle.

— Toi, tu réfléchis trop et tu ne danses pas assez.

Ignorant ses protestations, Matt la tira sur la piste.

— Je ne suis pas très douée pour la danse.

— C'est ce que tu me disais pour le sexe et, le moins qu'on puisse dire, c'est que l'auto-évaluation n'est pas toujours ton fort.

Elle pouffa de rire.

— Tu voudrais peut-être le crier dans un micro ? Je crois qu'Hilda ne t'a pas entendu.

— Oh si, elle m'a entendu. Et, si ce n'est pas de moi qu'elle obtient l'information, elle l'aura par quelqu'un d'autre. C'est comme ça que ça marche, ici à Puffin Island.

Avec un large sourire décomplexé, il la fit tourner sur elle-même et elle atterrit contre son torse, le souffle coupé.

— Houmph... Tu trouves ça élégant, peut-être ?

Elle poussa un petit cri lorsqu'il la renversa en arrière puis la rattrapa in extremis.

— Bon, OK. Ça, c'était bien joué. Belle démonstration, Matt.

— Il y a d'autres compétences dont je pourrais te faire la démonstration. Et des plus spectaculaires encore.

— Là, tu risquerais de choquer Hilda pour de bon. Tu danses bien, soit dit entre parenthèses.

— Toi aussi.

Il enfouit le visage dans son cou. Au contact de son souffle chaud sur sa peau, elle frissonna et ferma les yeux. Jamais encore elle ne s'était sentie comme elle se sentait ce soir. Libre, pleine de vie. Sensuelle.

— Je ne pensais pas être capable de danser.

— Je considère que ce sera désormais ma mission de mettre en lumière tout ce que tu penses à tort ne pas savoir faire.

Il approcha sa bouche de son oreille.

— Et si on se tirait d'ici ?

— Ce ne serait pas très gentil vis-à-vis de Ryan et d'Emily, si ?

— Les mariés se sont éclipsés il y a une heure, mais personne ne s'en est aperçu. Le truc, c'est de savoir disparaître sans se faire remarquer.

Il lui prit la main et ils se frayèrent un chemin dans la foule joyeuse. Ils franchirent la porte de l'Ocean Club, mais cette fois Matt ne l'entraîna pas sur le chemin de la plage. Ils regagnèrent le parking et prirent le chemin du retour.

Une fois à Seagull's Nest, Matt ouvrit le bungalow.

— Il fait encore bon. Tu veux t'asseoir dehors un moment ?

La lune au-dessus de la mer noyait la terrasse d'une lumière argentée. Et la musique des vagues en contrebas contribuait à la pure perfection de l'instant.

— Ce serait dommage de s'enfermer tout de suite, en effet.

La fatigue était là, mais elle n'avait pas envie de s'enfoncer dans l'oubli du sommeil.

Alors qu'elle avait abordé ce week-end la peur au ventre et en traînant les pieds, elle n'avait plus qu'une envie : le prolonger à l'infini en goûtant chaque instant.

— Super. Attends-moi là, alors. Je vais nous chercher quelque chose à boire.

Elle s'installa dans un fauteuil en bois et contempla la lune, rêveuse. Matt ressortit un peu plus tard avec une bouteille de champagne, deux verres et un pull en coton.

— Tu as froid ?

— Un peu.

Elle prit le pull avec un sourire reconnaissant et le drapa sur ses épaules en le regardant verser le champagne.

— A toi, Frankie.

— Et pourquoi boit-on à ma santé ?

— Parce que tu as sauvé la mise aux mariés avec les bouquets et que tu as enduré vaillamment une cérémonie de mariage aux premières loges. Cela mérite que je te porte un toast.

Elle but une gorgée et la laissa pétiller sur sa langue.

— Je n'aurais jamais cru que je m'entendrais dire un jour une chose pareille, mais ça a été un chouette mariage.

— Mais... ?

Elle secoua la tête.

— Pas de mais, non. Pas cette fois-ci.

— J'en conclus que tu crois qu'ils ont leur chance ?

Elle sourit.

— Tu te dis que je suis complètement folle, non ?

— Pas du tout.

Il inclina sa chaise et posa les pieds sur la rambarde.

— Je pense que ton histoire familiale ne t'a pas laissé eindemne. Déjà, pour commencer, le fait d'apprendre que ton père avait quelqu'un d'autre dans sa vie. Ça a dû entamer ta confiance.

C'était un sujet qu'elle n'avait jamais abordé. Avec personne. Mais avec Matt elle se confiait avec une facilité étonnante. Il était aux antipodes de ces gens pour qui « dialoguer » consistait à s'engouffrer dans la moindre brèche de la conversation pour s'empresser de tirer la couverture à eux. Et il ne se contentait pas de lui prêter une oreille distraite. Il l'écoutait *vraiment*.

— Je le savais déjà, en fait.

Les mots coulaient d'eux-mêmes.

— Je savais que mon père avait une autre femme dans sa vie. Six mois avant qu'il ne quitte ma mère, j'étais déjà au courant et c'était horrible d'avoir ça sur le cœur. Je ne savais pas du tout ce que je devais faire. J'avais quatorze ans et j'étais la gardienne d'un secret susceptible de faire éclater ma famille.

Matt demeura parfaitement immobile. Pendant un instant, elle se demanda s'il l'avait entendue. Puis il parut se secouer.

— Tu n'en as jamais rien dit à personne ?

— Non. Mon père m'a fait promettre de tenir ma langue.

— Il *savait* que tu savais ?

Les deux pieds de la chaise de Matt heurtèrent bruyamment le sol en bois. Il tourna vers elle un visage choqué.

— Frankie ?

— Je les ai surpris ensemble. En pleine action.

Matt se passa la main sur le visage.

— Oh merde. Dans ta maison ?

— Dans la chambre à coucher de mes parents. Ma mère n'était pas là et j'étais censée rentrer tard car j'avais théâtre. Mais la répétition a été annulée, donc j'ai débarqué plus tôt que prévu. Mon père ne savait pas que ma mère m'avait passé la clé de la maison. Elle et lui ne se parlaient déjà plus beaucoup, je crois. Donc je suis entrée et j'ai entendu mon père — pour mes oreilles naïves, ça ressemblait à un râle de souffrance. Tu vas te dire que j'étais vraiment con pour une fille de quatorze ans, mais j'ai cru qu'il était blessé et je suis montée en courant. La porte de la chambre était ouverte et je...

Elle secoua la tête.

— Peu importe. Disons juste qu'ils m'ont vue,

donc il n'y avait pas moyen de faire comme si rien ne s'était passé. Je me suis enfermée dans la salle de bains, et mon père tambourinait à la porte. Je ne sais pas ce qu'il avait fait de la fille. Elle a dû partir sans demander son reste, je suppose.

— Tu l'avais reconnue ?

— Vaguement. Elle bossait avec lui. Il m'a fait jurer de n'en parler à personne. Il n'arrêtait pas de me répéter : « Tu ne voudrais pas détruire notre petite famille, hein ? » Et puis : « C'est une histoire entre adultes, Frankie. Tu ne peux pas comprendre. » Et il avait raison sur ce point — je n'y comprenais rien. Lorsque ma mère est rentrée ce soir-là, je suis restée enfermée dans ma chambre en lui disant que j'avais envie de vomir. Ce qui n'était d'ailleurs pas faux.

Il lui prit la main, la réchauffant entre les siennes.

— Tu ne lui as pas parlé de ce que tu as vu, alors ?

Elle secoua la tête.

— Je portais ce secret et il était tellement énorme que c'était presque comme si une personne supplémentaire avait pris pension chez nous. A table, le soir, la nuit, dans mon lit. Cette horreur me collait à la peau et ne me lâchait pas.

Le regard rivé sur l'océan, elle contemplait sans les voir les eaux couleur de plomb et la découpe sombre de la roche.

— J'étais incapable de me concentrer en cours. Mes notes dégringolaient. Quelques profs m'ont prise à part, m'ont demandé si tout se passait bien chez moi. Et je leur disais que oui, bien sûr. Aucun problème. Mais mon univers était en miettes et je ne savais pas par quel bout commencer pour essayer de recoller les morceaux.

— Tu n'as rien dit à Eva et à Paige ?

— Non. Elles savaient que ça n'allait pas trop, à la

maison, mais je n'entrais pas dans les détails. J'avais l'impression que c'était tellement lourd que je ne pouvais pas leur mettre ça sur les épaules. Et puis surtout je me raccrochais à l'idée que tant que je gardais le silence, les choses pouvaient continuer cahin-caha comme avant. Je me disais que ça s'arrangerait, que cette scène horrible finirait par tomber dans l'oubli.

— Mais les choses ne se sont pas arrangées ?

— Non. Je me demande souvent ce qui se serait passé si je n'étais pas rentrée chez moi plus tôt ce soir-là. Si la répète de théâtre n'avait pas été annulée. Je serais restée au collège et je n'aurais rien vu, rien entendu. La fille aurait quitté la maison avant mon retour et je ne les aurais pas surpris en train de s'envoyer en l'air. Je n'aurais pas été dans cette situation horrible où j'étais incapable de croiser le regard de mon père le soir à table. Ma mère m'accusait de « faire la gueule » et disait que c'était ma « phase ado chiante » et que je ferais mieux de monter dans ma chambre plutôt que de gâcher l'ambiance à table.

Elle se tut, le cœur lourd. Les doigts rassurants de Matt se resserrèrent autour des siens.

— Tu es en train de me dire que tu te sentais coupable ?

— Pas au début, non. Dans les premiers temps, j'étais surtout désorientée, parce que je pensais que mes parents étaient parfaitement heureux ensemble. S'ils s'étaient disputés souvent ou s'ils avaient été déprimés, je l'aurais peut-être vu venir, mais je n'avais détecté aucun signe avant-coureur. Et je me demandais si j'étais passée à côté de quelque chose. Ça m'est resté, d'ailleurs. Aujourd'hui encore, j'observe les couples et je m'interroge sur ce qui se passe sous la surface — sur ce qu'ils éprouvent *réellement*. Sont-ils vraiment heureux ou l'un des deux raconte-t-il des histoires à l'autre ?

Elle baissa les yeux sur leurs mains jointes.

— Lorsque mon père est parti et que ma mère s'est écroulée, là, oui, j'ai commencé à me sentir coupable. J'avais peur. Elle sombrait et j'étais impuissante à la tirer de son naufrage. Je voulais tellement qu'elle redevienne elle-même. Je n'arrêtais pas de me dire que, si je n'avais pas surpris mon père avec cette fille, il ne serait peut-être pas parti de la maison. Puis ma mère s'est découvert une vocation affichée de croqueuse d'hommes. A partir de là, je suis passée de la peur à la honte. Et, le pire, c'est que j'étais triste à mourir de ne plus voir mon père. J'étais furieuse contre lui, mais il me manquait quand même. Son absence avait laissé comme un trou, une blessure. J'avais toujours considéré qu'on était très liés, lui et moi, et je me demandais comment il avait pu me tourner le dos comme ça, du jour au lendemain. Pourquoi cet homme qui avait été un pilier, un roc, mon rempart face au monde, m'abandonnait-il, comme ça, sans un mot, sans un regret ?

Matt se leva, la tira sur ses pieds et la serra fort dans ses bras.

— Je suis content que tu aies réussi à me dire tout ça, Frankie.

— C'est un soulagement pour moi aussi d'avoir pu en parler.

Elle respira la chaude odeur de son corps, s'imprégna de sa force, de sa solidité, de son énergie.

— Au moins, tu sais maintenant pourquoi je suis un peu tordue sur les bords. Je refuse de faire le compte du nombre de mecs que ma mère a collectionnés depuis. Elle papillonne d'homme en homme, butine tout ce que l'un a à offrir et passe au suivant dès qu'elle a eu son content. Tu comprends maintenant pourquoi je ne crois pas à l'amour qui dure.

— Je comprends, oui. Mais, Frankie...

Il l'écarta légèrement de lui et releva les cheveux qui lui tombaient sur les yeux.

— ... tu n'as jamais pensé que ton rejet par rapport à l'amour pourrait être lié à ton père plus qu'à ta mère ? Il a menti, trompé ta mère et t'a demandé de partager son mensonge et de le soutenir. Ton père était une figure majeure à tes yeux. Tu l'aimais, tu l'admirais, et il t'a trahie — alors que tu t'étais appliquée si fort pendant tous ces mois à ne pas le trahir, *lui*. Il me semble que c'est surtout ça qui t'a démolie, mon cœur. Le comportement de ta mère a peut-être joué un rôle moins important que tu ne le penses.

Elle ne répondit pas tout de suite, désarçonnée par ce soudain renversement de point de vue.

— Mais...

— Lorsque la personne que tu aimes le plus au monde, celle en qui tu as toute confiance, te déçoit, qu'est-ce qu'il te reste ?

Elle le regarda fixement en silence.

Et si Matt avait raison ?

Pendant des années, elle avait cru qu'il fallait chercher l'origine de ses problèmes dans le comportement dissolu de sa mère, que le consumérisme sexuel de celle-ci avait détruit sa foi en l'amour.

Elle laissa tourner ses pensées à propos de son père. Il était parti de chez eux sans un regard en arrière, en ne s'encombrant ni de responsabilités ni de regrets. Il s'était débarrassé de sa famille, comme un serpent rejette sa mue, et lui avait démontré avec une rare brutalité que les liens d'amour pouvaient être brisés, la confiance trahie et foulée aux pieds.

— Je crois que tu as raison, Matt.

Sa voix en tremblait.

— J'aurais dû faire le rapport avec mon père plus tôt. Enfant, j'étais plus proche de lui que de ma mère. Il m'appelait « mon bébé », « ma petite fille chérie ». Quand il m'arrivait un truc à l'école, c'était toujours à lui que j'en parlais le premier. Il m'a appris à nager, à surfer, à faire de la voile. C'était mon dieu vivant. Au début, quand c'est arrivé, je ne voulais pas le croire. Je ne savais pas quoi faire. Chaque petit secret qu'il me demandait de garder contribuait à miner notre relation. Il avait fait de moi sa complice et j'avais du mal à le lui pardonner. J'étais constamment torturée par le doute en me disant que je devrais peut-être tout dire à ma mère.

— Tu avais quatorze ans. C'était lourd pour toi d'avoir à trancher dans un sens ou dans un autre.

— J'avais perdu tout mon respect pour lui et… et j'ai perdu ma capacité à faire confiance, surtout, ajouta-t-elle dans un murmure.

— Evidemment. S'il y a quelqu'un à qui une fille devrait pouvoir se fier, c'est à son père. Tu le lui as dit, par la suite ? A ta mère, je veux dire. Elle savait que tu savais ?

— Non. Elle était comme une épave après le départ de mon père. Il y avait des jours où je séchais les cours pour rester avec elle parce que je n'osais pas la laisser seule. Tout ce qu'elle faisait de ses journées, c'était sangloter sur ses albums photo, scrutant chaque page pendant des heures, en se demandant s'il l'aimait vraiment à telle ou telle époque ou si toute leur histoire n'avait été qu'un long mensonge. Elle ne s'en remettait pas que mon père l'ait quittée pour une fille qui avait la moitié de son âge ou presque. J'avais peur de la laisser seule le matin et j'avais peur de rentrer à la maison après les cours. Je me demandais toujours ce que j'allais trouver en poussant la porte. Paige et Eva se relayaient pour faire le chemin du retour avec moi. Ça a duré des mois et des mois puis, soudain, elle s'est réveillée un beau matin en décrétant que trop, c'était trop. Elle s'est fait couper les cheveux, s'est précipitée chez l'esthéticienne et a commencé à piquer des vêtements dans mes armoires.

Elle secoua la tête.

— Dans un sens, c'était presque pire encore qu'avant. Dans sa phase d'effondrement, j'étais seule à être impliquée. Mais, dans cette nouvelle version d'elle-même, toute l'île devenait témoin de ses débordements. Elle buvait trop. Par deux fois elle est rentrée à la maison raccompagnée par la police. Les deux fois, j'ai cru mourir de honte sur place. Et j'ai commencé à haïr Puffin Island. Petit à petit, je me suis mise à faire l'amalgame entre l'île elle-même et tous les événements négatifs dont elle était le théâtre. Je n'attendais plus qu'une chose : le moment où je pourrais partir faire mes études ailleurs.

— Et maintenant ? Tu la vois comment, cette île ?

Les bras de Matt l'enveloppaient, sécurisants et sûrs. Comme un rempart contre le monde. Elle contempla les reflets de la lune scintillant sur l'océan.

Le monde autour d'elle paraissait différent de ce qu'il avait toujours été.

— J'avais oublié tout ce que j'aimais ici. Le calme. La beauté. La possibilité de s'isoler dans la nature et de vivre à son rythme. Mais, ce qui a changé surtout, c'est qu'à l'époque j'avais l'impression que les gens ne me voyaient que comme un simple prolongement de mes parents. Alors que, ce week-end, c'est de moi — c'est de nous deux — qu'il est question. Du coup, je ne pose plus le même regard sur le passé.

— Du fait que tu as pu me parler de ton père, tu veux dire ?

— Oui, mais pas seulement. Je pensais sincèrement que les gens d'ici changeaient de trottoir pour éviter d'avoir à me parler, mais je réalise maintenant que c'était moi qui fuyais, parce que j'étais incapable de soutenir leur regard.

Elle laissa reposer sa tête sur l'épaule de Matt.

— Depuis toutes ces années, je n'ai toujours pas résolu la question : dois-je ou non dire à ma mère que je savais ? Cela aurait-il encore un sens que je lui en parle maintenant ? La plupart du temps, je me dis que ça ne servirait à rien. Et, d'un autre côté, il y a ce pesant secret dressé entre nous comme un mur et je n'arrive pas à en faire abstraction. Avant le départ de mon père, j'avais trop peur des conséquences. Et, après, ça ne semblait pas vraiment utile de le lui dire puisque le mal était fait, de toute façon. J'avais peur d'empirer encore la situation. Elle haïssait mon père et je pensais qu'elle pourrait bien me haïr aussi, si je lui avouais que j'étais au courant.

— Tes parents étaient adultes l'un et l'autre, Frankie. Leur devoir était de te protéger et de régler leurs problèmes entre eux. Tu n'aurais pas dû avoir à porter ce secret. Ni à porter la responsabilité de ce genre de décision.

Il lui caressa doucement les cheveux. Elle ferma les yeux.

— Tu crois que c'est mon devoir d'en parler à ma mère ?

— Ton devoir, non. Mais je pense que ça pourrait te soulager de le lui dire, en revanche.

Elle ouvrit les yeux pour plonger son regard dans le sien.

— Ce qui s'est passé avec Caroline ne t'a pas rendu méfiant envers les femmes ?

Il lui effleura la joue.

— Non. Dans les premiers temps, ma confiance en a pris un coup, c'est vrai. Et peut-être que j'ai acquis quelques réflexes élémentaires de prudence. Mais mon être n'en a pas été ébranlé jusque dans ses fondements, comme ça a été le cas pour toi.

Elle noua les bras autour de son cou.

— Elle est très relative, ta prudence, non ? Tu es ici avec moi. Une Cole. Nous avons la réputation de briser les cœurs sans pitié, dans cette famille.

Les yeux de Matt brillèrent dans l'obscurité.

— Aurais-je oublié de te préciser que j'aime vivre dangereusement ?

— Aurais-je oublié de te préciser que j'ai envie que tu m'ébranles jusque dans mes fondements ?

Il leva un sourcil et un sourire lui effleura les lèvres.

— Ne seriez-vous pas, une fois de plus, en train de m'allumer, Miss Cole ?

— Je crois que cela pourrait bien être le cas, mais je reste relativement peu experte en la matière. Je suis encore en phase d'entraînement.

— L'entraînement, ça se pratique en binôme. Je propose qu'on poursuive la séance à l'intérieur. A l'horizontale, ce sera plus commode.

Et il la souleva dans ses bras pour la porter jusque dans le bungalow.

Chapitre 15

« Femme qui rêve n'est pas forcément femme endormie. »

— *Eva*

Matt et Frankie passèrent le dimanche à réexplorer l'île de leur enfance. Ils dégustèrent les glaces maison du Summer Scoop avant d'aller musarder à Quelque Chose de la Mer, la nouvelle boutique de souvenirs ouverte par Emily. Lisa était débordée à la caisse, mais elle prit le temps d'emballer chacun des achats de Frankie avec un soin méticuleux.

— Normalement, mon boulot, c'est Summer Scoop, mais Emily n'avait pas prévu de tomber enceinte lorsqu'elle s'est lancée, pour sa boutique. Donc on lui donne tous un coup de main.

Elle mesura une longueur de ruban et donna un coup de ciseaux.

— C'est joli, ce que tu as choisi, Frankie. Tes amies ont de la chance.

— C'est difficile de se planter. Il n'y a presque que des belles choses dans la boutique.

Le regard de Frankie glissa sur les présentoirs autour d'elle, s'attardant sur des coussins en velours rayé faits main et de très jolis bocaux remplis de fragments de verre dépoli que la mer avait remodelés comme autant de pierres précieuses. Tentée de piller le magasin, elle s'était limitée à un panier de coquillages qu'elle comptait utiliser dans ses compos florales, ainsi qu'à des cadeaux pour Eva et Paige.

Elle avait envie d'acheter aussi quelque chose pour Matt, mais il ne la quittait pas d'une semelle, donc impossible de procéder en douce. Le fait qu'il se montre aussi protecteur ne l'exaspérait pas, comme c'était le cas pour Paige. La présence constante de Matt à ses côtés lui donnait le sentiment d'être en sécurité. Aimée.

Aimée ?

Elle fronça les sourcils. Pas aimée, non. Elle avait juste le sentiment qu'on prenait soin d'elle, voilà tout, il ne fallait pas chercher plus loin.

— Emily a le nez pour trouver de l'artisanat d'art de qualité. Dès qu'elle en a la possibilité, elle expose les œuvres des artistes locaux. La plupart des objets que tu vois ici ont été fabriqués sur l'île.

Lisa plaça ses paquets avec précaution dans un élégant sac en lin.

— Tout le monde a envie de rapporter un petit fragment de bord de mer chez soi.

Dans la vitrine en verre près de la caisse, Frankie repéra un collier en fils d'argent entrelacés figurant assez librement une étoile de mer. Le bijou était original et très travaillé.

Lisa sourit.

— Il est magnifique, non ? C'est une création de Skylar. Tu veux l'essayer ?

Elle sortit la clé de la vitrine, mais Frankie secoua la tête.

— Merci, mais ce n'est pas la peine. Je suis jardinière de profession. Je passe le plus gros de mon temps avec de la terre jusqu'aux coudes. C'est ça, ma réalité quotidienne.

Il n'y avait pas de place dans sa vie pour un collier de ce type, si tentant qu'il puisse être. Quand le porterait-elle ? Ce bijou, ce n'était pas vraiment *elle*. Même si sa définition d'elle-même était en train de changer radicalement depuis deux jours.

— Tant que tu n'es pas dans la terre jusqu'au cou, rien ne t'empêche de mettre un collier sous une chemise ! C'est un peu comme la lingerie sexy. Ce n'est pas parce que personne ne la voit qu'on n'a pas de plaisir à la porter sur soi. C'est une pièce unique et elle est très originale. Tu n'en retrouveras jamais un autre comme ça.

Lisa se retourna lorsque la porte de la boutique s'ouvrit derrière elle. Deux mini-têtes blondes apparurent.

— Excuse-moi une seconde. Ces deux-là sont venus pour moi. Ils sont ma réalité quotidienne à moi.

Frankie cligna des yeux.

— Des jumeaux ?

— Tous les soucis livrés en double, autrement dit.

Le sourire de Lisa rayonnait d'humour.

— Les voici, les voilà, ce sont Summer et Harry !

Elle alla discuter avec ses enfants et Frankie récupéra le sac en lin avec ses achats tout en accordant un dernier regard au collier dans la vitrine.

Un rayon de soleil tomba sur le bijou qui scintillait sur un lit de velours bleu marine.

Ne sois pas ridicule, songea-t-elle. Cet objet n'était pas dans ses prix et elle n'en avait certainement pas besoin. Si elle avait de l'argent à dépenser, elle l'investirait dans une nouvelle paire de gants de jardinage à la place des vieux troués. Ou à la rigueur quelques T-shirts neufs. Normalement, le bijou n'aurait même pas dû attirer son regard. Mais les vacances, la mer, l'insouciance avaient un petit côté pousse-au-crime. Tournant le dos au collier, elle sortit de la boutique.

Matt la rejoignit quelques instants plus tard.

— Il est dangereux, ce magasin, marmonna-t-elle. Il devrait s'appeler Tentation Fatale plutôt que Quelque Chose de la Mer.

— Céder à la tentation, c'est parfois très recommandé.

Il lui prit la main et la conduisit à l'écart de Main Street, dans une rue adjacente plus calme.

— Ferme les yeux.

— Pourquoi ?

— J'ai une surprise pour toi.

— Je l'ai déjà vue. Et elle m'a fait grande impression.

Elle lui donna un coup de coude.

— Tu vois ? Je flirte encore. Qu'est-ce que tu en penses ?

— Que tu développes un vrai talent pour la chose. Et maintenant veux-tu bien fermer les yeux, s'il te plaît ?

Elle s'exécuta et sentit les doigts de Matt sur sa nuque. Quelque chose de frais se posa sur sa peau.

— Tu n'as quand même pas... ?

Elle porta les mains à son cou et ouvrit les yeux.

— Tu as acheté le collier pour moi ?

— En guise de souvenir positif de l'île. Pour te rappeler notre week-end.

Elle n'aurait pas besoin d'un quelconque symbole pour se souvenir de ces trois jours. Ils resteraient profondément gravés dans sa mémoire.

— Tu n'aurais pas dû faire ça.

— Tu ne l'aimes pas ?

— Je l'adore.

Elle en balbutiait presque. Le geste de Matt la bouleversait.

— Ce n'est pas la question, dit-elle, gênée.

— Mais si, ça l'est. Le fait qu'il te plaise, c'est *exactement* la question. Et, si tu crains de ne pas avoir l'occasion de le porter, je te rassure : je me charge de t'emmener dans des lieux où tu pourras le mettre.

Le cadeau lui donnait le sentiment d'avoir de la valeur. D'être importante. Ou peut-être était-ce la façon dont il la regardait qui lui procurait cette impression ? Mais sous l'euphorie qu'elle ressentait en compagnie de Matt pointaient des poussées d'inquiétude. Un questionnement permanent l'agitait. Quel nom donner à ce qui se passait entre Matt et elle ? Et qu'allait-il advenir de leur relation ensuite ?

— Je ne sais vraiment pas quoi te dire.

— Quelque chose comme : « Merci, Matt », par exemple ? Je n'attends pas de toi que tu me fasses un discours dans les règles de l'art, rassure-toi.

— Mais...

— Tu as peur qu'il y ait des obligations à la clé ? Tu penses que je t'ai offert ce bijou pour acheter le droit de poser mes mains lubriques sur toi et de te faire un tas de choses indécentes ?

— Ça, tu peux l'obtenir sans payer.

— Ah mince. Si j'avais su !

L'humour qui dansait dans ses yeux la rassura. Elle se dressa sur la pointe des pieds pour l'embrasser.

— Merci, Matt.

Si seulement elle avait pu débrancher son cerveau de temps en temps... Et cesser de s'interroger sur le pourquoi du comment.

Ils se promenèrent de nouveau en direction du port et, lorsqu'ils en eurent assez de zigzaguer entre les touristes, ils décidèrent d'aller revoir la maison où elle avait vécu enfant. Frankie fut surprise de la trouver très différente du souvenir qu'elle en avait gardé. La façade blanche avait un côté joyeux sous le chaud soleil d'août et une balançoire rouge occupait la place d'honneur dans le jardin. Elle se revit pousser la porte de chez elle, le ventre noué par l'angoisse, ignorant dans quel état elle trouverait sa mère en entrant. Et comprit soudain que la tonalité grise qu'elle associait à cette époque avait déteint jusque sur l'image qu'elle gardait de la maison.

— Ça me fait un drôle d'effet d'être là. Je ne la voyais pas du tout comme ça, dans mon souvenir, cette maison.

— Les choses sont rarement conformes à l'image que l'on conserve d'elles.

Elle tourna le dos à la maison et inspira l'air de la mer.

— Je regrette presque d'avoir à repartir.

Matt lui prit les épaules et la fit pivoter vers lui.

— Moi aussi. Mais nous pourrons revenir ici aussi souvent que tu en auras envie.

Nous.

Le mot lui coupa le souffle.

Elle n'avait jamais fait partie d'un « nous » auparavant.

L'impression était aussi étrange que le poids du collier qui reposait autour de son cou.

Le fait d'avoir vécu l'effondrement de sa mère de très près l'avait rendue farouchement autonome. Et elle avait cultivé l'indépendance du « je » sans jamais concevoir le « nous ».

Avant de quitter l'île, ils firent une dernière étape et passèrent saluer les parents de Matt.

— Ils ne vont pas trouver étrange que tu passes un week-end ici sans loger chez eux ?

— Mes parents comprennent très bien que j'aie envie de vivre ma sexualité ailleurs que sous leur toit. De toute façon, la question ne se posait pas, ils avaient la maison pleine d'amis ce week-end.

— C'est le souvenir que je garde de chez vous, quand j'étais gamine. Il y avait tout le temps plein de monde et ta mère était toujours en train de mitonner de bons petits plats.

Même si la réputation d'hospitalité de Lillian Walker n'était plus à faire, Frankie se demanda comment elle réagirait en voyant Matt avec « la fille Cole ». Mais, une fois en présence de la famille de ce dernier, elle oublia ses inquiétudes. La mère de Matt se montra aussi chaleureuse et affectueuse qu'à l'accoutumée. Et ne fit aucun commentaire sur le fait que son fils et elle passaient le week-end ensemble.

Le déjeuner improvisé fut servi dans le joli jardin à l'arrière. Ils se régalèrent d'un de ces repas maison que Lillian concoctait avec toute la décontraction que donne l'habitude d'avoir à cuisiner à l'improviste et de recevoir fréquemment.

— Et alors ? Ce mariage ? Comment était la mariée ?

Ils firent le récit de leur journée de la veille, sans oublier la péritonite de la fleuriste et les bouquets de remplacement que Frankie avait improvisés in extremis avec des fleurs de jardin. Il fut question de son talent pour les arrangements floraux et la conversation dévia tout naturellement sur Urban Génie.

— J'ai peur que ta sœur se surmène, soupira Lillian en interrogeant Matt d'un regard inquiet. Elle me jure le contraire, bien sûr. Mais Paige nous cache toujours tout dès qu'il s'agit de sa santé.

Matt formula une réponse prudente :

— Urban Génie est en pleine expansion et elle fait de longues journées. Mais son boulot la booste et elle pète la forme. Et Jake veille sur elle de très près. Mais pas un mot là-dessus à Paige, surtout. Il essaie de le faire en toute discrétion.

Lillian se leva pour les resservir.

— Jake est un garçon formidable. Le nombre de fois où il est venu la voir à l'hôpital, lorsqu'elle était malade — je me demandais s'il ne fallait pas lui réserver un lit sur place.

Elle se tut en remarquant soudain le collier.

— Il est très beau sur toi, Frankie. Je me souviens de l'avoir repéré dans une vitrine de Quelque Chose de la Mer.

Frankie se figea. Que pouvait-elle répondre sans mettre Matt dans une situation gênante ?

Il trancha lui-même la question :

— Je le lui ai offert, annonça-t-il tranquillement.

Frankie vit le regard de la mère de Matt s'attarder un instant sur le collier avant de se poser sur son fils, comme si elle prenait le temps de digérer l'information.

— C'est un beau bijou, déclara-t-elle en souriant. Skylar est une artiste de talent. Tiens, je t'avais dit, Matt, que j'avais acheté une de ses photos encadrées pour l'anniversaire de ton père ?

Le glissement de sujet s'était opéré en finesse. Il n'y avait eu ni allusions ni taquineries et encore moins de questions embarrassantes. Frankie redécouvrait à quel point la mère de Matt et la sienne étaient des femmes différentes. Lillian Walker, elle, respectait la vie privée de son fils et acceptait ses choix.

Dans cette atmosphère familiale chaleureuse et tolérante, elle se détendait, sortait peu à peu de son habituelle réserve.

— On retourne passer trois semaines en Europe, fin octobre, annonça le père de Matt. Je dois aller en Italie pour affaires. On va combiner avec de petites vacances.

— Mais on sera de retour pour Thanksgiving, se hâta de préciser Lillian. Et on espère bien vous avoir à la maison.

Matt ne marqua aucune hésitation.

— J'y serai.

— Frankie, j'espère que tu pourras te libérer aussi.

Le ton de Lillian restait léger.

— Et embarque donc Eva avec toi. Comment va-t-elle ? Je m'inquiète à son sujet.

Les Walker avaient toujours su lui donner l'impression qu'elle faisait partie de la famille, se souvint Frankie. Sur bien des plans, elle s'était sentie chez elle dans la maison de Paige plus que dans la sienne. Ce n'était pas étonnant si Matt croyait en l'amour. Il était pour ainsi dire tombé dans la marmite à la naissance.

— Eva passe par des hauts et des bas, mais dans l'ensemble elle tient à peu près le choc.

— Elle a de la chance de vous avoir, toi et Paige.

Lillian se leva pour desservir.

— Votre vol est à quelle heure ?

— 16 heures.

Michael Walker haussa les sourcils.

— Faites attention. Vous allez vous retrouver coincés dans les embouteillages de fin de week-end en retournant en ville.

Pendant que Matt et lui se lançaient dans une discussion sur le meilleur itinéraire à suivre, Frankie aida Lillian à débarrasser.

— Ça me fait plaisir de te voir de retour sur l'île.

Frankie la remercia d'un sourire et elles chargèrent le lave-vaisselle.

— Après tant d'années, ça n'a peut-être pas été simple pour toi de revenir ?

Frankie tiqua. Comment la mère de Paige avait-elle compris à quel point cela lui avait été difficile ?

— J'appréhendais beaucoup ce moment, oui, avoua-t-elle. Mais, une fois sur place, ça a été beaucoup moins dur que ce que je m'étais imaginé.

— Je crois que c'est souvent le cas dans la vie. Parfois parce qu'on grossit les problèmes. Mais il arrive aussi que nous sous-estimions nos propres ressources — notre capacité à surmonter les difficultés est parfois plus développée qu'on ne le croit.

Elle referma le lave-vaisselle et se redressa.

— Tu es une fille forte, Frankie. Et tu comptes beaucoup pour Matt.

Oups. Comment fallait-il l'entendre ? Comme un avertissement ? Lui faisait-elle comprendre qu'elle ne voulait pas qu'elle joue avec son fils ? Ou cherchait-elle à lui signifier tout court qu'elle ne voulait pas d'une Cole dans l'environnement immédiat de ce dernier ?

— Eh bien, je...

— C'est un soulagement pour nous de vous voir ensemble. J'essaie de ne pas trop me mêler de la vie privée de Matt, mais je commençais à me demander s'il n'avait pas été traumatisé de façon indélébile par l'épisode avec Caroline. Ça me fait vraiment plaisir que vous soyez si bien ensemble, tous les deux. J'espère sincèrement que tu pourras être des nôtres pour Thanksgiving. J'adore réunir toute la famille.

Lillian la serra avec affection dans ses bras puis ressortit pour finir de débarrasser la table.

Frankie l'observa à travers la fenêtre.

Matt, « traumatisé » ? Comment sa mère pouvait-elle le penser ? C'était elle, Frankie, qui était psychologiquement marquée.

Elle vit le père de Matt se lever pour aider sa femme, respectant ce qui était de toute évidence un rituel bien rodé. Deux partenaires de vie en interaction paisible.

Serait-elle moins terrifiée à l'idée que les choses

puissent tourner de travers si elle avait passé plus de temps à les voir du bon côté ?

Ils arrivèrent à Brooklyn à l'heure du coucher du soleil.

Après trois jours passés au calme à Puffin Island, New York leur parut plus que jamais noir de monde, bruyant et survolté. En temps normal, Matt adorait le tempo et l'énergie endiablée de la Grosse Pomme. Mais cette fois il serait bien retourné nicher dans l'île avec Frankie, protégés du monde dans le cocon de leur bungalow perdu au bord de l'eau.

Il avait découvert plus de choses au sujet de Frankie en trois jours qu'il n'en avait appris en vingt ans.

Il savait maintenant qu'elle se réveillait dès l'aube et qu'elle buvait son café très serré. Il avait aussi pu vérifier par lui-même que ses inhibitions et son attitude réservée dissimulaient une sexualité volcanique et une nature passionnée.

Et il savait qu'elle portait depuis longtemps un secret trop lourd. Un secret qu'elle n'avait pu partager avec personne.

Jusqu'à présent, du moins.

Le fait qu'elle ait trouvé le courage de lui en parler n'était pas anodin.

Leur relation avait gagné en intimité, bien sûr. Mais Frankie lui avait surtout donné une immense preuve de confiance. Plus ils progressaient dans les rues encombrées, cependant, plus elle se refermait sur un silence pensif.

Matt lui jeta un regard en coin.

— Tu sais où sont Paige et Eva ?

— Elles ont une *baby shower* organisée pour ce soir, donc elles ne vont pas rentrer très tôt. Il se pourrait même que Paige passe la nuit chez Jake, répondit Frankie d'une voix distraite.

Ses pensées semblaient être ailleurs.

Matt pensait savoir ce qui se passait dans sa tête, mais il ne dit rien et se concentra sur sa conduite jusqu'à ce qu'ils arrivent dans la rue bordée d'arbres où ils vivaient à Brooklyn.

Il faisait chaud et lourd, à New York — pas un souffle de vent et un taux d'humidité au zénith. Frankie dégagea sa nuque.

— Pff... Je regrette la brise marine.

— Pareil.

Il déchargea leurs affaires et elle récupéra son sac de voyage.

— Merci pour tout, Matt. J'ai apprécié le week-end.

— Et moi donc.

Devant la porte de son appartement, elle s'immobilisa et posa son sac, clé en main.

Au moment d'ouvrir, elle laissa retomber son bras et se tourna vers lui.

— Chez toi ou chez moi ?

Il n'avait pas eu l'intention de la laisser passer la nuit seule, mais il s'était préparé à devoir plaider ferme pour la convaincre. Le fait que l'initiative vienne d'elle lui procura une bouffée de joie.

— Aurais-tu par hasard l'intention de me débaucher, ce soir ?

— Débaucher, je ne sais pas. Pas sûr. Disons juste que j'avais programmé de te faire des choses inavouables. Ça compte, comme manœuvres de débauche, ça ?

— Ça dépend.

Il se rapprocha, la prenant en étau entre la porte et son corps.

— Inavouables comment ?

— Tu verras.

Il y avait un éclat séducteur dans son regard, qu'il ne lui connaissait pas.

— Cette fois, ma chérie, tu m'allumes pour de bon.

— Et tu me trouves comment, en séductrice perverse ?

— Pas mal.

Mieux que « pas mal », même. Elle l'avait tellement chauffé qu'il en brûlait. Il la relâcha et lui prit son sac des mains.

— Chez moi, plutôt. Comme ça, on pourra boire un verre en haut sur le toit et discuter.

— Parce que tu veux discuter ?

— J'essaie de te prouver qu'il n'y a pas que ton corps qui m'intéresse.

— Et si moi il n'y avait que ton corps qui m'intéressait ? Ce serait un problème ?

Ils gravirent l'escalier à la hâte. Il eut tout juste le temps de refermer la porte de son appartement derrière eux avant de commencer à la déshabiller.

— Tu es devenue une véritable obsédée sexuelle, Frankie, tu le sais, ça ?

— J'ai du retard à rattraper. Mais je te fais quand même remarquer que c'est toi qui es en train de m'arracher mes fringues.

— Je sais.

Avec un grognement sourd, il fit descendre le pantalon de Frankie le long de ses jambes fuselées.

— Ce serait envisageable que tu acceptes un jour de porter juste une robe et rien dessous ?

— Je vais y réfléchir sérieusement.

Elle haletait et lui tint la tête pour amener de force sa bouche contre la sienne.

Il l'embrassa et la souleva en même temps, la sentant soupirer contre ses lèvres alors qu'il lui calait le dos contre la porte.

— Matt...

Elle était toute à lui, désirable au-delà de toute raison et incroyablement sexy. Il n'avait encore jamais rien éprouvé d'aussi intense. Les mains agrippées à ses hanches, sa bouche rivée à la sienne, il la pénétra d'un seul coup de reins. Elle poussa un gémissement presque sauvage et il sentit ses ongles s'enfoncer dans ses épaules alors qu'elle modifiait l'angle de son bassin pour venir à la rencontre de ses poussées. Mais, dans cette position, sa liberté de mouvement était plus que restreinte. Il contrôlait son plaisir et le sien. C'était d'un érotisme bouleversant de plonger dans sa chaleur offerte et humide et de la sentir s'abandonner dans ses bras. Lorsqu'il perçut les premiers frémissements de sa jouissance, ils étaient si étroitement, si intimement connectés l'un à l'autre que ses perceptions se troublèrent et que, l'espace d'un instant, il eut l'impression de fusionner avec elle.

Elle se cramponna à ses épaules de plus belle. Lorsqu'il vit son regard chavirer, sa propre vision s'obscurcit et il laissa l'orgasme de Frankie déclencher le sien.

Il leur fallut du temps pour se ressaisir et il était déjà tard lorsque, après s'être douchés ensemble dans les fous rires et les baisers sous le jet rafraîchissant, ils grimpèrent l'escalier qui menait sur le toit.

Etalés sur les grands coussins dans la douceur du soir, ils contemplèrent le ciel nocturne au-dessus de Manhattan, de l'autre côté de l'East River.

Matt lui tendit une bière et leva la sienne.

— A nous.

Il avait prononcé le « nous » à dessein et vit le regard de Frankie se lever pour rencontrer le sien. Il se demanda si elle allait protester, mais elle n'en fit rien.

— A nous, murmura-t-elle à son tour, après une infime hésitation.

Il l'attira tout contre lui et ils restèrent allongés côte à côte, à regarder les lumières scintiller autour d'eux.

— J'adore New York, chuchota-t-il.

— Moi aussi. Mais j'ai vu un autre aspect de Puffin Island, ces trois jours. Et j'avais oublié à quel point tes parents étaient adorables.

— Paige et moi, on a de la chance. Lorsque j'étais gamin, j'avais plein d'amis qui trouvaient à chaque fois une excuse pour traîner à la cuisine chez moi et parler avec ma mère. Elle a toujours été de bon conseil. C'est une sage, à sa façon.

Frankie garda le silence un instant.

— Matt, ce que je t'ai dit, au sujet de mon père...

— Ne t'inquiète pas. Tout ce qui se passe entre nous reste entre nous.

— Je sais. Et je te fais confiance.

Elle se détendit dans ses bras.

— C'est la première fois de ma vie que quelqu'un sait tout ce qu'il y a à savoir sur moi. C'est la première fois aussi que je suis réellement moi-même avec un homme.

— Et ça fait quel effet ?

— C'est agréable. Plus que ça, même. Je n'aurais jamais cru ça possible, mais je suis contente que tu saches qui je suis. Ça veut dire qu'il n'y a rien à cacher, que je peux être cool. Et puis, c'est réciproque. Je te connais bien, moi aussi.

Elle tourna la tête pour le regarder.

— A moins que tu ne caches un grand secret que tu as l'intention de me révéler ce soir ?

Matt ne répondit pas.

Il en avait un, de secret. Un énorme, même. Mais il n'était pas prêt à le partager avec elle. Ce serait trop tôt.

Beaucoup trop tôt.

S'il lui laissait entrevoir ce qu'il ressentait, elle pourrait prendre peur et se refermer en elle-même.

Et ce n'était pas un risque qu'il était disposé à courir.

— Et non. Désolé de te décevoir, mais je n'ai rien de spectaculaire à te révéler. Tu sais déjà tout de moi.

Ou presque.

Chapitre 16

« Vivre d'amour et d'eau fraîche... et de chocolat, bien sûr. »

— *Eva*

Le lundi matin, Frankie prit le métro pour Manhattan et rejoignit Paige et Eva dans les bureaux d'Urban Génie. Lorsqu'elles avaient démarré leur agence et découvert que leur table de cuisine ne leur offrait pas suffisamment d'espace pour fonctionner, Jake leur avait prêté des locaux dans l'impressionnant building en verre qui abritait le siège social de sa société. Jusqu'à présent, personne n'avait jugé utile de modifier cet arrangement.

— Bon, tu nous racontes tout de A à Z maintenant, lâcha Eva en se plantant d'autorité devant le bureau de Frankie.

— Tout ?

Elle fourra son téléphone dans un tiroir pour cacher le texto que Matt venait de lui envoyer.

— Je ne suis pas le genre de personne qui raconte *tout* aux autres.

Ce qui ne l'avait pas empêchée de se confier intégralement à Matt. Et le fait d'avoir pu lui parler l'avait rendue plus légère, comme si on lui avait ôté un poids de la poitrine.

— Je ne suis pas n'importe quelle autre ! Je suis ta meilleure amie. Ta BFF[1]. J'ai été là pour toi, je t'ai soutenue, pour le meilleur et pour le pire !

— Elle va tomber malade si tu continues de la frustrer comme ça.

Paige avait les yeux rivés sur son écran et ses doigts agiles volaient sur les touches.

— Fournis-lui quelques morceaux choisis pour calmer un peu son appétit, comme ça, on pourra s'attaquer à la montagne de boulot qui nous attend, ce matin.

— T'es sympa, Paige. Tu parles de moi comme d'un chiot qui réclame son os !

Eva se percha sur l'angle du bureau, envoyant au sol une des piles de papiers que Frankie y avait entreposées. Il était clair qu'elle ne bougerait pas tant qu'elle n'aurait pas obtenu la conversation qu'elle attendait.

Frankie se pencha pour ramasser les documents épars.

— Tu fais encore plus de dégâts qu'un chiot.

— J'ai besoin d'histoires sentimentales, dans la vie. Je le *mérite.* Et, comme je ne peux pas en vivre une en direct, j'ai envie d'entendre la tienne. Allez, Frankie, s'il te plaît ?

Frankie replaça les documents sur le bord opposé du bureau, à distance prudente d'Eva.

— Qu'est-ce qui te fait croire qu'il y a eu quoi que ce soit entre Matt et moi ?

— Tu m'as envoyé un texto !

Le regard toujours rivé sur l'écran, Paige leva la main en signe d'avertissement.

1. Acronyme de best friend forever — ta « meilleure amie pour toujours ». (N.D.T.)

— Attention, hein. N'oubliez pas que vous parlez de mon frère. Je ne veux aucun détail scabreux.

— Moi si, je veux des détails. Toutes sortes de détails, insista Eva en rattrapant de justesse un magazine qui allait glisser au sol. Vous avez logé où ?

— A Seagull's Nest.

— Je connais ! C'est au bord de l'eau, pas très loin de Camp Puffin. Un petit bungalow isolé dans un endroit idyllique.

— Comment tu sais ça ?

— Parce qu'une de mes addictions consiste à écumer sur Internet les lieux où je ne pourrais jamais me permettre de mettre les pieds. J'ai vu des photos postées par un couple sur Instagram, ils y sont allés en voyage de noces. Déco rustique chic et vue imprenable sur l'océan. Follement romantique.

Eva esquissa une mimique suggestive. Frankie soupira.

— C'est pour ça que tu m'as demandé de venir bosser ici aujourd'hui ? Pour me soumettre à l'Inquisition ?

Même si elle râlait pour la forme, elle était contente de voir Eva plus gaie. Son amie n'avait plus cette mine tirée et fatiguée, résultat de longues nuits passées à pleurer plus qu'à dormir.

— Vous m'avez dit que vous vouliez me parler d'un truc urgent.

— Exact. Et ce n'était pas juste un prétexte pour t'attirer ici.

Paige termina son mail et leva les yeux de son écran. Elle avait l'air en pleine effervescence et vaguement surmenée.

— Un nouveau boulot qui tombe. Un dîner de répétition.

— Encore un mariage à assurer ?

— Non, on sera juste chargées du dîner, la veille. Je

sais que tu dois déjà avoir ta dose de nuptialités pour au moins un an, mais cette fois il faudrait vraiment que tu t'occupes des fleurs.

— Qui est le client ? Buds and Blooms ne pourrait pas... ?

— Non. Il nous faut l'excellence et l'excellence c'est toi. Et notre cliente s'appelle Mariella Thorpe. Ça vous parle ?

Eva se laissa glisser du bureau en poussant une exclamation incrédule.

— Sérieux ?

— La rédactrice en chef d'*Empowered* ? s'écria Frankie.

A une première réaction de surprise succéda le rayonnement de la fierté. Elles étaient parties de rien, toutes les trois, et en quelques mois elles avaient réussi à se faire un nom et à construire du solide. Les clients venaient à eux de partout. Des sociétés importantes avec de gros budgets.

— C'est une des plus grosses clientes de Star Events.

— Elle *était* l'une de leurs plus grosses clientes, tu veux dire. Plus maintenant. Elle recherche une agence qui fait à la fois de la gestion d'événementiel et du service de conciergerie. Du coup, elle s'est adressée à nous.

— C'est énorme !

Sur ce cri de jubilation, Eva pirouetta sur elle-même, faisant tourbillonner sa jupe courte. Un des développeurs de Jake qui passait par là faillit se fracasser contre la paroi en verre qui séparait leur bureau du reste des locaux.

— A condition qu'on ne foute pas tout en l'air, bien sûr.

— Ça va être énorme et on ne va rien foutre en l'air du tout, déclara Paige avec fermeté. Vu qu'*Empowered* fait partie des magazines féminins dont le tirage connaît une des plus fortes augmentations en ce moment, nous devons donner le maximum de nous-mêmes. Mariella Thorpe envisage de nous consacrer un article au retour de son voyage de noces. En attendant, il faut que ce soit toi, Frankie, qui gères la décoration florale pour son dîner de répétition. L'équipe de Buds and Blooms est super, mais ils n'ont pas la touche Frankie, qui est unique.

— « Soyez fleuris par Frankie... », murmura Eva.

Paige réagit avec enthousiasme.

— Jolie formule. Ça sonne pas mal du tout.

Elle griffonna les mots sur un bout de papier.

— Je vais trouver le moyen de caser ça quelque part. En attendant, il va falloir être créatives à mort, les filles. C'est le moment ou jamais d'être géniales. Tu pourras trouver le temps, Frankie ? Je sais que Matt te tient très occupée.

— Et on aimerait d'ailleurs bien savoir à quoi il t'occupe et comment, fit Eva.

Voyant celle-ci sur le point de squatter de nouveau son bureau, Frankie la poussa gentiment.

— Va donc t'asseoir sur le tien. Tu me mets un bazar innommable.

— Je ne comprends pas comment tu peux travailler sur un bureau aussi encombré.

— J'ai besoin d'avoir tous mes documents étalés devant moi quand je bosse. Et je ne comprends pas comment tu peux être aussi rêveuse. Nous sommes tous différents.

Sans s'occuper de leurs chamailleries, Paige se leva et partit vers la machine à café.

— Nous n'avons pas beaucoup de temps devant nous. Le dîner de répétition est prévu pour la dernière semaine de septembre. Une rencontre avec Mariella est programmée pour la fin de la semaine. Tu pourras y assister ou tu es prise par Matt ?

Le cœur de Frankie se mit à cogner fort dans sa poitrine. Puis elle comprit. Paige lui posait une question d'ordre purement professionnel, sans aucune arrière-pensée. Elle se sentit rougir.

— Je me débrouillerai pour me libérer. Je peux m'arranger avec Matt. Je ferai mes heures avant ou après.

— Et, maintenant que les questions de boulot sont réglées, vas-tu enfin nous raconter ton week-end ?

Eva refusait de se laisser déloger du bureau.

— Au moins, si tu ne veux rien dire, parle-nous de la façon dont ça s'est passé pour le mariage. Tu n'as pas pris trop de coups de stress ?

L'authentique sollicitude dans la voix d'Eva fit fondre la résolution de Frankie de rester aussi évasive que possible.

Personne au monde n'avait un cœur aussi grand que celui d'Eva.

Elle se revit dans le jardin de Brittany, sécateur en main. Puis en train de composer ses bouquets sur la table de la cuisine.

— Je pensais que ce serait une vraie torture. Mais finalement c'était fun.

— Euh... Tu peux répéter, là, s'il te plaît ? Tu viens de dire que tu as trouvé un mariage... fun ?

— Les gens étaient très ouverts et chaleureux. Je ne m'y attendais pas du tout. Ils m'ont traitée comme une personne à part entière et pas comme un simple prolongement de ma mère. Et le mariage en lui-même était très beau. J'ai apprécié le côté informel. C'était joyeux, avec des chiens qui s'ébattaient autour de nous et des gamins qui couraient partout.

Et puis il y avait un homme et une femme qui s'aimaient.

— Ce n'était pas l'événement en lui-même qui comptait, mais les gens qui étaient présents. Ils ont réussi à en faire une belle fête intime, un peu bohème. Ils ont allègrement cassé tous les codes pour faire une fête qui leur ressemblait.

— Waouh ! Et pour le reste, alors ?

L'expression d'Eva se fit pensive.

— Matt et toi... Comment ai-je pu ne pas m'en rendre compte plus tôt ? Probablement parce que c'était sous mon nez et qu'on ne voit pas toujours ce qu'on a juste sous les yeux.

— Voir quoi ?

— Vous deux. A quel point vous êtes faits l'un pour l'autre. Ça aurait dû me sauter aux yeux, pourtant. Toi, il te faut quelqu'un de totalement fiable et, Matt, c'est l'homme protecteur par excellence.

— Pour mon plus grand malheur, marmonna Paige.

Ce qui lui valut un froncement de sourcils de la part d'Eva.

— Tu te hérisses parce qu'il s'agit de ton frère. Quand Jake te chouchoute et te couve un peu, tu adores ça.

Paige médita un instant la question puis secoua la tête.

— Non, même avec Jake, ça me sort très vite par les yeux. J'étouffe quand on me traite comme une figurine en verre et qu'on essaie de m'épargner le moindre choc. Ça me donne envie de hurler. Je veux qu'on me laisse libre de mes choix.

— Il n'est pas question de faire des choix à ta place, Paige, reprit doucement Eva. Il est question d'avoir quelqu'un qui se soucie de toi, qui se préoccupe de ce qui t'arrive. C'est un vrai bonheur, tu sais, quand quelqu'un en a quelque chose à faire de ta personne.

— Oui, je sais. Et je suis désolée si j'ai pu te donner l'impression de traiter ça par-dessus la jambe.

Paige referma son ordinateur.

— Au fond, tu as raison, Ev. Ça me fait plaisir que Jake s'occupe de moi. Et pareil pour Matt, d'ailleurs. Mais ils tiennent aussi à toi, Eva. On en a tous quelque chose à faire, de ta personne. Beaucoup, même.

Eva eut un sourire jusqu'aux oreilles.

— Je sais. Et pour en revenir à toi, Frankie : Matt est aussi tout beau, tout chaud, tout sexy. Irrésistible, quoi.

Paige se boucha les oreilles.

— Pas de détails physiques, s'il vous plaît.

Eva descendit du bureau.

— Des détails romantiques m'iraient bien. Il y a tellement longtemps que j'attends ce moment.

Frankie sourit, gênée, lorsque Eva vint la serrer dans ses bras.

— Je le savais qu'un jour tu tomberais amoureuse. Je le savais.

Amoureuse ?

Elle ouvrit de grands yeux.

— Je ne suis *pas* amoureuse. C'est du grand n'importe quoi.

Un vent de panique se leva en elle.

— Je ne sais même pas quel effet ça fait.

Eva soupira.

— C'est simple : tu as l'impression que le monde entier est devenu magique — saupoudré de poussière d'étoiles.

Paige secoua la tête.

— Et si tu ramenais tes fesses par ici pour te remettre au boulot, Clochette ?

Frankie, elle, ne sourit pas.

Amoureuse ?

— J'ai de la poussière chez moi en abondance, mais elle n'a pas l'air étoilée du tout.

— Ce que je veux dire, c'est que, quand tu es amoureuse, cela ajoute une touche de magie à tout ce qui t'entoure.

Une bouffée d'exaspération envahit Frankie.

— Tu tires ça d'où, encore ? Tu dis toi-même que tu n'as jamais été amoureuse !

— C'est comme ça que je sais que je ne l'ai jamais vraiment été : parce que je n'ai pas encore connu ces sensations-là.

Une ombre de tristesse passa sur le visage d'Eva.

— Je continue d'attendre et d'espérer. L'autre jour, j'ai laissé tomber un paquet dans la rue dans l'espoir qu'un jeune et bel inconnu le ramasserait. Mais *personne* ne s'est arrêté. Pas même un inconnu vieux et moche. Si cela avait été moi, gisant dans la poussière, ils m'auraient enjambée sans même y penser. Triste monde.

Paige remit son ordinateur en marche.

— Triste, je ne sais pas, mais en tout cas pas très riche en poussière d'étoiles. La bonne vieille poussière, oui, il y en a partout parce que aucune de nous trois n'a plus le temps de faire le ménage depuis que l'agence mobilise toute notre énergie jour et nuit. En parlant d'Urban Génie, si on se mettait enfin au boulot pour réfléchir à la meilleure stratégie pour faire forte impression sur Mariella ?

— Waouh... Tu es au taquet, toi, lança Jake en voyant Matt manier sa queue de billard. Ça sent le roussi pour nous, Chase.

— Ça sentait déjà le roussi pour moi lorsque j'ai passé la porte de cet appart.

Chase décapsula sa bière.

— Je perds plus de fric avec vous deux que je n'en verse aux impôts.

Matt rentra une boule.

— Je ne le fais pas pour l'argent. C'est juste pour éviter que l'ego de Jake n'enfle hors de toute proportion.

D'habitude, la compagnie de ses amis suffisait à faire retomber les tensions accumulées pendant la semaine. Mais ce soir ça ne marchait pas.

Rien ne marchait, d'ailleurs. Pas même les petites piques amicales de Jake.

— Mon ego menacerait-il ta virilité, Matt ?

— Ma virilité se porte tout à fait bien, merci.

Il aligna la queue de billard pour tirer le coup suivant et son ami lui jeta un regard scrutateur.

— Il s'est bien passé, ton week-end avec Frankie ?

Déconcentré par la question, il frappa trop fort et fit voler la bille dans les airs. Jake la rattrapa d'une main preste.

— Tu devrais peut-être travailler un peu ton effet latéral, suggéra-t-il d'un ton aimable. Je crois qu'il y a faute.

Matt se redressa.

— On parle sérieusement de faute, là ?

Chase soupira.

— Si tu tiens à ta peau, Jake, je te conseille de te concentrer sur ton jeu plutôt que de te lancer dans cette conversation.

— Je ne conçois pas la vie sans danger.

Jake récupéra sa queue de billard avec un large sourire.

— J'en conclus que tu es enchanté de ton week-end, Matt. Ça s'est borné à des plans paysagers et à des analyses d'échantillons de sol, ou vous êtes passés à la phase nature et découverte en chambre ?

Matt croisa les bras sur sa poitrine.

— Je crois que tu devrais écouter ce que te dit Chase. Il t'a donné un conseil avisé, il me semble.

— C'est bon, je n'insiste pas. Tu viens de répondre à ma question.

Jake se mit en position, un pied en avant et le buste incliné au-dessus de la table, et visa à son tour.

Matt fronça les sourcils.

— Je n'ai rien répondu du tout.

Jake joua son coup.

— Je te connais. Tu as toujours été le mec correct par excellence. Donc tu protèges Frankie en faisant preuve d'une discrétion exemplaire.

— Peut-être. Mais ça ne prouve rien, ni dans un sens ni dans un autre.

— C'est un fait. Mais alors il faudrait que je trouve une autre explication à ton air béat et à ton soudain manque de concentration. Et je n'en vois aucune.

— Je viens de passer quelques journées magnifiques avec ma famille et mes amis.

Jake se redressa.

— Je te connais depuis plus de dix ans. Je sais quelle tête tu as quand tu reviens d'un week-end sympa en famille. Et ce n'est pas celle-ci.

Chase écarta les bras en signe d'apaisement.

— On pourrait arrêter les conversations tendues ? Je ne suis pas venu ici pour me choper une dose de stress en plus. On a déjà notre vie pro pour ça.

— Ce n'est pas une conversation tendue. C'est une conversation affectueuse entre amis, nuance.

Jake cessa de parler, le temps de se mettre en position pour jouer, et remporta la partie.

— Et il n'y a rien de tendu non plus dans ma vie

professionnelle. Tu ne devrais pas avoir ce problème non plus, puisque tu es à la tête de ton entreprise.

— Essaie donc de prendre les commandes d'une boîte qui a d'abord appartenu à ton père. Tu n'as pas d'orientations internes à respecter ?

— Je n'ai qu'une orientation à respecter et c'est la mienne. Tu devrais rationaliser ton organisation, Chase.

— Pour l'instant, je délègue au maximum et je m'en porte très bien.

Jake hocha la tête et se tourna vers Matt. La lueur moqueuse avait disparu dans son regard.

— C'est sérieux avec Frankie, alors ?

Sérieux ? De son côté, oui, indiscutablement. Mais pour Frankie ?

Peut-être. Sans doute. Il l'espérait, en tout cas.

Il ressentit comme un pincement au cœur.

Il n'était sûr de rien, en fait. Depuis qu'ils étaient rentrés, elle avait dormi chez lui toutes les nuits et ne redescendait dans son appartement que pour se changer. Mais, lorsqu'il lui avait proposé de remplir une valise et d'installer quelques affaires chez lui, elle avait freiné des quatre fers.

Apparemment, elle pouvait passer la nuit dans son appartement sans problème, mais ses vêtements, eux, n'avaient pas droit de séjour. Monter ses affaires chez lui aurait ajouté un côté définitif dans leur relation, qu'elle n'était pas encore prête à envisager.

Il n'avait pas insisté. Et s'était dit qu'il fallait lui laisser le temps et l'espace nécessaires pour qu'elle s'adapte à cette nouvelle forme de relation entre eux. Que, s'il se montrait patient, elle s'apercevrait qu'elle n'avait plus besoin d'un lieu où se replier en cas de fuite, pour la bonne raison qu'elle n'était pas enfermée et ne le serait jamais.

Il s'était dit tout cela, mais il restait un problème

majeur qu'il ne parvenait pas à oublier tout à fait : Frankie, dans ses relations amoureuses, ne faisait pas dans le long terme. Aucune de ses histoires n'avait duré plus de quelques semaines.

Il prenait un risque majeur dans l'espoir que les sentiments de celle-ci pour lui seraient plus forts que ses peurs.

A ses yeux, ce risque valait la peine d'être couru. Il n'avait pas l'ombre d'un doute à ce sujet. Mais qu'en était-il pour Frankie ?

C'était la grande question.

Ignorant le frisson de malaise qui menaçait de gâcher son humeur, il jeta un coup d'œil à Chase.

— A toi de jouer. Et fais-moi plaisir, OK ? Démerde-toi pour mettre une pâtée à Jake.

Chapitre 17

« Avant de confier ton cœur, n'oublie pas de demander un reçu. »

— FRANKIE

La chaleur oppressante du mois d'août céda la place aux confortables douceurs de septembre. Petit à petit, les hordes de touristes s'évanouirent, cessant de congestionner les rues, et les New-Yorkais reprirent possession de leurs quartiers.

La Fashion Week de New York passa comme elle avait commencé et, dans les creux qu'ils parvenaient à ménager dans leurs emplois du temps chargés, Frankie et Matt exploraient sans relâche la ville-monde grouillante de vie qui était désormais leur chez-eux.

Il leur arrivait tout aussi bien d'avaler des hot-dogs en allant soutenir leur équipe de base-ball à grand renfort de cris que de s'affaler sur les pelouses de Bryant Park pour écouter des concerts classiques. Ils adoraient se balader sur la High Line, le parc surélevé et tout en longueur, aménagé sur une ancienne voie ferrée aérienne, et se passionnaient pour l'originalité des plantations en réfléchissant à la façon dont ils pouvaient intégrer certaines idées dans les jardins qu'ils dessinaient. De temps en temps, Roxy et Mia venaient se joindre à eux. A l'occasion de ces balades, Frankie put se faire une idée de la vivacité de l'intelligence de Roxy. Celle-ci voulait connaître à la fois le nom commun et le nom savant de chaque plante rencontrée et les mémorisait avec une remarquable facilité. Tout en actionnant la poussette de Mia, elle psalmodiait religieusement des *Acer triflorum, Lespedeza thunbergii* et autres *Aster novae-angliae Septemberrubin.*

Les vendredis soir, ils retrouvaient leur bande d'amis et partageaient les inégalables pizzas du Romano's, alors que les samedis étaient dédiés au cinéma sur le *rooftop* de Matt. Mais les moments que Frankie préférait étaient ceux qu'elle passait seule avec lui. Central Park était devenu leur lieu à eux. Ils exploraient ensemble les recoins les mieux cachés et se gorgeaient des derniers soleils de la saison sur Summit Rock, le point le plus élevé du parc.

Leur chantier sur le toit tirait à sa fin et Matt avait mobilisé toute son équipe pour être certain de terminer avant que les beaux jours ne s'envolent vers le sud, en même temps que les oiseaux migrateurs.

Travailler sur un toit était une activité torride qui vous mettait en nage du matin au soir. Mais elle avait découvert qu'elle n'aimait rien tant que de transpirer avec Matt. Le fait de passer toutes ses nuits nue avec lui entre les draps ne l'empêchait pas de continuer à trouver sa proximité excitante, même lorsqu'ils étaient l'un et l'autre habillés. Elle se surprenait constamment à le chercher des yeux lorsqu'elle avait la certitude que personne ne lui prêtait attention. Alors qu'ils passaient l'essentiel de leur temps ensemble, elle éprouvait malgré tout l'étrange besoin de se repaître de sa vue à intervalles réguliers.

Et Matt semblait habité par les mêmes élans.

La différence entre eux, c'était que lui ne manifestait aucune gêne lorsqu'elle le surprenait en train de l'observer.

Lorsque leurs regards se croisaient, il lui adressait en douce un sourire sexuel, chargé de mille promesses quant à la nuit à venir.

Son job à elle, en théorie, consistait juste à dessiner et à planter. Mais elle avait vite compris que, dans une petite équipe comme celle de Matt, ils étaient tous amenés à se retrousser les manches et à être multitâches. Et elle le faisait très volontiers. Tout le monde d'ailleurs se pliait sans rechigner à cette règle. Jusqu'au jour où Roxy omit de se présenter à l'heure habituelle.

Ils étaient tous à l'atelier et devaient transporter trois gros bancs en bois sur le site ainsi qu'une série de jardinières fabriquées sur mesure. Et ils avaient de toute urgence besoin de tous les bras disponibles.

En attendant Roxy, Frankie repassait dans sa tête la conversation que Matt et elle avaient eue ce matin-là. Et ce n'était pas la première fois. De nouveau, il lui avait proposé de monter quelques affaires chez lui et de nouveau elle avait éludé. Il n'avait pas insisté, mais elle sentait que son refus le blessait. Comme si elle lui refusait une partie d'elle-même en se raccrochant à son domaine séparé.

Qu'est-ce que ça changeait pour lui si elle gardait ses vêtements en bas plutôt que de les monter ?

Pourquoi faudrait-il qu'elle déménage tout ce qu'elle possédait en plus de s'être déjà déménagée elle-même ?

A son sentiment de culpabilité se mêlait une exaspération d'autant plus marquée qu'elle soupçonnait que son refus pourrait ne pas être tout à fait exempt de lâcheté.

Et elle avait du mal à accepter l'idée qu'elle pourrait manquer de courage. Mais, plus que tout encore, elle détestait faire du mal à Matt.

Tout en méditant sur ces questions, elle hissait les lourdes jardinières en terre sur la remorque. Une fois sa tâche terminée, elle alla aider James qui était à la peine sans Roxy.

— Tu as appelé sur son portable ? demanda Matt à James qui se débattait avec un énorme banc à soulever.

— Quatre fois. Aucune réponse.

— Ça ne lui ressemble pas. Si on n'a pas de nouvelles d'ici le déjeuner, je fais un saut là-bas.

Frankie tressaillit et essuya son front en sueur.

— Pour lui donner un avertissement ?

— Un avertissement ?

Matt la regarda sans comprendre.

— Je vais aller m'assurer qu'il n'y a pas de problème. Elle est seule avec sa gamine et sans aucun soutien. Roxy galère un maximum.

Se sentant stupide, Frankie repoussa les cheveux qui lui tombaient sur le visage. Comment avait-elle pu imaginer une chose pareille, connaissant Matt comme elle le connaissait ?

— Désolée. Je crois que mes années chez Star Events ont laissé des traces. Le souvenir d'avoir été virée reste encore cuisant.

— Virée, peut-être, mais libérée. Tu peux te féliciter de ne plus faire partie de leurs effectifs. Jake m'a dit que Star Events était en difficulté.

— Ils perdent de gros clients, en ce moment, et...

Frankie s'interrompit en voyant apparaître Roxy à la porte de l'atelier. Mais son soulagement fut de courte durée. Elle arrivait avec un énorme sac accroché à l'épaule. Mia, calée sur une hanche de sa mère, se tortillait pour se dégager.

Matt reposa aussitôt ses outils pour se porter à sa rencontre. Il rattrapa le sac de justesse avant qu'il ne glisse à terre.

— Qu'est-ce qui s'est passé ?

— Rien, rien. Tout roule, patron.

Le son artificiellement enjoué de sa voix indiquait que ça ne roulait pas trop, au contraire.

— On a juste eu une matinée un peu dingo, hein, Mia ? Que des jeux et de la rigolade.

— Qu'est-il arrivé à ton visage ?

Matt repoussa doucement les cheveux qui tombaient sur les joues de Roxy, dévoilant l'ecchymose violacée sur sa tempe.

Roxy eut un mouvement de recul.

— C'est rien, laisse tomber.

— A bobo, maman, annonça Mia d'un ton solennel.

Roxy esquissa un sourire qu'elle dut tirer du fin fond de ses réserves secrètes de courage, Frankie le sentait.

— Maman va bien, ma puce. Je suis juste un peu maladroite et je me suis cassé la figure. Comme toi, des fois. *Boum !*

Mia posa un doigt sur les lèvres de sa mère.

— Etait méchant, le monsieur. Criait fort, fort, fort.

Elle se couvrit les oreilles et secoua la tête, faisant voler ses boucles blondes.

Les yeux de Roxy se remplirent de larmes. Matt dut s'en apercevoir aussi car il lui prit l'enfant des bras.

— Tu veux que je te montre quelque chose de joli, Mia ?

— Une fée ?

Mia levait vers lui un regard brillant d'espoir. Matt sourit.

— Mieux que ça encore. Des papillons.

Mia, les yeux rivés sur les lèvres de Matt, tenta de reproduire les sons.

— Pil-lons.

— Pa-pil-lons, répéta Matt. James va t'emmener et il te montrera les beaux papillons.

A l'idée de jouer avec James, le visage de Mia s'éclaira.

— Va faire le dada, James ?

— Pas ici, non.

James prit l'enfant des bras de Matt.

— Le dada ne veut pas mettre ses genoux par terre sur la tronçonneuse. Dada ne pourrait plus jamais marcher, sinon. Viens, on va regarder les papillons.

— Pillons !

Mia attrapa une poignée de cheveux de James et ils s'éloignèrent ainsi, en parfait compagnonnage. Roxy se moucha énergiquement.

— Merci. Je ne veux pas que ma fille me voie triste. Je sais que c'est beaucoup te demander, mais est-ce que je pourrais poser un congé pour aujourd'hui, Matt ? J'ai deux, trois trucs urgents à régler. Tu n'auras pas besoin de me payer, bien sûr.

Matt ne répondit pas, mais examina de nouveau son visage contusionné.

— Frankie, j'ai une trousse de secours dans le tiroir de mon bureau... Tu as perdu connaissance, Roxy ?

— Sûrement pas, non ! Tu ne crois quand même pas que je tournerai de l'œil en laissant ma fille seule avec...

Elle s'interrompit et secoua la tête.

— Tout va bien.

Frankie se hâta d'aller récupérer la trousse à pharmacie dans le bureau. De retour dans l'atelier, elle sortit un antiseptique et des compresses stériles.

— J'en ai profité pour me laver les mains au passage. Je vais m'en occuper, Matt.

Elle entreprit de désinfecter les plaies de Roxy

pendant que Matt continuait à poser des questions précises.

— Tu as mal à la tête ? Des nausées ?

Frankie termina ses soins et il referma la boîte à pharmacie. Roxy esquissa un faible sourire.

— Tu as peur que j'aie une atteinte cérébrale, c'est ça ? Ne t'inquiète pas, ma mère me disait toujours que je n'avais rien dans le cerveau, donc il n'y a pas grand-chose à abîmer là-dedans.

La repartie qui se voulait drôle s'acheva sur un hoquet à mi-chemin entre le rire et le sanglot. Matt lui passa un bras autour des épaules et la serra contre lui comme l'aurait fait un grand frère.

— Ça va aller, Roxy. On est là. Tu ne risques plus rien.

— Je ne suis pas venue chercher de l'aide. Je peux régler ce problème toute seule.

Une larme solitaire glissa sur la joue de Roxy. Elle émit une exclamation rageuse et l'essuya du plat de la main.

— C'est poussiéreux là-dedans. Faudrait qu'on fasse un ménage de fond.

Frankie vit qu'elle tremblait.

— Roxy...

— Non. Pas de mots gentils, OK ? Je ne veux pas que ma fille me voie pleurer.

Un nouvel afflux de larmes lui montait aux yeux. Elle cligna rapidement des paupières.

— Dis-moi une vacherie, plutôt. Mets-moi en colère.

— Pas de problème. C'est un de mes talents personnels de dire des trucs horribles.

Frankie se plaça de manière à bloquer le champ de vision de Mia. Le plus étonnant, c'était qu'elle avait envie de prendre Roxy dans ses bras, elle aussi. En temps normal, c'était plutôt le genre de situation émotionnelle qui la faisait partir en courant. Comme si le fait d'être avec Matt provoquait en elle toutes sortes de changements insoupçonnés.

— Qu'est-ce qui s'est passé, Roxy ? Qu'est-ce qu'on peut faire pour toi ?

— Je me suis mise avec LE mec qu'il aurait fallu éviter, voilà ce qui s'est passé. Je ne sais pas comment il m'a retrouvée, mais il a réussi, en tout cas. S'il employait le quart de cette énergie à chercher du boulot, il en serait peut-être pas là où il en est, ce loser.

Roxy s'essuya les yeux d'un geste écœuré.

— Je ne veux pas retourner à l'appartement. J'ai récupéré tout ce que j'ai pu à toute vitesse. Tant pis pour ce qui reste.

Matt poursuivit avec patience son questionnement :

— Pourquoi à toute vitesse ? C'est Eddy qui t'a fait ça ? Il t'a frappée ?

— Plus ou moins, oui.

Un muscle tressauta à l'angle de la mâchoire de Matt.

— On ne cogne pas « plus ou moins » quelqu'un, Rox.

— Disons qu'il m'a poussée tellement fort que je me suis fracassée contre un mur.

— Tu as appelé la police ?

— Non. Il était déjà fou furieux et ça l'aurait fait exploser pour de bon. Je lui ai hurlé de dégager et il a dégagé. Je ne crois pas qu'il reviendra, mais j'aime autant ne pas prendre le risque de le voir débarquer de nouveau. C'est pour ça qu'il me faut ma journée. Il faut que je trouve un lieu sûr pour Mia. Au moins quelques jours en dépannage en attendant de m'organiser. Il y a une autre mère seule avec qui je discute parfois à la crèche. Elle pourra peut-être m'héberger une nuit ou deux.

Roxy chercha de nouveau sa fille des yeux. Elle

la surveillait en permanence du coin de l'œil. Mais la petite s'esclaffait en tirant sur les cheveux de James pendant qu'ils observaient les « pillons » et ne semblait pas avoir d'autres préoccupations pour le moment que de jouer.

— Tu as besoin d'aide, Roxy.

— De l'aide ? Tu rêves. Eddy n'est pas vraiment le genre de mec à assumer ses responsabilités paternelles. Et, même s'il avait des velléités d'essayer, je ne voudrais pas me remettre avec lui. Je me suis promis de ne plus jamais, et j'ai bien dit *jamais,* me laisser approcher par un type qui me fout la trouille. Je refuse que Mia grandisse dans l'idée qu'un homme c'est quelqu'un qui sert à te hurler dessus et à te tabasser. Il faudra que j'y arrive seule. Et ça me convient très bien. C'est mon choix et je l'assume.

Malgré la chaleur, Roxy commençait à claquer des dents. Matt resserra son étreinte.

— Je ne te parlais pas d'Eddy.

— Qui d'autre, sinon ?

Elle se dégagea en reniflant et ouvrit de grands yeux en voyant l'expression de Matt.

— Toi ? Tu en as déjà fait des tonnes pour moi. Et Mia n'est même pas ta fille. En plus, c'est ta sœur qui m'a trouvé une crèche solidaire.

— Tu peux venir habiter chez moi.

— Waouh. Ça fait un an que j'attends cette proposition, protesta Roxy en lui donnant un petit coup de poing joueur sur le bras. Et tu te décides le jour où j'ai une tronche comme un arc-en-ciel.

— Je suis sérieux, Roxy.

— Moi aussi. C'est gentil de ta part, mais je ne peux pas aller squatter ta *brownstone* chic à Brooklyn. Je ne fais pas partie de ce genre de nanas.

— Tu fais partie du genre de nanas qui aurait

besoin de se poser un peu et d'arrêter de ramer cinq minutes. Alors, pour Mia, tu vas mettre ta fierté au placard et dire « Oui, Matt ».

Roxy avait les yeux rivés droit devant elle, le visage tendu dans un effort désespéré pour ne pas fondre en larmes.

— Arrête, Matt. Tu as ta vie. Je ne vais pas aller t'encombrer chez toi. Et, de toute façon, ton monstre de chat serait un danger pour Mia.

— Tu peux prendre mon appart, Roxy.

Les mots étaient sortis tout seuls de la bouche de Frankie, sans même qu'elle ait anticipé qu'elle les prononcerait.

— Tout est à niveau chez moi, contrairement au duplex de Matt, continua-t-elle d'une traite. Il n'y aura pas grand-chose à faire pour sécuriser les lieux pour Mia.

Voyant le regard déconcerté de Matt, elle comprit qu'il était aussi étonné qu'elle par sa proposition.

Oh, mon Dieu, qu'avait-elle fait ? En renonçant à son havre, son refuge, à son appartement qu'elle adorait, elle pouvait faire une croix sur sa liberté et son indépendance. Tout ce qu'elle avait laissé chez Matt jusqu'à présent, c'était une brosse à dents. Le pas qu'elle venait de franchir était énorme.

Une vague d'angoisse la pétrifia. Elle chercha frénétiquement à se raisonner.

Rien ne l'empêchait de conserver son indépendance tout en squattant l'appart de Matt. Elle dormait déjà dans son lit tous les soirs. Et passait le plus clair de ses journées avec lui. C'était un peu idiot de penser qu'en gardant son appartement sous le coude elle assurait sa sécurité affective.

Roxy tourna vers elle un regard surpris.

— C'est sympa de me le proposer. Mais on prend

quand même pas mal de place, Mia et moi, à toutes les deux. Et tu m'as dit que tu n'avais qu'une chambre.

Frankie sentit ses joues flamber.

— Je ne l'utilise pas en ce moment.

Roxy parut perplexe un instant puis jeta un regard à Matt. Un lent sourire s'épanouit sur son visage.

— OK. Je vois. Ça au moins c'est top, comme nouvelle. Il en a fallu, du temps.

Comment avait-elle compris que depuis le départ... ?

Frankie ouvrit la bouche pour lui poser la question, mais Roxy dardait déjà un regard anxieux sur Matt.

— Avant que je te donne une réponse, il vaudrait mieux que tu me dises le montant du loyer.

Matt indiqua une somme qu'aurait pu exiger le propriétaire d'un sous-sol sans fenêtre dans un des pires quartiers de New York.

La gorge de Frankie se serra.

Mince. Elle était en train de virer marshmallow, elle aussi.

— Bon. Affaire réglée ? On peut retourner à ton appart et prendre tes affaires tout de suite, ajouta Matt. Ou tu me donnes tes clés et une liste, et j'y vais tout seul.

— Il va falloir choisir, boss : tu veux devenir mon proprio ou mon garde du corps ?

Une lueur d'humour brilla dans les yeux de Matt.

— Je peux être l'un et l'autre en attendant que tu aies sérieusement repris du poil de la bête.

Frankie déglutit fort pour chasser la boule logée dans sa gorge. Quand Matt offrait son aide, il ne faisait pas les choses à moitié. Et tout le reste passait au second plan. C'était sans hésiter qu'il mettait ses priorités tant personnelles que professionnelles de côté.

Il n'avait plus qu'un seul objectif : aider Roxy, une

femme vulnérable qui n'avait personne au monde à part eux.

Matt était quelqu'un d'exceptionnel. Il était fiable, généreux, responsable.

Alors pourquoi était-elle si terrifiée à l'idée de s'engager vraiment dans leur relation ?

Qu'est-ce qui ne tournait pas rond chez elle ?

C'était comme si son passé avait formé dans sa poitrine une gangue de pierre qui lui prenait le cœur en tenaille.

Visiblement indécise, Roxy se frotta la joue avec la paume.

— Le loyer est vraiment très bas. Je ne veux surtout pas qu'on me fasse de cadeaux.

Frankie en eut mal au ventre de l'entendre. Si quelqu'un méritait de recevoir enfin quelques cadeaux dans la vie, c'était Roxy. Mais, ayant elle-même cultivé l'art de l'indépendance jusque dans ses derniers raffinements, elle comprenait sa réaction.

Matt planta son regard dans celui de la jeune femme.

— Pour le moment, il n'y a personne dans l'appart. Mais je ne peux pas le louer à quelqu'un d'autre, parce que c'est le lieu de Frankie, avec toutes ses affaires et toutes ses plantes. En même temps, c'est idiot de le laisser vide et je préfère que quelqu'un l'occupe, mais il n'y a pas grand monde à qui je peux le confier en l'état.

Le cœur de Frankie se dilata. Avec ces quelques mots simples, Matt venait de faire taire toutes ses inquiétudes.

Il comprenait. Il savait ce que son appartement représentait pour elle.

Elle ressentit un élan d'affection et de gratitude.

Tout irait pour le mieux.

— Non, c'est trop. Je me sentirais coupable d'accepter, marmonna Roxy en secouant la tête.

Frankie se porta à la rescousse de Matt.

— On passe tous par des moments de galère dans la vie, Roxy. Et, quand ça arrive, ce n'est pas une honte d'en parler à ses amis et d'accepter de l'aide. Tu peux le voir aussi de cette façon : un jour, tu seras en mesure d'aider quelqu'un d'autre, dans une situation similaire.

— Tu veux dire que j'ai le droit de recevoir parce que je pourrais redonner plus tard à mon tour ? Je prends une avance sur l'avenir, en gros ?

Roxy se mordilla un ongle.

— C'est pas idiot, comme idée. Et tu as raison, je dois faire passer Mia en priorité. Sa sécurité compte plus que ma fierté.

James revint avec la petite qui gigotait dans ses bras. Il remit l'enfant à sa mère.

— Tu es une super maman, Rox.

C'était les paroles dont Roxy avait besoin. Frankie vit les joues de la jeune femme s'empourprer.

— Ne me faites pas le coup du mélo, hein ? Ce n'est pas le moment.

Mais elle releva la tête et redressa les épaules.

— Bon, d'accord, j'accepte. Si vous êtes sûrs que c'est OK pour vous. Je n'ai pas beaucoup d'affaires, de toute façon.

— J'enlèverai une partie des miennes.

L'arrangement s'imposait de lui-même. Roxy avait besoin de vivre en lieu sûr et Frankie utilisait si peu son appartement que ce serait une honte de le monopoliser pour son propre usage alors qu'elle y mettait à peine les pieds.

Au cours des trois semaines écoulées, elle n'était

descendue que pour arroser ses plantes et récupérer des vêtements propres.

Matt tendit la main.

— Passe-moi les clés de ton appart et une liste des affaires dont tu as besoin. Comme ça, je récupère tout ton barda tout de suite.

— Je ne vais pas te laisser y aller seul, protesta Roxy.

Mais elle avait l'air épuisée et le bleu sur sa tempe prenait une vilaine couleur. Frankie posa la main sur le bras de la jeune femme.

— Reste ici avec James et Mia, plutôt. Je vais donner un coup de main à Matt.

Vider le minuscule appartement leur prit moins de une heure. Sur le chemin du retour, Matt fit une halte dans une supérette pour acheter quelques produits de première nécessité qui pourraient servir à Roxy. Ces occupations pratiques l'aidaient à calmer la colère qui bouillonnait en lui.

De temps en temps, il sentait le regard interrogateur de Frankie posé sur lui pendant qu'ils remplissaient le chariot.

— Ça va, Matt ?

— Ben oui. Pourquoi ça n'irait pas ?

— Tu es inquiet au sujet de Roxy. Tu as envie d'étrangler Eddy.

Il se força à sourire.

— J'espère qu'il ne se manifestera plus. A priori, il devrait avoir du mal à la retrouver là où elle est. C'était cool, de ta part, de lui proposer ton appart.

Le geste l'avait surpris. Après toutes les conversations qu'ils avaient eues sur le sujet, il ne s'était pas attendu à ce qu'elle lâche son chez-elle aussi facilement.

Il poussa le chariot jusqu'à la caisse et ils entreprirent de déposer leurs achats sur le tapis.

— C'est ton appart, Matt, pas le mien. C'est toi qui es généreux.

Frankie pêcha une tenue de petite fille et deux poupées au fond du chariot et secoua la tête.

— Je ne crois pas que ce soit une bonne idée de lui acheter ça, Matt. Tu la vexerais.

— Je ne vois pas en quoi ce serait vexant de lui procurer deux ou trois bricoles pour Mia.

— C'est dur pour Roxy d'accepter de l'aide. Il faut la laisser gérer les choses par elle-même autant que possible.

Matt se passa la main sur la nuque.

— Aïe. Je suis encore pris en flagrant délit de surprotectionnite aiguë, c'est ça ?

— J'adore cet aspect de toi. Et je pense que ça va faire le plus grand bien à Roxy de voir que ses amis la soutiennent. Mais je crois qu'il faut qu'on y mette de la subtilité. Elle tient à fond à son indépendance. Il ne faudrait pas qu'elle interprète de travers ce que nous faisons pour elle et qu'elle pense qu'on ne la croit pas capable de se prendre en main et de s'en sortir.

— Très juste.

Il partit replacer la tenue et une des poupées dans les rayons.

— Comment se fait-il que tu saches tant de choses, Frankie Cole ?

— Je suis née savante.

— Et sexy, aussi.

Tellement sexy qu'il ne pouvait s'empêcher de la toucher à tout instant. Indifférent à la foule autour d'eux, il se pencha pour l'embrasser longuement.

— Tu m'as dit et répété ces derniers temps que tu

ne voulais pas emménager chez moi. Dis-moi franchement : tu appréhendes ?

— Un peu.

Elle lui adressa un demi-sourire et il s'écarta, heureux qu'elle se montre franche envers lui, même s'il aurait préféré entendre une autre réponse.

— Tu as dormi chez moi toutes les nuits depuis qu'on est revenus de Puffin Island.

— Je sais. Mais c'est différent. Je me sens...

Elle haussa les épaules.

— Je n'arrive pas à expliquer.

— Comme si une porte se refermait sur toi ? Et que tu ne pouvais plus t'échapper ?

Il n'avait pas besoin d'explications car il comprenait. Le fait qu'elle ne vive pas encore leur relation en pleine confiance lui faisait mal. Il était préparé à cette éventualité dès le début, pourtant. En se répétant que cela ne venait pas de lui, mais du passé de Frankie, il paya à la caisse.

— Tu n'es prisonnière de rien, Frankie. Si tu as besoin d'air, la porte reste toujours ouverte. Si tu préfères, tu as toujours la possibilité d'aller dormir chez Eva.

Pourquoi lui avait-il dit ça ? La dernière chose dont il avait envie, c'était qu'elle s'en aille de chez lui !

Elle lui caressa le bras d'un geste hésitant.

— Je t'ai blessé, Matt ?

— Non. Ai-je envie que tu montes tout ce que tu possèdes chez moi, ta jungle de plantes y comprise ? Oui. Mais je ne veux surtout pas que tu te sentes prise au piège. Je sais que, pour toi, vivre avec moi représente un grand pas et je veux que tu saches que tu es aussi libre de partir maintenant que tu l'étais hier.

Il garda un ton léger, soucieux de ne pas lui mettre

la pression, même s'il n'avait qu'une envie : la rapatrier chez lui manu militari et la garder là à vie.

— Mais je suis content qu'on ait pu tirer Roxy d'affaire comme ça. C'est chouette, ce que tu as fait, Frankie.

— Le seul qui a vraiment fait quelque chose, c'est toi.

En silence, ils finirent de répartir leurs achats dans des sacs.

Il était déjà tard lorsqu'ils eurent fini d'installer Roxy et sa fille dans l'appartement du bas. James, qui rampait à présent à quatre pattes dans son rôle de « dada de Mia », annonça qu'il dormirait cette nuit-là sur le canapé.

— Et pourquoi ça, s'il te plaît ?

Les mains sur les hanches, Roxy lui jeta un regard noir.

— Tu penses que tu as tes chances avec moi, peut-être ?

— Non, mais tu as pris un coup sur la tête, donc il faut que quelqu'un garde un œil sur toi. C'est la règle lorsqu'il y a eu un choc sur le crâne.

— J'en ai ramassé des pires que ça.

James s'immobilisa.

— Peut-être. Mais je squatterai ton canapé quand même. Ouille !

Il fit la grimace lorsque Mia lui tira les cheveux tout en lui éperonnant les flancs de ses jambes minuscules.

— Au galop, dada !

— Elle a une putain d'autorité, ta fille, Rox.

— Hé ! Pas de gros mots en présence de Mia, espèce de grande andouille.

— Douille, répéta joyeusement Mia.

— Désolé.

James avait l'air si sincèrement contrit que Roxy se radoucit.

— Bon, je suppose que tout dada mérite son écurie. Je vais te préparer le canapé.

— Il y a des couvertures et des oreillers dans la grande corbeille à côté du lit, indiqua Frankie.

Pendant que Roxy allait chercher le nécessaire dans la chambre à coucher, Matt mit l'opportunité à profit pour s'entretenir à mi-voix avec James.

— Tu es sûr de vouloir rester ? Je suis juste deux étages au-dessus au cas où il arriverait quelque chose.

— Je ne pense pas qu'Eddy aura l'idée de venir la chercher ici, mais elle est terrifiée et je n'aime pas la voir comme ça. Je pense que je pourrais camper quelque temps dans le secteur.

Matt hocha la tête.

— Si jamais ce con réussit à retrouver sa trace et qu'il se pointe ici, tu m'appelles, OK ?

— Je n'y manquerai pas. Tu peux descendre ici avec ta chère tronçonneuse et le redécouper en quelque chose d'utile. Un cale-porte, peut-être ?

Matt allait répondre lorsque Roxy, très pâle, apparut dans l'encadrement de la porte.

— Vous n'êtes pas obligés de parler de moi comme si je n'étais pas là. Je n'ai jamais voulu de garde du corps et je me retrouve avec deux exemplaires sur le dos.

— *Trois*, intervint Frankie en lui prenant les couvertures et les oreillers des mains pour les poser sur le canapé. Je suis ceinture noire de karaté. Si Eddy débarque ici, il risque de regretter de ne pas avoir choisi une autre adresse.

— Du karaté ? C'est cool.

Roxy prit Mia des bras de James et la tint serrée contre elle.

— J'aimerais bien apprendre les arts martiaux.

— Je peux t'emmener à mon cours la prochaine fois, si tu veux.

Frankie disparut dans la cuisine et revint quelques instants plus tard avec des plantes dans les bras.

— Celles-ci sont à hauteur de petit bout, donc je pense qu'il vaut mieux les monter chez Matt. Et il faut que je te montre comment fonctionne le verrou de la porte, parce qu'il est capricieux.

Matt sortit la poupée qu'il avait achetée pour Mia.

— Tu ne m'avais jamais dit que tu avais des problèmes avec le verrou.

— Il marche bien. Mais il faut lui donner un bon coup.

— Tant mieux, car je suis d'humeur à frapper.

Roxy fronça les sourcils.

— Tu lui as acheté une poupée neuve ?

Matt hésita, se souvenant de la conversation qu'il avait eue avec Frankie.

— C'est un cadeau, Rox.

— Tu n'es pas obligé de faire tout ça pour moi.

— Je ne le fais pas pour toi. Je le fais pour ta fille.

Il savait que Roxy mettait la priorité sur Mia et faisait passer sa fierté au second plan lorsqu'il s'agissait de sa petite.

Roxy se mordit la lèvre et lui adressa un sourire vacillant.

— Merci pour elle, Matt.

Mia réagit avec enthousiasme et il eut droit à tant de bisous sonores sur la joue que Roxy dut la décoller de lui d'autorité pour faire cesser ses effusions.

Lorsqu'il monta enfin chez lui en compagnie de Frankie, il faisait déjà presque nuit. Elle disposa ses plantes sur un rebord de fenêtre dans la cuisine.

— Tu crois qu'il va débarquer ici ?

— Son ex ? Je ne pense pas qu'il aura l'idée de

venir la chercher jusqu'ici mais, si jamais il la retrouve quand même, James saura l'accueillir comme il se doit.

Matt consulta un livre de recettes et rassembla les ingrédients pour préparer une sauce tomate pimentée. Comment pouvait-on engendrer un enfant et s'en désintéresser complètement par la suite ? D'une certaine manière, la situation de Frankie était encore pire que celle de Mia. Son père lui avait offert une vraie présence pendant quatorze ans puis il lui avait tourné le dos et l'avait abandonnée, sans explications et sans exprimer aucun regret. Comment un homme digne de ce nom pouvait-il se comporter de façon aussi dure et irresponsable ?

— Tu as l'air d'humeur à commettre un massacre, Matt.

Frankie détacha une gousse d'ail et entreprit de la peler.

— Soit cet oignon t'a agressé, soit tu es dans une colère noire.

— Je ne suis pas en colère.

— Mais cette histoire avec Roxy t'a mis les nerfs.

Il baissa les yeux et vit ses phalanges livides et ses doigts crispés sur le manche du couteau.

— Il n'y a pas que l'histoire de Roxy.

Il reposa lentement son outil de cuisine.

— Tu n'as jamais songé à reprendre contact avec ton père ?

— Non.

Elle récupéra la planche à découper et finit de hacher l'oignon à sa place.

— Au début, j'ai pensé le faire, mais il y a trop de passif entre nous. Et puis ça fait un paquet d'années. Si on se retrouvait face à face, on n'aurait strictement rien à se dire. A l'adolescence, oui, j'aurais eu viscéralement besoin de lui. Mais il n'y a pas de place pour mon père dans ma vie d'aujourd'hui.

— Ça me rend fou que tu aies dû subir un truc pareil.

— Ça va, Matt. Je gère.

— Non, ça ne va pas. Pas du tout, même.

Il fut choqué par l'intensité de la colère qui montait en lui.

Frankie lui jeta un regard intrigué et reposa le couteau.

— Qu'est-ce qui se passe ? Tu es toujours d'une admirable zénitude en toutes circonstances. Je ne suis pas habituée à te voir comme ça.

Et lui n'était pas habitué à se sentir comme il se sentait. Un cocktail détonant d'émotions noires instillait en lui son poison amer. Il n'y avait plus trace de l'individu équilibré qu'il se flattait d'être d'ordinaire.

— Tu t'es retrouvée livrée à toi-même à un âge où tu avais encore besoin d'être guidée, épaulée. C'est inexcusable.

Il se passa la main dans les cheveux et essaya de recouvrer son calme.

— C'est indigne d'un parent, quel qu'il soit, de placer son enfant dans la situation où tu t'es retrouvée. Je ne peux pas admettre qu'il t'ait fait ça.

— C'est du passé, Matt. J'ai appris à me construire avec les éléments de mon histoire.

Il dut se faire violence pour ne pas élever la voix.

— Tu t'es construite, oui et non. C'est à cause de lui que tu t'es repliée sur toi-même en érigeant tout un système de défense. A cause de lui qu'il t'est si difficile de faire confiance. S'il avait su se conduire de façon responsable, tu n'aurais pas eu si peur de t'engager dans une relation. Et l'idée d'emménager ici avec moi ne t'aurait pas effrayée comme ça.

Elle posa sa main sur la sienne.

— Mais je l'ai fait, j'ai emménagé ici avec toi. Et, s'il y a un homme au monde en qui j'ai confiance, c'est bien toi.

Il fixa leurs doigts entrelacés. La main de Frankie paraissait petite et fragile contre la sienne. Un élan protecteur le submergea.

— C'est vrai ?

— J'ai toujours eu confiance en toi. Calme-toi, Matt.

Elle se dressa sur la pointe des pieds et l'embrassa sur la joue.

— C'est sans doute difficile à comprendre pour toi, parce que ta famille est très différente de la mienne, mais ça ne me fait plus ni chaud ni froid de ne pas avoir de père. Je ne ressens plus rien pour lui. C'est juste un étranger pour moi.

— Il n'empêche que le passé est quand même là !

Comparant la situation de Frankie à la relation qu'il entretenait avec son propre père, il l'attira dans ses bras. Non, il ne se sentait pas calme. Pas calme du tout, même.

— Je voudrais pouvoir récrire l'histoire. Si seulement j'avais été là, dans le temps...

— Tu es là aujourd'hui. Et c'est ce qui compte.

Elle se détacha de ses bras et versa un fond d'huile dans la sauteuse.

— Et que sait-on des parents de Roxy, au fait ?

— Son père était violent. Je crois que c'est une des raisons pour lesquelles Roxy est déterminée à ne jamais se remettre avec Eddy.

Il lui prit des mains la planche avec l'ail haché, versa le tout dans la casserole et baissa le feu. Il n'avait pas la tête à ce qu'il faisait. Il fallait qu'il arrête de penser à ces pères défaillants qui le mettaient hors de lui.

— Avec tout ce qui s'est passé aujourd'hui, j'ai

oublié de te demander où vous en étiez pour l'organisation du dîner de répétition. Je sais que c'est un événement clé pour Urban Génie.

Il faisait des efforts pour reprendre le contrôle de lui-même et de ses émotions. Mais il avait vraiment du mal. A un point qu'il s'effrayait lui-même.

— Le projet avance. J'avais prévu d'aller bosser avec les filles demain, à l'agence, mais ça ne t'arrange peut-être pas, maintenant qu'on a perdu presque une journée complète aujourd'hui ?

— Vas-y, ne t'inquiète pas. Je prévois toujours un peu large quand je calcule mes délais. On peut se permettre de perdre deux ou trois jours de boulot.

Il se força à respirer calmement et ajouta les tomates coupées en dés et le piment frais pendant que Frankie mettait l'eau à bouillir pour les pâtes.

Ils avaient l'un et l'autre élargi leur répertoire culinaire et rodé l'art de cuisiner à deux. Il leur arrivait de prendre leur repas à la cuisine, mais la plupart du temps ils montaient un plateau sur le toit et dînaient en regardant la *skyline* de Manhattan, de l'autre côté du fleuve, se découper de plus en plus noire sur fond de soleil couchant.

Paige, Eva et Jake se joignaient généralement à eux pour leur traditionnelle soirée cinéma mais, les autres soirs, ils étaient presque toujours seuls sur leur *rooftop*. Matt savait que les autres avaient des vies très occupées, mais il était persuadé qu'ils se faisaient discrets à dessein pour leur laisser du temps libre à deux.

Ce soir, pour une fois, il aurait presque aimé qu'ils soient là pour alléger l'atmosphère.

— James et moi, on se chargera des bancs demain. Et je peux toujours faire appel à deux extras que je connais si on se retrouve coincés.

— Le gros des plantes que j'ai commandées arrive mercredi. Donc là, c'est sûr, je serai sur le chantier.

Frankie lui jeta un regard scrutateur et lui prit les spaghettis des mains pour les jeter dans l'eau bouillante.

— Ta colère ne passe pas, dit-elle.

— Ce n'est rien.

Elle s'adossa au plan de travail, le regard rivé sur ses traits.

— Une des choses que j'apprécie dans notre relation, c'est qu'il n'y a pas de sujet tabou. On peut tout se dire.

C'était vrai — jusqu'à un certain point. Ils avaient parlé de tout, que ce soit de leur petite enfance sur Puffin Island ou de leurs rêves pour le futur.

La seule chose qu'il continuait à lui taire obstinément, c'était la vraie nature de ses sentiments pour elle. Jusque-là, il avait gardé le silence sur ce point.

Et cette obligation au secret qu'il s'était lui-même imposée commençait à le rendre sacrément nerveux.

Il se connaissait suffisamment bien pour savoir que cette intense colère qui bouillonnait en lui s'enracinait dans la profondeur de son amour pour elle.

Par moments, il se sentait dangereusement près de partir en vrille et ses sautes d'humeur l'inquiétaient.

Conscient que Frankie attendait sa réponse, il replaça le couvercle sur la sauteuse.

— Moi aussi, j'aime cet aspect de notre relation.

Mais c'était elle qu'il aimait, surtout.

Alors pourquoi ne pas le lui dire, tout simplement ?

Il se tourna vers Frankie, vit la lueur incertaine dans ses yeux et perdit courage.

Et si son aveu la paniquait ? Si elle le rejetait avec fracas ?

Elle venait déjà de franchir un grand pas en acceptant d'emménager chez lui. Ne s'était-il pas promis de se montrer patient avec elle ?

Il procéderait étape par étape. En lui laissant tout le temps qu'il lui faudrait.

Une semaine plus tard, ils terminaient leur chantier sur le toit. Frankie finit d'arroser ses plantations et se redressa pour admirer leur œuvre collective. Ils avaient tous mis les bouchées doubles sur la fin et avaient réussi, en mettant un grand coup de collier, à terminer avant la date butoir qui leur avait été fixée.

Matt finissait d'installer un dernier bac. Elle avait du mal à croire que cela puisse être aussi émoustillant de regarder un homme travailler. Cela venait peut-être de la façon dont son jean usé moulait ses cuisses puissantes ? Ou du relief visible des muscles de son torse sous son T-shirt lorsqu'il déplaçait de lourdes charges ?

Il leva les yeux et leurs regards se trouvèrent. Dans son sourire, elle lut une connivence sexuelle si forte qu'elle se sentit rougir.

Matt la regardait tout le temps, mais ce n'était pas ce qui la déstabilisait le plus. Ce qui la frappait, c'était la façon dont son regard se portait sur elle. Comme s'ils étaient les deux seuls êtres encore vivants sur la planète.

Comme si elle était belle.

Il avait accompli le miracle de la faire se sentir bien dans son corps.

Roxy déambulait sur la terrasse, les bras ouverts, en extase.

— C'est beau comme un poème, non ? On n'a plus qu'une envie, c'est de faire silence et de contempler.

L'espace d'une seconde, Frankie crut que Roxy lui

parlait du corps de Matt. Puis elle comprit qu'il était question du jardin en terrasse qu'ils venaient d'achever...

Elle toussota et répondit d'une voix un peu trop rauque :

— C'est très beau, en effet. On a fait du bon boulot, à nous tous.

— Du bon ?

Roxy s'immobilisa à côté d'elle.

— Ce n'est pas juste « bon », on a fait du carrément exceptionnel, là.

Pendant la semaine écoulée, Roxy avait pris ses marques dans l'appartement. Et son ex, par chance, n'avait pas donné signe de vie.

James, qui la protégeait comme un lion couvant ses petits, s'approcha pour prendre une bouteille d'eau dans la glacière.

— Exceptionnel, c'est bien le mot.

Mais ils savaient tous les trois que, le véritable maître d'œuvre, c'était Matt. Après avoir travaillé avec lui tout un été, Frankie comprenait pourquoi, malgré son jeune âge, il avait déjà les reins aussi solides sur le plan professionnel. Il n'acceptait un chantier que lorsqu'il savait que ce projet entrait dans son domaine de compétence et ses résultats dépassaient toujours les attentes initiales. S'il y avait un défaut quelque part, il le repérait lui-même et y remédiait. A chaque fois, ses clients étaient ravis et sa réputation d'excellence lui valait d'être sollicité en permanence.

— Merci, l'équipe.

Matt ouvrit son sac à dos pour sortir son appareil photo. Il le tendit à Roxy.

— Tiens, c'est toi la meilleure photographe du lot. Prends les photos pour notre site web.

Ravie de la tâche assignée, Roxy s'éloigna, appareil en main, et James lui emboîta le pas.

Frankie contempla la terrasse avec un petit pincement au cœur.

— Et voilà. C'est fini. Adieu chantier, je t'aimais bien.

La semaine suivante, elle retournerait dans les bureaux d'Urban Génie avec Paige et Eva. Elle adorait ses amies et elle était fière de leur agence, mais le travail en extérieur aux côtés de Matt lui manquerait.

— Nous avons terminé largement dans les temps. Merci, Frankie.

Il lui tendit une bouteille d'eau, qu'elle accepta avec gratitude.

— Merci pour quoi ?

— De nous avoir aidés. Nous n'y serions pas arrivés sans toi.

— Vous auriez trouvé quelqu'un d'autre.

— Mais pas quelqu'un de ton niveau. Et je voulais le top du top.

Il fit claquer sa bouteille contre la sienne pour trinquer.

— On va imaginer que c'est du champagne.

— Après avoir traîné une tonne de terreau sur cette terrasse, si j'avais le choix entre les deux, je prendrais l'eau sans hésiter.

— J'espère que tes préférences vont s'inverser, ce soir. Je t'emmène fêter la fin du chantier.

— Un genre de rencard, tu veux dire ?

— Pas juste « un genre ». Un rencard pur et dur.

— Ça marche pour moi.

En parlant avec Matt, elle prenait la mesure du changement survenu. Moins de deux mois plus tôt, la simple idée de sortir dîner avec lui l'avait plongée dans des abîmes de panique. Et, aujourd'hui, ils vivaient pour ainsi dire ensemble.

Depuis que Roxy occupait son appartement, elle

n'avait même plus la soupape de sécurité que représentait un lieu de fuite possible.

Il y avait eu un moment où cette situation aurait pu être source d'angoisse. Mais plus maintenant.

Entre eux quelque chose s'était tissé : une familiarité, une connivence des corps, une intimité étonnamment douce.

— Il faut que je m'habille, pour ce dîner ?

— Ah oui. C'est grand soir, grande tenue. Un prétexte pour porter ton collier.

— Je l'ai mis quasiment tous les jours depuis qu'on est revenus de Puffin Island.

— Et si on y retournait, tiens ? On se prévoit un week-end sur l'île pour voir le nouveau-né avant qu'il commence à faire trop froid ?

Emily avait donné naissance à un petit garçon quelques semaines plus tôt. Ils l'avaient appelé Finn, en mémoire d'un ami de Ryan, un reporter photographe mort alors qu'il couvrait un sujet en Afghanistan.

D'après Ryan, mère et fils ronronnaient en duo dans une parfaite idylle et la petite Lizzy était tellement amoureuse de bébé Finn que c'en était touchant.

— Ah oui. Ça me ferait plaisir, tiens !

Plaisir. Qu'elle puisse spontanément associer l'idée de plaisir à Puffin Island était déjà surprenant en soi. Mais plus miraculeux encore était le plaisir qu'elle retirait de sa relation avec Matt. Vivre avec lui lui procurait un vertige permanent, comme si elle était ivre de joie.

La vie à deux lui était toujours apparue comme une suite continue de tromperies, de ratages et de catastrophes en tous genres. Et, finalement, elle ne passait que de bons moments.

Lorsqu'elle était à l'agence, avec les filles, Matt et elle se téléphonaient et textotaient plusieurs fois par jour. Alors qu'ils se voyaient tout le temps, elle avait toujours mille choses urgentes à lui confier quand même. Elle pouvait tout dire à Matt. En quelques mois, il était devenu un élément central de sa vie.

Finalement, elle avait eu tort de penser qu'elle n'était pas capable de se lier à un homme, et cette constatation la remplissait de bonheur. Tort aussi de se croire incapable de donner sa confiance.

Les choses avaient évolué de façon graduelle, mais petit à petit elle était sortie de sa coquille.

Elle avait une totale confiance en Matt.

Une totale confiance en leur relation.

Elle n'avait jamais été aussi heureuse.

Chapitre 18

« La vie est comme une mouette. On ne sait jamais quand elle va te lâcher une bonne grosse fiente sur la tête. »

— Frankie

Frankie était à moitié endormie dans les bras de Matt lorsque son téléphone signala un SMS entrant.

— C'est dimanche matin. Qui peut bien textoter à une heure pareille ? Si c'est Paige, je démissionne.

C'était Roxy.

Alerte rouge : ta mère est en train de monter chez vous.

Sa mère ?

— Matt, lève-toi ! Vite !

Elle bondit hors du lit.

— Ma mère débarque ici.

Il se souleva sur les coudes en bâillant.

— L'heure est un peu matinale, mais ça n'en fait quand même pas une urgence, si ?

— Si ! Je suis à poil, je suis dans ton lit, et je vis dans ton appart.

Et elle ne voulait pas que sa mère le sache. Pour des raisons trop complexes pour qu'elle puisse les détailler le matin tôt à jeun. Elle chercha frénétiquement ses vêtements éparpillés sur le sol et, en désespoir de cause, finit par attraper un T-shirt de Matt. Mais pas moyen de rentrer dedans.

— Oh non ! Je suis coincée ! Puisqu'il est à toi, il devrait être trop grand pour moi et je n'arrive même pas à l'enfiler.

Les mains de Matt se posèrent sur elle pour l'extraire de son carcan. Il procéda comme il le faisait en toutes choses : avec calme et mesure.

— Avec la tête passée dans la manche, ça complique l'enfilage. Si tu respirais un grand coup, Frankie ? Pourquoi tant de panique ?

— C'est ma mère, la panique.

Si seulement une partie au moins de l'attitude zen de Matt pouvait déteindre sur elle ! D'une main tremblante, elle attrapa ses cheveux pour les dégager du col du T-shirt.

— Je ne veux pas qu'elle sache que je vis ici.

— Pourquoi ?

— Parce qu'elle gâche toujours tout, Matt. Tu ne peux même pas t'imaginer. Elle va me faire honte. Et à toi aussi.

— Tu penses sérieusement que ce que peut dire ou faire ta mère aura une incidence sur mes sentiments pour toi ?

Quelque chose dans le ton de sa voix l'arrêta net et elle tourna les yeux vers lui. Mais son expression ne révélait rien de particulier.

Comment pouvait-elle lui expliquer que le lien entre eux était fort, sans nuages, et qu'elle ne pouvait supporter l'idée que sa mère le contamine avec ses allusions pesantes et ses œillades lubriques ?

— Tu ne la connais pas.

— Je la connais depuis presque aussi longtemps que je te connais, toi.

— Mais tu ne l'as jamais vue lorsqu'elle est à fond. Tu ne sais pas de quoi elle est capable.

Elle trébucha en enfilant un caleçon long.

— Qu'est-ce qu'elle vient faire ici à une heure pareille ? *S'il te plaît*, habille-toi, Matt. Si ma mère te voit torse nu, je ne peux pas garantir que ton intégrité corporelle sera respectée.

Elle ferma la porte entre la chambre et le salon et bondit dans l'entrée juste au moment où sa mère sonnait.

Pourquoi, mais pourquoi, ne pouvait-elle avoir une mère *normale* ? Une qui vous appelait au téléphone avant de débarquer, par exemple.

Elle prit une profonde inspiration et ouvrit.

— Maman ! Quelle surprise !

Dans sa hâte à s'habiller, elle avait oublié ses sous-vêtements. Elle était nue sous son pantalon de jogging et ses seins étaient libres.

Par chance, sa mère semblait avoir la tête ailleurs.

— J'ai commencé par sonner au rez-de-chaussée. Tu ne m'avais pas dit que tu avais changé d'appartement.

— C'est juste un arrangement temporaire.

— Oui, je sais. Tu as passé le tien à cette fille adorable avec son bébé. Je me suis excusée de l'avoir réveillée si tôt, mais elle m'a dit qu'elle était levée depuis 5 heures.

Frankie se demanda ce que Roxy avait bien pu raconter d'autre à sa mère...

— Qu'est-ce que tu viens faire ici, maman ?

— Tu es quand même ma fille, non ?

La voix de sa mère monta d'une octave.

— Ai-je besoin d'un carton d'invitation pour aller voir ma propre fille ?

— Maman... Nous sommes dimanche et il est 8 heures du matin.

— Tu as toujours été une lève-tôt. Petite déjà. Toi et ton père, vous aviez les mêmes rythmes de vie. Vous étiez toujours collés ensemble, tous les deux, à rigoler et à faire des projets.

Etait-ce une accusation ? Frankie, tendue comme une corde de violon, se prépara mentalement à la conversation qui l'attendait. Sa mère venait-elle revisiter le passé ? Ou le présent serait-il à l'ordre du jour — avec de nouveaux détails édifiants sur le dernier mec qu'elle venait d'ajouter à son tableau de chasse ?

— Entre. Je vais te faire un café.

— Merci.

La voix de sa mère avait quelque chose de fragile et elle paraissait plus pâle qu'à l'ordinaire.

— Qu'est-ce que tu as encore sur le dos, Frankie ? On dirait toujours que tu t'habilles au rayon hommes. Tu flottes dans ce T-shirt, c'est à peine si on voit tes formes.

Vu que le T-shirt en question appartenait à Matt, elle jugea plus sage de ne pas répondre.

— Tu as faim ?

— Je suis affamée, oui. Mais je ne veux surtout rien manger. Si j'ai pu garder ce corps-là, c'est uniquement parce que je me surveille de façon draconienne. Je fais très attention à moi, tu sais. Grâce à tout le sport que je fais, j'ai gardé le cul d'une strip-teaseuse de vingt ans.

Frankie frémit en priant pour que Matt n'ait rien entendu.

— Tu as une très jolie silhouette, maman.

— Alors pourquoi est-ce que tous les hommes me quittent ?

Le visage de sa mère se chiffonna.

— C'est chaque fois pareil. Ils m'abandonnent tous, tous, tous. Qu'est-ce que je fais de mal, Frankie ?

Elle se pétrifia, peu préparée à cette soudaine irruption émotionnelle.

— Tu n'es plus avec Dev ?

— Il lui a pris la lubie de vouloir rencontrer une femme de son âge pour se marier et devenir papa. Je lui ai dit qu'avoir des mômes c'était une fausse bonne idée, mais il n'a rien voulu entendre.

Frankie en resta figée. Mais comment, après tant d'années et avec tout ce qu'elle avait déjà entendu, pouvait-elle encore se sentir blessée par ce genre de remarque de la part de la femme qui l'avait mise au monde ?

— Je ne savais pas que, Dev, c'était du sérieux pour toi.

— Moi non plus. Je me suis attachée à lui sans même m'en apercevoir. On était heureux. On s'amusait comme deux gamins, tous les deux.

Et elle éclata en sanglots. Le son lancinant de son désespoir transperça la barrière que Frankie avait érigée entre sa mère et elle.

— Ne pleure pas, maman. S'il te plaît, ne pleure pas.

Agitée de tremblements, elle passa les bras autour de sa mère et la fit asseoir sur le canapé. Les sanglots maternels lui lacéraient la poitrine. Elle avait de nouveau quatorze ans et elle était seule face à une mère qui avait à peine la force de s'extraire de son lit le matin.

— Ça va s'arranger. Je te promets que tu vas aller mieux.

— Comment veux-tu que j'aille mieux ? Je vais avoir cinquante-quatre ans le mois prochain. *Cinquante-quatre*. Ma vie est finie. Je suis foutue, Frankie.

— Bien sûr que non, tu n'es pas foutue.

— Ce n'est pas à mon âge que je vais rencontrer un homme sur qui je pourrai vraiment compter.

Sa mère lui passa les bras autour du cou, s'agrippant comme une méduse pour sangloter sur son épaule.

— C'est toi qui as su faire les bons choix, Frankie. Pas moi. Tu t'es construit une vie solide où les hommes n'ont aucune place. Tu as un boulot passionnant, des amies qui te soutiennent, mais surtout, *surtout*, tu es libre ! Tu es heureuse — vraiment heureuse — parce que tu as la tête sur les épaules et que tu ne te laisses jamais gouverner ni par tes sentiments ni par ta libido.

Frankie songea à Matt qui devait être en train de s'habiller dans la pièce voisine.

Elle pensa à tout ce qu'ils partageaient depuis qu'ils étaient ensemble. A tout ce qu'elle lui avait livré d'elle-même. A la vertigineuse intimité de leurs échanges. Et tenta désespérément de faire taire la petite voix insidieuse qui lui soufflait d'écouter sa mère.

— Maman...

— Quoi ? Tu vas me dire que c'est ma faute, que je l'ai cherché puisque j'ai commis l'erreur d'engager mes sentiments ? Tu as raison.

Elle se moucha énergiquement.

— Voilà ce qui se passe quand on met son cœur à nu et qu'on prend le risque de s'offrir corps et âme à un homme, Frankie. Tu vois ce que font les hommes des femmes qui les aiment ? Tu le vois, le désastre que tu as sous les yeux ?

Elle se remit à pleurer de plus belle, et Frankie berça sa mère dans ses bras, comme elle l'avait fait toutes ces années plus tôt.

Elle tenta de neutraliser ses émotions négatives ou, au moins, de les filtrer. Mais elle était submergée par un flux de sensations trop familières — un mélange hideux de panique et de détresse.

— Ne pleure pas, s'il te plaît. Il ne le mérite pas.

— Je sais.

Mais sa mère continuait de sangloter à grand bruit et Frankie la serrait contre elle, avec des gestes maladroits, le cœur et le cerveau infiltrés par le souvenir des peurs anciennes, envahie par un passé qu'elle avait cru jugulé.

Matt apparut, une tasse de café à la main.

Leurs regards se trouvèrent par-dessus la tête de sa mère.

Il avait son allure du matin, un côté décoiffé-sexy irrésistible qu'elle adorait. Le voir suscita un élan de désir si fort qu'elle étouffa un gémissement.

Elle aurait voulu courir vers lui, enfouir le visage contre son torse et laisser ses bras forts l'envelopper et la protéger des pensées noires qui lui faisaient horreur. Au lieu de la petite voix intérieure perfide, c'était celle de Matt qu'elle voulait entendre. Sa voix qui saurait la persuader, à sa façon calme et rationnelle, que rien d'affreux ne pouvait leur arriver.

Et ce besoin d'être rassurée était déjà un signe d'aliénation en soi.

Elle s'était battue toute sa vie pour n'avoir de soutien à attendre de personne.

Sa protection, elle l'assurait toute seule. C'était comme ça qu'elle fonctionnait.

Et quelle différence au fond si l'origine de ses problèmes se situait plutôt côté père ou plutôt côté mère ? Cela ne changeait rien au fait qu'ils étaient là.

Comment avait-elle pu s'impliquer aussi fortement dans cette relation ? Matt avait fait fondre la carapace protectrice qu'elle avait portée presque toute sa vie. Et, maintenant qu'elle avait perdu son armure, elle se sentait vulnérable et exposée.

Une onde de panique se propagea en elle.

Qu'avait-elle fait ?

— Je ferais mieux de m'en aller, murmura sa mère en se détachant d'elle. Je voulais juste que tu saches que j'allais m'installer chez Brad et que mon adresse a donc changé.

Frankie écoutait à peine.

— Brad ? Qui est Brad ?

— Il tient un restaurant où on allait souvent manger avec Dev. Comme il m'a vue anéantie, il m'a proposé une chambre chez lui... Ne me regarde pas comme ça, Francesca.

Elle renifla et prit un mouchoir dans la boîte posée sur la table basse.

— J'ai compris la leçon. C'est juste une solution temporaire.

Temporaire ? Mais bien sûr. Jusqu'à ce qu'elle tombe dans les bras du suivant, songea Frankie.

Matt dut comprendre à son expression car il reposa son café.

— Je vais vous appeler un taxi, Gina.

Sa mère leva les yeux.

— Ah, Matt... L'homme fort et protecteur entre tous. C'est criminel qu'on ne puisse pas te cloner en quelques milliards d'exemplaires.

Elle se leva et prit son sac.

— Je te ferai signe bientôt, Frankie.

— OK.

Ses lèvres engourdies avaient de la peine à articuler. Tout en elle était anesthésié, en fait.

Toute sa joie, toute son euphorie s'étaient évaporées. C'était comme si sa mère était venue se glisser à l'intérieur de sa tête et qu'elle avait piétiné ses rêves.

Entre un homme et une femme, les choses finissaient rarement bien. C'était une réalité statistique. Même

Matt ne pourrait pas lui soutenir le contraire avec de quelconques arguments valables.

Et quand leur relation capoterait elle perdrait tout. Tout ce qui était précieux dans sa nouvelle vie et qui avait pris tant de valeur pour elle.

Comment se relèverait-elle de ce naufrage ?

Sachant qu'elle n'aurait plus l'amitié de Matt pour la soutenir. Elle ne parvenait même pas à imaginer ce que serait sa vie sans lui tant la perspective lui paraissait vide et glauque.

Engloutie dans le brouillard de ses idées noires, elle restait comme assommée sur le canapé.

Elle entendit la porte s'ouvrir et se refermer, puis le son des pas de Matt qui faisaient craquer le parquet.

Même si elle avait voulu bouger, elle ne l'aurait pas pu. Les yeux rivés sur ses mains croisées, elle le vit s'accroupir devant elle.

— Parle-moi.

Qu'était-elle censée lui raconter ? Elle le regarda, le cerveau tellement contaminé par la panique qu'elle était incapable de former la moindre pensée logique.

— Tu voudrais que je te parle de quoi ?

— Je veux savoir ce que ta mère t'a dit. Mot pour mot.

Il était calme et sa voix ne vacillait pas.

— Et je veux savoir aussi ce que tu penses.

— Je pense que c'est Eva qui devrait être ici avec toi.

La douleur déferla en elle comme la marée montant à l'assaut d'une plage. Une mèche de cheveux lui tomba sur les yeux, mais elle ne songea même pas à l'écarter.

— Eva a une vision romantique et idéalisée de la vie, comme toi. Pour elle, les humains, ça reste en couple pour la vie, comme les canards. C'est ce qu'elle dit toujours. Tu devrais aller barboter dans la mare avec elle.

— Il y a juste un petit hic dans ton histoire.

Il releva doucement la mèche vagabonde et la repoussa derrière une oreille.

— Je ne suis pas amoureux d'Eva.

— Tu devrais l'être. Elle serait idéale pour toi. Vous pourriez danser, étroitement enlacés, sur fond de soleil couchant, portés sur les ailes de l'amour-toujours, en chantant comme deux personnages de dessin animé avec des petits oiseaux bleus voletant en toile de fond.

— La personne idéale pour moi, c'est celle que j'aime.

Matt lui caressa tendrement la joue avec le pouce.

— Et, celle que j'aime, c'est toi, Frankie.

Elle cessa de respirer.

Voulait-il dire que… ?

Fallait-il comprendre que… ?

C'était son propre cœur qui voletait comme un oiseau bleu de conte de fées, à présent.

— Ne dis pas ça, Matt.

Sa voix se brisa. A la panique succédait une pure sensation de terreur.

— Ne gâche pas tout, dit-elle d'un ton brusque.

C'était comme si elle se tenait debout à l'extrême bord de la falaise et qu'il s'apprêtait à la pousser dans le vide.

— Explique-moi en quoi le fait de te dire que je t'aime est censé tout gâcher.

Son ton n'avait pas changé, mais il y avait une tension dans l'atmosphère qui n'avait pas été présente quelques minutes plus tôt.

— Je sais que je n'ai encore jamais prononcé ces mots jusqu'à présent, mais je pensais que tu l'avais perçu depuis longtemps.

— En fait, je ne me doutais pas que…

La panique s'était logée dans sa gorge.

— Tu es cinglé, Matt.

— Il se trouve que je me considère plutôt comme un homme chanceux. Pas comme un cinglé du tout.

— Chanceux ? De baiser avec une paumée comme moi ?

— Je ne « baise » pas avec toi.

La main de Matt glissa sur sa nuque, douce et ferme à la fois.

— Je ne t'ai jamais *baisée*, Frankie. Je t'ai fait l'amour. Encore et encore.

Elle en eut des papillons dans le ventre.

— Dans les faits, c'est la même chose, non ? Ce sont juste les mots qui changent.

Il la tira sur ses pieds et la prit dans le cercle de ses bras.

— Pas la même chose, non. Pas la même chose du tout.

— Tu changeras d'avis quand tu commenceras à me connaître vraiment.

— Je te connais déjà, Frankie. Et je ne changerai pas d'avis.

Il lui lissa les cheveux et prit une profonde inspiration.

— Je n'avais pas prévu de te le dire tout de suite. J'attendais le « bon moment ». Mais comme je ne sais pas à quoi il ressemble, ce moment propice, ce n'est peut-être pas plus mal que ça sorte maintenant.

Non seulement ce n'était pas le bon moment, mais c'était même le pire moment possible. Elle tenta désespérément de l'empêcher d'aller plus loin.

— Matt, s'il te plaît... Je préférerais que...

— Je ne peux pas te dire quel jour précis je me suis réveillé avec la soudaine évidence que j'étais amoureux de toi. Mais ça remonte déjà à loin.

Il l'aimait donc vraiment ? Depuis longtemps ?

Elle était bombardée de tant d'émotions confuses qu'elle était incapable de clarifier ses sentiments. La peur, l'excitation, l'appréhension bouillonnaient en surface. Et en dessous courait une exaltation souterraine et profonde à l'idée que cet homme l'aimait.

— Il y a combien de temps, Matt ?

— Depuis des années. Je pensais déjà vraiment bien te connaître. Puis j'ai découvert que j'avais à peine effleuré la surface de ton être.

— Avec toi, je n'ai cessé de dire tout ce que je tenais caché depuis toujours. Ce qui me surprend le plus, c'est que tu ne sois pas parti en courant.

— Tu m'as laissé entrer en toi, au propre comme au figuré. J'ai partagé tes secrets, ton histoire, tes douleurs d'enfance. Et je ne t'en ai aimée que davantage.

— Pourquoi ? Parce que je te fais pitié ?

— Parce que tu es la personne que j'ai toujours su que tu étais : sensible, subtile, drôle, généreuse et très, très sexy. Je te connais et je t'aime. La seule chose que j'ignore encore, c'est ce que tu ressens pour moi.

Il laissa passer un long silence éloquent chargé d'attente, puis il l'écarta de lui en lui tenant les épaules.

— Ce serait peut-être le bon moment pour me le dire, Frankie ?

Non, ce n'était pas le bon moment. En aucun cas.

— Je...

Oh ! mon Dieu, qu'éprouvait-elle ? De l'excitation, de la panique, une sensation proche de la nausée — un horrible cocktail d'émotions qui lui brassaient l'estomac en formant un tourbillon indémêlable.

— Frankie ?

Il était patient, mais elle savait ce qu'il voulait entendre. Et elle sentait autre chose, aussi. Une tension, une pression — une raideur chez lui qu'elle ne lui connaissait pas.

Il lui avait posé une question sérieuse et il méritait une réponse sincère.

Mais elle n'avait aucune idée de ce qu'elle pouvait lui répondre. Et, lorsqu'elle essayait de faire la lumière sur ses sentiments, le bruit des sanglots maternels dans sa tête venait occulter tout le reste.

— Je ne sais pas, balbutia-t-elle, au désespoir. Il me faut un peu plus de temps. J'ai besoin de réfléchir.

Une ombre tomba sur le visage de Matt. Ombre faite de douleur. De déception. De résignation lasse.

— Je vois.

Son ton était juste un peu plus froid, un peu plus réservé qu'à l'ordinaire. Dans un sursaut de panique et de regret, elle comprit qu'elle l'avait blessé.

— Matt, s'il te plaît... Toute ma vie, j'ai vu des histoires d'amour tourner mal. Tu disais que tu comprenais !

Elle aurait tellement eu besoin qu'il la rassure, comme il le faisait toujours, mais cette fois-ci il resta silencieux. Et, lorsqu'il reprit enfin la parole, ce fut de la fatigue qu'elle perçut dans sa voix.

— Je comprends, oui. Mais j'ai essayé de te montrer l'autre versant des choses. Et j'espérais avoir réussi à te convaincre que ce qui se passe entre nous est fort et authentique.

— Ça me fait peur, Matt.

— Peur ? Quand toi et moi on travaille côte à côte sur un toit, quand on pique-nique sur la terrasse, rien que nous deux ou avec nos amis, quand nous buvons un verre, improvisons un repas sympa ensemble, quand on se réveille bras et jambes enchevêtrés après l'amour, qu'on se regarde et qu'on éclate de rire... tu trouves ça *effrayant* ?

Le défi direct qu'il lui adressait donnait à Frankie le sentiment d'être mesquine et lâche.

— Non. Mais...

— C'est à ça que tu penses quand on est ensemble ?

Tu passes ton temps à anticiper le moment où ça va se terminer entre nous ?

Il n'avait pas élevé la voix, mais une distance se creusait qu'elle n'avait jamais ressentie entre eux, comme s'il lui glissait entre les doigts sans qu'elle parvienne à le rattraper.

Elle ne l'avait jamais vu dans cet état. Ne l'avait jamais senti aussi inapprochable, aussi fermé.

— Tout ce que je dis, c'est que beaucoup de couples ont une durée de vie brève. C'est une simple constatation.

— C'est vrai. D'où l'intérêt de choisir la bonne personne. Tu es la femme qui me correspond, Frankie, mais uniquement si je te corresponds aussi. Je ne sais pas ce que ta mère vient de te raconter, mais ce que je sais, en revanche, c'est que, tant que tu continueras à t'identifier à elle et à te focaliser sur le divorce de tes parents au lieu de t'intéresser à tes propres sentiments et à ce qui se passe ici et maintenant, ça ne va pas pouvoir marcher entre nous.

« Pas pouvoir marcher ? » Oh non…

Elle ne respirait plus qu'à peine.

— Attends… Stop. Tu es en train de rompre avec moi ?

Matt secoua la tête.

— Je crois que c'est toi qui es en train de rompre avec moi, répliqua-t-il d'une voix lasse.

Miss Tigresse traversa l'appartement d'un air indigné, en agitant une queue menaçante. Mais, pour une fois, ni Matt ni elle ne lui prêtèrent la moindre attention.

— Je ne suis pas du tout en train de rompre ! Tout ce que je dis, c'est…

Elle se tut, à court de mots, et il planta son regard dans le sien.

— Tout ce que tu dis, c'est que tu n'as pas confiance

en moi. Pas assez, en tout cas. Tu n'as pas confiance en nous, pas confiance en la relation que nous avons tissée ensemble. Je suis peut-être juste une passade pour toi — un moyen de découvrir ta sexualité. Mais pour moi c'est beaucoup plus que ça. C'est vrai que, sur le plan sexuel, c'est exceptionnel, mais cela ne m'intéresse pas de vivre une histoire à deux balles, Frankie. Pas avec toi. Je veux tout : les bons et les mauvais moments, les réussites et les échecs, t'aimer dans la santé comme dans la maladie. Mais seulement si tu as confiance à cent pour cent dans ce qui se passe entre nous. J'ai vu mes parents affronter des moments très durs ensemble et ils y sont arrivés, parce qu'ils avaient foi l'un en l'autre et dans le lien qu'ils avaient forgé. C'est toujours resté clair pour eux que l'amour était là et qu'ils ne se lâcheraient pas.

— Je n'arrive pas à comprendre si tu me demandes en mariage ou si tu m'annonces que tu me quittes ?

— Ni l'un ni l'autre. Je te demande de réfléchir à ce que tu attends de nous. Parce que je ne veux pas me retrouver dans un couple où l'un doute de l'autre. Ça ne peut pas fonctionner pour moi.

Il prit son téléphone et ses clés et elle ressentit une pointe aiguë de panique.

— Où tu vas ?

— Marcher un peu. Prendre l'air. Après, j'irai à l'atelier.

— Mais c'est dimanche !

Et ils avaient prévu une matinée cool à paresser entre les draps, puis une promenade à Central Park. Elle avait attendu ce moment toute la semaine.

— Je sais quel jour on est.

Il se tut un instant et se frotta le front, comme pour soulager une forte tension.

— Nous avons perdu quelques journées de travail

avec les problèmes de Roxy. Et puis j'ai besoin de solitude.

— Par rapport à moi ?

— Je ne suis pas de marbre, Frankie. J'ai des sentiments, moi aussi. Je tiens à toi. Je tiens à *nous*. Et le fait que tu ne sois pas sur la même longueur d'onde...

Il s'interrompit et secoua la tête.

— A plus tard.

Elle ne le reconnaissait plus. Son regard trahissait une souffrance à vif qui était presque insupportable à contempler. Et plus douloureuse encore était la certitude qu'elle en était la cause.

Sous le choc, Frankie voulut lui demander de rester. Mais Matt quitta l'appartement sans un coup d'œil en arrière.

— Matt ? Attends !

Comprenant qu'on l'appelait, Matt se retourna et vit Eva sprinter dans sa direction. Ses cheveux blonds étaient tout ébouriffés par le vent et elle courait en tongs.

Il n'avait qu'une envie pour le moment et c'était d'être seul avec ses pensées. Mais il s'immobilisa quand même et attendit qu'elle le rejoigne.

— Qu'est-ce qui t'arrive, Ev ?

— A moi ? Rien du tout.

Elle était hors d'haleine et ses cheveux lui tombaient sur les épaules dans le plus grand désordre.

— Ton T-shirt est à l'envers, Eva. Tu as la tête de quelqu'un qui vient juste de sortir de son lit.

Les joues d'Eva rosirent et elle tira sur ses vêtements.

— Ce n'est pas seulement une impression. Il y a dix minutes, je dormais encore.

— Qu'est-ce qui t'a réveillée ?

— Frankie, frappant à ma porte à coups redoublés.

Il se crispa.

— Ecoute, je comprends que tu t'inquiètes pour ton amie, mais je ne peux pas en parler maintenant, Ev.

— Je n'ai pas couru derrière toi parce que je suis inquiète pour Frankie. Je suis là parce que je suis inquiète pour *toi*.

— Pour moi ?

— Ben oui, pour toi.

Elle lui prit la main.

— Allez, viens avec moi. On va faire un tour au parc. Il est tellement beau à cette heure-ci.

Il avait la poitrine serrée, mais il ne voulait pas faire étalage de sa tristesse devant elle et il se fit violence pour la vanner, comme il l'aurait fait d'habitude :

— Comment tu sais ça ? Tu ne te lèves jamais avant 10 heures le dimanche.

— C'est vrai. Donc allons vérifier si les rumeurs sont exactes. Je te paierai un café et on pourra discuter.

Parler était la dernière chose dont il avait envie mais, comme il n'avait pas l'énergie d'inventer une excuse pour refuser sans faire de peine à Eva, il céda sans un mot et partit à pied avec elle en direction du parc.

En ce dimanche matin, tout tournait au ralenti et le quartier se réveillait à peine. Ils passèrent à côté d'épiceries fines et de petits magasins bio qui débordaient de produits frais. Eva le tira d'autorité à l'intérieur de Petit Pain, la boulangerie artisanale locale qui vendait aussi le meilleur café du secteur.

Elle lui tendit un grand gobelet de café noir avec une pâtisserie encore tiède dans son sac en papier.

— Tiens. Et maintenant on va se trouver un banc confortable.

— Tu n'es pas obligée de...

— *Tsst…* Il est déconseillé de contredire une femme qui sort tout juste de son lit.

Il renonça à essayer de protester et ils poursuivirent leur chemin en silence jusqu'au parc. Les allées étaient encore tranquilles et seules quelques familles avec de jeunes enfants les avaient précédés. Matt poussa la grille et s'immobilisa net, les doigts crispés sur le métal.

— Elle était comment, Frankie, quand tu l'as vue ? Perturbée ?

Eva le poussa à l'intérieur du parc et le dirigea vers le banc le plus proche.

— Perturbée, oui. Mais toi aussi.

Perturbé ? Son ventre se noua. Son état était un peu plus compliqué que cela. Il était triste et il avait mal, physiquement, comme s'il avait été raboté de l'intérieur.

— Qu'est-ce qu'elle t'a dit ?

— Rien. Elle m'a demandé si elle pouvait squatter la chambre de Paige un moment. Puis elle m'a fermé la porte au nez, ce qu'elle fait systématiquement chaque fois que sa mère reprend contact avec elle.

Elle but son café à petites gorgées en observant les écureuils qui jouaient dans l'herbe.

— Roxy m'a envoyé un texto pour me dire que sa mère avait débarqué en personne ce matin, donc je n'ai même pas besoin d'en savoir plus. Chaque fois que Frankie voit sa mère, ça lui met un énorme bazar dans la tête.

— Je le savais, oui. Mais j'espérais qu'on aurait dépassé ce stade, elle et moi.

Et, ça aussi, c'était une émotion qui le rongeait : la déception. Une immense et profonde déception. Il avait vraiment cru que c'était gagné, entre elle et lui, que les sentiments de Frankie seraient assez forts pour qu'elle puisse surmonter ses peurs et ses blocages.

— Moi aussi, je l'espérais. Si elle fiche tout en l'air, je la tue.

— Si elle fiche quoi en l'air ?

— Votre relation, à tous les deux. En fait, je suis tellement stressée qu'il faut que je mange la moitié de ton muffin.

Elle se pencha pour lui prendre le sachet des mains.

— Tu aurais dû t'en acheter un.

— Je suis au régime. Si je te vole un bout du tien, ça ne compte pas dans les apports caloriques.

Elle détacha un morceau et le mangea, les lèvres poudrées de sucre glace.

— Mmm... C'est une tuerie, ce truc. Tu as raison. J'aurais dû m'en acheter un. Ou plutôt cinq.

— Alors dis-moi ce que tu comptes faire pour moi, Ev ? Me prodiguer de judicieux conseils ?

Elle se lécha le bout des doigts.

— Des conseils ? Tu parles à quelqu'un qui n'a pas fait l'amour depuis... Oh...

Elle compta sur ses doigts puis haussa les épaules.

— ... trop de temps pour que j'ose encore fournir le chiffre. Donc je ne suis pas en position de balancer des conseils avisés. Je suis là parce que tu es triste et, des fois, quand je suis triste, ça m'aide quand quelqu'un vient me tenir compagnie.

Il y avait comme une sorte de fragilité dans la voix d'Eva qui fit tourner la tête à Matt.

— Tu es triste, toi, ma belle ?

Elle regarda fixement le sachet qu'elle tenait à la main.

— On parlait de toi, là.

— Eh bien, maintenant on parle de toi.

Eva plongea la main dans le sac et reprit un morceau de muffin.

— Parfois, je suis triste, oui. Il y a des jours où je

suis un vrai rayon de soleil et d'autres où je me sens si seule que j'ai l'impression qu'il n'y a plus personne d'autre sur la planète. Qu'est-ce qui cloche chez moi, Matt ? Pourquoi je ne rencontre pas quelqu'un ?

— Il n'y a rien qui cloche chez toi.

Il passa un bras autour de ses épaules et tenta de mettre sa propre souffrance de côté pour faire place à celle d'Eva.

— Tu fais partie des personnes les plus merveilleuses que je connaisse, dit-il.

— Je vis dans la ville qui ne dort jamais, avec une foule d'individus extraordinaires qui grouillent autour de moi nuit et jour, et je suis seule. C'est triste mais, ce qui me rend encore plus triste, c'est que toi tu as trouvé la bonne personne et que ça ne marche pas quand même.

— Il y a des choses qui marchent dans la vie et d'autres qui foirent. C'est comme ça.

— Celle-ci aurait tous les ingrédients nécessaires pour marcher, pourtant.

— Si tu as de sages recommandations à me donner, je t'écoute.

Elle lui rendit le reste du muffin.

— Je n'ai pas de sagesse en stock, non. Je peux juste te donner une épaule où t'appuyer. Et du café. Et des calories.

Touché, il sourit.

— Tu es une fille généreuse, Ev. Et une vraie amie. Quelque part là-bas à Manhattan, je vois dans ma boule de cristal un bel *hombre muy caliente* chaud bouillant qui n'attend que toi.

— Je suis contente que tu mentionnes le « chaud bouillant », murmura-elle en soufflant sur son café pour le refroidir. Je le mérite — et même du torride.

— Absolument.

— Avec des abdos bien dessinés.

— Les abdos, c'est vital.

Elle sirota son café.

— De belles épaules, c'est pas mal aussi, ajouta-t-elle.

— Les épaules, oui, tu as raison. Ça joue. Autre chose ?

— Il lui faut de l'endurance également, parce qu'il y a vraiment très, très longtemps que je n'ai pas fait l'amour.

Matt ne s'estimait pas en état de sourire, mais se surprit à le faire quand même.

— OK. De l'endurance, donc. Un autre critère ?

— Il ne faut pas que ça le dérange que je dorme encore avec le kangourou en peluche que ma grand-mère m'a offert quand j'avais cinq ans.

— Il va donc falloir taper parmi les malvoyants, les P-DG de fabrique de jouets ou les grands tolérants.

— Et je voudrais aussi qu'il soit gentil, ajouta Eva d'une voix douce. Il ne faudrait pas que ce soit un dragueur qui me mette le cœur en morceaux. J'ai déjà beaucoup pleuré cette année depuis... enfin, tu sais. Ma résolution pour le Nouvel An, c'est de garder les yeux secs toute l'année qui vient.

— On n'est encore qu'au mois de septembre...

— Autrement dit, il me reste un peu plus de trois mois pour achever de verser mon stock de larmes. Et, après ça, *finito.* Tiens, j'ai aussi acheté un nouveau préservatif pour remplacer celui qui a passé sa date de péremption. Et il faut que je l'utilise avant qu'il se périme à son tour. Parce que j'ai le gaspillage en horreur.

— Bien sûr. Tu es respectueuse de l'environnement.

Il lui jeta un regard en coin.

— Un seul préservatif, tu crois ?

— C'est tout ce que j'ai sur moi. Et il finira probablement à la poubelle dans son emballage, comme le précédent.

Eva soupira, la mine sombre.

— J'ai tellement d'amour à donner. Et personne n'en veut.

— Je suis sûr qu'il y a un type chanceux pas loin qui doit déjà avoir l'œil sur toi.

Elle se redressa pour lui donner un coup dans les côtes.

— Un qui se prépare à me piquer mon unique préservatif et qui me laissera sur le carreau ensuite, à pleurer toutes les larmes de mon corps.

— Si quelqu'un s'avise de te faire un coup comme ça, Jake et moi, on le réduit en confettis.

Il retira le bras qu'il avait passé autour des épaules d'Eva et termina son café.

— Tu mérites de faire une belle rencontre.

— Le problème, c'est que mériter ne suffit pas.

Elle posa la tête sur son épaule.

— Je t'aime, Matt. Tu es le frère que je n'ai jamais eu.

Elle prononça les mots aussi naturellement que si elle lui avait parlé de la couleur de son T-shirt. Et, ça, c'était typique d'Eva. Ses émotions, elle les exprimait comme elle portait ses vêtements : en étant à l'aise avec et sans effort. Elle était elle-même, sans timidité ni embarras. Sans restriction ni réserve. Et son cœur était assez grand pour contenir tout New York.

— Moi aussi, je t'aime, ma belle.

— Quand tu souffres, je souffre.

— Je survivrai. Je suis grand et fort.

— Je sais que tu vas survivre et je sais que tu es grand et fort mais, ce que je veux pour toi, c'est autre chose que la survie. Je veux que, Frankie et toi, vous soyez heureux pour toujours ensemble. Rien que ça, tu vois.

Penser à ce qu'aurait pu être la vie avec Frankie lui fit mal. Et la douleur était d'autant plus forte qu'il s'était surpris à y croire.

— Tu as l'art de présenter les choses compliquées comme si elles étaient simples.

— Lorsque deux personnes s'aiment, cela devrait toujours être simple.

Elle fixa le fond de son gobelet de café vide d'un air triste.

— Simplissime, même.

Ils regardèrent les écureuils en silence pendant quelques instants, puis Matt décida qu'il était temps pour lui de se ressaisir. Pour le moment, il avait besoin de parler d'autre chose que de Frankie. De penser à autre chose qu'elle. Il fallait qu'il se lève, qu'il pose un pied devant l'autre et qu'il rentre chez lui. Ou qu'il aille à l'atelier. Il ne pouvait pas passer le reste de sa vie à se cacher dans le parc.

— Dans trois mois, c'est Noël. Tu as déjà commencé à compter les jours et les heures ? Normalement, à cette époque, tu es déjà dans le compte à rebours.

— Cette année, non. Je ne compte pas.

Il lui jeta un regard surpris.

— Toi ? Mais tu es une fana des fêtes. Tu commences à faire des projets pour Noël dès le mois de janvier, d'habitude.

— Je sais. Mais c'est...

Sa voix vacilla.

— L'année dernière, c'était mon premier Noël sans grand-ma — c'était horrible. Pour être franche, j'appréhende un peu, cette année. Noël, c'est très famille-famille et je n'ai plus personne. Je suis seule, Matt. Seule, seule, seule... Qu'est-ce que je hais ce mot.

— Tu n'es pas seule puisqu'on est là. C'est nous, ta famille. Ma mère ne demande qu'une chose, c'est que tu te joignes à nous pour Thanksgiving, si tu es libre. Et mes parents envisagent de venir à New York pour Noël. Je pense qu'on va organiser ça avec Maria, Jake et Paige.

— Ça devrait être sympa.

Elle garda le silence un instant.

— Je viendrai si je ne suis pas trop occupée.

— Tu as des projets ?

— Oui. Celui de ne pas passer un second Noël à être triste, à penser à grand-ma et à me vautrer dans l'auto-apitoiement. Ma grand-mère aurait trop honte, si elle me voyait.

Elle redressa les épaules.

— Si Frankie a pu retourner à Puffin Island et affronter les regards des gens de l'île, je peux affronter Noël comme une grande. Je reste à New York et je vais faire la fête. La mégafête.

— Avec quelqu'un de particulier ?

— En principe, je serai main dans la main avec le mec canon que le Père Noël doit me livrer dans sa hotte.

— Il va l'introduire par la cheminée ? Ça risque d'être compliqué, sur le plan technique.

— Le Père Noël se débrouillera. Il s'y prendra comme il voudra, tout ce que je demande, c'est que mon cadeau soit livré.

Matt ne put s'empêcher de rire.

— Tu es une coquine, Eva.

— Plus depuis un bon moment, hélas. Mais j'ai la ferme intention de le redevenir.

— Tu ferais mieux de ne pas le préciser au vieux bonhomme avec ses rennes avant qu'il te livre ton mec *hot*. Les filles pas sages sont privées de cadeaux à Noël, ne l'oublie pas.

— Je continuerai de porter mon déguisement de fille modèle jusqu'à ce que mon paquet arrive en tenue d'Adam, c'est promis.

— Tu ferais mieux d'écrire ta lettre assez vite, alors.

— C'est fait. J'ai pensé qu'il lui faudrait un moment, à notre barbu de Laponie, pour trouver mon compagnon idéal à vie.

— Avec des tablettes de chocolat.

— Et des épaules.

Eva allongea les jambes et renversa la tête en arrière, offrant son joli visage au soleil automnal.

— Il me regardera dans les yeux, je le regarderai dans les yeux. Et hop ! Ce sera plié.

— Plié ?

— Mon happy end.

— Avec un grand ruban rouge autour du cou ?

— Je préfère le rose. Mais, le rouge, ça peut le faire aussi.

Debout près de la grille du parc, Frankie les observait comme une naufragée sur une île déserte suivrait des yeux le navire disparaissant vers le large.

Matt et Eva étaient en grande conversation, assis tout près l'un de l'autre. Elle vit Matt passer le bras autour d'Eva, puis assista au moment où celle-ci abandonna sa tête sur son épaule.

La gorge de Frankie était nouée et ses yeux piquaient. A l'intérieur, elle se sentait à vif, vulnérable.

Elle aurait dû être celle qui était assise là, blottie au creux des bras de Matt. Et ça aurait été le cas, si elle ne s'était pas montrée aussi stupide.

— On va marcher un peu, toutes les deux.

La voix de Paige, comme venue de nulle part, s'était élevée dans son dos. Frankie se retourna et vit son amie en tenue de sport et les cheveux attachés.

— Qu'est-ce que tu fais là ? Je te croyais chez Jake.

Elle avait compté sur le fait que la chambre de Paige serait disponible. Avec Roxy dans son appartement, elle n'avait aucun autre endroit où aller. Rester chez Matt était hors de question après ce qui venait de se passer. Où pourrait-elle bien trouver refuge, maintenant ?

— J'ai passé la nuit chez Jake, oui. Mais, comme il voulait bosser ce matin, je suis revenue ici pour mon cours de *spinning*.

Frankie vit la bouteille d'eau qu'elle tenait à la main.

— Vas-y vite, alors. Ne te mets pas en retard.

— Je ne suis pas d'humeur à aller transpirer dans une salle. Je préfère me balader au soleil et parler avec toi.

Le regard de Paige se posa sur le banc où Matt était assis avec Eva.

Frankie se passa la main sur le front, effrayée de se sentir aussi près des larmes.

— Tu sais bien que dialoguer n'est pas mon fort.

Peut-être que, si elle avait été plus apte à communiquer ses sentiments, elle ne se serait pas mise dans cette sinistre situation.

— Viens te balader quand même. Je t'aiderai à « accoucher de toi-même », si on peut dire ça comme ça.

Paige glissa son bras sous le sien et commença à marcher. Frankie n'eut d'autre choix que de lui emboîter le pas.

— Je suppose que tu sais qu'il ne se passe rien du tout, là-bas, sur ce banc ?

— Quoi ? Ah oui, oui... Je sais. Elle lui offre juste une épaule compatissante par amitié. Eva console les âmes blessées.

Blessées par ma faute, faillit-elle ajouter. Matt n'allait pas bien et elle en était la seule responsable. Elle aurait voulu s'en ouvrir à Paige, mais les phrases, comme d'habitude, refusaient de se former de manière cohérente. La seule personne avec qui elle s'exprimait sans difficulté, c'était Matt. Que faire lorsque le problème qu'on voulait aborder concernait la seule personne avec qui on parvenait à se faire comprendre ?

— J'ai fait souffrir ton frère, Paige. Je suis désolée.

« Désolée » était un mot bien trop faible pour exprimer la culpabilité et les regrets qui lui labouraient le cœur. C'en était pathétique.

— Matt est costaud. Il s'en remettra. Pour le moment, c'est plutôt toi qui m'inquiètes.

C'était du Paige tout craché, cette attitude généreuse. Sa loyauté en amitié était sans faille.

Frankie s'immobilisa.

— Ma mère a débarqué ce matin sans prévenir.

Paige hocha la tête.

— Je sais. Eva m'a fait passer l'info.

— C'est pour ça que tu t'es précipitée ici de bon matin ?

— Je devais passer de toute façon, éluda Paige. Qu'est-ce qu'elle est encore venue t'annoncer ? Qu'elle a un nouveau mec dans sa vie ? Elle en a eu sa claque du jouvenceau qu'on a vu avec elle au marché aux fleurs ?

— C'est lui qui l'a plaquée, en fait. Et ça lui a fichu un coup. Elle croyait à un avenir avec Dev, apparemment. Résultat : elle est effondrée.

De plus en plus tendue, Frankie se passa le revers de la main sur le front.

— Ça m'a rappelé l'année de mes quatorze ans.

Paige hocha la tête. Il y avait une authentique empathie dans son regard.

— Je commence à comprendre pourquoi tu t'es pris ce coup de panique

— Comme d'habitude, elle s'est mise à parler sans me laisser placer un mot. Elle clame haut et fort qu'elle me soutient, maintenant, que j'ai entièrement raison de rejeter en bloc les hommes, le sexe et l'amour — que c'est LA bonne attitude à suivre.

Paige dévissa le bouchon de sa bouteille d'eau.

— Et depuis quand suis-tu les recommandations avisées de ta mère dans la conduite de ta vie personnelle ?

Frankie se sentit encore plus ridicule. Mais comprendre qu'elle réagissait de façon idiote ne suffisait pas. C'était purement théorique. Elle avait besoin de le sentir dans son corps. De le *croire* avec ses tripes.

— Comment je fais pour arrêter de paniquer, Paige ? Je ne supporte pas d'être dans cet état, mais je n'arrive pas à lutter contre l'affolement. Tout se mélange, se brouille, part dans tous les sens. Et il n'y a plus que la peur qui surnage.

Elle était désespérée. Paige lui jeta un regard scrutateur.

— Je suppose que je ne me trompe pas, si je pars du point de vue que tu es amoureuse de Matt ?

Matt lui-même lui avait posé la question. Et elle n'avait pas été capable de lui répondre. C'était comme si ses mots, ses sentiments, sa raison étaient floutés par les traces que le passé avait inscrites en elle.

— Je... je ne sais pas.

Bien sûr que si elle savait, au fond. Et c'était bien là, le problème. Elle savait et c'était ce qui provoquait cette réaction de pure terreur. Jamais encore elle n'avait affronté la situation qu'elle connaissait en ce moment.

Elle jeta à son amie un regard de suppliciée.

— Bon, OK. La réponse est oui ! Je suis bel et

bien amoureuse de Matt. Je suis archi-accro à Matt. Et je n'ai encore jamais été aussi terrifiée de ma vie.

Le regard de Paige se radoucit.

— Et tu le lui as dit ?

— Non. D'ailleurs il ne m'avait rien dit non plus de son côté. Jusqu'à ce matin. C'est sorti à l'occasion de la conversation bizarre qu'on a eue au sujet de ma mère.

Paige haussa les sourcils.

— Matt t'a dit qu'il t'aimait devant ta mère ?

— Non, non. Il m'a parlé d'amour après son départ.

— Mauvais timing. Catastrophique, même.

Paige but une gorgée d'eau.

— Je comprends maintenant pourquoi tu as pété un câble. Mais tu n'es *pas* ta mère, Frankie. Tu n'as jamais fonctionné, raisonné, aimé ni vécu ta vie comme elle. Tu fais tes propres choix et cela depuis toujours. Si elle te disait de renoncer à ton travail, tu le ferais ?

— Non, bien sûr.

— Bon. Si elle te conseillait de quitter ton appartement, tu t'empresserais de faire tes cartons ?

— Evidemment que non ! se récria-t-elle en fronçant les sourcils. Mais où veux-tu en venir avec... ?

— Alors pourquoi laisserais-tu le soin à ta mère de décider de ta vie amoureuse ? Pourquoi accepter que ses idées, ses préjugés, son expérience personnelle qui ne regarde qu'elle, impactent à ce point tes choix de vie ?

Frankie se poussa sur le côté pour faire de la place à un couple équipé d'une poussette.

— Parce qu'elle a appuyé partout où ça faisait mal, ce matin. C'était comme si j'étais entrée dans une machine à remonter le temps ; je revivais le moment où mon père a quitté la maison. J'étais complètement dedans. C'est hallucinant.

Paige hocha la tête. Son expression était pensive.

— Je peux te poser encore une question ? Avant que ta mère montre le bout de son nez, vous étiez heureux, Matt et toi ?

— On était à demi endormis, surtout. Et on était heureux, oui. On s'était programmé un dimanche cosy à deux. Tout était déjà prévu. J'étais désignée pour préparer un petit déjeuner au lit, puis je devais bricoler un peu avec mes plantes et on allait enchaîner sur une longue marche à Central Park.

Ses yeux se remplirent de larmes.

— Je l'ai déçu, Paige. Horriblement déçu. Je l'ai vu sur son visage. Comment ai-je pu faire du mal à quelqu'un que j'aime autant ?

— Tu n'es jamais toi-même après une visite de ta mère. Mais maintenant il faut recoller les pots cassés, Frankie.

— Comment ?

Paige lui frotta affectueusement l'épaule.

— C'est toi qui connais le mieux mon frère. Tu trouveras une méthode de réconciliation qui vous ressemble.

Chapitre 19

« L'amour, ce n'est pas quelque chose que tu vois, c'est quelque chose que tu sens. »

— *Eva*

— Hum... Nous avons là quelqu'un qui se plaint que son cornouiller est atteint d'oïdium. Cornouiller, cornouiller... Je suppose qu'il s'agit de quelque chose de végétal ?

Paige lisait à haute voix les demandes de leur clientèle qui étaient tombées dans sa boîte mail durant la nuit.

— C'est quoi, un cornouiller, alors ?

Frankie tressaillit.

— Transfère-moi ça sur ma messagerie. Je m'en occuperai.

Elle se sentait éteinte et démotivée, comme si on l'avait vidée de ses forces vitales.

Matt lui manquait horriblement. Tout lui paraissait plat et sans vie depuis dimanche. Les nuits passées dans un lit vide. Les draps froids. Son portable silencieux sans plus aucun message de sa part. Les heures qui s'étiraient sans qu'elle puisse lui parler, lui écrire, lui murmurer à l'oreille les mille et un détails qu'elle n'avait envie de partager qu'avec lui.

Ne plus faire l'amour avec lui était une vraie torture.

Elle était déterminée à aller lui parler. Mais elle n'avait pas encore trouvé la méthode de réconciliation adéquate. Elle ne savait pas comment lui prouver qu'elle avait confiance en lui. Confiance en *eux*.

En attendant, elle se retrouvait en coloc avec Eva.

— J'ai fini ton shampoing ce matin, au fait.

Eva leva les yeux.

— Celui qui coûte la peau des fesses et qui est censé me transformer en déesse grecque ?

— C'est ce qui était promis sur l'étiquette ?

Eva ne lui avait rien rapporté de la conversation qu'elle avait eue avec Matt, mais Frankie savait que son amie détestait les disputes et les tensions.

— Tu es fâchée contre moi, Ev ?

— Bien sûr que non, je ne suis pas fâchée.

— Tu n'as pas l'air très contente de partager ton appart avec moi.

Eva soupira.

— Je suis ravie de t'avoir avec moi, espèce de truffe. Ce qui ne me plaît pas, c'est la raison pour laquelle tu es descendue d'un étage. Ta place est là-haut avec Matt. J'ai horreur de voir deux personnes qui s'aiment se déchirer pour rien. Et je serai soulagée quand vous serez sortis de cette crise, tous les deux.

— Moi aussi, je serai soulagée. Mais ne me dis pas d'aller frapper toute nue à sa porte et d'arranger ça par un grand numéro de séduction, parce que je ne saurais pas m'y prendre. Je ne suis pas comme toi. Le mode d'emploi de la vie à deux, ça reste du chinois pour moi.

Vivre avec Matt, pourtant, avait été d'une simplicité à toute épreuve. A aucun moment, elle n'avait eu le sentiment que c'était dur, stressant ou même compliqué. Ces semaines avec lui avaient été drôles, rassurantes, joyeuses. Tout s'était passé comme sur des roulettes, en fait.

— Tu n'as pas besoin de l'éblouir ni de le séduire ni quoi que ce soit. Matt t'aime. Tout ce que tu as à faire, c'est lui montrer que c'est réciproque. Ce n'est pas plus compliqué que ça, Frankie. Tu dois lui dire haut et fort ce que tu ressens pour lui. Est-ce vraiment si difficile ? Ta cause est déjà acquise ! Il suffit de prononcer les mots.

Mais y parviendrait-elle ?

Avec Matt, elle avait déjà réussi à surmonter tant de blocages qu'elle avait crus définitifs. Elle avait pu partager avec lui son corps, ses secrets, tout ce qu'elle avait gardé caché presque sa vie durant.

Pourrait-elle aussi lui confier son cœur ?

Oui. Elle s'en sentait capable.

Mais comment le lui dire ? Comment le lui montrer d'une façon qui lui ôterait ses doutes ?

Sans prononcer un mot, elle se leva. Avec une telle brusquerie qu'elle renversa une pile de magazines de jardinage entassés sur une chaise. Elle récupéra la cannette de Coca light sur son bureau, glissa le doigt dans la languette et tira.

Un instant pétrifiée, elle resta immobile, les yeux rivés sur la boisson.

Eva lui jeta un coup d'œil réprobateur.

— Tu hésites à ingérer ce breuvage ? Je te conseille de le vider plutôt dans le lavabo. Puisque nous sommes appelées à cohabiter quelque temps, sache que j'accorde autant d'importance à ce que je fais entrer dans mon corps qu'à ce que je me verse sur les cheveux. Je refuse de voir ce genre de substances toxiques dans mon frigo.

Frankie ne releva pas. Sans quitter la cannette des yeux, elle réfléchissait à toute allure.

— Où est Matt aujourd'hui ?

Paige leva la tête.

— Je crois qu'il bosse de chez lui, aujourd'hui. On a discuté de nos projets pour Thanksgiving tout à l'heure. Pourquoi ?

Elle avait besoin de le voir. Et sans attendre.

Frankie hissa une bride de son sac à dos sur une épaule. Elle n'avait encore jamais ressenti une sensation d'urgence aussi forte.

— J'ai besoin de prendre ma journée. Ça ne vous pose pas de problème, les filles ?

— C'est ton agence autant que la nôtre. Fais ce que tu as à faire.

Paige lui jeta un regard interrogateur.

— Tu vas parler à Matt ?

Frankie tripota la bride de son sac.

— C'est l'idée, oui. Mais, d'abord, il faut que je voie ma mère.

Elle avait la certitude désormais qu'elle devait d'abord en passer par cette étape préliminaire avant de pouvoir ouvrir son cœur à Matt.

Eva ouvrit de grands yeux inquiets.

— Tu es sûre ? Entre Matt et toi, ça allait tout seul avant que ta mère arrive en mode bulldozer. C'est quand même elle qui a semé la panique entre vous.

— C'est un fait. Mais j'ai un aveu à faire à ma mère avant d'aller retrouver Matt. Il est temps que les choses se clarifient entre elle et moi. Grand temps, même.

Elle se dirigea vers la porte.

— Et, pendant que j'en suis au chapitre des révélations, il y a une chose que je veux vous dire aussi à vous.

— Tu lâches Urban Génie pour t'associer avec Matt ?

— N'importe quoi ! Renoncer à bosser avec mes

deux meilleures amies ? Ça ne me traverserait même pas l'esprit.

Elle secoua la tête et força les mots à passer outre à la barrière faite de honte et de gêne qui l'empêchait en permanence d'exprimer avec clarté ce qu'elle ressentait.

— Tout ce que j'ai envie de vous dire, c'est que j'ai de la chance de vous avoir, l'une et l'autre. Une chance incroyable.

L'expression d'Eva se radoucit.

— Oh ! Frankie...

— Je n'ai pas fini. Je...

Elle sentit la barrière se mettre à céder.

— ... Je vous aime toutes les deux. Beaucoup.

Il y eut un silence.

Paige fut la première à le rompre d'une voix vacillante :

— Eh bien... C'était juste un galop d'essai pour t'entraîner en vue d'une vraie déclaration à Matt ?

— Non. Ça aussi, c'est une *vraie* déclaration. Chaque mot que je viens de prononcer était sincère. Vous êtes les meilleures amies dont on puisse rêver. Ce que vous représentez pour moi est irremplaçable.

Les yeux d'Eva se remplirent de larmes.

— Dans mes bras, les filles ? Un petit câlin toutes les trois ?

Frankie esquissa un sourire tremblotant et ouvrit la porte.

— Il ne faut pas exagérer non plus.

Elle trouva sa mère déjà attablée dans le *coffee-shop*.

— Je suis venue dès que j'ai reçu ton texto. Qu'est-ce qui t'arrive ? Normalement, tu dis toujours que tu n'as pas le temps de me voir en journée, à cause de ton boulot.

— J'ai besoin de te parler.

— Oui, bien sûr. C'est pour ça que je suis là. Je t'ai commandé un Coca. C'est ce que tu bois toujours, non ?

— Quand je dis « parler », c'est parler *vraiment*.

Frankie se glissa sur la banquette en face de sa mère.

— Il y a des choses qu'on aurait dû aborder il y a déjà très longtemps, maman.

— Au sujet de ton père, tu veux dire ? Je sais que son départ t'a fait un choc. La façon qu'il a eue de disparaître sans prévenir...

— Je savais déjà, maman.

Le silence qui suivit s'étira de façon assourdissante. Sa mère avait l'air sous le choc.

— Tu étais... au courant ? murmura-t-elle enfin d'une voix blanche. Au sujet de ses aventures, tu veux dire ?

— *Ses* aventures ? Au pluriel ?

C'était au tour de Frankie de rester abasourdie. Sa mère baissa les yeux.

— Ton père me trompait depuis longtemps, oui, admit-elle en relevant le menton. Depuis le début, pour ainsi dire.

— Mais pourquoi tu ne m'en as jamais parlé ?

— Parce que tu vénérais ton père et que je ne voulais pas achever de détruire l'image de héros que tu avais de lui. Mais apparemment elle s'est brisée quand même, cette image.

Une expression de profonde fatigue lui marqua le visage.

— Et toi, Frankie ? Puisque tu savais pour la dernière en date de ses greluches, pourquoi tu n'as rien dit, toi non plus ?

Frankie prit une inspiration et se jeta à l'eau.

— Parce que papa m'avait fait jurer de me taire. Il

m'a assuré que c'était la première fois et que ça ne se reproduirait pas. Je ne pensais pas qu'il continuait de la voir. Je ne l'ai découvert que le jour où il a quitté la maison. Et je ne savais pas comment me positionner, par rapport à toi. Tu l'aimais tellement et je ne voulais pas te faire du mal. Je gardais mon secret enfermé quelque part à l'intérieur de moi, comme une substance dangereuse qui pourrait exploser au moindre contact avec l'air ambiant. Mais, après le départ de papa, j'ai été torturée par la pensée que j'aurais peut-être pu éviter le désastre en te parlant. Je me disais que, si je n'avais pas tenu ma langue, tu aurais pu agir, te battre et sauver ton couple.

De nouveau un long silence tomba, vibrant d'émotions contenues.

— Oh, Frankie, ma petite chérie...

Sa mère posa une main sur la sienne.

— Rien de ce que tu aurais pu faire n'aurait changé quoi que ce soit. Il t'a manipulée comme il m'a manipulée moi. Sa première relation extra-conjugale, il l'a eue alors que j'étais enceinte de toi. Je l'ai appris par hasard parce que tu es arrivée au monde plus tôt que prévu. Et impossible de mettre la main sur ton père pour l'avertir que j'étais en salle d'accouchement. On a découvert par la suite qu'il était « en réunion » très rapprochée avec une de ses jeunes collègues. Après cela, les choses se sont tassées pendant quelques années. Puis il a recommencé de plus belle.

Une fois lancée, sa mère lui dressa un catalogue d'infidélités paternelles qui donna à Frankie le vertige. Elle avait cru être l'unique détentrice d'un secret trop lourd. Mais sa mère, semblait-il, avait eu sa propre liste de non-dits. De lourds secrets douloureux qu'elle n'avait jamais partagés, elle non plus.

— Et pourquoi tu es restée avec lui quand même ?

— Je l'aimais, comme une imbécile... Et puis à cause de toi, aussi.

Du bout de sa cuiller, elle joua avec la mousse sur son cappuccino.

— Je pensais que tu grandirais dans de meilleures conditions si la famille restait soudée. Alors que, sans le vouloir, je provoquais les pires dégâts.

La poitrine de Frankie se noua.

— A cause de ce que j'ai eu sous les yeux durant mon adolescence, j'ai intégré que le couple est éphémère et l'amour jamais fiable. Je voyais les ravages que le départ de papa a opérés sur toi. J'ai passé ma vie à me barricader dans mon indépendance pour faire en sorte que cela ne m'arrive pas.

— Je sais. Tu as toujours été tellement plus raisonnable que moi. Ta réussite, tu l'as construite toute seule. Et tu as toujours fait des choix intelligents.

Sa mère eut un grand geste enthousiaste du bras.

— Regarde-toi, Frankie. Je suis fière de toi. Tu es autonome et épanouie ! Tu as un appartement formidable, tu exerces la profession que tu aimes, tu as des amies en or et aucun fil sentimental à la patte.

— Je suis amoureuse de Matt.

— Alors que moi, en revanche...

Elle se tut d'un seul coup et la regarda avec des yeux ronds.

— Qu'est-ce que tu viens de me dire ?

— Que j'aime Matt.

Cela avait été très simple à dire, finalement. Très simple et très naturel.

Rien ne la retenait plus, maintenant. Rien.

Sa mère en restait bouche bée.

— Matt, comme Matt Walker ? Matt-le-mec-canon ?

— Matt-le-mec-canon, oui. Mais j'aimerais qu'à partir de maintenant tu te contentes de l'appeler Matt tout court. Sans allusions ni œillades. Sans pincement de fesses en passant ni comportement aguicheur. J'ai l'intention de passer plus de temps avec toi, maman. De reprendre notre relation à zéro. Mais je ne veux pas avoir à redouter chacune de tes visites en me disant que tu vas me couvrir de honte.

Sa mère n'était toujours pas remise de sa stupéfaction, visiblement.

— Mais... je croyais que tu partageais juste l'appart de Matt parce que cette fille...

— Roxy.

— Parce que Roxy avait besoin d'être hébergée quelque temps.

— Je vis avec Matt parce que j'ai envie de partager mes jours et mes nuits avec lui. Là où il est, je suis heureuse.

— C'est sérieux à ce point ?

— C'est on ne peut plus sérieux, maman.

Et elle sentait ses lèvres s'étirer d'elles-mêmes en un large sourire. Jamais encore quelque chose d'aussi sérieux ne lui avait autant donné envie de sourire.

— Et lui ? Ses intentions ? Il t'a parlé mariage, au moins ?

— Cela me regarde, maman.

— J'en conclus que c'est non.

Le visage de sa mère reflétait l'angoisse.

— Il se peut que pour lui ce soit juste sexuel, Frankie. Il pourrait te faire du mal. Il ne veut peut-être pas de...

— Ce n'est pas que sexuel, maman. Je sais ce qu'il veut et c'est ce que je veux aussi. Matt ne ferait jamais rien pour me nuire. Pas intentionnellement, en tout cas.

Mais elle l'avait blessé, lui. Une pointe d'appréhension lui égratigna le cœur. Et si elle l'avait trop déçu ? S'il refusait de prendre le risque de lui ouvrir les bras une seconde fois ? *Non.* Cela n'arriverait pas. Matt ne la lâcherait pas. Elle avait confiance en eux deux. Et personne, pas même sa mère, ne réussirait à introduire le germe du doute en elle.

— Je n'ai pas besoin de ton aide pour construire mon couple, maman. Je ne veux ni conseils ni mises en garde. Et encore moins de prédictions funestes. Il est temps pour moi de prendre mes propres risques, de commettre mes propres erreurs. Mais ma relation avec Matt n'en est pas une. Rien de ce que je vis avec Matt ne saurait être une erreur. Je vais aller le trouver et je vais le lui dire. Pour la première fois, je vais dire « je t'aime » à un homme. Mais il fallait que je te voie d'abord.

— Bon...

Sa mère demeura silencieuse un instant puis prit une grande inspiration.

— Alors changeons de sujet, peut-être : j'ai trouvé du travail. Rien de très prestigieux, mais c'est un emploi quand même et j'en suis fière. Je vais travailler dans une épicerie fine qui fait aussi de la petite restauration.

— C'est génial, maman.

— Et ce soir je sors au resto avec Brad.

— Ah. OK.

Frankie se demanda combien de temps l'idylle allait durer puis décida que ce n'était pas son problème. Sa mère était adulte et c'était à elle de savoir comment elle vivait sa vie.

Tout comme elle vivrait désormais la sienne. Et, quand elle disait « vivre », c'était au vrai sens du terme. Pas juste multiplier les stratégies de repli et d'autoprotection pour éviter de se mouiller.

Elle était prête à sauter joyeusement dans la piscine.

— Alors maintenant fonce retrouver Matt, Frankie. Et dis-lui ce que tu as à lui dire. La prochaine fois, on parlera plus longuement, toutes les deux. Mais aujourd'hui tu as plus urgent à faire.

Sa mère tendit la main vers son sac.

— Allez file. C'est moi qui t'offre ce verre.

Frankie dissimula sa surprise.

— Merci, maman.

Celle-ci se leva.

— Si tu as envie de m'envoyer un texto plus tard dans la journée pour me dire si tout s'est bien passé, n'hésite pas. Et si tu as envie qu'on parle encore, qu'on fasse des choses ensemble...

Sa mère se tut et prit une grande inspiration.

— Je ne te donne pas de conseils ni quoi que ce soit, reprit-elle. Continue juste sur ta lancée. Tu as toujours su prendre les bonnes décisions dans la vie, contrairement à moi.

Frankie hésita, puis s'avança d'un pas pour prendre sa mère dans ses bras. La tension était là et le geste avait quelque chose de maladroit. Mais ce fut une étreinte quand même.

— Je t'aime, maman.

Sa mère la serra si fort qu'elle lui coupa un instant le souffle.

— Je t'aime aussi. Et maintenant, *go, go, go !*

Avant de rentrer chez elle, Frankie fit une halte dans une des boutiques préférées d'Eva et s'acheta une robe — une vraie. Jaune or, chère et courte. Elle paya sans se poser de questions et la garda sur elle. De sa vie, elle n'avait dévoilé ses jambes comme ça. Se promener en robe après tant d'années lui faisait un effet étrange, mais lui procurait en même temps une confiance en elle inespérée.

Fourrant le reste de ses vêtements dans un sac, elle

s'engouffra dans la rame d'un métro express en direction de Brooklyn. Elle avait déjà les paumes moites au départ, mais sa nervosité ne cessait de croître à mesure qu'elle approchait de sa destination.

Et si Matt avait perdu patience et qu'il ne voulait plus entendre parler d'elle ni de ses tergiversations ?

Non. Non et non. Elle refusait d'imaginer des scénarios pareils.

Mais elle avait tellement hâte de se réconcilier avec lui qu'elle courut sur toute la distance entre la sortie de métro et leur *brownstone*. Elle sprintait vers l'escalier pour monter au dernier étage — lorsqu'elle nota que la porte de son propre appartement était ouverte.

Roxy aurait-elle oublié de la fermer ? Elle passa la tête dans l'entrebâillement et ne vit personne.

Bizarre.

Peut-être serait-il plus prudent d'installer une sécurité enfant. Si Mia échappait à la surveillance de sa mère et qu'elle sortait dans la rue, cela pourrait être dangereux. Il faudrait qu'elle pense à aborder le sujet avec Matt.

— Roxy ?

Dès les premiers pas qu'elle fit dans l'appartement, elle sentit que quelque chose n'allait pas. Il n'y avait personne, manifestement.

Où était passée Roxy et comment expliquer qu'elle ait laissé la porte grande ouverte en partant ?

Elle passa dans la cuisine et sentit du verre craquer sous ses pieds.

— Hé ! Mais qu'est-ce que... ?

La petite fenêtre qui donnait sur la cour avait été fracassée et le sol carrelé était couvert d'éclats de vitre brisée.

Elle recula avec précaution, en faisant attention où elle mettait les pieds. Un cambriolage ? C'était l'explication la plus probable, mais rien n'indiquait a priori que l'appartement avait été fouillé. Et pourquoi casser la fenêtre et entrer ensuite par la porte ? Ou étaient-ils entrés par la fenêtre puis sortis par la porte d'entrée ?

Alors qu'elle cherchait fébrilement une explication logique, elle perçut un son derrière elle. Sa première impression avait été trompeuse.

L'appartement n'était pas vide.

Tous ses muscles se tendirent. Elle se retourna d'un bond, mais il était déjà trop tard pour réagir.

Une main se plaqua sur sa bouche et Frankie se retrouva collée de force contre le mur.

Les doigts de l'inconnu se resserrèrent sur sa gorge. L'expression mauvaise, il colla son visage contre le sien.

— Où est Roxy ?

Frankie eut le réflexe de relâcher ses muscles et n'opposa aucune résistance. Elle réfléchissait à toute vitesse. Roxy et Mia pouvaient être n'importe où, mais le parc était leur nouveau lieu de balade favori, depuis quelques jours, et elle était à peu près certaine qu'elles étaient juste parties faire un petit tour dans le secteur. Ce qui signifiait qu'elles pouvaient revenir d'un instant à l'autre. Et il ne fallait pas qu'elles tombent entre les mains de ce type.

Frankie passa à l'attaque — elle n'était pas ceinture noire pour rien. En un éclair, elle se détendit comme un ressort, lui repoussa les mains d'un mouvement vif et donna un coup de genou en visant l'entrejambe. Il poussa un grognement de douleur et voulut riposter, mais elle l'envoya au sol d'un crochet de la jambe.

Il s'affala lourdement et hurla de douleur en heurtant le carrelage couvert d'éclats de verre.

— Hé ! Mais t'es frappée ou quoi, sale morue ?

Frankie atterrit sur lui. Une douleur fulgurante lui transperça le genou, mais elle s'en fichait.

— Oui, c'est bien moi. Enchantée.

Elle lui tira le bras dans le dos et le tordit d'un coup sec, songeant qu'on devait entendre ses hurlements de goret jusqu'à Harlem.

En tout cas, elle *espérait* que quelqu'un l'entendrait.

Un son léger lui fit lever les yeux vers la fenêtre. Miss Tigresse venait de se percher à sa place habituelle sur le rebord.

— Non ! Miss Tigresse, non ! Ne saute pas.

Mais la chatte, comme d'habitude, n'en fit qu'à sa tête et atterrit d'un bond sur le sol hérissé de verre.

Matt termina le devis sur lequel il avait travaillé une bonne partie de la journée et s'étira en retirant son casque audio. Mozart l'aidait à se concentrer et le coupait du bruit de la circulation.

Miss Tigresse apparut et vint se frotter contre sa jambe.

Il baissa les yeux et tressaillit en voyant des traces de sang par terre.

— Hé, mais… ?

Il s'accroupit pour la soulever avec précaution.

— Qu'est-ce qui t'arrive, toi ?

Examinant ses coussinets, il fit la grimace.

— Comment ça se fait que tu aies marché dans du verre ? Où as-tu bien pu mettre la patte ?

Il se leva avec l'intention de filer chez le vétérinaire. Mais au moment de sortir il entendit Roxy hurler son nom à pleins poumons.

Jurant avec force, il laissa la chatte en sécurité dans l'appartement et sprinta jusqu'au rez-de-chaussée.

La porte de l'appartement de Roxy était ouverte et la serrure pendait.

Matt se précipita à l'intérieur et trouva Frankie agenouillée à côté d'un homme qui se tortillait à plat ventre par terre en émettant un flot continu de jurons entrecoupés de grognements plaintifs.

Il y avait du sang sur le sol, mais il n'aurait su dire s'il venait de Frankie, de l'inconnu ou de Miss Tigresse.

L'angoisse lui souleva l'estomac.

— Oh, Matt…

Avec Mia serrée dans ses bras, Roxy tremblait en maintenant la tête de sa fille pressée contre son épaule.

— Je suis allée faire trois pas au parc avec Mia et quand je suis revenue la porte était ouverte et…

— Monte avec Mia là-haut chez moi, Rox.

— Mais…

Il lui tendit les clés.

— Ta fille d'abord, Roxy. J'ai la situation en main.

Frankie leva les yeux vers lui.

— *Toi,* tu as la situation en main ? Désolée de briser tes espoirs d'aspirant héros mais, de la façon dont je vois les choses, c'est quand même moi qui maîtrise la bête, pour le moment.

Elle ajusta sa prise sur Eddy qui hurla de plus belle.

A une première réaction de soulagement à la voir aussi en verve succéda une franche bouffée d'admiration.

— Tu n'as absolument pas besoin de mon aide, alors ?

— C'est gentil de me la proposer, mais je gère.

— Je vais appeler la police, alors.

— C'est déjà fait depuis un moment.

Il scruta le sol couvert de morceaux de verre, la traînée de sang, et le bleu qu'elle avait au visage. Comment avait-il pu ne rien entendre ? La musique, bien sûr. Il avait passé son temps avec des écouteurs sur la tête.

— Comment tu as fait pour téléphoner ?

— Pour mettre une déculottée à ce petit joueur, je n'ai eu besoin que de mes jambes et de ma main droite. Donc j'avais la gauche libre pour appeler. Ça s'appelle être multitâche.

Matt s'adossa contre la porte.

— J'en conclus que tu n'as vraiment aucun besoin de moi ? Sauf pour te faire des compliments, peut-être ?

— Les compliments, je suis preneuse. J'ai découvert que je les appréciais, depuis quelque temps.

Il l'examina lentement des pieds à la tête.

— Très jolie robe, ma chérie.

— Merci. Je suis ravie que tu aies remarqué.

— Je ne remarque pas seulement la robe. Je remarque les jambes aussi. Elles sont superbes. Tu penses que tu pourrais avoir besoin de moi pour autre chose encore ?

— J'ai besoin de toi pour une *infinité* de choses. C'est pour ça que je suis revenue à la maison. Pour te parler de toutes les façons dont j'ai besoin de toi. Et je suis venue te donner quelque chose... Hé ! Arrête de gigoter, toi.

L'ordre s'adressait à l'intrus qui essayait de se dégager de sa prise.

— Je suis occupée à une conversation sérieuse, OK ? Tu es prié de ne pas m'interrompre. Je t'aime, Matt. Voilà ce que je suis venue te dire.

Le cœur de Matt cognait dans sa poitrine et son regard était rivé à celui de Frankie. Ce qu'il lisait dans ses yeux, il avait renoncé à espérer le trouver.

— Tu m'aimes...

L'homme qu'elle maintenait plaqué au sol émit un ricanement incrédule.

— Putain, mais je rêve ! Vous croyez que c'est le moment ?

Ni Frankie ni Matt ne lui accordèrent ne serait-ce qu'un regard.

— Oui, je t'aime, Matt.

Le sourire de Frankie était flageolant, mais la conviction dans sa voix était indéniable.

— Il y a des années et des années que je suis amoureuse de toi.

— Ça signifie que tu as envie qu'on vive une histoire courte et intense ensemble ?

— Je ne suis pas intéressée par les relations brèves. Pas avec toi. Je veux la totale. Pour le meilleur et pour le pire, envers et contre tout, dans la santé comme dans la maladie. Mais seulement si tu crois à cent pour cent en notre couple.

Pour la première fois dans sa vie adulte, Matt se trouva presque à court de mots pour répondre.

— C'est ce que tu étais venue me dire ?

— Oui. Et j'avais aussi quelque chose à te donner. Mais j'ai été détournée par cette raclure qui rôdait dans mon appartement.

Elle planta un coude dans le dos du type.

— Tu as fait mal au chat et tu as mis plein d'éclats de verre dans mon *Ocimum basilicum.*

— Ton *quoi* ? Je peux te dire un truc, c'est qu'il n'y a rien chez toi que j'ai envie de toucher et, ton machin-truc-bidule-cum, encore moins que le reste.

Matt ne quittait pas des yeux le visage de Frankie.

— Qu'est-ce que tu voulais me donner ?

— Un gage de mes sentiments. Et ce sont des sentiments forts et profonds, Matt. J'espère que tu te sens de taille à vivre avec.

— Faudrait qu'il soit sadique, le pauvre, pour avoir

envie d'approcher une malade comme toi, marmonna l'autre.

Frankie fronça les sourcils.

— Je crois que le mot que tu cherches est *masochiste*. Sadique, c'est moi qui vais l'être si tu n'arrêtes pas d'interrompre ce qui pourrait être la conversation la plus importante de ma vie... Matt, je t'aime.

— Ouais, on sait. Tu l'as déjà dit, grommela le mec à terre. Et j'ai pas envie d'entendre tes conneries, moi.

— Dommage pour toi, parce que tu vas les entendre, ces conneries, que tu le veuilles ou non. Et, si tu en as un minimum dans le cerveau, tu pourrais même en prendre de la graine. Et retenir par exemple que, lorsqu'une femme te dit qu'elle ne veut plus de toi, c'est qu'elle ne veut plus de toi. L'amour, ça ne s'obtient ni par la menace, ni par la force, ni par l'extorsion, Eddy. C'est quelque chose qui se donne. Observe et retiens bien ta leçon.

Elle releva la tête.

— Je te donne mon amour, Matt. Tout mon amour. Et tout de moi.

Matt en eut le souffle coupé.

— Frankie...

Eddy se tortillait comme un poisson accroché à son hameçon.

— Arrête, putain ! Ce n'était pas ma faute. J'ai jamais été partant, pour ce mioche. C'est elle qui voulait absolument le garder.

— Tu veux que je te dise, Eddy ? Roxy est une super maman et une fille formidable. Tu méditeras là-dessus quand ils viendront te coffrer. Et, si tu continues de persécuter Roxy et Mia, je veillerai personnellement à faire en sorte que tu ne puisses plus jamais engendrer un bébé dont tu ne t'occuperas pas.

Eddy se mit à glapir haineusement.

— Je vais te tuer, putain. Une nuit où il fera bien noir et où tu auras oublié que j'existe. Je guetterai dans l'ombre et *couic*. Et là qu'est-ce que tu feras ?

Les poings serrés, luttant contre une fureur aveugle, Matt fit un pas en avant pour intervenir. Mais Frankie accentua la torsion du bras d'Eddy tout en l'examinant d'un œil pensif.

— Ce que je ferai ? La même chose que maintenant, je suppose. Je te clouerai au sol et je te dirai ma façon de penser. Tu n'es qu'un dégonflé, Eddy. Un dégonflé et une brute. Et il est temps que tu ailles traîner ta carcasse ailleurs et que tu arrêtes de harceler Roxy une fois pour toutes. Comment je peux te dire ça de façon qu'on se comprenne, toi et moi ?

Elle se tut un instant, comme si elle cherchait la meilleure formulation.

— Si *jamais* tu vas te tapir quelque part dans l'ombre pour essayer de me faire peur ou d'effrayer quelqu'un que j'aime, je te ferai définitivement passer l'envie de recommencer. OK ?

— Tu n'auras pas à le faire, Frankie, car je vais m'en charger moi-même.

Roxy se tenait à l'entrée de la pièce, le visage durci par la colère.

— Je ne veux plus jamais te voir, Eddy. Ni de près ni de loin. Je t'interdis formellement de t'approcher encore de Mia et de moi.

Eddy ricana méchamment.

— Tu fais semblant de rouler des mécaniques quand t'es devant tes potes, Roxy. Mais, quand t'es seule, tu brilles pas.

Roxy redressa les épaules.

— C'est là que tu te trompes, Eddy. Si tu oses rappliquer encore, tu t'apercevras que j'ai changé depuis que j'ai eu la bonne idée de te quitter... La police est arrivée, Matt. Ça t'ennuie de t'en occuper, juste une minute ? J'ai laissé Mia là-haut avec James.

— Parce que James est sur place aussi ?

A croire que son équipe au grand complet campait chez lui, tout à coup. Il allait de surprise en surprise, aujourd'hui.

— J'ai prévenu James par texto et il est venu tout de suite... Parce que les amis, tu vois, c'est comme ça qu'ils réagissent, poursuivit-elle en reportant son attention sur Eddy. Alors tiens-le-toi pour dit. Mes amis sont au courant, maintenant. Et tu ne me fais plus peur du tout.

Matt espéra qu'Eddy ne voyait pas ce qu'il voyait lui : une Roxy tendue, fébrile, les mains agitées de tremblements.

Eddy se tortilla sur le sol.

— J'ai des droits à faire respecter !

— Et moi j'ai une ceinture noire de karaté, répliqua aimablement Frankie. Tu veux que je te montre encore quelques prises ? Je m'éclate à les faire dans la vraie vie. C'est bien plus drôle que sur le tatami.

Deux policiers en uniforme surgirent dans l'appartement et Eddy se mit à couiner.

— Police ! A l'aide ! C'est une agression !

Il était tellement pathétique que Matt en aurait presque souri. Mais il oublia toute envie de rire lorsque Frankie se leva pour laisser les agents faire leur travail et qu'il vit le sang dégouliner de sa jambe.

— Bon sang, mais tu es blessée !

— Je suis tombée à genoux sur des morceaux de vitre. Si je n'avais pas été en robe, je n'aurais pas eu ce problème. J'aurais dû rester fidèle à mes jeans.

Elle fit la grimace en extrayant un gros éclat de verre. Sourcils froncés, elle regarda le sol de la cuisine.

— C'est dangereux ici. Roxy ne peut pas redescendre Mia avant qu'on ait nettoyé à fond.

— Pour l'instant, elle peut rester dans notre appartement.

Alarmé de la voir saigner, il attrapa un torchon pour l'appliquer sur la plaie.

— Je t'emmène aux urgences. Tout de suite.

— C'est inutile. Je voudrais juste éviter de mettre du sang sur cette robe. C'est la seule que j'ai. Tu as dit *notre* appartement ?

— Frankie, tu ne peux pas rester comme ça. Il faut nettoyer et soigner la plaie. Et j'ai bien dit *notre* appartement, oui. Ce qu'il est forcément si tu penses sincèrement tout ce que tu viens de me dire à l'instant. J'imagine que cette conversation était sincère et pas juste destinée à l'édification d'Eddy ?

— Chaque mot que j'ai prononcé venait du cœur. Et je ne t'ai toujours pas donné ce que je voulais te donner. Il a fichu en l'air tout ce que j'avais préparé.

Matt plongea son regard dans le sien et décida que ce n'était pas le meilleur moment pour poursuivre cette conversation.

— Bon : procédons dans l'ordre. On va commencer par faire notre déposition à la police puis on ira soigner ton genou. Ensuite, nous parlerons tranquillement.

— Il faut aussi emmener Miss Tigresse chez le véto. Elle s'est blessée à la patte.

— Je m'en charge.

Eva entrait sur la scène du drame au moment où Eddy la quittait, flanqué par les deux policiers. Matt eut un élan d'affection pour elle.

— Tu ferais ça, Ev ? Mais tu hais cette chatte.

— La haïr, non, c'est un terme trop fort. Elle me fiche la trouille, plutôt. Mais c'est une créature qui souffre et elle a besoin qu'on s'occupe d'elle. Frankie aussi a mal et a besoin qu'on s'occupe d'elle. Comme tu ne peux pas être sur les deux fronts, je gère le chat.

L'appartement se remplit un peu plus encore avec l'arrivée de James tenant une Mia en larmes dans ses bras.

— Si vous dégagiez de là, tous, et que vous arrêtiez de piétiner tous ces éclats de verre, je pourrais attaquer le nettoyage.

— Méchant monsieur ! sanglota Mia. Crie fort.

— Il est parti, ma puce. Tout va bien, maintenant.

James caressait le dos de l'enfant qui se cramponnait à lui et lui couvrait les joues de baisers.

— Va faire le dada, James ?

— Tout à l'heure, jeune fille.

Il dénoua les bras enfantins cramponnés à son cou et tendit Mia à Roxy.

— Va te balader avec elle au parc et reviens dans deux heures, histoire qu'on soit sûrs qu'il ne reste plus aucun éclat de verre nulle part. Je n'ai pas envie que Mia se blesse. Et toi non plus d'ailleurs.

Roxy se dressa sur la pointe des pieds et l'embrassa.

Le visage de James s'empourpra.

— C'est en quel honneur ?

— Merci d'avoir volé à mon secours au premier appel. Et merci de prendre le sort de ma fille à cœur.

Matt aurait parié que le sort de la maman ne laissait pas James indifférent non plus. Mais il ne fit pas de commentaire.

Pour le moment, il avait à se soucier de son propre couple.

Et enfin, *enfin,* Frankie et lui allaient pouvoir se concentrer bientôt sur la question.

Chapitre 20

« Ne jamais essayer de deviner la fin avant d'avoir lu l'intégralité du bouquin. »

— *Matt*

Ils firent une déposition au poste de police puis Matt insista pour la conduire aux urgences.

Lorsqu'ils quittèrent l'hôpital, l'après-midi était déjà bien entamé et Frankie n'avait toujours pas eu l'occasion de lui dire ce qu'elle avait sur le cœur.

A présent que l'action et l'adrénaline étaient retombées, elle se sentait secouée, à plat et vaguement nauséeuse.

Matt avait refusé de quitter la pièce pendant qu'on lui soignait le genou, comme s'il avait peur de la perdre de vue, ne serait-ce qu'une minute.

— J'ai bien cru que j'allais faire un arrêt cardiaque, Frankie. Lorsque j'ai déboulé dans l'appartement et que je t'ai vue au milieu de ce champ de verre brisé avec cette sous-merde d'Eddy...

Il se passa la main sur le visage et elle esquissa un haussement d'épaules contrit.

— Il avait ses sales pattes autour de mon cou. Il a bien fallu que je l'envoie au sol.

— Je lui aurais bien mis les mains autour du cou, moi aussi. Et j'aurais serré un peu fort.

— Tu as des tendances néanderthaliennes cachées. Ce n'est pas la première fois que je vois des traces d'homme des cavernes en toi.

— Il aurait pu être armé.

La voix de Matt vacilla. Avec la retombée du danger, il tremblait après coup comme elle.

— S'il avait eu un couteau, j'aurais probablement réussi à le lui faire lâcher. Face à une arme à feu, par contre…

Elle se mordilla la lèvre.

— Je préfère ne pas y penser.

— Moi non plus. Je ne veux surtout pas y penser, mais je n'arrête pas d'avoir ces images dans la tête : la serrure forcée, le rictus de haine sur le visage de ce sinistre connard.

— Et pourquoi ne pas garder l'image de moi en train de lui disloquer l'épaule, plutôt ? Elle pourrait avantageusement remplacer les autres.

— Je vais essayer. Donc tu avais quel âge ? Dix-sept ans, lorsque tu as démarré le karaté ?

— C'était un âge un peu tardif pour se lancer dans les arts martiaux, mais j'apprends vite. Et il semblerait que je sois douée pour le combat.

— Pour notre plus grand soulagement à tous.

— Eddy n'a pas eu trop l'air d'apprécier, lui.

Matt lui adressa un sourire qui restait vacillant. Son téléphone sonna et il le sortit de sa poche.

— C'est James. Il dit que l'appartement est propre, la vitre changée et qu'il passera encore une nuit sur le canapé pour que Roxy et Mia se sentent en sécurité.

— Hum… Il ne serait pas un peu amoureux, des fois, l'ami James ?

Frankie s'interrompit net sur un éclat de rire.

— C'est moi qui viens de poser cette question ? J'ai l'impression d'entendre Eva !

— Je pense qu'il est amoureux d'elle, oui. Et ça fait déjà un moment. Mais il ne se passera rien entre eux.

— Comment tu sais ça ?

Matt pianota une réponse et glissa de nouveau le téléphone dans sa poche.

— Parce que Roxy considère que James est trop bien pour elle. Elle n'a même pas terminé ses études secondaires et James était avocat avant de tout envoyer promener pour venir travailler comme paysagiste avec moi.

— Je ne savais pas que James avait été avocat ! Mais j'ai du mal à imaginer que cela puisse être un obstacle pour lui, que Roxy n'ait pas eu la possibilité d'étudier. Elle aurait l'intelligence pour, en tout cas.

— Je suis d'accord avec toi, mais Roxy est d'un autre avis. Et c'est une jolie tête de mule quand elle veut.

— Elle est aussi très courageuse. Pauvre Roxy. Comment a-t-elle survécu, enceinte, avec cette ordure pathétique d'Eddy ? Elle a dû se sentir atrocement seule.

— Elle m'a dit une fois que, s'il n'y avait pas eu Mia, elle serait probablement encore avec lui. C'est sa fille qui a été l'aiguillon qui l'a poussée à partir. Mais elle n'a jamais osé porter plainte jusqu'à aujourd'hui.

— C'est une super mère, Roxy.

Frankie regarda par la fenêtre du taxi.

— Je ne sais pas où on va, mais il n'a pas l'air de prendre la direction de Brooklyn.

— Je ne me sens pas encore d'humeur à rentrer dans le lieu d'habitat collectif qui nous sert de maison. Il y a des choses que j'ai besoin de te dire. Et des choses que j'ai besoin d'entendre. Et je n'ai pas envie que ça se passe au beau milieu du chaos et des incessants va-et-vient des uns et des autres. J'adore notre bande d'amis mais, aujourd'hui, je te veux pour moi seul.

— Et Miss Tigresse ?

— J'ai eu un texto d'Eva pendant qu'on était aux urgences. Le véto lui a fait une injection d'antibiotiques. Il faudra surveiller une éventuelle infection, mais ça n'a pas l'air trop méchant. Eva a accepté de la garder avec elle jusqu'à notre retour.

— Miss Tigresse et moi, nous ferons notre convalescence ensemble.

Frankie tourna de nouveau la tête vers la vitre. Sa nervosité montait. Elle avait trouvé sa « méthode » pour parler à Matt, mais Eddy avait fait capoter son projet et elle ne savait pas comment reprendre le fil de sa déclaration.

— Ce taxi est lancé dans quelle direction, alors ?

Matt jeta un coup d'œil sur le genou bandé de Frankie.

— Notre lieu à nous : Central Park ! A condition que tu sois en état de marcher, bien sûr.

— Naturellement que je suis en état de marcher. Il en faut plus qu'une robe et une vulgaire coupure pour m'arrêter.

Elle se renversa contre son dossier. Le paysage urbain foisonnant défilait devant ses yeux : les vitrines faites pour attirer le regard, les silhouettes familières des buildings, les foules colorées et joyeuses, les gens qui gesticulaient en poursuivant d'interminables discussions dans leurs téléphones portables. Des millions de vies en mouvement dans une bulle si petite. Petite et, en même temps, immense par tant d'aspects.

Le taxi les déposa à côté de Colombus Circle et ils marchèrent jusqu'à Bow Bridge en empruntant de petites allées sinueuses. Ils croisèrent des familles avec des poussettes et firent halte par moments pour regarder des enfants jouer au base-ball.

C'était une magnifique journée de fin septembre.

— C'est difficile d'imaginer que dans un mois la patinoire sera ouverte.

Elle glissa son bras sous celui de Matt.

— On devrait tous aller patiner, cet hiver.

— Tu détestes le patin à glace.

— Je sais. Mais cela fait partie des sports préférés d'Eva. Et Noël l'année dernière a été horrible pour elle. Je voudrais tant qu'elle s'éclate un peu, cette fois-ci. On pourrait y aller ensemble ?

— Tout dépend. Jures-tu que tu m'aimeras toujours lorsque tu me verras atterrir comme un tas sur la glace ?

Ils avaient atteint Bow Bridge et ils s'immobilisèrent d'un même élan, comme si, inconsciemment, ils avaient visé cette même destination l'un et l'autre.

Sur la célèbre passerelle avec ses gracieux parapets en cercles entrelacés, Matt laissa son regard errer sur le lac. Frankie lui jeta un coup d'œil puis porta à son tour son attention sur les reflets flamboyants des arbres à la surface de l'eau.

— Tu me demandes si je t'aimerai toujours en te voyant t'aplatir sur la glace ? Mais rien ne pourra jamais m'empêcher de t'aimer, Matt.

Les mots étaient venus d'eux-mêmes et, lorsqu'il tourna la tête pour la regarder, elle poursuivit sur son élan :

— Avant que tu me répondes, je veux d'abord te dire que j'ai parlé à ma mère ce matin.

— Elle est revenue à la charge ?

— Non, c'est moi qui ai pris l'initiative et qui lui ai donné rendez-vous dans un café. Nous avons parlé. Pour de vrai. Je crois que c'est probablement la première conversation sincère que nous avons eue, elle et moi.

— Sincère comment ?

— Je lui ai dit, pour mon père.

— Tout ?

— Oui, tout. Et j'ai appris que ce n'était pas la première fois qu'il la trompait. Il y avait déjà eu d'autres femmes avant. Ça a commencé alors qu'elle était enceinte de moi, en fait.

Elle avait encore du mal à intégrer ce nouvel aspect.

— Le ver était donc déjà dans le fruit. Mais, chaque fois, elle lui pardonnait ses incartades. Jusqu'au jour où il a fini par la plaquer pour de bon. Mais elle ne se doutait absolument pas que j'étais au courant pour sa dernière nana.

— Tu te sens mieux maintenant qu'elle sait ?

— Oui. Mais ce qui m'a vraiment aidée, ça a été de t'en parler à toi.

Elle se tut un instant, cherchant les mots justes pour essayer de lui faire comprendre.

— Je suis aux antipodes d'Eva, en matière de sentiments. Je n'ai aucune facilité pour communiquer aux autres ce qui touche à mes émotions. Je me sens trop vulnérable. Comme si je me baladais toute nue dans la rue.

— J'aime quand tu te promènes toute nue.

— Quand ma mère a débarqué en larmes, l'autre jour, je me suis retrouvée catapultée en arrière dans le temps. C'était comme si tout ce que nous avions construit ensemble se dissolvait d'un coup. Je ne voulais pas que ça se passe ainsi, mais je sentais que tout se délitait entre mes mains... Je désapprenais tout ce que j'avais appris avec toi.

Elle posa la tête sur l'épaule de Matt.

— Je sais que j'ai été blessante avec toi. Je suis désolée.

Il lui passa un bras autour de la taille et l'attira tout contre lui.

— Ce n'est pas à toi de t'excuser, Frankie. Ta mère était là, en larmes, à te fournir un maximum d'arguments pour te démontrer à quel point aimer est dangereux. Ce n'est pas étonnant que tu te sois retrouvée parachutée dans le passé et que tes vieux réflexes de repli aient repris le dessus. C'était à moi de te laisser un peu d'air au lieu de te mettre la pression. Il n'y avait pas de pire moment pour te mettre au pied du mur et te demander de trancher sur tes sentiments.

— Mais je m'en veux d'avoir laissé ma mère semer le doute en moi. Parce que j'ai confiance en nous deux, Matt. Vraiment. Ce qui se passe entre nous est précieux et sincère. Je n'ai encore jamais rien connu d'aussi fort, d'aussi solide.

Sa gorge se noua.

— Tout à l'heure, dans mon appartement, tu m'as dit que je n'avais pas besoin de toi, mais il n'y a rien de plus faux. J'ai besoin de toi pour tout ce qui est essentiel dans ma vie. Tu es le seul être au monde avec qui j'ai pu être moi-même. J'ai aimé tous les moments passés avec toi, que ce soit pour charrier des pavés sur un chantier, se retrouver nus dans un lit ou assister à un lever de lune sur le toit. Avec toi, je peux être moi-même.

— Et j'aime ce que tu es.

Il glissa les doigts dans ses cheveux.

— Je pensais si bien te connaître, toutes ces années. Et puis un jour je suis passé chez toi et tu avais oublié de te cacher derrière tes grosses lunettes. C'est là que j'ai commencé à prendre conscience que je ne savais pas grand-chose de Frankie Cole, au fond. Et depuis je suis allé de surprise en surprise. Plus j'apprends à te connaître et plus je t'aime. Au début, je pensais que je savais où j'allais, que je maîtrisais le truc, mais dès l'instant où on a fait l'amour j'ai perdu pied complètement. J'étais fou de toi et j'avais besoin de te le dire. C'était une torture de ne pas pouvoir te parler d'amour, mais j'avais peur de te faire fuir en courant. Je savais que tu avais des sentiments pour moi, mais j'ignorais s'ils étaient aussi forts que les miens. Et, quand je t'ai vue te décomposer avec la visite de ta mère, j'ai pris peur. Au lieu de te laisser le temps de te ressaisir, j'ai voulu y aller au forcing. J'avais vraiment l'impression que j'étais en train de te perdre et j'essayais de me raccrocher aux branches. J'étais convaincu que tu n'avais plus confiance en moi.

— Pourquoi crois-tu que j'ai pu te dire des choses que je n'avais confiées à personne, pas même à Paige et à Eva ? Parce que j'ai une entière confiance en toi. Je t'aime. Je crois que je t'aime depuis toujours, en fait. Et si j'ai pris un coup de flip, ce dimanche, ce n'était pas parce que je ne voulais pas de ce que tu m'offrais, mais parce que je ne voulais que ça, au contraire. Que je le voulais si fort, même, que j'en étais malade de peur.

C'était tout juste si elle distinguait encore le visage de Matt à travers les larmes qui lui brouillaient la vue.

— Jamais aucun homme n'avait compté pour moi. Je ne voulais surtout pas qu'ils comptent. Je voyais toute forme d'attachement sentimental comme le danger suprême. Et puis, tout à coup, il y a eu toi.

— Frankie...

— Toutes mes défenses, tu les as déjouées. Mes barrières s'écroulaient. Etre avec toi, c'était excitant, c'était drôle, c'était le pied — au lit et hors du lit. Et puis je me sentais en paix, parce que pour la première fois de ma vie j'étais libre de mes secrets. J'ai passé ma vie à fuir l'intime et, avec toi, je suis émerveillée par l'intime. Je ne conçois rien de plus extraordinaire que d'être avec quelqu'un qui me connaît vraiment, de la tête aux pieds.

Elle se tut pour déglutir avec peine.

— Cela me terrifie de t'aimer, mais te perdre me terrifie plus encore. J'ai envie de me raccrocher de toutes mes forces à notre histoire, envie de ne plus jamais lâcher. Et je ne sais pas comment faire. Je... je suis néophyte, là. Il faudra me trouver un manuel ou un tutoriel ou je ne sais pas quoi.

— Je serai ton tutoriel et tu seras le mien. On va explorer ça ensemble, pas à pas.

Il lui caressa les cheveux avec une infinie tendresse.

— Tout à l'heure, tu disais que tu avais quelque chose à me donner ?

— Ah oui, c'est vrai !

Elle fourra la main dans sa poche.

— Tiens.

Matt haussa les sourcils.

— Euh... Tu te précipitais à la maison ventre à terre pour m'offrir l'anneau de la languette d'une cannette de Coca ?

— J'ai fait à l'impro. C'est le moment d'utiliser ton imagination.

Elle en avait des papillons dans l'estomac.

— C'est un anneau, expliqua-t-elle. Peut-être pas un anneau très esthétique ni très précieux, mais c'est l'idée qui compte, non ?

L'expression de Matt changea.

— Je dois lire le sens symbolique ?

— Exact. Cet anneau représente mon amour pour toi.

Une lueur dansa dans les yeux de Matt.

— OK. J'ai compris. Tu m'aimes autant qu'un Coca.

— Au cas où tu ne l'aurais pas remarqué, j'ai une vraie passion pour le Coca light, donc c'est déjà le signe que je tiens vraiment à toi.

Elle savait qu'il la taquinait, mais son courage lui fit faux bond.

— Naturellement, si tu as changé d'avis...

— Je ne changerai jamais d'avis et il se trouve que, moi aussi, je me balade avec un truc pour toi dans ma poche.

Il sortit un petit paquet qu'il lui tendit.

— Voilà.

Les yeux rivés sur le paquet, elle reconnut le logo délicat de Tempest Designs, le nom de l'atelier de Skylar.

— Ça vient de la boutique d'Emily, sur Puffin Island, dit-elle, surprise. Tu m'as déjà acheté le collier en étoile de mer.

— Ce n'est pas un collier. Ouvre la boîte.

Elle la prit et s'aperçut que ses doigts tremblaient. Soulevant le couvercle, elle découvrit un diamant serti dans une très belle monture moderne, originale et inspirée.

— Oh... Oh, Matt. Tu l'as achetée pendant qu'on était sur l'île !

— Je savais déjà ce que je voulais, tu vois.

Il prit la bague et la lui glissa au doigt.

— Francesca Cole, acceptes-tu de m'épouser ?

Elle respirait à peine.

— Ça dépend.

Le regard de Matt se fit circonspect.

— De ?

— Si tu te sens d'attaque pour composer avec mon insatiable appétit sexuel. J'ai perdu beaucoup de temps jusqu'à maintenant.

Les coins de la bouche de Matt frémirent.

— Tu flirtes avec moi, Frankie ?

— Tu sais bien que je suis une sous-douée du flirt. Je dis juste la vérité.

Elle glissa les bras autour de son cou et pressa sa bouche contre la sienne.

— Je t'ai fait peur ?

Il sourit lentement contre ses lèvres.

— Pas autant que tu n'as terrifié Eddy.

— Je pensais qu'on pourrait garder Roxy dans mon appartement aussi longtemps qu'elle souhaitera y rester.

— Tu as l'intention de monter deux ou trois bricoles là-haut en plus de ta brosse à dents ?

— Je crois qu'il serait temps, oui. Ce qui voudrait dire que nous allons former une famille recomposée et que je deviens la mère adoptive de ton chat ?

— Je crains fort que oui. Cela affecte-t-il ta décision ?

— Non. Même ta chatte caractérielle ne pourra pas me dissuader. Je veux t'épouser, Matt.

Elle détacha ses lèvres des siennes. Le bonheur s'engouffrait en elle comme un éclat de soleil. Elle allait se marier avec Matt. Elle allait épouser son meilleur ami. Son confident. Son amant.

— Tout est dit, alors ? Nous en avons terminé ?

— *Terminé ?* Je n'ai même pas encore commencé !

Il l'embrassa. Avec douceur, d'abord. Puis leur baiser prit son élan, se fit ardent, passionné et brûlant, au point de lui vider la tête et de la laisser tremblante et les jambes sciées.

Lorsqu'ils se détachèrent enfin l'un de l'autre, Frankie découvrit qu'ils avaient attiré tout un public — dont quelques touristes munis d'appareils photo, qui les mitraillaient avec enthousiasme. Et tout ce petit monde les observait avec une attention fascinée.

— Oups.

Elle enfouit son visage contre l'épaule de Matt.

— C'est gênant, non ?

Il sourit.

— Nous sommes à New York, ma chérie. La destination la plus romantique de la planète. Le syndicat d'initiative nous enverra une lettre de remerciements.

Il l'embrassa encore. Et leur baiser fit courir en elle des ondes de bonheur qui se propageaient comme les rides légères sur les eaux du lac, où les derniers rayons du soleil couchant s'étiraient dans un somptueux rougeoiement.

Remerciements

Je suis reconnaissante envers mes merveilleux lecteurs. Tant d'entre vous prennent le temps d'envoyer des mails ou de papoter avec moi sur Facebook. Vos commentaires sympas et vos messages de soutien me comblent à chaque fois. A ceux d'entre vous qui prennent le temps de laisser un compte rendu ou une critique de mes livres sur les réseaux sociaux — merci, mille fois. Cela représente une aide inestimable !

A tous les blogueurs formidables qui se montrent chaque fois aussi enthousiastes, généreux, et qui ne sont jamais à court de mots pour parler de mes romans, toute ma gratitude pour votre temps, votre énergie, votre soutien.

Voir mes livres en vente partout dans le monde est pour moi un rêve devenu réalité grâce à l'équipe d'Harlequin qui m'a toujours encouragée à écrire les histoires qui me font plaisir. J'ai de la chance de bénéficier d'un tel soutien de la part de mon éditeur.

J'ai vraiment décroché le gros lot le jour où Flo Nicoll est devenue ma relectrice. C'est un vrai bonheur de travailler avec elle et je lui suis reconnaissante pour sa justesse dc vue, sa patience et l'enthousiasme dont elle fait preuve quand nous bossons ensemble sur un livre.

Tous mes remerciements à mon agent, Susan Ginsburg, et à l'équipe de Writers House pour tout ce qu'ils font.

J'ai la chance d'avoir la famille la plus extraordinaire du monde et elle a toute ma gratitude pour le soutien sans faille qu'elle m'apporte. Vous êtes les meilleurs !

Si vous avez aimé

Rendez-vous à Central Park

Découvrez un extrait de

Rencontre dans l'Upper East Side

le tome 1 de la nouvelle série

From New York with love

Chère Aggie,

J'ai offert à la femme de ma vie une super machine à espressos pour son anniversaire. Elle a commencé par fondre en larmes, puis elle l'a revendue sur eBay. J'avoue ne rien comprendre aux femmes.

Bien à vous,

Décaféiné

Cher Décaféiné,

Dans un couple, les principales questions à se poser sont « Que veut ma compagne/mon compagnon ? » et « Comment puis-je lui faire plaisir ? ». Comme j'ignore les détails, il m'est impossible de savoir précisément pourquoi votre compagne a pleuré puis revendu la machine à café, mais la première question qui me vient à l'esprit est : boit-elle oui ou non du café ?

Les doigts de Molly s'immobilisèrent sur le clavier et elle jeta un coup d'œil en direction du lit.

— Tu es réveillé ? Il faut absolument que tu entendes ça. C'est clair que, dans le couple, l'amateur de café c'est lui, et que la machine à espressos est un cadeau destiné à son plaisir perso. Pourquoi les hommes se tirent-ils des balles dans le pied comme ça ? J'ai vraiment de la chance de t'avoir. Bon, d'accord, si tu t'avisais de vendre ma machine à café sur eBay, je crois bien que je te tuerais. Mais ce n'est pas le genre de conseil que je peux mettre en ligne.

Le bel endormi sur le lit ne souleva même pas une paupière, ce qui n'avait rien de surprenant, compte tenu de l'intense activité physique à laquelle ils s'étaient adonnés ensemble la veille. Les quelques heures qu'ils avaient passées à s'ébattre avaient laissé Molly en nage et épuisée. Elle avait mal partout, signe que même si sa condition physique s'était bien améliorée depuis leur rencontre, son endurance à lui continuait de surpasser la sienne. Son inépuisable énergie faisait d'ailleurs partie des nombreuses qualités qu'elle aimait chez son compagnon. Chaque fois qu'elle était tentée de faire l'impasse sur leur séance quotidienne, un seul regard de sa part suffisait pour qu'elle enfile ses chaussures de running. Il était la raison pour laquelle elle avait perdu du poids depuis son arrivée à New York trois ans plus tôt. Au point qu'en croisant son reflet dans le miroir il lui arrivait par moments de se croire face à quelqu'un d'autre.

Sa silhouette était plus déliée, plus tonique.

Et, mieux encore, elle respirait la joie de vivre.

Si une personne de son ancienne vie était entrée dans à cet instant, elle aurait eu de la peine à la reconnaître.

Une éventualité qui, il fallait bien l'admettre, n'avait quasiment aucune chance de se concrétiser.

Trois années s'étaient écoulées. Trois années qui lui avaient permis de se reconstruire et de redorer sa réputation en lambeaux. Sur le plan professionnel, elle avait repris pied. Quant à sa vie privée... Une fois de plus, son regard se posa sur le lit et une onde de douceur lui parcourut la poitrine. Jamais elle n'aurait imaginé pouvoir créer à nouveau un lien aussi fort, aussi intime, alors qu'elle s'était crue incapable de rouvrir sa porte, sa vie et son cœur.

Et pourtant, elle en était là : amoureuse.

Elle prit le temps de laisser glisser un regard ému sur le corps athlétique de son compagnon avant de reporter son attention sur son mail en cours. Sa chance dans la vie, c'était que tant d'hommes se cassent la tête pour essayer de comprendre comment fonctionnaient les femmes. Si cela n'avait pas été le cas, elle aurait perdu son gagne-pain.

Son blog « Parle avec elle » attirait un fort volume de trafic. Et ce trafic, à son tour, avait attiré l'attention d'un éditeur. Son premier livre, *Ensemble pour le long terme.Outils pour réussir votre couple*, était devenu un best-seller aux États-Unis comme au Royaume-Uni. Cela lui avait permis de décrocher un contrat pour un second livre, encore à paraître. Le tout sous son pseudonyme d'Aggie, ce qui protégeait son identité tout en lui assurant une sécurité financière. Pour résumer, elle avait réussi à faire fortune de son infortune. Enfin, pas une *fortune* à proprement parler, mais elle gagnait désormais suffisamment d'argent pour vivre à New York dans des conditions confortables, ce qui lui épargnait la mortification d'avoir à regagner Londres la tête basse. Elle avait quitté une vie pour se glisser dans une autre, comme un serpent se débarrasse de sa mue.

Au final, le passé était exactement là où il devait être : derrière elle. Et elle prenait grand soin de ne jamais regarder dans le rétroviseur.

Heureuse, elle s'installa dans son fauteuil préféré et prit son ordinateur portable sur ses genoux.

— OK. Cher Décaféiné, je vais essayer de réfléchir avec toi pour voir à quel moment tu as fait fausse route.

Elle poursuivit son message :

Ce qu'une femme attend de son homme, c'est qu'il la comprenne. Et un cadeau qu'il lui fait devrait toujours témoigner de la connaissance qu'il a d'elle. Ce n'est pas une question de valeur, mais de sentiment. Choisissez quelque chose qui montrera que vous avez été à son écoute. Choisissez quelque chose…

— C'est là que tout va se jouer, Décaféiné, alors concentre-toi, mon vieux, marmonna-t-elle tout bas.

… que personne d'autre que vous ne songerait à lui offrir, parce que personne d'autre ne sait aussi bien que vous qui elle est. Tenez compte de ce critère et je vous garantis que votre amie se souviendra avec émotion de cette journée d'anniversaire — et de vous, qui lui avez fait vivre un tel moment.

Bon. S'il tenait compte de son avis, Décaféiné aurait toutes les chances de faire bonne figure auprès de sa compagne. Molly se versa un verre d'eau filtrée et regarda l'heure au bas de son écran. Il était temps de faire une pause et d'aller courir au parc. Et pas question d'y aller seule. Même si elle passait de longues journées à travailler, c'était un moment qu'elle partageait systématiquement avec son compagnon.

Elle ferma son ordinateur et se leva pour s'étirer, appréciant la caresse légère de la soie sur la nudité de sa peau. Elle avait passé une heure devant son écran sans bouger et un début de raideur s'était installé dans sa nuque. Il lui restait une pile de consultations individuelles sur lesquelles se pencher, mais elle s'en occuperait plus tard.

Le regard tourné vers la fenêtre, elle vit les premiers

rayons de soleil dissiper lentement les restes de la nuit. Pendant quelques instants, sa vue se résuma à un embrasement d'or renvoyé par une profusion de surfaces de verre. New York était une ville qui affichait ostensiblement ses lignes audacieuses et ses possibilités démesurées, tandis que ses zones d'ombre restaient masquées par le chatoiement de ses lumières.

C'était l'heure où toute autre ville aurait émergé lentement de sa torpeur matinale. Mais pas New York. La métropole qui ne dort jamais ne connaissait ni phases d'assoupissement ni phases de réveil.

Elle s'habilla en deux temps trois mouvements, troquant son pyjama en soie contre un T-shirt souple, un legging en Lycra et ses chaussures de course violettes — ses préférées. Au dernier moment, elle se munit d'un sweat, car on n'était qu'au début du printemps et, tôt le matin à New York, le froid pouvait être mordant lorsqu'on n'avait qu'une seule couche de vêtements sur le dos.

Rassemblant ses cheveux en une queue-de-cheval bricolée à la hâte, elle attrapa une gourde d'eau qu'elle glissa dans sa ceinture.

Et malgré tout ce remue-ménage, toujours aucun mouvement côté lit. Les yeux clos, couché entre les draps en désordre, il continuait de dormir du sommeil du juste.

— Hé, ho, beau gosse !

Amusée, elle lui donna un petit coup délicat sur l'épaule.

— Aurais-je enfin réussi à t'achever hier ? Ce serait une première.

Il était dans la fleur de l'âge. Au sommet de sa forme et scandaleusement beau. Lorsqu'ils couraient côte à côte dans le parc, des regards envieux se tournaient sur leur passage. Face aux réactions admiratives des passantes, son cœur se gonflait de fierté. Les autres pouvaient regarder autant qu'elles voulaient, mais c'était *elle* qui rentrait à la maison avec lui.

Dans ce monde où il était si difficile de rencontrer le compagnon idéal, elle en avait trouvé un qui, protecteur, loyal et affectueux, n'avait d'yeux que pour elle. Elle avait la conviction absolue et profonde qu'elle pourrait toujours compter sur lui. Même s'ils n'avaient pas prononcé de vœux ni signé le moindre contrat, elle savait qu'il l'aimerait quoi qu'il arrive, dans la santé comme dans la maladie, dans la richesse ou la pauvreté, pour le meilleur et pour le pire.

Il fallait reconnaître qu'elle avait eu une chance incroyable.

Leur relation n'était polluée ni par les tensions ni par les rivalités sourdes qui rendaient souvent la vie à deux si compliquée. En deux mots : ils filaient le parfait amour.

Le regard rayonnant d'affection, elle l'observa bâiller et s'étirer longuement.

Ses yeux sombres s'arrimèrent aux siens et il la contempla d'un air de pure adoration.

— Dis, tu sais que ça devrait être interdit d'être aussi beau ? lui chuchota-t-elle à l'oreille. Je t'ai déjà dit que tu représentais tout ce que l'on peut espérer trouver chez un mâle ?

Il bondit hors du lit, agita la queue, prêt à passer à l'action. Molly s'accroupit pour l'embrasser.

— Bonjour, Valentin. Comment le plus beau chien du monde se sent-il ce matin ?

Le dalmatien poussa un jappement bref et lui lécha affectueusement le visage. Molly sourit.

C'était le tout début d'une nouvelle journée de printemps à New York et elle était prête à la vivre à fond.

Série *Coup de foudre à Manhattan*

de Sarah Morgan,

la série en 3 tomes à ne pas manquer !

Tome 1

Tome 2

Tome 3

Série *From New York with love*

de Sarah Morgan,

la nouvelle trilogie à ne pas manquer !

Tome 1

Tome 2

Tome 3

Composé et édité par HarperCollins France.

Achevé d'imprimer en avril 2018.

CPI
BLACK PRINT

Barcelone

Dépôt légal : mai 2018.

Pour limiter l'empreinte environnementale de ses livres, HarperCollins France s'engage à n'utiliser que du papier fabriqué à partir de bois provenant de forêts gérées durablement et de manière responsable.

Imprimé en Espagne.